VENCEDOR

Locus Award
American Book Award
British Fantasy Award
World Fantasy Award
Dragon Award

INDICAÇÕES

Mythopoetic Award
Shirley Jackson Award
PEN / Jean Stein Book Award
Dublin Literary Award
Los Angeles Times Book Prize
Goodreads Choice Awards

UM DOS MELHORES LIVROS DO ANO

The New York Times
USA Today
The New York Public Library
NPR
BuzzFeed
Kirkus Reviews
Book Riot
Huffpost

CHANGELING

SOMBRAS DE NOVA YORK

CHANGELING

SOMBRAS DE NOVA YORK

VICTOR LAVALLE

Tradução:
Petê Rissatti

MORROBRANCO
EDITORA

Título original em inglês: The Changeling : A novel

Direção editorial: Victor Gomes
Coordenação editorial: Giovana Bomentre
Tradução: Petê Rissatti
Preparação: Bárbara Prince
Revisão: Lorrane Fortunato
Design de capa: Peter Adlington
Imagem de capa: © Shutterstock
Adaptação de capa original, projeto gráfico
e diagramação: Beatriz Borges
Imagens de miolo: © Shutterstock

Dados Internacionais de Catalogação na Publicação (CIP)

L394c LaValle, Victor
Changeling: sombras de Nova York/ Victor LaValle; Tradução: Petê Rissatti. – São Paulo: Editora Morro Branco, 2019. p. 560; 14x21cm.

ISBN: 978-85-92795-74-0

1. Literatura americana – Romance. 2. Ficção. I. Petê Rissatti. II. Título
CDD 813

Todos os direitos desta edição reservados à:
EDITORA MORRO BRANCO
Alameda Santos, 1357, 8º andar
01419-908 – São Paulo, SP – Brasil
Telefone (11) 3373-8168
www.editoramorrobranco.com.br
Impresso no Brasil
2019

Para Emily, Geronimo e Delilah.
Minha Equipe Suprema

Quando acredita em coisas que
não compreende, você sofre.

– Stevie Wonder, "Superstition"

1

PRIMEIRO VEM O AMOR

1

Este conto de fadas começa em 1968, durante uma greve de lixeiros. Em fevereiro, os trabalhadores de saneamento da cidade de Nova York se recusaram a coletar o lixo por oito dias. Cem mil toneladas de lixo encheram as calçadas, derramadas pelas ruas. Ratos acompanhavam os corredores matinais. Lixo incendiado fazia o ar fervilhar. Os cinco distritos tinham sido considerados mortos. Ainda assim, havia alguma magia estalando no ar, pois foi quando Lillian e Brian se conheceram. Os dois tinham vindo de terras distantes e se encontraram no Queens. Nenhum deles poderia ter adivinhado a loucura que sua paixão desencadearia.

Lillian Kagwa emigrara de Uganda enquanto Brian West viera do único território um pouco menos estrangeiro: Syracuse. Essa filha do leste africano e esse filho do norte do estado de Nova York encontraram-se em uma agência de modelos barata da Northern Boulevard. Nenhum dos dois era cliente.

Na semana da greve dos lixeiros, Lillian fora contratada como secretária da agência para receber convidados na recepção. Uma vista agradável para os transeuntes que passavam pelas calçadas atulhadas com resíduos de uma semana. Brian, um agente de liberdade condicional, fazia visitas ocasionais ao fundador da agência: Pavel Aresenyev, um de seus liberados, que passara quatro anos na prisão por fraude. Brian não acreditava que Pavel estivesse agindo de boa-fé. Mas, naquela semana, Brian estava menos concentrado no sr. Aresenyev e muito mais na nova secretária que o recebeu quando ele chegou. Ao conhecê-la, ele sentiu como se encontrasse uma rosa crescendo em um aterro sanitário. Era a quarta vez que Brian passava pela agência de modelos naquela semana.

Apesar de sua atração imediata, Brian costumava pronunciar errado o sobrenome de Lillian Kagwa, e Lillian vivia confundindo Brian com outros homens brancos. Não era para ser. Ainda assim, Brian West – baixo, troncudo e persistente, simplesmente não desistiria. E nos dias em que ele não aparecia, Lillian percebia, para sua surpresa, que sentia falta dele.

Lillian Kagwa tinha vindo de Jinja, a segunda maior cidade de Uganda, onde vivera durante a emancipação do país da Grã-Bretanha e, por fim, durante o governo nacional de Milton Obote. O presidente usava o exército e sua polícia secreta, a Unidade de Serviços Gerais (USG), para governar o país. Eles espalhavam a crueldade aonde quer que fossem.

Em 1967, Lillian e três primos viajavam para a capital, Kampala, quando foram arrastados por três homens que alegavam ser agentes da USG. Os quatro primos ficaram sentados em silêncio enquanto os agentes inspecionaram sua identidade e, em seguida, exigiram que o único primo homem – Arthur – saísse e abrisse o porta-malas. Arthur não queria deixar suas irmãs e Lillian, e hesitou. Naquele momento, um agente se inclinou e casualmente deu um tiro na barriga de Arthur.

Lillian e suas primas foram temporariamente ensurdecidas pelo som e cegadas pelo clarão, mas Lillian sentiu o agente que disparou a arma tateando dentro do carro para tirar as chaves. Lillian, ao volante, engatou a marcha do carro e saiu em disparada antes de seus sentidos terem voltado, ziguezagueando pela estrada de duas pistas como uma bêbada. Os agentes atiraram contra o carro, mas não conseguiram persegui-lo; o automóvel deles ficara sem combustível. Haviam criado aquela batida policial para roubar um veículo apropriado e teriam de esperar outro.

Lillian chegou a Kampala em meia hora, acelerando pelo caminho inteiro. Arthur morreu muito antes disso. Um incidente como aquele não era sequer digno de notícia. Uganda, como um todo, estava perdendo a cabeça, e Lillian Kagwa queria ir embora. Um ano mais tarde, ela conseguiu um visto para os Estados Unidos.

Em 1968, Lillian foi para Nova York. Tinha 25 anos e não conhecia ninguém, mas, por conta do domínio britânico sobre Uganda, ela já falava o inglês do rei, e isso facilitou sua transição. Um dos motivos para o sr. Aresenyev tê-la contratado na agência de modelos foi seu domínio do inglês, que era muito melhor que o dele. Ela fazia a empresa parecer séria, legítima, embora as suspeitas de Brian West estivessem certas: a coisa toda era uma fraude. Lillian não sabia disso quando aceitou o trabalho. Só sabia que o trabalho pagava dois salários mínimos: três mangos por hora. Em Uganda, não conseguira encontrar nenhum tipo de trabalho, então ela gostava do bico. E o que era uma greve de lixeiros em comparação com assassinato sancionado pelo Estado?

A agência Glamour Time funcionava em um escritório sem janelas no segundo andar de um prédio perto da Queensboro Plaza, distante de qualquer polo de alta costura, mas era central o suficiente para tirar dinheiro de aspirantes a modelo do Queens proletário. Os potenciais clientes podiam ingressar na agência, desde que tivessem fotos do pescoço para cima. Felizmente, o sr. Aresenyev tinha um pequeno estúdio lá na agência e ele mesmo tirava as fotos mediante o pagamento de uma taxa. Para certas jovens, ele se oferecia para tirar as fotos depois do expediente, apenas os dois, a sós. As ruas de Nova York estavam transbordando de lixo não coletado, mas a Glamour Time tinha um mau cheiro próprio. O único aspecto honesto da empresa era a mulher do leste africano que atendia aos telefonemas na recepção.

Talvez a empresa do sr. Aresenyev pudesse ter funcionado bem por anos, sugando jovens esperançosas, se não fosse pelo maldito agente de condicional que transformara sua recepção em uma segunda casa. Como fazer uma fraude decente funcionar se um policial passava por ali manhã sim, manhã não? Brian West era ruim para os negócios. E como ele ficara animadinho com Lillian Kagwa, isso significava que Lillian era ruim para os negócios. Então, o sr. Aresenyev a demitiu. Não era o plano mais esperto, mas o sr. Aresenyev não era brilhante. Agora, Brian perseguia Pavel de forma implacável, o inspetor Javert do condado de Onondaga. Cobrar pelas fotografias não era ilegal, mas manter um estúdio fotográfico sem autorização contava como violação da liberdade condicional. Pavel Aresenyev voltou para a prisão. Brian West conseguiu uma condecoração. Lillian Kagwa precisou de um emprego novo.

Ela foi trabalhar como secretária administrativa em um escritório de advocacia no centro de Manhattan. O novo emprego pagava menos, e ela se mudou para um apartamento menor. Cortou toda a comunicação com Brian. Ele lhe custara um bom emprego, e o trajeto para o centro adicionava meia hora de viagem em cada sentido, portanto, não, ela não queria jantar e ir ao cinema com Brian, obrigada. De qualquer maneira, ela era jovem, e estava em Nova York, onde havia muito mais divertimento do que em Jinja. Os dois se conheceram em 1968, mas só saíram para um encontro de verdade oito anos mais tarde.

Brian West deu espaço a Lillian, recuando um distrito; ele alugou uma casa em Staten Island, mas não conseguia parar de pensar nela. Por quê? O que Lillian tinha? Ele não conseguia explicar. Era como se ela tivesse lhe lançado um feitiço.

Brian West era o filho único de dois bêbados descontrolados nada românticos. Aos doze anos, arranjou um emprego de vendedor de doces no cinema Elmwood Theater. Cometeu o erro de exibir orgulhosamente seus ganhos ao pai, Frank. Ele esperava um tapinha no ombro, palavras de felicitações; em vez disso, o menino enfrentou um assalto violento na própria sala de estar. Seu pai comprou um engradado de cerveja Genesee com o dinheiro. A mãe e o pai acabaram com tudo antes da hora de dormir. Um lar como esse ou quebra a pessoa ou a fortalece. Talvez as duas coisas. O que é esperar o perdão de uma mulher em comparação com ser espancado e ter seu primeiro salário roubado pelo próprio pai?

No final de 1976, por fim, aconteceu. Brian West e Lillian Kagwa foram a um encontro. Os dois tinham 25 anos quando se conheceram durante a semana da greve dos lixeiros, mas agora estavam com 33. Lillian tinha saído com um monte de homens durante aqueles anos, e Brian se beneficiou da comparação. Trabalhava duro, não bebia, poupava dinheiro e pagava suas dívidas. Engraçado como agora ela valorizava essas qualidades. O único sobressalto veio no jantar, quando Brian falou sobre o quanto queria filhos, ansiava pela oportunidade de ser marido e pai. Assim que ele a vira na Glamour Time, sentira que ela seria uma mãe maravilhosa. Quando terminou de falar, ela o lembrou gentilmente de que aquele era o primeiro encontro deles. Será que poderiam ao menos esperar o filme terminar para fazer planos de casamento? Brian ganhou pontos, pois não se fez de ofendido ou irritado – ele riu. Ele não sabia, mas foi nesse momento que Lillian se apaixonou de verdade por ele.

Ele a levou para ver *Rocky*. Não teria sido a escolha de Lillian, mas, no meio do filme, ela começou a curtir. Ela até se identificou. Um sonhador feroz, era disso que aquele filme tratava. E ela não era o mesmo? Gostava de pensar que sim. Talvez fosse por isso que Brian a levara para ver aquele filme. Para lhe mostrar algo sobre si mesmo que ele nunca poderia expressar em palavras. Ele lhe contou como fora roubado pelo próprio pai, e ela lhe contou sobre Arthur tomando um tiro no carro, e agora os dois estavam em uma sala escura no cinema da Times Square. Juntos. Um casal sobrevivente. Parecia improvável – a vida toda que os levara até ali –, tão improvável quanto um mito. No escuro, ela segurou a mão dele. Embora só fossem fazer sexo três horas depois, seria possível dizer, com exatidão, que seu filho – seu único filho – foi concebido naquele instante. Um pensamento, uma ideia, um sonho compartilhado; a maternidade e a paternidade são uma história que duas pessoas começam a contar juntas.

Em abril de 1977, a gravidez de Lillian era visível. Brian encontrou um apartamento de dois quartos em Jackson Heights. O filho veio em setembro. Brian pensou que seria estranho chamar um garoto mestiço de Rocky, e em vez disso batizou-o de Apollo. Brian gostava de embalar o recém-nascido na curva do braço, murmurando para ele "Você é o deus, Apollo. Boa noite, meu solzinho". E viveram felizes para sempre. Ao menos por alguns anos.

No quarto aniversário de Apollo, Brian West foi embora.

Brian não fugiu com outra mulher ou saiu da cidade para voltar a Syracuse. O homem poderia muito bem ter sumido da existência. Ninguém conseguiria encontrá-lo porque não deixara nenhum rastro, nem migalhas de pão, nem recibos de cartão de crédito. Sumiu. Desapareceu. Escafedeu-se.

Quando Apollo nasceu, Brian e Lillian acharam que tinham chegado ao fim da história, mas estavam errados. A loucura estava apenas começando.

2

Logo após Brian ter desaparecido, o menino começou a ter um sonho recorrente. Já que ele tinha apenas quatro anos, Lillian não conseguia ver muito sentido nos detalhes. A maioria deles vinha em um balbucio longo e apressado de uma criança assustada no meio da noite, mas ela juntou as peças. Havia um homem batendo na porta da frente. Quando Apollo destrancava a porta, o homem entrava sem pedir licença. Ele se ajoelhava na frente de Apollo. Tinha um rosto, mas ele tirava aquele rosto. O rosto que estava por baixo era o de seu pai. Brian West abria a boca, e uma nuvem saía dela. Apollo via o jorro de névoa saindo da garganta do pai e começava a chorar. A névoa preenchia o apartamento até que o garoto mal conseguia enxergar. Seu papai o pegava no colo. Então, vinha o som de água corrente, alto como uma cascata, que enchia o apartamento. O pai de Apollo carregava-o através do nevoeiro. Enfim o pai falava com ele. Exatamente nesse momento Apollo acordava, gritando.

O garoto teve esse pesadelo noite após noite durante semanas. Apollo não queria mais dormir, e Lillian não conseguia pregar os olhos, pois sabia que, em algum momento, seu menininho de quatro anos ficaria aterrorizado.

Você vem comigo.

Era isso o que Brian dizia a Apollo no sonho.

Enquanto tentava consolá-lo, Lillian se perguntava por que aquelas palavras o deixavam com tanto medo. A resposta dele a dilacerou profundamente. Não era medo que o fazia gritar. Era saudade.

— Por que ele não me levou com ele? — perguntou Apollo.

Por fim, os pesadelos passaram, ou, ao menos, Apollo parou de falar deles, o que fez a vida voltar ao normal: Lillian, mãe solteira que trabalhava em tempo integral, tendo aulas aos sábados para virar secretária jurídica e criando o filho sozinha, uma vida exaustiva e gratificante ao mesmo tempo. Apollo, uma criança que amava livros, crescendo e se tornando independente e atento.

Eles seguiram aos trancos e barrancos por mais oito anos. Quando Apollo completou doze anos, eles não falavam mais de Brian West nem planejavam tocar nesse assunto pelo resto de seus dias, mas, certa tarde, Apollo recebeu uma mensagem do homem. Um presente.

3

Foi no outono de 1989, e Apollo Kagwa estava no sétimo ano da Escola de Ensino Fundamental 237, em Flushing. Quando Brian foi embora, Lillian voltou a usar seu nome de solteira e fez questão de garantir o mesmo para o filho. Ele se tornou um Kagwa por decreto. Apagaram West de suas vidas.

Até mesmo um garoto independente e atento como Apollo podia ter uma turma. Ele tinha dois melhores amigos e ia bem em História Norte-americana com o sr. Perrault. Lillian havia terminado com sucesso suas aulas para se tornar secretária jurídica e encontrara um emprego melhor em um escritório de advocacia no centro de Manhattan. Mas o trabalho a ocupava por ainda mais horas, e às vezes ela só chegava em casa às oito da noite. O menino tinha que se virar e os adultos lamentavam essa nova realidade no programa de entrevistas de Phil Donahue. Eles repreendiam mães trabalhadoras que prejudicavam os coitados dos filhos com sua necessidade de ganhar a vida.

Apollo passou aquela tarde como todas as crianças que não precisam ir direto para casa: ficou mergulhado na lanchonete mais próxima para gastar algumas moedas jogando *Galaga* e, depois, foi até o mercadinho para comprar suco colorido e salgadinho, virando a esquina para a Colden Street, onde um jogo de beisebol improvisado estava acontecendo. Ele jogou por uma hora ou três, depois foi para casa. Já fazia – com toda a sinceridade – um ou dois dias que ele não tomava banho, e o jogo fez subir um cecê que nem ele conseguiu ignorar. Apollo ligou o chuveiro e já tirara metade da roupa quando ouviu uma batida pesada em uma porta do outro lado do apartamento. Ele ignorou a batida – provavelmente apenas um vizinho à procura da mãe dele –, mas ela ficou cada vez mais alta. A água quente no chuveiro começou a formar vapor. Quando Apollo saiu do banheiro, parecia que estava saindo de uma nuvem.

Ele havia chegado à metade do apartamento quando uma sensação incômoda percorreu seu pescoço. As batidas na porta continuaram, mas ele olhou para trás e viu o vapor no banheiro vazando para dentro do corredor, como se o seguisse. Somente aí Apollo se sentiu zonzo. Como se, sem saber, ele entrasse no sonho de alguém. Seu sonho. Sentiu um arrepio quando percebeu. Costumava ter esse sonho, noite após noite, quando era mais novo. Quando? Com três ou quatro anos? Uma batida na porta, o som da água corrente, o apartamento com neblina densa e...

Ele correu até a porta de entrada. Assim que se aproximou, a batida parou abruptamente.

— Me espera — sussurrou ele. Sentiu-se idiota quando disse isso. Ainda mais idiota quando repetiu.

Seu pai não estava do outro lado da porta. Seu pai não estava do outro lado da porta. Seu pai não estava.

Ainda assim, Apollo abriu as trancas. Sentiu como se estivesse encolhendo. Como conseguira abrir a porta naquele sonho? Como havia alcançado a tranca de cima se era apenas uma criancinha? Tudo era possível em um sonho.

E agora? Talvez tivesse adormecido sentado na banheira, e algum disparo aleatório de eletricidade no cérebro tivesse ajudado essa fantasia a ressurgir. Apollo decidiu não se importar. Havia certa liberdade em saber que estava sonhando. No mínimo, ele abriria a porta, veria o pai e se lembraria das feições do homem. Não conseguia mais se lembrar delas. Mas quando abriu a porta, não era seu pai que estava lá.

Em vez disso, havia uma caixa na soleira.

Apollo inclinou-se para fora, como se tivesse um vislumbre de seu pai do sonho, talvez mais adiante no corredor. Não havia ninguém lá. Olhou de novo para a caixa. Papelão firme, uma palavra escrita na tampa com canetão preto.

Improbabilia.

Apollo abaixou-se, apoiando um joelho no chão. Pegou a caixa – não era pesada – e a levou para dentro. O conteúdo dela se movia e batia nas laterais. O garoto se sentou no tapete da sala de estar. E abriu a tampa.

4

— Essa era a caixa do seu pai — disse Lillian.

Apollo não percebeu que o sol já havia se posto, não ouviu a mãe entrar no apartamento. Ele só voltou a si quando ela tocou sua nuca.

A mãe deixou cair a bolsa e se ajoelhou ao lado dele.

— Onde você encontrou tudo isso? — perguntou ela.

— Alguém deixou na porta — respondeu ele.

Apollo tinha espalhado o conteúdo no tapete da sala. Um par de canhotos de entradas de cinema, a fotografia de uma jovem branca, o contrato de aluguel de um apartamento em Jackson Heights, a conta de uma noite de estadia em um hotel na Nona Avenida, bem perto da Times Square, uma pequena pilha de recibos de comida para viagem, a certidão de casamento de Brian West e Lillian Kagwa e um livro infantil.

— Como assim? — sussurrou Lillian enquanto observava a coleção. — Meu Deus — disse, mais baixo ainda.

Apollo virou-se para olhá-la, e ela recuou, ficou em pé, com corpo reto, tentando se recuperar.

— Me conte a verdade — disse ela. — Isso estava no meu guarda-roupas? Você estava fuçando nas minhas coisas?

Apollo apontou para a porta da frente.

— Alguém bateu muito na porta. Pensei… — Ele parou por um momento. — Eu não sabia quem era. Eu ia entrar no banho.

Foi quando Apollo percebeu que a água ainda corria. Ele se levantou apressado e foi até o banheiro. Por causa da drenagem lenta do ralo do apartamento, a banheira transbordara, e o piso do estava cheio de poças.

— Apollo! — gritou Lillian quando viu a bagunça. Ela empurrou o filho de lado e fechou o registro. Puxou as toalhas do suporte e as jogou no chão. — Vou ver com a sra. Ortiz se não causamos um vazamento no teto dela.

Apesar da caixa impossível na sala de estar, havia algumas preocupações que nenhum pai ou mãe poderia ignorar; por exemplo, será que seu filho acabara de causar um acidente grave para a vizinha de baixo, uma senhora que costumava ser babá dessa criança imprudente? E quanto custaria consertar o teto da sra. Ortiz?

Lillian saiu do banheiro, e Apollo a seguiu. No caminho até a porta da frente, ela olhou de novo para a caixa, para os itens sobre o tapete, e rapidamente voltou até eles. Ela se inclinou e pegou um pedaço de papel, virou-se e saiu do apartamento. Apollo voltou para a sala. Lillian pegara o recibo do pernoite perto da Times Square. Ela pensou que estava escondendo algo, mas isso não importava. Durante o tempo em que ficou sentado ali, Apollo basicamente reuniu tudo aquilo na memória e tentou ligar os itens às histórias que sabia sobre os pais. Um dos elementos sobre o qual não tinha certeza foi a parte que sua mãe acabara de confirmar.

Como um homem que guardou todas aquelas coisas poderia simplesmente abandonar esposa e filho? E como todas aquelas provas foram parar na porta da casa de Apollo? Ele olhou de novo para a caixa e leu a palavra escrita na tampa. *Improbabilia*.

Sua mãe teria de explicar o que significava a maioria dos itens, mas um parecia mais fácil de compreender. O livro infantil *Lá fora, logo ali*, de Maurice Sendak. Apollo abriu-o. Esperava encontrar uma nota especial, algum tipo de dedicatória de pai para filho, ou apenas uma amostra da caligrafia do pai. Nada disso, mas as páginas estavam bem gastas, o canto superior direito de cada uma levemente manchado e a lombada tinha rachaduras. Aquilo não era fachada; o livro fora lido muitas vezes. Apollo imaginou Brian West – talvez sentado naquele mesmo sofá – lendo em voz alta para o filho. Naquele momento, ele estava lendo a primeira página em voz alta para si mesmo.

— "Quando papai estava em alto-mar" — ele começou.

Sua mãe não lia muito. Ela tinha boas qualidades, mas essa simplesmente não era uma delas. Lillian trabalhava como louca e, à noite, tinha energia para se sentar com ele e assistir televisão, só isso. Muitas noites ela adormecia ali mesmo. Apollo não se importava. Mas, assim que ela desmaiava, ele tirava os sapatos dela, removia sua peruca, desligava a TV e ia para o quarto ler. Ele fora assim desde que aprendera a recitar palavras. O livro em sua mão permitiu imaginar que houve um tempo em que ele não fora o único leitor em casa. Gostava de acreditar que seu gosto por textos fora herdado. Talvez aquele livro tivesse sido apenas o primeiro de muitos que seu pai planejara compartilhar. O apetite de Apollo pela leitura apenas cresceu depois que encontrou a caixa.

Apollo lia na cama e enquanto usava o banheiro. Levava livros para o parque. Lia edições de bolso quando jogava beisebol na posição de right field. Perdia livros, derramava refrigerante sobre eles, e manchas de dedos com chocolate derretido apareciam nas páginas. Mesmo os bibliotecários mais gentis começaram a cobrar taxas de substituição. Então, Lillian começou a levar livros e revistas do escritório para casa. *Reader's Digest* e *People*, *Consumer Reports* e *Bon Appetit*. Ele acabava com todos eles e ainda queria mais. Ela fez amizade com secretárias em outros andares do prédio e até mesmo convenceu algumas a assinar revistas diferentes daquelas que havia em sua empresa. Um consultório de dentista do outro lado da rua mantinha livros de bolso baratos para os pacientes, e ela convenceu a recepcionista a lhe dar as edições antigas em vez de jogá-las fora. Eram principalmente livros de suspense; as obras sobre crimes reais se destacavam. Lillian Kagwa não verificava os volumes, só os jogava em uma sacola plástica e os levava para casa no trem das 7. Assim, Apollo leu *Ted Bundy: um estranho ao meu lado*, de Ann Rule, *Uma lady perigosa*, de Blanche Chenier, e *Dragon*, de Clive Cussler quando era jovem demais para entendê-los. No entanto, terminou todos eles. A leitura não supervisionada é uma bênção para certo tipo de criança.

Lillian não compreendia totalmente o tipo de criança que ele era até que em um sábado, no início de outubro, a vizinha do andar de baixo, a sra. Ortiz, foi até seu apartamento. A sra. Ortiz não estava lá para ver Lillian, mas seu filho. Lillian logo se perguntou o que Apollo tinha aprontado, mas a sra. Ortiz apenas acenou balançou uma nota de um dólar no ar, dizendo que Apollo lhe prometera uma edição da revista *People* com aquela garota linda, Julia Roberts, na capa, mas que ele não tinha passado lá para entregar. Depois de alguns minutos, Lillian se localizou em sua confusão e consternação, compreendendo que o filho estava vendendo os livros e as revistas que ela trazia para casa. Sentiu-se tão irritada que entrou no quarto de Apollo, encontrou a edição no meio de uma das pilhas no chão e a entregou de graça à sra. Ortiz. Ela ainda tentou entregar uma edição mais recente com Barbara Bush na capa, mas a sra. Ortiz não sabia quem ela era.

Apollo voltou para casa perto do pôr-do-sol. Nova York estava passando por uma onda de calor e fazia uns 25 graus naquele dia. Ele e seus amigos tinham ido ao Parque Flushing Meadows para jogar futebol americano, até que a temperatura finalmente caiu. Apollo apareceu sujo, mas entusiasmado. Lillian deixou que ele fosse encontrá-la na cozinha. Ela passara a tarde colocando todas as revistas e livros de bolso em sacos de lixo. Os sacos estavam sobre a pequena mesa da cozinha, no lugar do jantar. Antes que Apollo pudesse perguntar por quê, Lillian lhe contou sobre a visita da sra. Ortiz.

— Eu passei por poucas e boas para conseguir essas coisas para você, porque pensei que você ia ler — disse Lillian. Então ela levantou um saco, grunhindo com o peso. — Mas se não vai, vamos apenas jogar tudo isso no incinerador.

Apollo desamarrou o conteúdo de uma das sacolas e espiou dentro dela.

— Eu li — disse ele. — Todos eles. Mas depois de terminar, o que faço?

— Jogue fora, Apollo. O que mais? — Ela amarrou a sacola novamente.

— Mas a sra. Ortiz gosta de ler a *People*, então...

— Então, por que não cobrar de uma senhorinha?

— Ela me paga 25 centavos. O preço na banca é US$1,95. É um negócio e tanto para ela, e ela não se importa que a revista seja de algumas semanas atrás. Qual é o problema?

Lillian abriu a boca, mas não tinha uma resposta pronta. Ela passou os olhos pelas sacolas.

— Você vende todas?

— As que não consigo vender, eu jogo fora, mas faço uma graninha na vizinhança.

— Você tem doze anos — disse Lillian, sentando-se. — Onde aprendeu a fazer isso?

Apollo permaneceu em silêncio um momento e, em seguida, abriu um sorrisão.

— Com você, mãe. Aprendi com você.

— Como assim?

— Você trabalha tanto. Eu vejo você trabalhando. E eu sou seu filho. Está no meu sangue.

Lillian apontou para a cadeira ao lado dela, e Apollo se sentou. Ela o observou por um bom tempo.

— Se você vai ter uma empresa, precisa ter cartões de visita — disse ela. — Tem que ter seu nome e um número de telefone. Acho que podemos botar o telefone de casa. Vou mandar fazer para você. Consigo fazer de graça no escritório.

Lillian levantou-se da cadeira e voltou um momento depois com papel e caneta. Desenhou um retângulo grande e escreveu algumas linhas:

Apollo Kagwa
Livros e revistas usados

Ela riscou a segunda linha e escreveu outra embaixo.

Apollo Kagwa
~~Livros e revistas usados~~
Livros e revistas acessíveis

Embaixo, anotou o número do telefone.

Em seguida, pousou a ponta da caneta na parte superior do retângulo, logo acima do nome de Apollo.

— Você precisa de um nome para sua empresa. — Ela esperou com a caneta a postos.

Ele pegou a caneta da mão da mãe e acrescentou o nome:

5

Apollo Kagwa poderia ter ido para a faculdade se não fosse por um homem chamado Carlton Lake. Apollo era terceiranista na Escola de Ensino Médio John Bowne e, com base em suas notas, estava absolutamente na média. Notas B e C enfileiravam-se em seu boletim. Fora assim a partir do nono ano. Uma surpresa para alguns de seus professores, pois desde criança ele podia ser considerado inteligente, até estudioso, mas a escola não era sua verdadeira paixão. Tudo que importava a Apollo Kagwa era sua empresa.

Aos dezessete anos, ele transformou Improbabilia em um negócio próspero. O garoto era conhecido no Queens, em Manhattan e no Bronx. Negociantes de livros usados e raros souberam dele, pois Apollo ligava para lojas e perguntava se podia passar por lá, se apresentando como um colega negociante que por acaso estava por perto e gostaria de fazer uma visita de cortesia. Claro, diziam eles, perplexos com a educação. Esses caras não eram, geralmente, conhecidos pela etiqueta. E logo chegava o garoto negro de quinze anos com passos pesados e uma mochila que faria uma mula cambalear, apresentando-se como Apollo. Seus óculos eram tão grandes que deveriam ter limpadores de para-brisa.

Ele entrava nas lojas e tentava vender edições surradas de revistas como *The Connoisseur* e *Highlights*. A combinação de espírito empreendedor e ingenuidade absoluta fazia alguns desses livreiros ficarem encantados pelo garoto. Por meio deles, Apollo conseguiu a educação pela qual ansiava. Eles lhe ensinaram como avaliar um livro, como se portar em vendas de livros herdados, e os melhores lugares para montar uma mesa em feiras de antiguidades.

Outros livreiros eram muito menos acolhedores. Quando compartilhava seu estoque, tentando vender, eles o acusavam de ter roubado a mercadoria. Talvez tivesse invadido uma loja e saqueado tudo o que podia. Algumas lojas – os lugares mais badalados de Manhattan – tinham interfone na porta. Era a época em que Bernhard Goetz saiu atirando em garotos negros no metrô, e muita gente branca da cidade o aplaudia. Todos os garotos com excesso de melanina se transformaram em superpredadores, até mesmo um menino negro de óculos e com uma mochila cheia de livros. Às vezes ele ficava na entrada por quinze minutos enquanto os vendedores fingiam não o ver.

Para piorar a situação, Apollo se pegou imaginando se ele era mesmo assustador, um monstro, o tipo que afastaria até mesmo o próprio pai. Essa convicção ficava mais viva em momentos como aquele, quando o mundo parecia corroborar com sua monstruosidade. Se ele não tivesse cuidado, seria consumido. Para suportar essas humilhações, essas supernovas de autodepreciação, Apollo pensava em um mantra – ou talvez as palavras viessem até ele de alguma antiga lembrança –, um que ele repetia a si mesmo enquanto ficava lá, parado, sendo julgado. *Eu sou o deus, Apollo. Eu sou o deus, Apollo. Eu sou o deus, Apollo.* Entoava até se sentir realmente divino. Mas isso não fazia com que os proprietários das lojas o deixassem entrar.

* * *

Em 1995, último ano do ensino médio, ele foi aceito na Faculdade do Queens, mas, no verão antes de as aulas começarem, um dos mentores de Apollo na negociação de livros lhe deu um presente de formatura: *Confissões de um arqueólogo literário*, de um homem chamado Carlton Lake.

Lake apresentava a história de sua vida como colecionador de livros raros, manuscritos, partituras, até cartas da época de Napoleão. O colecionador e sua coleção aparentemente ficaram muito famosos, e a primeira parte do livro detalhava como surgiu o amor por esses materiais. Ele tinha sido um grande leitor e garimpeiro de livrarias de segunda mão. Quando chegou a hora de realmente iniciar a coleção de livros, daqueles que custam mais do que alguns centavos, Lake menciona que foi "auxiliado por uma avó generosa". Em outras palavras, vovó o bancava. E muito depressa Carlton Lake começou a colecionar os grandes poetas franceses do século XIX: Baudelaire, Verlaine, Rimbaud, Mallarmé. Em seguida, teve sua epifania, que ele chama de "iluminação", quando fez sua primeira grande aquisição em um leilão em Nova York. Comprou uma cópia de *Flores do mal*, de Baudelaire, e dentro dele encontrou correções, escritas às margens pelo próprio Baudelaire. Com esse achado, se tornou um arqueólogo literário. Para Lake, esse fora o início de sua verdadeira vocação. Tinha virado um homem dos livros.

Quando Apollo Kagwa terminou de ler aquela passagem, soube que não iria para a Faculdade do Queens no segundo semestre daquele ano. Apesar de não ter uma avó para financiar suas compras, e apesar de na realidade ele ainda não saber a diferença entre Baudelaire e Beatrix Potter,

Apollo estava convicto de que também era um homem dos livros. Se Carlton Lake pôde fazer tudo aquilo, por que caralhos ele não podia também? O filho de dois sonhadores ferozes também havia se tornado um.

6

"Venda de espólio" parecia pedante, mas para Apollo podia significar viajar até New Rochelle para inspecionar um saco de lixo cheio de livros danificados pela água no porão de alguma casa de estilo colonial vitoriano. Por outro lado, poderia encontrar quatro estantes com primeiras edições em perfeito estado de conservação em uma casa em Sugar Hill. O suspense e a surpresa importavam tanto quanto o lucro.

Apollo encontrara sua vocação precocemente, mas seu primeiro grande achado na área – seu momento Baudelaire – só aconteceu aos 34 anos. Havia saído do apartamento de Lillian aos dezenove anos e encontrara um estúdio em Jackson Heights, um local tão repleto de livros que ele mal tinha espaço para uma cama de solteiro. Cruzava o país em sua caça aos livros. Às vezes se desgrudava de frontispícios e margens para olhar ao redor, saía com alguma mulher, mas, depois de alguns bons momentos, sempre voltava ao trabalho.

Porém, o grande dia foi em uma liquidação de bens no porão de um prédio residencial no Bronx, onde havia 42 recipientes com livros – de caixas de tênis a um antigo caixote laranja de leite recuperado de um supermercado. Neles estavam alguns dos mais raros livros sobre magia e ocultismo que Apollo já tinha visto. Casal adorável, o sr. e a sra. D'Agostino morreram com diferença de meses e deixaram para trás uma coleção que causava arrepios nos quatro filhos e onze netos. Ele descobriu uma fotografia do casal de velhinhos enfiada nas páginas de um grimório. Parecia que o velhinho e sua esposa tinham saído do filme *Up: altas aventuras*, mas essa versão de Carl e Ellie Fredricksen estocava volumes de feitiçaria. A foto caseira e a coleção sobrenatural eram tão incongruentes que Apollo precisou se esforçar muito para não rir na frente da família.

Ele fez uma oferta baixa ali mesmo e, como fora o primeiro negociante disposto a ir ao sul do Bronx, conseguiu fazer negócio. Alugou uma van naquela tarde e levou o material para casa. Levou uma semana para catalogar tudo e subir na internet as informações relevantes dos livros. Enquanto os folheava, encontrou observações rabiscadas aqui e ali à margem, em duas caligrafias diferentes.

Enquanto examinava uma terceira edição de tamanho *folio* de um simpático livrinho chamado *Manual do caçador de bruxas do Conselho do Sangue*, um cartão postal dirigido aos D'Agostino caiu. O postal simples não estava tão amarelado quanto Apollo teria esperado, pois a data carimbada nele era 1945. O nome do remetente, sua assinatura absolutamente clara, era Aleister Crowley. Uma rápida verificação on-line confirmou que Crowley fora um famoso ocultista no início de 1900, chamado de "o homem mais perverso da história". Acusado de satanismo. Usuário de drogas recreativas e aventureiro sexual quando essas coisas eram escandalosas, em vez de apenas parte de um perfil de namoro on-line. Ozzy Osbourne escreveu uma música sobre o cara em 1981. E, aparentemente, Eliana e Domenico D'Agostino haviam recebido um cartão postal dele. Apollo leu o cartão de Aleister Crowley para o casal.

Alguns homens nascem sodomitas, alguns alcançam a sodomia, e a alguns se impõe sodomia.

Pensando em vocês dois.

Bem, o que ele achou disso? Que os D'Agostino eram malucos de carteirinha!

Mesmo antes do postal, aquele tinha sido o melhor lote de Apollo. Agora, se ele pudesse verificar a autenticidade do cartão, essa descoberta poderia se tornar lendária. Carlton Lake tinha os textos corrigidos de Baudelaire; Apollo Kagwa tinha um postal safado de Aleister Crowley. Ele leu o cartão novamente e riu. Ele o ergueu para compartilhar a brincadeira com alguém, mas estava sentado sozinho na sala de estar. A descoberta de sua vida e não havia ninguém para compartilhar a notícia. Naquele momento, se sentiu surpreso, dominado, com uma emoção diferente.

Apollo Kagwa se sentiu solitário pra caralho.

Olhou mais uma vez para os livros que comprara da família; digitalizou o postal. Ao que parecia, o sr. e a sra. D'Agostino tinham se envolvido em umas coisas loucas, mas os dois entraram juntos em sua aventura de ocultismo. A escrita à margem, com dois estilos diferentes, sugeria que tanto o marido como a esposa passaram tempos estudando aqueles tomos, trocando comentários às margens dos livros, um diálogo permanente que se estendeu por décadas. De repente, Apollo compreendeu todos aqueles livros como mais do que apenas uma excelente oportunidade de lucro. Eram a prova de duas vidas entrelaçadas.

Às três da manhã, em seu apartamento de um quarto, rodeado por uma pequena biblioteca de textos ocultistas, Apollo Kagwa, 34 anos, percebeu que seu relógio biológico havia disparado.

7

Apollo ia menos a vendas de biblioteca do que a liquidações de bens ou sebos, mas já estava em Washington Heights – para uma liquidação de bens infrutífera –, então parou na filial da Biblioteca Pública de Nova York em Fort Washington.

Em geral, vendas de biblioteca eram uma mistura de livros antigos que a filial esperava vender em vez de reciclar e livros que moradores haviam doado. Não se encontraria algo como o espólio dos D'Agostino em uma biblioteca, mas era possível comprar um livro por cinquenta centavos e, depois, vendê-lo por cinco dólares. Quase todas as pequenas empresas tiveram sucesso ou fracassaram com margens assim. Não era romântico, mas raramente a realidade é. Apollo tendia a ir a vendas de biblioteca atrás de itens como edições de larga escala de romances policiais, o tipo de livro que ele vendia a aposentados que tinham encontrado seu site e queriam que lhes enviasse o material. Vender esses livros o lembrava de seu modelo de negócios inicial – a revista *People* para sra. Ortiz no apartamento C23.

A filial de Fort Washington tinha três andares, mas a venda acontecia no porão, em um recanto afastado da sala de leitura. Uma das bibliotecárias precisava cobrir tanto a venda como a própria mesa. Apollo chegou ao porão e a encontrou ajudando uma mãe com dois filhos a escolher livros ilustrados bem surrados nas estantes. O garoto mais novo assumira a tarefa vital de jogar no chão um a cada três livros. A mãe pareceu não notar ou tinha decidido não notar, então a bibliotecária possuía uma terceira tarefa – faxina e arrumação. Então, da sala de leitura, veio a voz alta de um homem. Como o espaço era muito silencioso, soou como se ele usasse um megafone.

— Oi! Oi! Estou em apuros!

A bibliotecária foi da venda de livros de volta à sala de leitura, onde um homem enorme estava diante de sua mesa. Carregava uma mochila velha volumosa e sacolas de compras lotadas em cada mão. Uma mula de carga.

— É uma emergência! — gritou ele. — Preciso de um banheiro!

A bibliotecária contornou o homem e suas sacolas até chegar ao outro lado da mesa. Tinha os ombros estreitos, os quadris mais cheios. O homem tinha pelo menos 60 centímetros a mais que ela. A distância, dava para pensar que um ogro e um elfo estavam se enfrentando.

Os outros usuários, na maioria idosos, olharam por cima de seus jornais e revistas, mas pareciam temerosos para fazer mais que isso. Apollo aproximou-se, mais dez passos e ele estaria lá para ajudar.

— Ouça minha voz — disse a bibliotecária ao homenzarrão. — O senhor consegue me ouvir? — A bibliotecária estava sorrindo quando falou isso, mas seu volume e sua postura sugeriam uma ordem.

— Eu tenho ouvidos, não é? — Ele se inclinou para a frente, como se fosse atravessar a mesa e se lançar sobre a bibliotecária.

— Veja, eu tenho ouvidos também — retrucou ela, dando um passo para trás. — Então, por que o senhor está gritando?

O homem cambaleou, como se as sacolas nas mãos tivessem ficado mais pesadas. Ou talvez só estivesse confuso. Um homem daquele tamanho não está acostumado a ser desafiado. Muito menos por uma mulher com pouco mais de 1,50 metro de altura.

A bibliotecária abriu uma gaveta e tirou uma régua de madeira de 60 centímetros com uma única chave presa na ponta por um fio.

— Preciso de um documento antes de lhe dar a chave do banheiro — explicou ela.

A mulher não tirou o sorriso do rosto, mas naquele momento todo mundo – até mesmo o homenzarrão – percebia que aquela moça não estava para brincadeira. Magra como um pé-de-cabra e tão rígida quanto um. Talvez fosse uma mulher que precisou aprender a se impor muito cedo, uma técnica de sobrevivência para não ser esmagada ou ignorada. Funcionou. Todos no porão ficaram fascinados.

— Eu não tenho documento — disse ele, agora acanhado.

A bibliotecária usou a régua para apontar para ele.

— Deixe todas as suas sacolas aqui comigo. Assim, sei que o senhor vai voltar para pegá-las.

Em vez de deixar as cargas no chão, ele as agarrou com força, um par de bolsas gigantes.

— Elas guardam segredos.

A mulher assentiu com a cabeça, abriu a gaveta mais uma vez, deixou a régua cair lá dentro, fechou a gaveta com um empurrão, cruzou os braços, inclinou a cabeça para trás e fitou diretamente os olhos do homem.

Apollo contou até dez antes de o homem deixar as sacolas no chão. Parecia hipnotizado.

— A mochila também? — perguntou.

— Tudo — disse a bibliotecária.

Naquele momento, se ela tivesse feito um gesto para Apollo, ele teria entregado sua mochila também. O homenzarrão pôs a mochila no chão com os outros pacotes, e a bibliotecária abriu a gaveta, entregando-lhe a chave.

— Obrigado — disse ele suavemente.

— Por nada — respondeu ela, dessa vez com um sorriso caloroso.

A sala de leitura inteira aguardou em silêncio, ouvindo a chave entrar na fechadura com dificuldade, o rangido da madeira quando a porta do banheiro se abriu. Quando foi fechada com força, todos na sala de leitura estremeceram, como se tivessem acordado de um sonho. Todos, exceto a bibliotecária, que já tinha contornado a mesa, passado por Apollo e voltado à mãe com dois filhos. Eles compraram quatro livros por um dólar.

Em seguida, a bibliotecária se virou para Apollo, que ficara parado ali, perplexo.

— O senhor precisa de ajuda? — perguntou ela.

Apollo apontou na direção das sacolas do homem, reunidas ao lado da mesa.

— Eu estava indo ajudar você com aquele cara.

A bibliotecária olhou para as sacolas e, em seguida, de novo para Apollo.

— Mas você cuidou disso sozinha — disse ele.

— É meu trabalho — respondeu a mulher.

Ele a chamou para jantar e, enquanto anotava seus três livros, ela educadamente recusou. As vendas de biblioteca no nicho do porão aconteciam toda sexta-feira, portanto Apollo voltou na semana seguinte, e na semana depois dessa. Por fim, a bibliotecária lhe disse seu nome. Emma Valentine.

Cinco meses depois de se conhecerem, ela finalmente aceitou sair com ele.

8

Tentando impressionar, Apollo levou Emma a um pequenino restaurante japonês na Thompson Street, onde era preciso esperar na fila. A estação – fim de outono – fazia parecer que essa espera na calçada acontecia dentro de uma geladeira, então os dois estavam tremendo quando conseguiram se sentar no restaurante. Entornaram uma garrafa de saquê quente antes de qualquer prato chegar.

Ele soube que ela fora criada na Virgínia, em uma pequena cidade chamada Boones Mill. Tinha uma irmã, Kim, onze anos mais velha. Seus pais morreram quando tinha apenas cinco anos, mas ela não falou mais nada sobre esse assunto.

Ao completar dezoito anos, Kim virou a guardiã legal de Emma, conseguiu um emprego e criou sua irmã em vez de ir para a Faculdade Jefferson de Ciências da Saúde, em Roanoke onde tinha sido aceita. Só quando Emma terminou o ensino médio – e se matriculou na Universidade da Virgínia –, Kim finalmente foi para Jefferson cursar enfermagem. Emma lembrava-se de sua vida depois que os pais morreram como um tempo passado apenas em três lugares: em casa, na escola e na Biblioteca de South County, a vinte minutos de distância, em Roanoke.

— Minha bibliotecária favorita se chamava sra. Rook — disse Emma. — Ela ajudou a me criar quase tanto quanto Kim.

Estavam no meio do jantar, na segunda garrafa de saquê, e já inclinados um na direção do outro com uma mesinha de madeira entre eles. Os clientes apinhavam-se ao redor, e os garçons tinham tão pouco espaço para se movimentar que trombavam em Apollo cada vez que passavam, mas ele mal percebia. Só tinha ouvidos para ela.

— A sra. Rook costumava pôr filmes para mim quando Kim se atrasava para me buscar. Assim ela conseguia começar a fechar a biblioteca. Assisti a tudo o que tinha para crianças. Então, um dia, quando eu estava com doze anos, peguei algo quase que ao acaso. Gostei da foto na capa. Um casal de negros seminus carregando lanças.

— Foi por isso que você quis assistir? — perguntou Apollo.

— Em toda a biblioteca, era o único filme com negros na capa. Claro que eu queria vê-lo! O nome era *Quilombo*. Um filme brasileiro. A sra. Rook até foi conferir como eu estava. Ela viu o filme passando, viu que eu estava ocupada e continuou fazendo suas coisas.

Emma já estava alegrinha nesse momento, rindo alto.

— Não havia como a sra. Rook saber que era um filme sobre as revoltas de escravizados no Brasil. Ou que mostraria toneladas de portugueses sendo mortos por negros escravizados! Era uma senhora doce, eu nunca contei a ela sobre o que era o filme. Sabia que ela ficaria mortificada, e eu era educada demais para falar qualquer coisa. Mas gostei de verdade. Virou a única coisa que eu queria ver.

Nesse momento, Emma inclinou a cabeça para o lado e observou o teto, sorrindo.

— Era em português com legendas em inglês. Amei a musicalidade daquela língua. Demorou algum tempo, mas fiz a sra. Rook encomendar mais alguns filmes brasileiros. *Bye Brasil*, *Um trem para as estrelas*, *Os Trapalhões e o Rei do Futebol*. Por fim, a sra. Rook teve que parar de comprá-los, porque o amor de uma menina pelo Brasil não era suficiente para justificar o custo das fitas. Mas tinha feito o que podia por mim. Percebi como o mundo era grande. Maior que minha cidade. E eu queria vê-lo.

— Um de seus olhos é maior que o outro — disse Apollo. Foi apenas uma observação. A diferença era quase imperceptível, mas fazia parecer que ela olhava o mundo mais profundamente do que a maioria das pessoas. Ou talvez fosse apenas Apollo se apaixonando por ela.

Emma abaixou a cabeça e cobriu o olho maior. Talvez tivesse tomado sua observação como um insulto. Ele duvidava que pudesse falar algo para consertar, então, em vez disso, disse a primeira coisa que veio à mente.

— Nunca me importei se vai ser menino ou menina, sabe? Só quero ser um bom pai para os filhos que eu tiver.

Mesmo enquanto falava, ele entendeu como aquilo parecia maluco. *Grande assunto para uma conversa no primeiro encontro, Apollo! Por que não pergunta também se ela gostaria de assinar com você uma hipoteca de trinta anos com taxas de juros fixas?*

Emma abaixou a mão e serviu-se de um pouco mais de saquê. Bebeu com um gole lento, abaixou o copo, então falou.

— Quero explicar por que não aceitei quando você me chamou para sair pela primeira vez.

— E nas cinco vezes seguintes — acrescentou Apollo.

— E nas cinco vezes seguintes — concordou Emma.

Ela se recostou na cadeira enquanto Apollo se curvava para a frente.

— Eu disse não porque estou de mudança para o Brasil. Já comprei as passagens. Vou para Salvador, na Bahia.

— Vai ficar quanto tempo? — perguntou Apollo.

— Não sei.

Apollo bebeu diretamente da garrafa de cerâmica de saquê, terminando a bebida.

— Então, por que aceitou agora? — questionou ele.

Ela olhou para a mesa e sorriu.

— Eu me peguei ansiosa para chegar às vendas de sexta-feira, porque esperava que você voltasse. — Ela ergueu os olhos para fitar os dele. — Sentia sua falta.

Quando ele a levou de volta para a rua, pegou a mão dela. Ela apertou com firmeza.

— Então, sobre essa viagem ao Brasil — disse Apollo.

Eu sou o deus, Apollo, ele disse a si mesmo. *Eu sou o deus, Apollo.*

— Tem certeza de que não posso convencê-la a ficar?

Emma Valentine deu um sorrisinho malicioso, embriagado, e eles se beijaram.

Quatro semanas depois, ela partiu para o Brasil.

9

Tente sair com outras mulheres depois de uma noite como aquela. Apollo certamente tentou. Mas seu coração não engolia aquilo. Era Emma Valentine ou ninguém mais. Afinal, quanto tempo ela poderia ficar no Brasil? Eles se escreviam, mas Emma estava com uma boa conexão de internet. Saiu de Salvador depois de alguns meses e se mudou para Manaus, então para Fortaleza. Por fim, chegaria ao Rio e a São Paulo, mas não naquele momento. Apollo começou a ler notícias do Brasil on-line. Conseguiu um DVD de *Quilombo* e, embora o filme fosse um negócio sério – africanos escravizados combatendo os malvados portugueses –, ele riu quando imaginou a Emma de doze anos assistindo àquilo várias e várias vezes em uma biblioteca pública de Roanoke. Na ausência de Emma, ele ficava cada vez mais apaixonado por ela.

Apollo vendeu toda a biblioteca D'Agostino, aos poucos. Pôs o cartão postal de Crowley em seu site e, catorze horas mais tarde, tinha cinco propostas, enfim vendendo-o por três mil dólares. No final de 2003, ajudou Lillian a dar entrada em uma casa não geminada em Springfield Gardens, no Queens. Ela recusou sua ajuda até que se sentaram juntos e calcularam o quanto ela economizaria se desse 30%

de entrada na casa, em vez de 20%. Esse tipo de assunto ajudava a ocupar o tempo e a mente de Apollo. Depois de um ano, Emma escreveu para contar que estava voltando aos Estados Unidos e que seu voo só chegaria tarde da noite, e que ele talvez nem estivesse mais interessado em vê-la, mas, se quisesse, ela adoraria que o rosto dele fosse o primeiro a encontrar na chegada.

O avião, que deveria chegar às dez horas, atrasou duas vezes. Apollo acabou passando a noite no aeroporto JFK. As famílias e amigos na área de desembarque esperavam em cadeiras, encolhidos ou estirados no chão, e alguns discutiam. Quanto mais longos os atrasos, mais as pessoas se acomodavam, Apollo entre . Algum tempo depois da meia-noite, ele caiu no sono.

Em intervalos, um ou outro avião atrasado chegava, e seus passageiros apareciam lentamente, recebidos com a mesma lentidão pelos entes queridos. As imensas janelas do terminal de desembarque internacional deixavam passar a luz da alvorada quando o avião de Emma enfim aterrissou.

O cabelo dela tinha crescido, estava mais encaracolado; o castanho mostrava uma coloração um pouco avermelhada. Sua pele estava mais escura, e suas roupas de tecido brilhante e fino eram totalmente equivocadas para a fria primavera. Não trouxera sua mala de volta, apenas uma mochila pendurada no braço. Foi embora com mais e voltou com menos. Ela se movia devagar, parecendo cansada, mas também sem pressa, e o viu antes que ele a visse.

— Você ficou? — perguntou, quando ele pegou sua mochila.

Talvez tenha sido a exaustão, mas os olhos dela ficaram úmidos e tremeram.

— Você ficou — repetiu ela, baixinho.

Eles se sentaram na praça de alimentação para desfrutar o melhor que a Dunkin' Donuts tinha a oferecer.

— Bem-vinda à América — disse Apollo enquanto desembrulhava seus sanduíches de queijo com ovos. Ele levantou o dele. — Vou levar você em algum lugar mais bacana em breve.

Ela puxou as mangas da camisa levemente para cima.

— *Fique tranquilo* — disse em português, e sorriu. — Não vou fazer isso o tempo todo.

Apollo foi até o balcão buscar uma faca porque o sanduíche não fora cortado direito. Ele viu Emma levar o sanduíche à boca para morder. Ficou ao lado do balcão, admirado por ela ter retornado. Ao redor do pulso ela usava uma fina fita vermelha. Por que aquela visão o fez ficar tenso? Tinha um aspecto sentimental, do tipo que algum belo rapaz brasileiro teria amarrado em torno do pulso de uma americana porque não podia pagar mais nada além disso. Ficara fora por um ano. Por que não teria se apaixonado por outra pessoa? Talvez tivesse retornado com poucos pertences porque planejava voltar para lá.

Com esse pensamento, Apollo voltou à mesa com uma faca de plástico e o estômago cheio de ansiedade. Ele ficou empurrando o sanduíche de queijo com ovo para lá e para cá, mas não tinha apetite. Emma manteve silêncio até terminar o sanduíche. Então, ergueu o braço com a fita vermelha para que ele pudesse vê-la claramente. A fita estava um pouco dura. Estava suja. Já estava em seu pulso havia algum tempo.

— Quando cheguei a Salvador, fiquei com uma família em um bairro chamado Itapuã. Lá eles têm uma lagoa chamada Lagoa do Abaeté. Lembra, no nosso jantar, que você me contou sobre o casal de velhos satanistas? Pensei em você quando vi a lagoa, pois dizem que é assombrada. Tinha uma lavadeira lá, que eu conheci depois que meu português melhorou. A família que me hospedava tentou me manter longe da mulher, disse que era uma bruxa, mas eu gostava dela. Não a temia. A lavadeira me fazia pensar em minha mãe, em como ela seria se ainda estivesse viva. Durona e engraçada, não dava a mínima sobre a opinião dos outros. Eu saía de casa escondida só para me sentar com ela ao lado da lagoa enquanto a mulher lavava roupas. Antes de eu ir embora para Manaus, ela me disse para fazer três desejos para a minha vida e, depois que eu fiz, ela amarrou esta fita no meu pulso.

Emma virou a mão no sentido horário e, em seguida, no sentido anti-horário, observando o tecido vermelho.

— Ela disse que eu preciso deixar que a fita se rompa e, quando cair do meu pulso, aqueles desejos vão se tornar realidade. Eu não posso cortar a fita. *Não corte*, ela disse. Por um tempo achei engraçado, um pouco místico, mas esta coisa está na minha pele há mais de seis meses! Parece meio esfarrapada, mas quero meus desejos realizados. Não olhe assim para mim! Acho que eu acredito em magia.

Apollo tomou a mão dela e a puxou para si.

Eu sou o deus, Apollo, ele pensou. *Eu sou o deus, Apollo.*

Ele pegou a faca de plástico sobre a mesa e, com um movimento, cortou a fita vermelha do pulso dela. A fita caiu sobre a mesa de plástico. Emma estremeceu. Ele segurou a mão dela.

— Eu juro — disse ele. — Comigo, os seus três desejos vão se tornar realidade.

Naquele momento, Emma Valentine ficou frente a frente com uma escolha. Podia ver esse momento como a prova de que Apollo Kagwa era um babaca arrogante ou podia concluir que era ousado e digno. Ele tomara uma atitude, e agora ela precisava tomar sua decisão.

2

DEPOIS VEM O CASAMENTO

10

Era início da noite quando Apollo chegou à casa geminada de dois andares em Ridgewood, no Queens. Enquanto se arrastava pelos degraus da frente, riu sobre como, quando vivia no apartamento de dois quartos em Flushing com Lillian, esse tipo de lugar – não apartamento, mas casas de verdade – parecia muito chique. Ele perguntava para ela por que eles não moravam em uma, e ela dizia *aquelas são apenas para ter, não para alugar*. Mesmo agora que ele e Emma tinham um apartamento próprio – na Ilha de Manhattan – ele não conseguia evitar admirar a casa geminada, boquiaberto com as janelas do segundo andar, a calha de chuva correndo pelo telhado. Apollo Kagwa, agora com 37 anos, ainda se sentia como aquele garotinho.

Quando Apollo tocou a campainha, ouviu uma mulher chamando lá de dentro. As fechaduras estalaram e as cortinas da janela do primeiro andar se abriram alguns centímetros para que ele pudesse ser visto lá na varanda por alguém que ele não conseguia ver. Em seguida, outra voz, mais grave, masculina, e a porta foi destrancada. Apollo sentiu-se de volta nos dias em que ficava esperando do lado de fora da vitrine de algum livreiro nervoso, ou em todas as vezes que o proprietário de uma residência se recusava a deixá-lo entrar. *Eu sou o deus, Apollo*, ele pensou. *Eu sou o deus, Apollo*. Naqueles dias o mantra vinha automaticamente, tão corriqueiro quanto respirar. Ele pegou o celular enquanto esperava e enviou uma mensagem para Emma. Imaginou se ela já chegara ao restaurante.

Vou me atrasar para o jantar, mas te encontro lá.

— Espere um pouco! — gritou a mulher do outro lado. — Estou aqui!

A porta tremeu nos batentes e as fechaduras estalaram, claque, clique, então claque de novo.

— Venha ajudar — grunhiu a mulher. — Não está me vendo?

A cortina da janela da frente tremulou, outros passos, mais pesados e mais rápidos. Dois cliques, a maçaneta girou, e a porta se abriu. Um homem de trinta e poucos anos estava à porta, e atrás dele uma mulher pequena, muito mais velha. Pessoas brancas, pareciam um casal saído de alguma antiga xilogravura da Europa central. Aqueles rostos macilentos, marcados, e a postura rígida.

— É fácil assim! — disse o homem, gritando para ela por sobre o ombro. Ele parecia velho demais para uma atitude tão infantil.

A mulher puxou o braço do homem, então ele se moveu.

— Sra. Grabowski? — cumprimentou Apollo.

— Você é o homem dos livros? — perguntou ela.

— Sou o homem dos livros.

Apollo estendeu o cartão para ela, mas o homem o puxou rapidamente, em seguida voltou para dentro da casa. Apollo decidiu que chamaria o homem de Igor, não importava qual fosse seu nome verdadeiro. A velha, sra. Grabowski, sorriu, tensa, e acenou para Apollo entrar.

Eles foram para uma sala de jantar onde seis caixas de papelão estavam alinhadas sobre a mesa. No cômodo ao lado havia um sofá modular, uma grande TV de tela plana em um suporte e algumas outras coisas.

— A senhora disse que seu marido faleceu — começou Apollo.

— Ex-marido — respondeu a sra. Grabowski. Ela olhou ao redor da sala de jantar. Havia uma mesa de jantar ali, mas não cadeiras. As paredes brancas estavam tão empoeiradas que pareciam cinza. Sacos de lixo preto estavam empilhados em um canto da sala de jantar. Um deles estava aberto, e alguns casacos esportivos encardidos e calças surradas, saíam dele. O sr. Grabowski tinha sucumbido à solteirice depois de velho.

— Nos últimos anos, meu filho e eu moramos na outra esquina.

— Ao menos vocês ficaram por perto — comentou Apollo.

A sra. Grabowski deu de ombros.

— Aqui é a Little Ukraine. Aonde mais poderíamos ir? Agora precisamos esvaziar tudo até o fim de semana. Os proprietários querem alugar a casa para outra pessoa.

Ela tinha sotaque, embora talvez estivesse nos Estados Unidos por vinte anos. Lillian nunca perdeu aquela leve cadência britânica que a fizera ser contratada na Glamour Time, quarenta anos antes. Apollo costumava rir ao ouvir a mãe pronunciando *aluminum* como uma inglesa. *A-lu--mê-ni-ãm*, e não *â-lú-mê-nãm*, como os norte-americanos.

Igor balançou o cartão de visitas como se fosse um segurança verificando um documento.

— Você estudou para fazer isso? — perguntou.

— Esses são os livros? — disse Apollo, apontando as caixas sobre a mesa. Ele não esperou que ela respondesse, só queria abrir algum espaço entre ele e Igor. Sai fora, Igor.

— Ele gostava de ler — contou a sra. Grabowski quando Apollo abriu as abas da primeira caixa. — Mas os olhos dele pioraram com a idade.

Igor não gostou de ser ignorado. Ele ergueu a voz.

— Você ouviu falar da Bauman? — questionou.

Sua mãe olhou para ele.

— Pare de bobeira, por favor — disse ela.

Apollo nem precisava espiar dentro da caixa para ver que não tinha valor. O cheiro de mofo – de livros danificados pela água – subiu no ar como um fantasma. Ele passou para a caixa seguinte, mas o mesmo cheiro o recebeu.

— Bauman Livros Raros — disse Igor. — Já fizeram uma oferta para a coleção do meu pai.

A velha virou-se agora e deu um tapa no braço do filho. Falou em sua língua nativa, e quando Apollo seguiu para a terceira caixa, ele se sentiu diminuindo. Fora até ali pelo que sem dúvida seriam seis caixas de livros manchados, amarfanhados e rasgados.

Fora ali em vez de ir direto para o jantar com Emma. Uma das amigas mais antigas dela, Nichelle, estava visitando a cidade e tinha feito reservas para eles no Bouley. Basta dizer o nome com sotaque francês para adivinhar quanto custaria a refeição. E ali estava ele, em Ridgewood, ouvindo uma família ucraniana se desentender em ucraniano. Ou falavam russo? Apollo havia percorrido aquele trajeto todo para que esse Igor idiota tentasse lhe convencer de que a Bauman Livros Raros fizera uma oferta pela coleção de livros de bolso cheirando azedo do sr. Grabowski. Tinha percorrido aquele trajeto todo para ter sua autoridade e sua experiência questionadas por um homem que se considerava superior como uma espécie de direito de nascença. Mas um bom homem dos livros nunca dispensa a chance de encontrar alguma raridade.

Especialmente um homem dos livros com um filho a caminho.

Igor pegou o celular e, enquanto batia na tela, voltou a falar em inglês.

— Eu tenho o número direto dos Bauman — disse.

Apollo chegou à sexta caixa. Capas duras dessa vez, e uma rápida fungada sugeria que o mofo não chegara naquele lote. Dessa vez, ele pegou os livros para verificar.

— Qual Bauman? — perguntou Apollo. — David ou Natalie?

Algumas obras de não ficção sobre o Vietnã. Alguns dos livros ainda estavam com a sobrecapa. Se não estivesse a caminho de um jantar, poderia ter oferecido vinte dólares pela caixa, deixando para examinar tudo em casa.

A sra. Grabowski empurrou o filho de novo.

— Eu disse para não mentir! — gritou ela.

Dessa vez ela bateu no celular dele, que saltou da mão do homem na direção da sala, deslizando pelo piso até debaixo do sofá.

— Mama! — Ele correu para pegar o aparelho, e o cartão de Apollo voou pelo chão.

A mulher virou-se para Apollo.

— Você quer comprar esses livros?

— Bem — disse Apollo, olhando novamente para a sexta caixa. Como ser delicado naquele momento? — Está claro que seu marido se divertiu bastante com eles.

Ela baixou a cabeça, tremendo de desespero. Quando ela fez isso, ele encontrou um livro que o deixou tenso. Um romance chamado *Fields of Fire*, de James Webb. Nenhuma descoloração na sobrecapa do livro, e o exemplar em si não estava descorado, nem gasto, e quando ele viu a página de créditos, verificou que era uma primeira edição. Não era como o cartão postal de Crowley, claro, mas Apollo tinha um cliente regular na Virgínia, um caçador de livros de história, que poderia pagar 250 por aquele livro.

Apollo olhou mais uma vez ao seu redor. Roupas velhas em sacos de lixo, um sofá modular decadente. A cozinha, visível a partir da sala de jantar, parecia um cemitério de panelas e eletrodomésticos. Apollo duvidava que o ex-marido da sra. Grabowski tivesse deixado qualquer coisa de valor. Ela mesma dissera que a casa era alugada. Ela herdou uma casa bagunçada que precisava ser esvaziada rapidamente, e sua única ajuda era aquele imprestável do Igor.

No entanto, ela mantinha a dignidade, certo? Recusou-se a apoiar o plano estúpido do filho. Mesmo precisando tanto de dinheiro, de qualquer dinheiro, ela não estava disposta a mentir para Apollo para consegui-lo. Ele a imaginou trabalhando em algum lugar durante o dia e, em seguida, saindo para Ridgewood a cada noite para limpar a sujeira do marido falecido, sem dúvida tão imprestável quanto o filho. Embora fosse ucraniana, ela o lembrava de sua mãe: alguém que trabalhou para caralho e ainda não tivera toda a boa sorte que merecia. Se ele lhe pagasse o que aquele livro realmente valia, seria bondade. Até metade de seu valor, mesmo uns cem dólares, podiam fazer diferença: uma semana de mantimentos, um mês de energia elétrica.

Do outro cômodo, Igor gritou:

— É melhor você não ter rachado a tela, mama!

Ela olhou para trás na direção do filho, que estava de joelhos, tateando para pegar o aparelho embaixo do sofá. Parecia uma criança se esforçando para pegar um brinquedo. A sra. Grabowski murchou visivelmente. Apollo sentiu sua compaixão se avivar no rosto como brotoeja.

Mas logo ele lembrou a si mesmo por que fora a Ridgewood naquela noite: porque fazia seis anos desde a venda dos D'Agostino e nada que valesse tanto quanto o romance de Webb cruzara seu caminho desde então. Porque o trabalho de Emma na biblioteca fora reduzido de tempo integral para meio-período. Porque o primeiro filho de Apollo Kagwa e Emma Valentine nasceria em duas semanas.

Quando a sra. Grabowski olhou de volta, Apollo estendeu dois livros de capa dura para ela.

— Não vi esses quando olhei da primeira vez — disse ele.

Ela espiou as capas e leu os títulos para si mesma, movendo a boca sem emitir som.

— Valem alguma coisa? — perguntou. Ela observava o rosto dele de perto.

— Um pouco — respondeu ele por fim.

Se tivesse tentado comprar apenas um livro, a sra. Grabowski teria certeza de que ele era valioso, mas o segundo livro – uma cópia surrada de um thriller banal – funcionou como uma espécie de camuflagem para *Fields of Fire.* Apollo aprendera esse truque muito tempo antes, com antigos negociantes de livros. Odiava fazer aquilo, e então decidiu, no fundo de sua mente, que estava fazendo por seu filho. *É pela criança,* disse a si mesmo. As palavras acalmaram sua consciência, como aplicar pomada em uma leve queimadura.

— Pago cinquenta dólares — disse Apollo com suavidade.

— Cada um? — perguntou a sra. Grabowski, elevando a voz.

Apollo pegou a carteira.

— Pelos dois — respondeu.

Ele esperou até ela assentir com a cabeça e pegar o dinheiro.

Igor voltou do outro cômodo, seu celular agarrado com firmeza em uma das mãos.

— Está orgulhoso? — perguntou ele. — Enganando uma velha viúva?

A sra. Grabowski cerrou as notas no punho e, em seguida, bateu em Igor com a mão fechada.

— Não fale assim! É mais dinheiro do que seu pai me deu em anos.

Igor ignorou o ataque e as palavras dela.

— Você sabe que é verdade — disse ele, sorrindo para Apollo. — E eu sei que é verdade.

Apollo enfiou os dois livros embaixo do braço. A sra. Grabowski o acompanhou na direção da porta da frente, enquanto Igor seguia os dois.

Apollo atravessou a soleira e caminhou até a calçada. Ele se virou e viu Igor à porta. Atrás dele, a sra. Grabowski contava o dinheiro na mão. Apollo não conseguia definir se ela parecia satisfeita ou desconfiada.

— São negócios — disse Apollo. — Estou só fazendo negócios.

— O diabo gosta de se esconder atrás de uma cruz — respondeu Igor e, em seguida, fechou a porta.

11

Entrar no restaurante Bouley foi como entrar em uma casa feita de doces. Ele já estivera na Duane Street, um quarteirão elegante em Manhattan, mas ainda no centro da cidade de Nova York. O exterior do edifício, de cor damasco sutil e com uma simples porta de madeira com painéis de vidro, sugeria que Nichelle escolhera um lugar bem agradável. Mas quando ele abriu a porta e entrou no saguão, se viu rodeado por maçãs. Tinham posto prateleiras na parede quase até o teto; fileiras de maçãs vermelhas frescas, cujo perfume o envolveu. A porta para a Duane Street se fechou atrás dele, e Apollo sentiu como se tivesse tropeçado para dentro de uma cabaninha no fim de uma trilha em uma floresta escura. Ficou lá, parado em meio ao perfume da sala das maçãs, inalando o aroma. Se tinha trazido consigo a mácula de sua interação com a sra. Grabowski, aquela saleta o fez se sentir limpo.

Outra porta levava até uma sala de espera, um ambiente longo e estreito com cadeiras estofadas e mesinhas. Seis pequenos lustres de cristal pendiam de vigas de madeira mas ofereciam pouca luz. As cortinas que cobriam as janelas pareciam tão exuberantes quanto vestidos de noiva. A sala de espera era recoberta por uma penumbra elegante, como o pequeno vestíbulo de uma mansão célebre.

Imediatamente, instintivamente, Apollo verificou se estava usando tênis ou sapatos. Empurrou sua bolsa de carteiro para trás. Algumas pessoas estavam esperando lugar, mas Emma e Nichelle não estavam entre elas. Havia uma estação de madeira escura, e trás dela o maître – um homem alto de um terno azul – olhava para baixo, para uma tela que dava uma iluminação estranha a seu rosto afilado. Quando ergueu o olhar para cumprimentar Apollo, os olhos do homem ficaram perdidos em uma sombra. Como sua boca também estava envolta em trevas, era impossível ver seus lábios. Parecia mais aterrador do que galante.

— Quarenta normal?

Não era o que Apollo esperava. Ele deixou a bolsa no chão e estendeu as mãos vazias. Se estivessem mandando-o embora, aquele era a rejeição mais estranha que ele já tinha ouvido.

— Nichelle Murray? — respondeu Apollo.

O maître assentiu rapidamente, se afastou de sua estação e retirou-se por uma porta atrás de si. Apollo olhou para os clientes na sala de espera – meras silhuetas em cadeiras de couro. Depois de um momento, o maître reapareceu com um blazer e ajudou Apollo a vesti-lo.

Ele acenou para Apollo entrar, enquanto segurava um cardápio embaixo de um braço, e levou-o através da sala de espera, passando pelos outros clientes. O teto abobadado do salão de jantar fora revestido com folhas de ouro dezoito quilates e, sobre ele, um verniz de ouro branco de doze quilates, o que fazia o teto parecer tão macio quanto camurça. O piso de pedra bordô estava recoberto com tapetes persas. Se o saguão parecia uma cabana na floresta e a área de espera uma sala assombrada, o salão de jantar se transformara no grande salão de um castelo antigo, o que só tornava a atmosfera do restaurante mais fantástica. Apollo sentiu como se estivesse fazendo uma jornada por reinos, em vez de salas. Não se surpreenderia se houvesse homens de armadura completa postados como sentinelas. E de fato, quando o maître chegou à mesa à direita, havia uma rainha esperando lá. Emma Valentine, grávida demais para se levantar. Apollo inclinou-se para perto e a beijou.

Nichelle levantou-se da cadeira e abraçou Apollo.

— Aí está ele — disse ela. — O pai da noiva.

Emma abriu um sorrisinho, balançando para a frente em seu assento.

— Você está doida, Nichelle.

Nichelle ainda não tinha soltado Apollo, agarrada a seu braço esquerdo, e ele percebeu que era porque estava bêbada. Bebaça. Uma garrafa de vinho branco pela metade estava na mesa. Mais uma garrafa de água Perrier diante do prato de Emma, dois terços tomados. Três pequenos pratos de aperitivos estavam servidos: ostras, cogumelos e uma terceira coisa que ele não conseguiu reconhecer. A toalha de mesa parecia uma cama desarrumada.

— Cheguei tão tarde assim? — perguntou Apollo.

— Chegamos cedo — respondeu Emma.

Nichelle apontou para Emma.

— O melhor jeito de conseguir lugar rápido é trazendo uma grávida de nove meses.

— Trinta e oito semanas! — disse Emma.

Nichelle dispensou o comentário com um gesto.

— Esse cálculo não significa nada para gente normal. Você está grávida de nove meses.

Apollo sentou-se à frente de Nichelle e ao lado de Emma. Antes mesmo de ele se acomodar, um garçom veio até a mesa e serviu um pouco de vinho em sua taça, encheu a taça de Nichelle e, em seguida, o copo de água com gás de

Emma. Não perguntou se queriam outra garrafa de vinho, simplesmente ergueu um pouco a vazia, e Nichelle confirmou com um gesto.

Apollo deixou a bolsa de carteiro entre sua cadeira e a de Emma. Ela estava sentada um pouco de lado, para que sua barriga não batesse na mesa e ela pudesse esticar as pernas. Ela olhou rapidamente para a bolsa, em seguida para Apollo.

— Ridgewood — disse ele. — Nada demais.

Emma deu um tapinha na perna dele.

— Boa tentativa.

Trinta e oito semanas de gravidez, e ela parecia um beija-flor que havia engolido um ovo de avestruz. Ainda assim, movia aquele corpo com uma espécie de autoridade exausta. Parecia ter algum prazer em estar, temporariamente, maior. Quando o garçom chegou com a nova garrafa de vinho branco, ela estava com as pernas estendidas, os pés para fora da mesa e os tornozelos cruzados. Em qualquer outro ponto da vida, até mesmo em um estágio mais precoce da gravidez, ela teria recolhido os pés para deixar o garçom passar. Mas não naquele momento. Que o mundo a deixasse um pouco em paz. Seus pés continuaram para fora e o garçom os contornou.

O garçom serviu Nichelle de novo, depois encheu a taça de Apollo, embora ele tivesse tomado apenas dois goles. Os clientes nas outras mesas exalavam um ar obviamente diferente do deles. Mesmo os clientes menos velhos eram bilionários. Até mesmo os ajudantes de garçom daquele lugar eram brancos.

— Como está a vida em Los Angeles? — perguntou Apollo. — Aquela cidade muda alguma coisa?

— O tempo passa mais devagar quando a gente está feliz — comentou Nichelle. — E eu estou feliz por lá.

Emma esfaqueou uma ostra vazia sobre a mesa, em seguida se inclinou pegar o último cogumelo de outro prato.

— Ela escreve para o *The Witching Hour* — disse ela, o orgulho soando em sua voz como uma nota musical.

— Ei, a gente assiste a esse programa — disse Apollo. Ele deu um gole no vinho e sentiu-se relaxar na cadeira, na conversa.

— Por que acha que começamos? — perguntou Emma, inclinando-se no braço dele. — Temos que apoiar essa menina!

— Ao sucesso das garotas de Boones Mill — disse Apollo, erguendo a taça.

Nichelle olhou para Emma, ergueu a taça.

— A nós.

Depois um gole ela fez um bico em direção à barriga de Emma.

— Mas eu soube que vocês dois estão de partida para o planeta do "parto natural". Desculpem, mas aí já é demais para mim.

Essas conversas sobre parto natural nunca eram destinadas a Apollo, mesmo que ele estivesse no recinto, à mesa. Quando contaram a Lillian sobre o plano, ela praticamente deu um curto-circuito de medo. Lillian dizia que era "preocupação". E era assim com a maioria das mulheres na vida de Emma. Apenas sua irmã mais velha, Kim, apoiou o plano, mas tinha um bom motivo: Kim Valentine era sua parteira.

Enquanto Nichelle relatava a Emma todas as suas preocupações sobre parto natural, Apollo cometeu o erro de finalmente olhar o cardápio. Havia três aperitivos na mesa, já terminados. As ostras custavam 32 dólares. Os cogumelos, 42. Porra, 42 dólares por um prato pequeno de cogumelos. Ele não conseguia adivinhar que porra fora servida no último prato – naquele momento havia só um prato fundo com um caldo escuro no meio –, então não poderia descobrir o preço.

Mas por que não ser conservador e pensar em 22? Talvez 22 dólares por um prato de caldo não fosse uma piada em um lugar como aquele. Significava que aquela refeição já custara mais ou menos 100 dólares. Ele e Emma já tinham gastado 50 dólares, e ele ainda não tinha comido nada.

Apollo terminou o vinho para se acalmar; um Chablis requintado. Quanto poderia ter custado? A carta de vinhos não fora deixada na mesa. Se ele soubesse, naquele momento, que aquele Chablis Grand Plus custava 375 dólares por garrafa, o que teria feito? Provavelmente teria corrido aos berros. Levando sobre os ombros sua esposa com 38 semanas de gravidez.

Escrever para a televisão devia pagar melhor do que ser um livreiro independente e uma bibliotecária em meio-período. Pelo menos Emma, sua bela e ponderada esposa, tinha bebido apenas água naquela noite.

Uma água *Perrier*, ele se corrigiu. Não água da torneira. E, pelo amor do Jesus preto, quanto o restaurante Bouley cobrava pela água com gás? Será que eles infundiam com uma porra de um pó de diamante antes de servir? As mulheres voltaram sua atenção a Apollo apenas quando ele soltou um gemido audível em sua cadeira.

Emma inclinou-se para perto e tocou suavemente as costas dele.

— Sei que você está com fome — disse ela. — Vamos chamar o garçom.

Nichelle pediu o Pato de Long Island Orgânico (45 dólares). Emma o Cordeiro Colorado Orgânico (53 dólares). Então, o garçom encarou Apollo.

Apollo entregou o menu. Apontou para o pequeno cesto vazio no meio da mesa.

— Só vou querer mais pão.

12

Quando a segunda garrafa de Chablis foi esvaziada, Nichelle já praticamente levitava da cadeira. Alternava de embriagada para transtornada. Falava tão alto que a sra. Grabowski e seu filho podiam ouvi-la lá do Queens. O sinal mais seguro de que ela estava mesmo embriagada não eram nem as palavras arrastadas tampouco sua falta de controle corporal – embora houvesse um pouco dos dois –, mas a forma como ela havia parado de ouvir os outros da mesa. Gente altinha fala muito, bêbados fazem discursos.

Mas isso não era assim tão ruim, porque às dez horas tanto Emma como Apollo tinham perdido a capacidade de conversar. Emma, que mal havia cochilado durante todos aqueles dias, deslizara para o quase sono de suas longas noites. Ela vinha "dormindo" apoiada parcialmente com travesseiros na cama deles, o que não era tão diferente de deslizar para o sono em sua cadeira no Bouley. Já Apollo tinha ingerido nada mais que água da torneira e pão. Embora o pão fosse magnífico, não era o suficiente. Na hora da sobremesa, Apollo e Emma estavam com as baterias arriadas, mas Nichelle parecia ligada a um gerador.

— *Limbo? Coolimbo?* Não consigo lembrar o nome daquela porcaria — disse Nichelle. Ela tinha pedido vinho do porto para harmonizar com sua Pera Anjou Quente Caramelizada. Emma pedira o Flan Amaretto, embora jurasse que queria apenas uma colherada. Apollo não sabia quanto nada daquilo custava pois, a essa hora, suas vistas estavam embaçadas. Não conseguiria ler o cardápio nem se quisesse. Só esperava que não houvesse uma "segunda sobremesa" ou um "menu de degustação de digestivos" ou alguma outra merda sofisticada que talvez o obrigasse a tirar de suas economias para pagar.

— Essa menina tentou me fazer assistir a um filme sobre uma revolta de escravizados quando eu estava ocupada tentando descobrir como me casar com aquele menino do New Edition. — Antes que Apollo pudesse dizer qualquer coisa, ela fez um gesto de desdém. — Não, nem Ralph, nem Bobby. Eu gostava de Michael Bivens. Ele tinha gingado.

Uma pausa durante a qual nem Apollo nem Emma pareceram piscar ou respirar.

— *Quilombo!* — disse Nichelle, batendo na mesa com tanta força que derrubou seu vinho do porto. — Caceta — murmurou, então olhou para o garçom e sinalizou pedindo outro, embora, na verdade, a quantidade restante no cálice não tivesse formado sequer uma mancha do tamanho de uma moeda.

— Eu assisti a um pouco desse filme com ela e, depois de uns dez minutos, eu fiquei "Caramba, que inglês é esse?". Emma disse que era português. Tirei os fones de ouvido e a deixei lá com as fitas de vídeo.

Emma finalmente deu uma garfada em sua sobremesa.

— Você gostou de *Bye Brasil.*

— Betty Faria — disse Nichelle, fazendo bico e fechando os olhos.

O novo cálice de vinho do porto chegou. Emma beliscava seu flan. Apesar da exaustão e do terror da conta iminente, Apollo sentiu um calor de felicidade. Gostava de pensar naquelas duas mulheres como garotas de Boones Mill, Virgínia, sortudas por terem se encontrado, por se gostarem tanto.

Ele fizera um amigo, um colega negociante de livros, não fazia muito tempo. Patrice Green, um veterano do exército que tinha entrado no negócio ao voltar aos Estados Unidos. Normalmente, eram os únicos dois negros nas vendas locais de livros herdados. Podiam também ser dois unicórnios surgindo no mesmo pasto. Claro que se aproximariam. Deus abençoe as amizades, é no que ele estava pensando ali, sentado. Nichelle e Emma, Apollo e Patrice. Antes que pudesse se segurar, ele levantou a mão para o garçom e pediu um copo de uísque.

No momento em que a bebida chegou, Emma bufou baixinho a seu lado. Apollo se preocupou por um momento, mas ela estava com a mão na garganta, e não na barriga.

— Esse flan quer voltar — disse Emma com calma. Nichelle sugeriu água, mas isso só pioraria as coisas. — Vou ao banheiro.

Apollo a ajudou se levantar e acompanhou seus passos arrastados em direção ao garçom. Ele assentiu rapidamente e a levou para fora da sala de jantar. Quando Emma desapareceu, Apollo olhou de volta para Nichelle e descobriu que ela o estava encarando com uma seriedade enervante. Era como se ela tivesse fingido embriaguez o tempo todo, e agora houvesse parado a farsa.

— Há uma foto da sua esposa nua em uma galeria de arte em Amsterdã — disse Nichelle.

Há alguma resposta adequada para uma revelação dessas?

— Colorida ou em preto e branco? — perguntou Apollo. Foi o melhor que pôde fazer.

— Você sabe que ela foi para o Brasil. Ela me disse que você esperou por ela no aeroporto quando ela voltou. Muito bonitinho. Ganhou muitos pontos. Enquanto ela estava lá, teve algumas aventuras. Tenho certeza de que ela lhe contou algumas.

— A fita vermelha. Ela me contou.

— Três desejos! — gritou Nichelle, como se alguém tivesse acabado de trazer um bolo de aniversário. — Sim. Foi ousado o que você fez, Apollo, tenho que dizer. Gostei disso.

— Eu guardei a fita — revelou ele. — Assim não vou esquecer minha promessa. — Naquele exato momento, a fita estava enfiada em sua carteira, logo atrás da carteira de motorista.

Nichelle concordou com a cabeça, mas Apollo não sabia ao certo se ela estava ouvindo. Estava bêbada demais; ainda assim ela sorriu alegremente.

— Aliás, você deveria estar orgulhoso. Já realizou dois desses desejos. Ela nunca te contou o que eram. Dá azar. Mas acho que está tudo bem agora.

Nichelle ergueu sua mão direita em punho e levantou o dedo indicador.

— Bom marido — falou.

Ela levantou o dedo médio.

— Um filho saudável. E isso me lembra de uma coisa. Vocês já sabem o sexo? Emma disse que vocês não queriam saber, mas, fala a verdade, pode me contar.

— É sério, nós não sabemos — confirmou Apollo. — Queremos descobrir juntos, quando acontecer.

Nichelle balançou a cabeça.

— Nunca conheci hippies negros. Eu nem sabia que hippies negros existiam, mas acho que existem pelo menos dois.

Nichelle ainda não tinha abaixado a mão. Apollo encarou o terceiro dedo de Nichelle, o dedo anelar. Ele tremia como se estivesse prestes a se erguer e revelar o terceiro desejo, mas, em seguida, Nichelle abriu a mão, todos os cinco dedos à mostra.

— Cerca de um mês antes de voltar aos Estados Unidos, Emma conheceu um fotógrafo holandês lá no Brasil. Enquanto estava em Salvador.

O uísque de Apollo combinava com a cor de seu súbito humor. Imediatamente se esqueceu do terceiro desejo.

Fotógrafo holandês?

Que caralhos de fotógrafo holandês?

— Emma e esse fotógrafo se deram muito bem, e os dois começaram a andar por Salvador juntos, tirando fotos de tudo. O fotógrafo ficava tentando tirar fotos de Emma, mas ela não queria. Queria aprender a fotografar, não a ser fotografada.

"Um dos passeios que eles fizeram foi a uma fábrica abandonada que parecia do tipo romântico e decadente, eles passaram quase o dia todo lá. Mas, em algum momento, o fotógrafo precisou fazer xixi, então Emma ficou sozinha com o equipamento, e foi quando ela decidiu finalmente posar para uma foto. Mas era uma que ela tiraria sozinha. Sozinha. Era uma câmera de alta qualidade, não aquela merda digital de celular. Mas Emma é inteligente, e o que havia aprendido foi suficiente para configurar o disparo da máquina com o timer.

"Ela tirou a foto na frente de uma parede que estava meio derrubada, então é possível ver que ela estava em uma construção humana que tinha ido para as cucuias, mas sobre o ombro direito dela dá para ver que uma floresta rodeava a fábrica. Dois mundos de uma vez. Civilização decadente e a explosão da natureza.

"Emma entra na foto e, pouco antes de o obturador fechar, ela arranca o vestido e tira a foto nua!"

Apollo estava meneando a cabeça, mas não sabia por quê. Nichelle não dissera nada que exigisse confirmação.

Em vez disso, era como se estivesse testando para garantir que a cabeça continuava sobre o pescoço. Aparentemente estava lá, mas Apollo ainda não acreditava muito. Era melhor tomar todo o uísque para ter certeza.

— Ela nem falou para o fotógrafo que tinha feito isso. A foto seria revelada depois, em uma câmara escura, e o destino da fotografia não tinha nada a ver com Emma. A questão foi que Emma Valentine fez isso. Entende? Ela sempre foi assim, desde menina. Se ela põe uma coisa na cabeça, a coisa vai acontecer, pode apostar. Você acha que decidiu sozinho esperar por ela no aeroporto quando o avião chegou atrasado, mas eu digo que não. Ela estava naquele avião, tipo, desejando que você não fosse embora. Você não conseguiria ir para casa nem se tentasse. Sei que parece estranho, mas eu acredito nisso.

Nichelle meneou a cabeça por alguns momentos mais que o necessário, apreciando o movimento mais que qualquer outra coisa. Então, voltou para a história de Emma e da foto.

— Bem, o fotógrafo holandês só revelou o filme quando voltou a Amsterdã. Mas era claro que valia a pena manter a foto. Ele a emoldurou e incluiu em uma exposição, e o dono da galeria comprou e nunca mais a tirou da parede. Nunca fui para Amsterdã, mas Emma me mostrou o JPEG. Acho que o proprietário até incluiu a fotografia no catálogo da galeria.

— E? — perguntou Apollo, sua garganta seca demais para falar mais.

Ele olhou o lado para onde sua esposa fora para usar o banheiro. Ela pareceria diferente quando voltasse, por causa dessa história que Nichelle decidiu contar? E por que ela contou? Só porque estava bêbada?

— Emma nunca foi uma garota grande, sabe? Mas, no Brasil, ela parecia magrinha, não fraca. Músculo e osso e aqueles olhos grandes dela, ela era só isso. Magra e forte, nua e desinibida. Está olhando para a lente da câmera como se pudesse ver você, quem você é, onde quer que você esteja. Porra, parece uma feiticeira, Apollo. Foi uma das coisas mais bonitas que eu já vi.

Nichelle parou e olhou surpresa para o cálice de vinho do porto na mão. Ela tomou tudo de uma vez e bateu a taça de cabeça para baixo sobre a mesa.

— E o holandês? — perguntou Apollo. — Qual era o nome dele?

Nichelle observou-o em silêncio por alguns segundos. Ela estreitou os olhos enquanto falava:

— Estou tentando lhe dizer algo importante, e você está pensando em besteira.

— Se é besteira, então você pode me falar dele — retrucou Apollo.

Nesse momento, Nichelle estendeu as mãos sobre a mesa e enfiou as unhas nas costas das mãos dele.

— Eu estou tentando lhe falar sobre o terceiro desejo de Emma — disse Nichelle. — De um jeito que não seja uma traição. Porque é o único desejo que não se realizou ainda.

Com isso, Apollo se sentiu abalado, ferido. Ele se recostou com tudo para trás na cadeira, como se Nichelle o tivesse chutado.

— Tudo bem. Sou todo ouvidos.

Mas, antes que qualquer um deles pudesse continuar falando, o garçom apareceu. O homem veio correndo. Chegou à mesa. Ele não falou, ele rugiu.

— Sua esposa! — gritou ele. — Sua esposa precisa de você!

13

A pergunta que Nichelle nunca chegou a fazer para Emma e Apollo – embora estivesse tentando, a seu modo, chegar até ela no início da noite – era: por quê? Por que Apollo e Emma tinham decidido fazer um parto natural em casa, eles que pareciam pessoas tão sãs? Não eram camponeses do terceiro mundo. Não eram brancos ricos ou malucos anti-indústria hospitalar. Então, que porra era aquela?

A preocupação pareceu mesmo urgente quando Nichelle acertou a conta com o garçom. Tinha ido assinar o recibo do cartão de crédito quando Apollo reapareceu apoiando Emma embaixo de um braço. Emma estava tão vermelha e esgotada que Nichelle pegou o celular para chamar uma ambulância enquanto o garçom levava a conta embora. Emma disse para Nichelle não chamar, e Apollo tentou lhe dar o dinheiro da conta. Ela disse a Apollo que estava planejando pagar a conta desde que fizera a reserva – falara isso para Emma assim que se sentaram – e simplesmente esquecera de repetir quando Apollo chegou. Ele poderia ter comido! Agora, seu estômago só tinha pão e uísque. Não esperava chegar embriagado ao nascimento de seu primeiro filho.

Foi mais difícil para Nichelle lidar com o fato de que Emma não queria chamar uma ambulância. Quando saíram do Bouley – o mais rápido que uma grávida de nove meses conseguiria – Emma lembrou Nichelle de que teriam o filho em casa. As ambulâncias não eram carros de serviço particular e a levariam para um hospital, não a seu apartamento. Na sala das maçãs, Nichelle se ofereceu ao menos para chamar um táxi, pedir um motorista de aplicativo, mas a oferta também foi recusada. Estavam no meio do centro, na Duane Street, em uma noite de sexta-feira. O melhor que um carro poderia fazer era pegar a West Side Highway. Lá eles deparariam com um congestionamento digno de Pequim ou Mumbai. Seria uma viagem de uma hora de carro até Washington Heights, talvez mais.

Entretanto, a estação de trem da Chambers Street ficava a apenas quatro quarteirões de distância. Poderiam pegar o trem A e estar em casa em 35 minutos.

Nichelle caminhou ao lado deles até a esquina da Church Street. Não conseguiu conter a aflição.

— Por que está fazendo isso? — ela gritou na rua. Aquele álcool todo tinha afrouxado seu botão de volume. — Qual é o seu problema?!

Enquanto atravessavam a Reade Street, Emma falou:

— Ligue para Kim.

Apollo já estava com o celular. Irmã mais velha, parteira treinada. Kim Valentine na discagem rápida.

— Kim! — gritou Apollo em um instante. — Emma está tendo contrações.

Do outro lado da linha, Kim falou tão baixo que o barulho do congestionamento não deixou que ele ouvisse. Por que estava sussurrando? Emma continuou, lenta mas valente. Nichelle andou atrás deles até metade do quarteirão, gritando palavras tão arrastadas que se transformaram em uma língua inventada. A gravidez é difícil para as mulheres e pode ser difícil para suas amigas também.

— Pare de gritar — sussurrou Kim ao celular. — Estou no cinema. Espere aí.

Eles chegaram à estação de trem. Apollo se perguntou, sem nenhum bom motivo, qual filme Kim estava assistindo.

— Está um pouco cedo — disse ele.

Estavam no topo das escadas da estação. Nichelle estacou e agarrou Emma em um abraço torto.

— Ela só está com 38 semanas! — disse ele, parecendo pedir que Kim fizesse o parto esperar.

— Pare de gritar — disse Kim. — Talvez seja alarme falso. Talvez sejam contrações de Braxton Hicks.

Apollo olhou para Emma, que havia desmoronado em cima de Nichelle, a respiração pesada no pescoço da velha amiga. Pareciam um casal desleixado saindo de uma formatura. Apollo não ligava se era alarme falso, se era apenas um teste. Queria que Kim saísse do cinema e fosse para o carro. Ela sempre levava o equipamento para partos no porta-malas do carro. Ele queria que ela seguisse de carro para norte, não importava o congestionamento. Talvez chegassem ao apartamento antes dela, mas logo ela estaria lá. Poderia zombar deles o quanto quisesse se a coisa toda não passasse de alarme falso. Ele aguentaria os impropérios para garantir a chegada da cunhada. Imagine ele e Emma sozinhos, com Emma dando à luz. Kim tinha preparado os dois para essa possibilidade, mas não significava que ele alguma vez tivesse esperado que isso acontecesse de verdade. A ideia era tão ridícula que quase o fez gritar ali mesmo, na rua.

— Encontramos você em casa — disse Apollo, esperando parecer seguro, e não em pânico. — Vá para o carro.

— Eu te amo — falava Nichelle enquanto apertava Emma. — Eu te amo.

Emma tocou a cabeça de Nichelle e acariciou seus cabelos.

— Nós vamos ficar bem, Nichelle. Eu juro. Vamos ficar bem.

— Você não deveria estar me confortando — gritou Nichelle, em seguida meio que riu.

— Seu hotel fica bem perto daqui — sussurrou Emma, embora as palavras saíssem abafadas. — Consegue chegar lá?

As aulas do método Bradley tinham ensinado Apollo que, se Emma conseguisse conversar, na verdade ainda não estava em trabalho de parto. Isso o aliviou um pouco. Mesmo quando Nichelle o abraçou para se despedir, e ele desceu com Emma pelas escadas da estação, estava pensando no futuro, nos degraus que o aguardavam em casa. Encher a piscina inflável rapidamente com a bomba de ar eléctrica, colocar a lona plástica no chão, prender a mangueira. Apollo sabia cada passo, tinha praticado cada procedimento meia dúzia de vezes no último mês. Conhecia sua missão, e isso o acalmou.

Apollo ainda não tinha desligado o celular. Kim conseguia ouvir os gritos. Ele tinha acionado sem querer o viva-voz. Emma agarrou-se ao corrimão enquanto desciam.

— Estamos descendo — disse Apollo.

Kim, presa no meio da frase, parou de gritar para registrar as palavras dele.

— Estou no viva-voz? — perguntou ela. Não esperou pela confirmação. — Emma! — gritou ela. — Estou a caminho. Força aí! Você vai conseguir!

Em seguida, o sinal caiu.

E, finalmente, aí estava o motivo por que Apollo e Emma teriam o bebê em casa. Kim Valentine havia trocado a intenção de ser enfermeira pediátrica para ser parteira em uma espécie de crise de meia-idade. Como a maioria dos convertidos, seu proselitismo era forte. Kim pregava para amigas e antigas colegas de trabalho, primas e mulheres aleatórias em elevadores. Até começou a aceitar ligações de telemarketing apenas para poder conversar sobre partos domiciliares. Então, quando sua irmã ficou grávida, não havia dúvida de que Kim seria a parteira e de que o parto aconteceria em casa. Kim nunca tivera filhos, mas criara Emma desde os cinco anos. Isso tinha que valer. Virar titia seria um marco dos infernos para ela. Parto natural para Emma; Kim como parteira. Era isso, a decisão era clara. Informaram Apollo durante um brunch em um restaurante na Fort Washington Avenue. Ele tinha perguntas, mas era apenas curiosidade, não resistência. No final daquele dia, foi para o computador pesquisar piscinas infláveis para parto. Kim prometeu que conseguiria um desconto para ele.

Apollo e Emma chegaram ao final da escada e passaram pelas catracas. Não precisaram esperar muito. O trem A chegou em tempo recorde. Embarcaram na Chambers Street sentindo-se absolutamente abençoados.

14

Emma e Apollo embarcaram no trem A tão afobados que mal perceberam os outros passageiros. Nem saberiam dizer se havia outros passageiros. Emma quis ficar de pé. Segurou em um dos postes do vagão, e Apollo ficou logo atrás dela, assim ela pôde escorar o peso nele. As portas do trem fecharam-se, o vagão se pôs em movimento com um silvo, em seguida eles ouviram um jovem gritar.

— Hora do show, senhoras e senhores, hora do show! Que horas são?

Mais três vozes responderam.

— Hora do show!

Emma gemeu. Apollo não sabia ao certo se era pelas dores do parto ou porque tinha visto os quatro meninos que começaram a dançar no trem. Aqueles grupos – garotos entre quinze e dezenove anos, em sua maioria – trabalhavam principalmente nos metrôs de Nova York como funcionários de parques de diversão no Meio-Oeste. Um operava o rádio, soltando um som tão alto que abafava as rodas do metrô esmerilhando os trilhos, enquanto os outros três faziam coreografias de break adaptadas para vagões de metrô. Os garotos tendiam a fazer um dinheiro no trem A, mas nunca tão no centro. Geralmente trabalhavam no expresso da 64th Street até a 125th, viagem longa o bastante para cada membro do grupo mostrar sua coreografia e conseguir algumas gorjetas dos passageiros. Mas eles estavam ali, na Chambers Street, no meio da noite, quando a Apollo e Emma mais precisavam ter um pouco de paz. Os garotos estavam de costas para Apollo e Emma, apinhados na outra ponta do vagão. Nem pareciam estar fazendo um show de verdade, mas sim praticando as coreografias.

— Não consigo ficar aqui — declarou Emma enquanto o trem sacolejava até a estação seguinte, Canal Street.

— Vou pedir para eles pararem a música — disse Apollo, mas, assim que ele se afastou um passo de Emma, ela estendeu a mão e o puxou de volta.

— Vou vomitar se continuar de pé — avisou ela. O trem saiu do túnel e parou na estação Canal Street. Pela primeira vez, Apollo realmente olhou ao redor no vagão. Não havia mais que dez pessoas ali, incluindo os quatro dançarinos.

— Se o maridão não consegue fazer isso... — um dos dançarinos gritou com a calma de um ator repassando as falas.

— Deixa ele em casa! — os outros três responderam.

Não teriam tempo de sair daquele vagão e entrar no seguinte antes de as portas se fecharem. Certamente não tentariam manobrá-la entre os carros enquanto ela estava em trabalho de parto. Teriam que aguentar a coreografia até o final.

— Pretinhos tirando a roupa? — gritou o líder dos meninos.

— Só na dança louca! — responderam os outros.

Emma cambaleava no lugar, e suas bochechas incharam, e ela levou a mão sobre a boca. Apollo a envolveu com o corpo, tentando mantê-la o mais estável possível. Não sabia o que faria se ela vomitasse. Quem os passageiros remanescentes do vagão odiariam mais: os dançarinos ou o casal coberto de vômito? Ah, Nova York.

Na estação West 4th Street, Apollo sentou Emma gentilmente no banco cinza de plástico. Mas, assim que ela se sentou – o peso inteiro dela descendo sobre o cóccix –, se lançou de novo para a frente, com o rosto tenso de concentração. Doeu para sentar-se, mas se ela se levantasse vomitaria, e eles tinham mais dez estações até descerem.

Emma olhou para ele, os olhos um pouco inexpressivos.

— Por que você só comeu pão? — perguntou ela. — Não sabe o quanto aquela comida era boa.

Piadas eram boas. Ninguém contava nenhuma em um verdadeiro trabalho de parto. Apollo tirou o casaco. Ele o enrolou e o pôs embaixo de Emma. Do outro lado da plataforma, o trem C, um trem local, parou. As portas se abriram, e os passageiros saíram aos tropeços para o trem A. O vagão, até então vazio, de repente ficou meio cheio.

Pouco antes de as portas se fecharem, mais três passageiros se esgueiraram para entrar, uma mãe com dois filhos. Um era uma garotinha de uns nove anos. A criança mais nova estava dormindo em um carrinho. A mãe viu Apollo e Emma – dois adultos ofegantes, suados – e rapidamente olhou o restante do vagão.

— Hora do show, senhoras e senhores, hora do show! — gritaram os rapazes.

A mãe afundou-se, derrotada. Os dançarinos foram para o meio do vagão e, de alguma forma, o rádio tinha ficado ainda mais alto. A maioria das pessoas agia como se nada estivesse acontecendo ali, como se a música não estivesse tocando, como se quatro rapazes não estivessem fazendo façanhas de incrível talento acrobático; alguns soltavam queixas audíveis, e o trem começou a se mover.

A mãe empurrou seu carrinho para os bancos à frente de Apollo e Emma. Chamou em espanhol a garotinha de nove anos, e a menina a seguiu. A garota sentou-se e puxou um livro da bolsa. Apollo imaginou, apenas por um momento, se aquela poderia ter sido a mesma mãe e os filhos que estavam na biblioteca de Fort Washington no dia em que conheceu Emma. Impossível, improvável, mas sentiu vontade de pegar o livro da mão da menina e ver se tinha o carimbo da filial de Fort Washington em algum lugar.

A garota não estava prestando atenção aos dançarinos ou a Apollo e Emma. Estava com aquele livro e parecia satisfeita. O bebê no carrinho permaneceu adormecido, mas agora, daquele ângulo, a mãe parecia entender Apollo e Emma de uma forma diferente. Talvez por causa da sudorese e do arfar, ela tivesse pensado que eram viciados pirando dentro do trem, mas daquela posição era impossível ignorar a barriga de Emma. Agora a mulher estava observando Emma em silêncio e, por um momento, as duas trocaram olhares.

Emma tirou a bunda rapidamente do assento quando o trem pegou velocidade, barulhando como uma montanha russa. Assim que o trem A sacudiu, ela foi jogada de volta ao banco, o que fez Emma sentir mais dor. Ela apertou o rosto contra o ombro de Apollo quando ele a segurou, e, através da camisa, a pele dela parecia molhada. Ele olhou para baixo e viu Emma limpar o queixo, apertando os lábios o máximo que podia.

Chegaram à 14th Street, e os garotos desligaram o rádio de uma vez quando dois policiais embarcaram no trem. Os policiais sabiam o que os garotos estavam fazendo, mas desencorajá-los parecia o suficiente por ora. A viagem a partir da 14th até a 42nd, sem o rádio tocando, pareceu mais silenciosa que o interior de uma caverna.

Emma trabalhou a respiração, duas pequenas inspirações em e uma expiração longa. Encontrara o caminho para um estado meditativo.

— Não vemos a hora de conhecer você — Apollo sussurrou para ela.

Ela não conseguiu reconhecer o que ele estava dizendo, porque estava concentrada em sua respiração. A dor que sentia nos quadris, na lombar, tornou-se uma luz branca que a atraía em um momento e, no seguinte, a empurrava para longe.

— Não vemos a hora de conhecer você — Apollo sussurrou novamente.

Eles inventaram esse mantra durante a aula do método Bradley. Tonya, a professora, sugeriu que inventassem algo que o pai poderia repetir para a mãe quando ela começasse o trabalho de parto. Uma espécie de mantra. Apollo e Emma tinham decidido que diriam algo para o bebê. Boas-vindas simples que resumissem seu entusiasmo, sua ansiedade. Ela se concentraria nisso, e não na dor.

— Não vemos a hora de conhecer você.

Quem disse isso daquela vez, Apollo ou Emma? Ela não sabia ao certo e, sinceramente, ele também não. Não estavam de verdade naquele trem A, parando na estação da 59th Street. Estavam em seu apartamento, os dois na piscina, Kim ao seu lado. Já estavam dando as bênçãos ao seu bebê. Só precisavam se ater àquele momento futuro e tudo ficaria bem.

O trem parou, e o vagão esvaziou. Ficou quase tão vazio quanto estava na Chambers Street. Quando as portas do vagão se fecharam de novo, havia apenas poucos passageiros: Apollo e Emma, a mãe com os filhos e os dançarinos contando o pouco dinheiro que tinham arrecadado antes de a polícia chegar. Nove almas. Mais uma a caminho.

O trem A saiu da 59th Street. A próxima perna da viagem seria a mais difícil. A partir dali o trem não pararia até 125th. A mais longa viagem ininterrupta em todo o sistema metroviário de Nova York. O trem nunca acelerava mais do que ali. Apollo, antecipando os saltos e solavancos, tentou envolver Emma com os braços como um cinto de segurança vivo, mas, quando o trem passou a 79th Street, a 81st, a 86th, isso não pareceu adiantar. O único consolo era que Emma entrara em uma espécie de transe. A respiração funcionou. Não estava mais falando. Ela se aproximava do verdadeiro trabalho de parto, mas, por sorte, estavam quase em casa.

O trem A passou pela 103rd Street, e a luz fraca na estação mal parecia chegar ao vagão quando entraram de novo no túnel.

Então, as rodas rangeram enquanto o trem desacelerava de repente.

Problema nenhum, uma ocorrência normal. O motorneiro estava avançando em alta velocidade, e era normal o trem começar a escorregar. Assim, eles simplesmente deslizariam até a 125th Street. Totalmente normal.

Então, veio um chiado dos freios do trem, quando eles pararam por completo.

Apollo olhou para a janela, mas não conseguia ver nada no escuro lá fora. Um guincho saiu dos alto-falantes do vagão, apenas um som agudo de retorno. Então, os alto-falantes silenciaram. Um momento depois, as luzes em todos os vagões se apagaram. Apollo e Emma, a mãe e seus filhos e os quatro dançarinos ficaram na escuridão total.

15

Nas aulas do método Bradley, a professora lhes ensinara que a maioria das mulheres vinham tendo bebês sem o auxílio de hospitais modernos, obstetras, enfermeiros, equipes de emergência, enfermeiras pediátricas e acima de tudo, sem ocitocina, desde, bem, sempre. O corpo feminino sabe exatamente como dar à luz uma criança, como todas as coisas vivas fazem, e o trabalho da parteira era basicamente tirar do caminho o século XXI. Apollo e Emma não eram tão inflexíveis sobre o parto em casa como outros casais: se precisassem mesmo ir a um hospital, concordaram que iriam. Emma tinha até preparado uma mala pequena para uma eventualidade. Eles a mantinham embaixo da cama. No entanto, Tonya explicou, aquelas aulas do método Bradley tinham sido projetadas, em parte, para que mesmo os pais pudessem fazer o trabalho de auxiliar um parto, se necessário. Apollo acreditava nisso, tinha – com um certo grau de arrogância – repetido tudo isso a Patrice quando estiveram juntos em uma venda de livros herdados. Mas sejamos claros. Apollo Kagwa fora um fiel convicto da ideia de que ele poderia fazer o parto de uma criança porque tinha absoluta certeza de que nunca, jamais teria que fazê-lo de verdade.

Porém, lá estavam eles, presos no trem A sem nenhuma parteira por perto.

Talvez a garota de nove anos, que não conseguia mais ler seu livro no escuro, pudess e também ser uma doula credenciada? Ou, por favor, o grupo de quatro rapazes podia ser uma equipe de obstetras itinerantes? Pelo menos o bebê no carrinho não havia acordado. Como era possível? Talvez a mãe tivesse dado ao bebê um antialérgico poderoso.

— Aaaaaaaaaah — fez Emma, e Apollo, com medo, quase fechou a boca da mulher com a mão. Ele não estava preocupado com o decoro, mas com o que aquele som indicava. Haviam praticado o gemido em sala de aula. Quando a mulher não conseguia mais respirar por causa da dor, ela deveria soltar exatamente esse gemido.

— Aaaaaaaaaah — Emma soltou de novo.

Na aula, uma das outras gestantes perguntou quando deveria fazer aquele som, quando deveria dizer a si mesma para começar. Mas Tonya – mãe de dois filhos – deu um sorriso gentil e disse: *Quando você estiver parindo mesmo, não vai conseguir evitá-lo.*

— Aaaaaaaaaah.

Quando estiver parindo mesmo.

— Por que você está machucando sua mina?

Apollo olhou para cima e viu os quatro dançarinos ao seu redor. Um deles segurava o celular, usando-o como lanterna, o que não era realmente necessário – seus olhos já estavam se ajustando o brilho fraco que vinha das lâmpadas de LED e das luzes sinalizadoras do túnel. Daquela distância, ele percebeu como eram jovens. Seu líder, o mais velho, não tinha mais de quinze anos. Ele estava em cima de Apollo, já de mão fechada em punho.

— Por que você está machucando sua mina? — repetiu.

Apollo riu deles, na verdade. Achavam que iam ajudar Emma, mas assim que olharam para ela em vez de olhar Apollo, todos os quatro garotos perderam a coragem.

— Opa! Ela tá grávida!

Emma corrigiu.

— Estou em trabalho de parto.

Apollo ficou surpreso com como ela parecia calma, e aqueles quatro meninos pareciam chocados. Os punhos fechados do garoto à frente, seu líder, se afrouxaram. Quando ficou boquiaberto, pareceu mais jovem que o bebê no carrinho.

— Precisamos de ajuda — disse Apollo. — Um de vocês poderia correr lá e encontrar o condutor?

Nenhum deles se moveu. Na verdade os outros três haviam se afastado, encolhidos atrás do mais velho. Doze ou treze anos, não tinham mais que isso. Eles espiavam por trás dos braços musculosos do mais velho. A própria Emma teve que pedir.

— Um de vocês corra lá e encontre o condutor — disse ela, encarando-os.

— Eu vou — respondeu o mais jovem deles. Ele abriu a porta entre os vagões e saiu.

— Aaaaaaaaah.

Apollo levantou-se, e os outros três rapazes se afastaram. A mulher diante do casal observava apenas Emma. A garota recostou a cabeça no ombro da mãe, seu livro agora com a capa voltada para seus joelhos. Ela observava Emma também.

— Preciso levantá-la — disse Apollo.

— Mas ela está tendo um filho — falou o garoto mais velho, em voz baixa. — Ela devia se deitar, não?

— Qual é o seu nome? — perguntou Apollo.

— Eu sou o Cowboy — respondeu o garoto. — Eu morava em Dallas, tipo uns dez anos atrás, depois viemos para cá com meus pais, por isso todo mundo me chama de Cowboy, mas meu nome de verdade é...

— Cowboy — repetiu Apollo, e o garoto olhou para ele. — É um bom nome. Podemos chamar você assim?

Cowboy tomou fôlego, falou mais devagar.

— Quero ajudar — disse ele.

— A melhor maneira de ajudar minha esposa é fazer ela ficar em pé — disse Apollo. — Dois de vocês segurem as mãos dela e puxem enquanto eu levanto os quadris. Certo?

Cowboy assentiu e olhou para o garoto à esquerda. Eles se posicionaram diante de Emma e agarraram seus dedos.

— Esperem — falou Emma. — Não segurem meus dedos. Segurem os pulsos.

Os meninos observaram em silêncio e não se moveram.

Emma sorriu suavemente para os dois.

— Vocês estão indo muito bem — declarou ela. — São corajosos.

Quando se levantaram como uma massa única, eles quase caíram sobre o carrinho de bebê. A mãe puxou-o de lado a tempo.

— Agora me levem até aquele poste — disse Emma.

Eram apenas três passos. Levou quatro minutos. Quando Emma chegou ao poste, Apollo, que estava atrás dela com os braços ao redor de sua cintura, a lembrou do próximo passo.

— Amor, você precisa segurar.

Emma segurou o poste.

— Algum de vocês tem algo para beber?

Os rapazes fuçaram suas mochilas.

— Red Bull? — um deles ofereceu.

— Não — disse Emma com firmeza.

Apollo virou-se para a mãe. Entre a menina de nove anos e o bebê, aquela mulher tinha que ter um suco de caixinha ou algo assim.

— *Agua?* — perguntou Emma em espanhol.

A mãe enfiou a mão atrás do carrinho, encontrou uma bolsa e revelou um copinho com tampa, vermelho e preto. Apollo não estava com as mãos livres, então apenas olhou para o garoto que ainda não havia recebido nenhuma função. O garoto parecia quase grato pela tarefa simples. Ele pegou o copinho e o deixou no chão.

— Aaaaaaaaaah!

As mãos de Emma escorregaram do poste. Já estavam suadas demais para segurar.

— De quatro — disse Emma para Apollo. — Preciso ficar de quatro. Me abaixe.

— Caras — disse Apollo —, vou precisar que vocês a segurem um pouco mais.

— Aonde você está indo? — perguntou Cowboy, em pânico, apavorado.

— Vou ali pegar meu casaco.

— Não preciso de casaco! — gritou Emma.

Mas Apollo não conseguiu se conter. Pegou o casaco. Ele o deixou no chão. Não era muito. Não era tanto. Desejava que tivesse ficado com o blazer emprestado do Bouley. Ele se inclinou de novo para perto de Emma.

— Vou ter que descer sua meia-calça — disse ele em tom de desculpa.

— Ora, vai logo — rosnou Emma.

Então, veio o estrondo da porta do vagão se abrindo. O quarto rapaz voltou com o condutor, que parecia quase tão jovem quanto os dançarinos.

— Caraca — disse o condutor.

— Acha que vamos seguir viagem logo? — perguntou Apollo.

— Caraca — repetiu o condutor.

A mãe estendeu a mão sobre o carrinho de bebê e beliscou a perna do condutor.

— A energia caiu no terceiro trilho — explicou o condutor, voltando a si enquanto esfregava a coxa. — Este trem não vai continuar. Vou voltar e passar um rádio, pedindo paramédicos. Mas eles vão demorar um tempo.

— Aaaaaaaaaah.

Apollo disse para ele ligar, mas sabia que ninguém chegaria a tempo. A única ajuda que Emma conseguiria já estava dentro daquele vagão. O condutor saiu e, quando a porta para o vagão seguinte se fechou novamente com estrondo, o vidro se encheu de rostos. Espectadores. Pessoas que haviam descoberto que um evento de verdade estava acontecendo naquele vagão. No outro extremo, as pessoas do vagão anterior se reuniram também. Agora tinham plateia. Pior ainda, Apollo já conseguia ver a luz de celulares erguidos para gravar o evento.

— Cowboy! Você e seu grupo poderiam manter toda aquela gente fora do vagão? Bloquear as janelas?

O garoto olhou para os dois lados.

— Essa é fácil.

Havia um monte de gente nas duas portas, e muito mais atrás.

— Tem certeza? — perguntou Apollo.

Aquele que havia corrido para buscar o condutor riu.

— A maioria dessas pessoas se encolhe assim que entramos no trem. — Ele pôs as mãos sobre o peito e estremeceu. "*Esses garotos negros são tão intimidantes!*" — Os outros riram.

— Vamos manter aquela gente lá fora — disse Cowboy, sorrindo.

E com isso eles saíram, dois garotos para cada lado.

— *Sem* show para vocês, senhoras e senhores! — gritou Cowboy.

— *Sem* show para vocês! — os outros três gritaram como resposta.

Apollo ficou de quatro no chão e engatinhou até se aproximar do rosto de Emma. Sua cabeça estava abaixada, os cabelos como uma mortalha e empapados de suor. Ele aproximou mais o copinho com água e ergueu a cabeça dela. Inclinou-o e a fez tomar dois goles.

Apollo abaixou o copinho. Não sabia como poderia se colocar atrás de Emma para receber o bebê e, ao mesmo tempo, lhe dar goles de água, mantendo o contato tranquilizador. Olhou por sobre Emma. A mãe observava-os. Quando embarcaram no trem, ela e Emma pareceram compartilhar um momento poderoso, trocando olhares para comunicar algo que Apollo sabia que nunca poderia compreender. Ele olhou para a mulher, implorando. Depois de um momento, ela fez um carinho na filha e se levantou do banco. Empurrou o carrinho para mais perto da menina, que espiou o irmão.

A mãe pegou o copinho e falou baixo, em espanhol, para Emma. O tom da mulher parecia tranquilizante, e talvez fosse o que Emma precisava. Emma até se inclinou para a frente e tocou a testa no ombro da mulher, uma intimidade tão elevada que parecia mística.

Nesse momento, Apollo olhou para trás, os meninos estavam de costas para a cena, agitando os braços para impedir todas as tentativas de foto. Ele tirou os sapatos de Emma. Deslizou a meia-calça até os joelhos. Levou as mãos à lateral dos quadris dela e apertou suavemente, algo que a acalmava no terceiro trimestre. Agora ele não estava falando com a esposa, mas com o bebê.

— Não vemos a hora de conhecer você.

16

Em um trem A parado nas entranhas da terra, Emma sangrava e fazia força. Apollo gritava os dois comandos que Kim dissera que eram sempre adequados: *Devagar. Respire.* Apollo não se concentrava em nada além de sua esposa e de seu filho. Quando Emma arqueou as costas e grunhiu, ele pressionou os polegares em sua lombar, um pouco acima do cóccix, até que ela se endireitou de novo. Enquanto ela sangrava e empurrava com mais força, ele pressionava sua coxa e dizia *Devagar. Respire.* Quando viu o bebê coroando, teve um momento de confusão. Lá estava a cabeça do bebê, mas parecia estar envolta em papel-filme. A bolsa amniótica ainda não tinha estourado e servia como uma fina camada entre o bebê e a bacia de Emma. Apesar de toda a agonia que Emma poderia estar sentindo, aquele pequeno milagre – o fato de a bolsa de água não ter se rompido de imediato – foi o que a fez sentir menos dor e sobreviver a ela.

Apollo observou as próprias mãos estendidas, prontas para pegar o bebê. Sentia-se como testemunha e participante. O bebê estava oscilando entre a mãe e o mundo; em um lugar e outro; vivo e naquele mundo etéreo do útero. Apollo sentia como se ele também estivesse se equilibrando sobre esse limiar. Com a cabeça quase de fora, mas o corpo ainda oculto, o bebê parecia um emissário do divino.

— Consegue ver a cabeça? — perguntou Emma.

Apollo tentou responder, mas apenas gaguejou.

Então, a bolsa de água de Emma estourou, e ela murmurou de alívio, a criança deslizou para fora de uma vez, e Apollo Kagwa pegou o bebê antes que ele tocasse o chão do trem.

— É um menino — disse Apollo.

— Um menino — sussurrou Emma.

Emma inclinou-se na direção da mulher. A mulher beijou a cabeça de Emma. Ela precisou ficar de joelhos por mais alguns minutos até a placenta passar.

Ou seja, por um tempo curto, Apollo permaneceu sozinho com o filho, e desabotoou a camisa para poder segurar o menino diretamente contra a pele. O bebê não chorava, ainda não pestanejava, apenas abriu e fechou a boca minúscula. Apollo observou o filho tomar fôlego, as primeiras respirações. Ele observou aquele rostinho pelo que pareceu um bom tempo, uma hora ou uma eternidade.

— Podemos chamá-lo de Brian? — grunhiu Apollo. Ele não pretendia pedir aquilo naquele momento, na hora do nascimento, jamais tinha pensado que iria querer batizar o filho com o nome de seu pai ausente. A pergunta, o desejo, simplesmente saiu; era como se tivesse se escondendo, ganhando tempo em sua língua por anos.

— Gosto desse nome — disse Emma enfim, virando-se agora com as mãos estendidas para o filho.

Apollo recostou a bochecha na do bebê.

— Olá, Brian — sussurrou. — Estou tão feliz por conhecer você.

3

ENTÃO VEM O BEBÊ EM UM CARRINHO

17

O bebê nasceu na sexta-feira à noite. Os paramédicos chegaram 22 minutos depois de Apollo e Emma se encontrarem com o menino. Como previsto por Emma, eles a levaram diretamente ao Hospital do Harlem, onde ela e o bebê foram mantidos em observação por dois dias. Embora tivessem garantido a Apollo que ele poderia ir para casa sem eles, ele passou duas noites empertigado em uma cadeira no quarto de Emma. Na segunda-feira de manhã, foram para casa em um táxi, e Apollo levou os dois para a cama. Ele já tinha dado ao menino o primeiro nome, e agora sugeriu escolherem um nome do meio.

— O nome do meio não vai ser Cowboy — disse Emma enquanto se preparava para deitar na cama. Apollo segurava Brian como se o garoto fosse feito de cristal Baccarat. Os olhos da criança estavam abertos. Ele olhava para o nada e para tudo.

— Me dê — disse Emma. Ela havia apoiado travesseiros nas costas. Apollo entregou o filho, e ela se inclinou perto do rosto dele e soprou a cabeça de leve.

Brian era totalmente careca. Tinha uma mordida cruzada leve e um queixo pequeno. Parecia uma tartaruga. À plena luz do quarto de hospital, os dois tinham visto e rido disso.

— Compadre Tartaruga[1] — disse. — Vou buscar um pouco de comida para a sua mãe.

Emma levou o peito ao rosto do bebê. Acariciou sua bochecha, como ensinaram fazer, mas quando o bebê abriu a boca, ela enfiou tanto peito dentro dela que ele tossiu e se afastou. Emma se curvou para a frente, acariciou a bochecha de Brian e tentou novamente, mas de novo ele não pegou. Emma estava tentando conseguir isso desde sexta à noite. No hospital, todos os enfermeiros e os dois médicos haviam oferecido opiniões divergentes sobre o que ela estava fazendo de errado.

Na cozinha, Apollo encontrou os pratos do café da manhã que deixara ali antes de sair para o trabalho na manhã de sexta. Estava esperando para lavá-los depois do jantar com Nichelle. Fazia pouco tempo que eram uma família de dois. Ele já tinha dificuldade para lembrar aquela época antiga, Antes de Brian.

Ele lavou os pratos. Lillian e Kim viriam naquela manhã. Talvez, enquanto elas estivessem ali, ele pudesse correr até um supermercado. Lillian e Kim tinham ido ao hospital, mas as visitas não eram muito longas. Mesmo Nichelle passara lá no domingo de manhã, embora tivesse um voo de volta a Los Angeles na parte da tarde. Entrou no quarto horrorizada, como se Emma ainda estivesse no vagão de metrô dando à luz. Não conseguia parar de perguntar como era o cheiro lá embaixo. Nenhum dos dois lembrava. O nascimento fora parar nas notícias por um dia. O *Post*, o *Daily News*, até uma menção no canal NY1. Talvez tivesse virado uma reportagem de verdade se alguém tivesse sido capaz de

1. Br'er Turtle, personagem do filme *A canção do Sul* (*Song of the South*) de 1946, que foi proibido pela Disney por ter elementos de racismo e escravidão velados. O personagem conhecido como Coelho Quincas (Br'er Rabbit) no Brasil veio da mesma obra (N. do T.)

gravar um vídeo nítido do nascimento, mas Cowboy cumprira sua palavra. As imagens de celular daquela noite mostravam quatro garotos negros acenando, sorrindo e olhando com alegria, e canais de notícias em geral não acham esse tipo de coisa digna de ser noticiada.

Apollo verificou o quarto dos fundos. Havia um sofá, uma televisão e quatro estantes de livros cheias. Bem como o moisés em que Brian dormiria, no quarto deles, nas próximas semanas. Antes de Brian, aquele lugar tinha sido seu quarto de descanso; agora seria o quarto do menino. Apollo olhou o espaço, imaginando de que precisavam: um berço, bichos de pelúcia, uma cômoda para cobertores e roupas, uma lixeira para fraldas, alguns pacotes de fraldas e muito mais coisas do que ele conseguia se lembrar no momento. Deveriam ter feito todas essas compras muito tempo antes. Na verdade, Emma tinha feito uma lista, mas, em seguida, seu trabalho passou para meio-período, com a possibilidade de perder o emprego, e com isso precisaram esperar um pouco mais e planejar um pouco melhor para comprar exatamente o que precisariam primeiro. O moisés, fraldas de recém-nascido, macacões, xampu e lencinhos umedecidos, esses eram os itens que passaram pelo primeiro corte. Mas naquele momento Apollo não conseguia evitar: queria dar mais ao filho. Ele fechou os olhos e beijou o batente da porta.

Quanto tempo ficou lá antes de a campainha tocar? Era totalmente possível que ele tivesse dormido em pé. Lillian e Kim apareceram à porta ao mesmo tempo. As duas carregavam sacolas grandes. Kim fizera supermercado para eles, ingredientes básicos, e Lillian trouxera refeições que tinha preparado em casa. Quatro caixas com sopa de feijão, bolo de carne e purê de batata, lasanha e samosas, duas quiches, sopa de rabada. Apollo pôs todas as coisas na cozinha e, em seguida, levou as mulheres até o quarto, onde Emma tentava disfarçar as lágrimas de frustração que tinha derramado enquanto ainda tentava fazer Brian pegar o peito.

Kim pegou com cuidado Brian das mãos de Emma. Uma oportunidade para a parteira verificar o bebê, para a tia abraçar o sobrinho. Enquanto Kim despia o bebê, Lillian se aproximou de Emma e beijou sua cabeça.

— Tive o mesmo problema com Apollo — disse, baixinho. — Não sabia o que fazer, e minha mãe não estava comigo.

Emma assentiu com a cabeça. Ela entendia aquele problema.

— Não achei que conseguiria — falou Lillian. — Mas só levou um tempinho.

Emma se inclinou para os braços de Lillian e respirou profundamente. Lillian abraçou-a.

Kim virou Brian nu de barriga para baixo.

— Amo essa bundinha azul! — gritou ela.

— Me deixe ver o que você está fazendo — Lillian disse para Emma. — Talvez eu possa ajudar.

Kim devolveu Brian à mãe. Emma trouxe-o para perto e acariciou sua bochecha. Os olhos do bebê se mexeram para lá e para cá e voejaram, e sua boca fez um bico.

— Espere — disse Lillian. Agora ela examinava os peitos de Emma como um joalheiro. Acenou com a cabeça devagar, em seguida suspirou. — É uma pena, seus seios têm um formato errado — concluiu.

— Mãe! — gritou Apollo. Ele puxou a mãe para que ela saísse do quarto. Kim se meteu entre as duas, dando as costas para Lillian. Emma nem chorou ou soluçou com o que Lillian disse. Só voltou a alinhar o mamilo com a boca do bebê.

Apollo recrutou Lillian para desembalar a comida e as compras e, assim que terminaram, ele a levou para buscar um café. Ela não entendia o que tinha dito de errado. Apollo tentou explicar três vezes, mas desistiu. No fim das contas, ele lhe agradeceu com sinceridade pela comida e a levou até a estação do trem A.

No caminho para o apartamento, seu celular vibrou com uma mensagem de texto de Patrice: **Liquidação de bens hoje. Venha comigo. Você tem bocas para alimentar!**

Ele respondeu: **Logo, logo.**

Patrice escreveu de novo: **Sua família não vai poder morar com a gente quando vocês forem despejados.**

Apollo riu enquanto guardava o celular. Sentia falta de Patrice. Além disso, sabia que não poderia esperar mais do que uma semana até voltar à labuta.

Kim já se preparava para ir embora quando Apollo voltou. Ele a acompanhou até a saída e voltou ao quarto. Fechou as cortinas, e o lugar ficou na penumbra. Ele subiu na cama.

— Seu Lobato tinha um sítio, ia ia ô — cantou Emma. — E nesse sítio tinha uma vaquinha, ia ia ô.

Apollo aproximou-se da esposa e do filho.

— Era mu-mu-mu pra cá, era mu-mu-mu pra lá.

Ela terminou de cantar, e todos adormeceram. Primeiro Apollo e, em seguida, Emma. O bebê continuou de olhos abertos por mais tempo, mas logo se juntou aos pais.

Em algum momento, bem depois da meia-noite, Apollo acordou e se esgueirou para fora do quarto. Encontrou sua mochila, aquela que estava usando na noite em que Brian nasceu. Abriu e pegou o volume de *Fields of Fire*. Na cozinha, ele abriu o laptop e enviou um e-mail para o colecionador na Virgínia. Anexou uma foto da capa. O brilho da tela iluminava seu rosto.

— Sou o deus, Apollo — sussurrou ele, enquanto o deus se punha a trabalhar.

Ele adormeceu sobre a mesa depois de meia hora.

18

Patrice mandou uma mensagem sobre uma liquidação de bens no Bronx. Era tão perto de Washington Heights que Apollo teve que se mexer, sem mais desculpas nem atrasos. E ele precisava levar Brian. Seis semanas foi o máximo que Emma pôde ficar longe do trabalho antes de seu salário desaparecer. Nos Estados Unidos, isso é considerado generosidade.

Ao sair de casa naquela manhã, ela chorou mais do que quando estava em trabalho de parto. Apollo prometeu tomar cuidado com o garoto, mas não era isso que assolava Emma. Claro que ela confiava em Apollo, mas deixar seu bebê logo após o nascimento era como sair de uma eclusa de compressão sem traje espacial, sem fonte de oxigênio. Como ela respiraria? No entanto, precisava fazê-lo. Não podiam se dar ao luxo de ela perder o emprego.

Apollo alugou um carro compartilhado para a viagem, um Honda Odyssey um tanto parrudo. A empresa dava nome aos carros. Aquele era Suave. Ele admirava aquele nível de autoilusão. Prendeu o menino na cadeirinha voltada para trás e dispos um punhado de almofadas no assoalho e ao redor do cadeirão. O bebê estava cercado por aquele acolchoamento, e Apollo não dirigia a mais de 25 quilômetros por hora ao longo da estrada Henry Hudson Parkway. Outros motoristas buzinavam e xingavam enquanto o ultrapassavam. Isso não incomodava Apollo nem um pouco. A dupla avançou devagar o caminho todo até a parte de Riverdale do Bronx. Os vinte minutos de viagem levaram quase uma hora. Em certo ponto, em Dodgewood Road, um varredor de rua os ultrapassou.

Aquela área isolada do Bronx transformara-se em uma área residencial quase rural, com pistas irregulares e casas de dois andares em grandes terrenos gramados. Em Dodgewood Road, Apollo encontrou o lugar da venda: uma casa enorme com entrada para veículos e duas vagas na garagem. Havia um carro familiar estacionado na calçada, um Toyota Echo vermelho 2001. Um adesivo no para-choque dizia: Bibliotecário de Alexandria.

Patrice Green chegara ali primeiro, ele que morava no sudeste do Queens.

Apollo desligou o carro e arqueou-se sobre o banco da frente para poder ver o filho. Brian Kagwa observava o céu brilhante através da janela do passageiro, a boca abrindo e fechando como se estivesse se alimentando de luz solar.

— Vamos caçar uns livros — disse Apollo.

Ele virou-se e desprendeu o filho. O vento sacudia a propriedade, e Brian pareceu se concentrar sobre o os galhos trêmulos de uma árvore. Apollo vestiu seu canguru e encaixou o bebê. A batida do coração do papai seria música tranquilizante para o garoto.

Apollo vasculhou a bolsa do bebê, fazendo um checklist como um piloto prestes a alçar voo. Mamadeira, três fraldas, lencinho umedecido, guardanapo, conjunto de chaves de plástico para brincar e, finalmente, um cobertorzinho macio.

— Comissários, tomem seus assentos — sussurrou Apollo. — Estamos preparados para decolar.

Quando ele fechou a porta da minivan, uma voz masculina veio da garagem.

— Eu não carregava tanto equipamento nem quando estava combatendo em Faluja.

Patrice saiu à luz do dia, tão alto que sua cabeça quase encostava na porta erguida. Patrice tinha um rosto de bagre, com um lábio superior pendente e um bigode falho. Os olhos eram pequenos demais para a cabeça.

— Você nunca chegou nem perto de Faluja — disse Apollo.

Patrice deu de ombros.

— Mais perto do que você jamais chegou.

Apollo ergueu o pacote de fraldas.

— Agora estou na minha própria guerra suja.

Patrice Green nunca havia lutado em Faluja, mas servira ao exército de 2003 a 2004, durante a Operação Iraque Livre, no 62º Regimento de Artilharia da Defesa Aérea. Passou grande parte do período fazendo operações antiexplosivos improvisados ao longo de uma rota de abastecimento em Alexandria, Iraque, cidade quarenta quilômetros ao sul de Bagdá, não muito longe do rio Eufrates. Fez esse trabalho e, em seguida, retornou aos Estados Unidos. Foi o gerente de um cinema na 34th Street. Estudou biblioteconomia durante cinco meses na Faculdade do Queens. E, enfim, se tornou vendedor de livros usados e raros.

A garagem atrás de Patrice parecia maior que o apartamento de Apollo e Emma, e estava cheia com cinquenta caixas de livros. As abas superiores de cada caixa estavam abertas, uma sala de tesouros já saqueada.

— Avó — informou Patrice. — Morreu faz quatro meses. Finalmente, a família botou todos os livros da senhora em caixas e postou o anúncio. O genro me deixou entrar na garagem. Tirando isso, ficou longe.

— Ele é legal? — perguntou Apollo, se sacudindo devagar no lugar por causa de Brian.

— Eu pedi para usar o banheiro, e o cara não me deixou entrar na casa. Filho da puta disse que não tem banheiro. — Patrice apontou a estrutura de dois andares. — Quatro quartos, mas sem banheiro. Imagina.

— Era de se esperar que eles verificassem isso antes de comprar o lugar.

Apollo riu com Patrice, apenas para não chorar. Então Apollo olhou para dentro da garagem, analisando as caixas abertas enquanto Brian se contorcia contra o peito. Se Patrice já havia passado por todas aquelas, encontrara tudo que tinha algum valor.

— Vovó gostava de livros — disse Apollo. — Tinha bom gosto?

— Encontrei algumas coisas boas — respondeu Patrice.

Sem dúvida, ele já havia separado aqueles livros, mas ainda restaram muitas caixas cheias na garagem. Significava que a maioria deles eram quase inúteis, o tipo de material que daria lucro apenas na cobrança do frete. Ele alugara a minivan para manter o filho seguro, mas ao menos tinha muito espaço para carga.

— Tem mais alguns no porão — disse Patrice, apontando para uma porta, ligeiramente aberta, perto dos fundos da casa.

— Você não foi lá ainda — afirmou Apollo.

Pela primeira vez desde que saiu da garagem, Patrice Green recuou.

— Não. Pensei em deixar um pouco para você.

Patrice Green, homem grande e livreiro experiente, especialista em ações antiexplosivos improvisados e criado na parte mais pesada de Roxbury, não gostava de porões. Voltara fisicamente incólume de Alexandria, mas não ileso. Nunca havia explicado seu medo, mas Apollo o intuía e, mais importante ainda, nunca fizera uma pergunta direta sobre o assunto. Várias vendas de livros herdados em Nova York aconteciam em porões de prédios, e Patrice Green nunca pôs os pés em um deles.

— Ouviu isso, Brian? — disse Apollo ao soltar a aba frontal do canguru, liberando o filho e virando-o. — Tio Patrice vai nos deixar pegar umas coisas.

— Mas vamos dividir o que você encontrar — falou Patrice, olhando sobre a cabeça do bebê. — Sessenta e quarenta. Esse é o acordo.

Apollo ergueu mais o menino. Esperava que Patrice dissesse algo sobre o bebê desde que chegaram, mas, em vez disso, já haviam começado a falar de livros. Era a primeira vez que seu melhor amigo via seu filho – não mereceria ao menos um comentário? Apollo ficou surpreso com quanto aquele momento o incomodou.

— Olhe dentro dos olhos dele — Apollo disse, tentando parecer brincalhão.

— O que devo dizer para ele? — perguntou Patrice.

Apollo fez voz de criança.

— Me conta o que aconteceu em Alexandria, tio Patrice.

Patrice aproximou-se do bebê.

— Diga a seu papai que eu falei para ele ir se foder.

— Ainda não dominei o idioma.

Patrice sorriu.

— Vou te ensinar o gesto.

Nesse momento, Apollo teve que sorrir.

— Você vai ser uma má influência para mim.

— Não pior que seu pai.

Apollo estendeu Brian em direção ao rosto de Patrice.

— Consegue soletrar "trauma"?

Em seguida, Apollo se virou e passou com o bebê pela porta do porão.

Patrice gritou atrás dele.

— Entendo por que seu pai te abandonou!

19

O porão parecia mais quente que a garagem. Os meninos Kagwa entraram. Era um único e grande cômodo. Em um extremo ficava uma caldeira – um grande cilindro branco com um painel de controle azul, tubos de cobre correndo até no teto e um tubo de prata que seguia para fora através da parede. Parecia tirada do cenário de *Frankenstein* de James Whale. A caldeira roncou naquele momento como se voltasse à vida.

No canto oposto, ficavam a máquina de lavar e a secadora, e ao lado das duas, os produtos de limpeza, pás e ancinhos, latas de tinta já enferrujadas. O terceiro canto do porão estava apinhado de brinquedos que estavam ali havia uma ou quatro décadas. Bonecas de plástico quase cinza e seus vestidos esfarrapados. Caminhões de brinquedo virados ou desmantelados. Um ursinho Teddy Ruxpin que parecia ter morrido durante a hibernação.

No canto mais próximo das escadas do porão havia sete caixas de papelão. Talvez a garagem tivesse ficado cheia demais para acomodá-las. Apollo abaixou sobre um joelho. Cheirou a cabeça do filho. Só percebeu que fez isso quando o cheiro o fez sorrir. Um momento depois, Brian se mexeu e se contorceu.

O cobertor macio saiu da bolsa de fraldas. Apollo estendeu-o ao lado das caixas de livros. Deixou Brian sobre ele de bruços, e o garoto ficou ali, de olhos arregalados, abrindo e fechando a boca, pequenos suspiros vazando. Os pés de Brian se torciam, e as mãos pairavam sobre o cobertor. Em um momento ele firmou as mãos espalmadas e, com um impulso, ergueu a cabeça.

— Hora da barriguinha! — gritou Apollo, como se Brian tivesse pilotado um avião com sucesso.

No momento seguinte, Brian abaixou a cabeça de volta sobre o cobertor. Apollo o pôs de barriga para cima, e o bebê olhou para as tábuas do teto. Apollo deixou-o ali e avançou na primeira das caixas de papelão. Enquanto ele abria as abas, olhava para Brian.

— Meu pai, seu avô, desapareceu quando eu tinha quatro anos. Eu costumava ter um pesadelo sobre a partida dele. Seu nome era Brian West. Nós batizamos você com o nome dele.

Brian mexeu a cabeça de um lado para o outro e estendeu as mãozinhas.

— Não ouvi falar mais dele, nem recebi notícias, até fazer doze anos. Então, do nada, ele deixou uma caixa na porta da frente do nosso apartamento. Tinha canhotos de ingressos de cinema, do filme que ele e a vovó viram em seu primeiro encontro. A foto da mulher que testemunhou contra o empresário suspeito para quem a vovó trabalhou. A coisa era tipo uma cápsula do tempo.

Brian levantou as pernas gordinhas, em seguida as abaixou. Balançou o corpo de leve e de novo pareceu uma tartaruga, encalhada de costas e tentando se virar.

— Sempre me perguntei por que ele fez isso. Por que deixou a caixa e, em seguida, desapareceu de novo?

Apollo ajudou Brian a rolar de bruços mais uma vez.

— Agora que você está na minha vida, eu entendo. Ele queria que eu soubesse o quanto eu era importante para ele. Não quis que eu passasse a vida toda pensando que eu simplesmente não importava. Não sei em que tipo de situação ele estava naquele momento, não sei nem mesmo se o cara ainda está vivo, mas não acho que ele tenha sido tão diferente de mim. E já sou tão feliz com você, homenzinho. Se eu ficasse preso em Saturno, ainda encontraria uma maneira de mandar uma mensagem para que você soubesse que é amado.

Apollo parou de se mexer, de respirar, e observou seu filhinho lutando para levantar a cabeça. Aquele pequeno ato, trabalhando para desenvolver os músculos do pescoço, um dia o faria sentar, engatinhar, tropeçar, correr. Tudo isso começava ali e naquele momento, no porão de uma casa em Northwood. Apollo sentiu-se tão sortudo por testemunhar aquilo. Com o bebê de apenas dois meses, Apollo era uma confusão de nervos à flor da pele. Voltou ao trabalho apenas para não chorar.

Os livros na primeira caixa eram inúteis, então Apollo foi para a seguinte. A segunda caixa tinha pouco a oferecer, como a primeira. A terceira também.

— Brian deixou um livro para trás. Um livro infantil que costumava ler para mim. Seu nome é *Lá fora, logo ali.* Sei o livro de cor até hoje.

A quarta caixa não tinha nada de bom, nem a quinta. A cabeça de Brian abaixou-se, os músculos exaustos, então seu pai o virou de novo. O bebê choramingou de costas, então Apollo chegou mais perto para verificar. Após retirar as meias, sapatos e calças, abrindo os botões do macacão, descobriu a causa. Enquanto trocava a fralda de Brian, voltou a falar com o filho.

— "Quando papai estava longe, em alto-mar" — recitou Apollo. — É assim que o livro começa. Essa é a primeira página. O papai vai embora, e a mamãe fica sentada em um caramanchão. Eu não tinha ideia do que era o caramanchão. Basicamente é uma pequena estrutura de madeira onde as pessoas fazem seus jardins, como uma treliça. Ela fica sentada em um banco embaixo do caramanchão. Então, o papai vai embora, e a mamãe fica lá fora, no jardim.

Ele vestiu o menino de novo, deixou a fralda mijada no compartimento especial da bolsa e guardou os lencinhos e o frasco de óleo de coco.

— Dentro da casa há uma menininha chamada Ida. Ela é muito jovem, mas fica cuidando sozinha da irmã pequena. Toca uma corneta para tentar ajudar a bebê a dormir. Mas ela fica olhando pela janela enquanto toca música. Está no mesmo quarto, mas não está vigiando o bebê. É quando os duendes entram se esgueirando.

Brian adormeceu. Apollo pousou-o de costas em silêncio. Faltavam duas caixas. Quando abriu a sexta, uma nuvem fedorenta de mofo subiu. Cada livro naquela caixa, todos de capa dura, tinha manchas pretas nas folhas de guarda. Inúteis. Arruinados. Só faltava uma caixa.

Brian suspirou em sua soneca. Parecia de contentamento, conforto. A sétima caixa podia esperar. Apollo pegou o celular. Emma gostaria de ver Brian daquele jeito, a vulnerabilidade santa de seu filho dormindo. Tirou onze fotos e mandou todas para Emma, mesmo as fora de foco. Não conseguia apagar nem essas. Então foi ao Facebook e postou todas as onze. Lillian fez uma conta no Facebook no dia em que Brian nasceu, e ela sempre queria mais fotos do menino. Era essa a desculpa de Apollo para o que fazia, mesmo sabendo o tipo de pai que ele se tornara: o tipo que, dois meses atrás, o fazia ter ânsia de vômito. Aqueles que assumiam alegremente que os amigos on-line eram masoquistas. *Vejam meu filho deitado! E aqui está meu filho deitado! E que tal esta daqui: bebê deitado fora de foco!* Meu Deus, a vaidade, o egocentrismo épico. Ele sabia de tudo isso, ainda assim postou onze fotos de Brian. Que se danasse a decência, ele estava apaixonado. Clicou em "Publicar".

Enquanto Brian dormia, Apollo se virou para a última caixa no porão. Decidiu que iria devagar com aquela. Ao menos isso o impediria de verificar rápido demais as curtidas das fotos de Brian.

20

Um grito entra no apartamento. Já aconteceu antes, mas nada que se comparasse a este. É o mais alto que Emma Valentine já ouviu. É Apollo, praticamente uivando, enquanto destranca a porta da frente e irrompe pela sala de estar com seu filho sacudindo no canguru. No início, ela pensa que talvez Brian esteja ferido, mas Apollo está segurando um livro à frente do corpo, como um escudo. Para deixar o momento mais caótico, Emma está com a televisão ligada e a bomba tira-leite funcionando. O apartamento fica tão barulhento quanto um ataque de foguetes durante a Segunda Guerra Mundial.

— Consegui, consegui, consegui! — gritou Apollo, como vinha gritando desde, bem, desde que prendera Brian na cadeirinha do carro e dirigira o Honda Odyssey até em casa. Viera cantando aquela palavra ao longo de toda a Henry Hudson Parkway, e em seguida, quando fora parado pela polícia e recebera uma multa por condução "abaixo da velocidade normal de tráfego".

Apollo tinha notícias incrivelmente importantes para compartilhar com a esposa, o tipo de assunto que não admitia interrupção. Ou assim ele pensava. Nesse momento, ele abaixou um pouco o livro na mão esquerda e, com a mão livre, apontou para o peito da esposa.

— O que você está usando aí?

Emma Valentine olhou para o peito. Estava usando um sutiã bege de amamentação e um par de ventosas presos aos mamilos. Aqueles copinhos alimentavam duas pequenas garrafas plásticas que coletavam o leite materno. Um par de tubos transparentes, cada um mais fino que um canudinho, saía dos copinhos na direção de uma bomba tira-leite no chão. A bomba continuava ligada, gerando um ruído de sucção repetitivo como uma lula mecânica faria enquanto se lançava pelo mar. Emma inclinou-se, desligou a máquina e se levantou.

— Como eu nunca vi você usando essa coisa?

— Você já me viu usar a bomba tira-leite — disse ela.

— Mas não com esse sutiã preso. É como uma ordenha sem as mãos.

— Não quero que você chame de "ordenha". Eu estou "extraindo".

Ela fingiu dar um tapinha no rosto dele, em seguida puxou o canguru para que pudesse olhar Brian. Não esperou Apollo desamarrar o menino, fazendo isso por ele com uma das mãos. Com a outra ela soltou os copinhos do sutiã e levou Brian ao peito. Ele fungou, um animal pronto para caçar, e tentou mamar. Foram duas tentativas, mas Emma se manteve paciente e tranquila até eles se conectarem.

— Como foi o primeiro dia? — perguntou Apollo.

Ela poderia ter respondido, mas o rosto de Brian chamou sua atenção, e ela ficou em silêncio, observando-o.

— Senti saudade — sussurrou ela. — Senti saudade. — Ela contorceu o pescoço para poder beijar a cabeça do menino enquanto ele mamava.

A televisão era a única coisa a fazer barulho. Estava passando um programa de reformas de casas.

— Não sei se vamos conseguir terminar este projeto em cinco semanas — disse o homem na tela, falando diretamente para a câmera.

— Vamos estourar o orçamento se não terminarmos — falou a mulher ao lado dele.

Emma pegou o controle remoto e tirou o som. Ela se recostou no sofá, sem tirar os olhos de Brian nenhuma vez.

Na televisão, o homem e a mulher que estavam preocupados com orçamentos e prazos usavam óculos protetores transparentes e batiam com marretas nas paredes de uma cozinha feia.

— Essa parte parece divertida — comentou Apollo.

— Eu gosto de ver a demolição — disse Emma, cheirando as orelhas de Brian.

Quando se sentaram juntos, Apollo finalmente revelou o que era o objeto que segurava quando entrara no apartamento gritando.

— *O sol é para todos* — Emma leu em voz alta.

Apollo abriu o livro, mostrando a página de créditos.

— Uma verdadeira primeira edição de *O sol é para todos* — disse ele. — Com a capa original. Tudo em bom estado. Só isso faria valer cinco mil dólares. Quando a autora morrer, vai valer o dobro do preço.

Emma estremeceu.

— Ele te mordeu?

— Não. O que você disse foi mórbido.

— Desculpa.

Emma inclinou-se contra Apollo, mudando Brian de posição para ele ficar mais perto de suas costelas.

— Sabe, a Harper Lee nunca dá entrevistas nem nada disso, nem autografa livros. — Apollo abriu a folha de rosto. — Bem, ela assinou este aqui.

Emma ergueu a cabeça.

— Uau. E ela autografou para alguém. Pip. Quem é Pip?

— Ah, Pip? — perguntou Apollo, aproveitando a deixa. — Seu melhor amigo de infância. Acabou se tornando um escritor de quem talvez você tenha ouvido falar também.

Emma, bibliotecária bem-versada, agarrou a perna de Apollo com tanta força que a deixou dolorida.

— Truman Capote — sussurrou. Ela olhou para o livro com uma nova reverência, compreendendo a diferença que aquele pequeno item poderia fazer na vida deles.

— Sabe que vão publicar o segundo romance dela no meio do ano? Aquele em que Atticus Finch é todo racista e brigão? Parece que ninguém gostou. Não querem ver Atticus por esse prisma. Ele era correto demais. Acho que a sra. Lee sabia das coisas mesmo naquela época, quando assinou este livro, décadas atrás. Veja o que ela escreveu para Truman — disse Apollo. — É a cereja sobre a cereja do bolo.

Emma chegou mais perto para poder ler, e Brian se torceu em sua mão. O leite pingava de seus lábios, e o peito lançou um jato leve que sujou a bochecha do menino.

— "Este aqui é para o papai de nossos sonhos".

Apollo fechou o livro. Aquilo superaria dez vezes o achado dos D'Agostino, talvez mais. Com aquele autógrafo e dedicatória, a descoberta poderia virar notícia nacional. Poderiam comprar um apartamento com a grana que renderia. Ou, pelo menos, seria uma bela entrada. Não para um apartamento grande – ainda era Nova York –, mas seria deles.

Quando tirou aquele livro do porão em Riverdale, Apollo já entendia exatamente a sorte grande que tinha tirado. Ao bater na porta lateral e chamar o filho da senhora, tentou com todas as forças parecer calmo. O homem não deixou Apollo entrar na casa. Sugeriu que concluíssem a negociação na calçada. Apollo ofereceu cinquenta dólares, tentando não se engasgar com a oferta baixa. Ele deixou o cara chegar até cem, para ele sentir que havia passado a perna em Apollo. O tempo todo o homem ficava verificando o celular, chegou a parar de falar no meio de uma frase para responder a uma mensagem. Apollo pagou em dinheiro e praticamente levitou de volta à minivan.

Ele deixou Emma e Brian no sofá. Os programas de reforma estavam a todo vapor, e Emma aproveitou para relaxar e esperar o programa seguinte agarrada ao filho. Apollo entrou no quarto dos fundos, seu ex-refúgio e futuro quarto de Brian. Lá ele subiu em um banquinho e tateou pela prateleira mais alta do armário. Encontrou a caixa e a colocou no chão.

Improbabilia.

Quanto tempo se passara desde a última vez que abrira aquela tampa, explorara seu conteúdo? Anos. Mas naquela noite ele se sentiu pronto para fazer um acréscimo à cápsula do tempo. Abriu a tampa. A única coisa que tinha retirado era o livro infantil. Pensou em começar a ler para o filho, assim como seu fizera feito com ele. Da carteira, Apollo pegou a fita vermelha de Emma, que estava embolada e amassada, então ele a esticou. Entre dez e doze centímetros de fita desfiada e, ainda assim, ele precisava admitir que o tecido parecia quente ao toque, como se ainda queimasse com magia sentimental. Ele a colocou dentro da caixa.

Ele foi até a estante do quarto e encontrou o segundo livro que comprara da sra. Grabowski, aquele que fora usado como camuflagem para *Fields of Fire.* Apollo olhou para a capa. *Once Upon a Die.* "Era uma morte", e não "Era uma vez"? Nem fazia sentido. Folheou o thriller surrado. Algumas páginas estavam caindo. Não conseguiria vender aquele lixo nem se tentasse. Mas cada vez que olhava para ele, o livro o lembrava da noite em que seu filho havia nascido. Ele o colocou na caixa.

Enfiado em seu bolso da frente, ele até encontrou a multa que havia recebido no início daquela noite. Isso também? Por que não? Quando Brian tivesse idade suficiente, Apollo se sentaria com ele e contaria a história por trás da multa. Planejava estar lá para explicar tudo.

Por fim, colocou lá dentro o exemplar de *O sol é para todos*. Que lugar melhor para uma descoberta como aquela do que uma caixa mágica? Apollo fechou a tampa, subiu de novo no banquinho e escondeu Improbabilia na escuridão.

21

Brian deixou os pais dormirem até o dia seguinte, acordando apenas às cinco da manhã. Um novo recorde. Apollo estava acordado desde as três. O antigo recorde. Seu corpo antecipava o despertar de Brian, e ele não conseguia convencer seu sistema nervoso a voltar a descansar. De qualquer maneira, a empolgação com o livro também estava fervilhando.

Embora fosse uma medida inteiramente desnecessária, ele decidiu contratar um avaliador por meio da Sociedade Americana dos Avaliadores, para ter uma certificação externa de autenticidade do livro. Grandes empresas, como a Bauman, tinham reputação pelos livros raros e de qualidade, mas um cara como Apollo talvez precisasse oferecer alguma garantia externa a potenciais compradores.

Às cinco, os peitos de Emma estavam tão cheios que doíam. Também tinham se acostumado a acordar às três horas. Apollo levou Brian até ela. Ela o amamentou deitada de lado, alimentando e afagando o menino embora ainda estivesse sonolenta. Quando terminou, se forçou a se levantar para trocar a fralda dele.

— Vou levá-lo ao parque — sussurrou Apollo.

Ela assentiu, sorriu agradecida e tentou beijar o marido, mas não teve a energia para permanecer sentada, então caiu de volta na cama e se enrolou nos cobertores até parecer uma panqueca gigante. Seria o segundo dia de Emma de volta ao trabalho, e outras duas horas de sono poderiam significar a diferença entre chegar à biblioteca incrivelmente cansada em vez de totalmente descarregada. Apollo equipou-se, vestindo o bebê e a si mesmo com roupas quentes, encaixou Brian no canguru, e eles saíram às 5h30.

Apollo havia se transformado em um daqueles homens. Os Novos Pais. Muito melhores que os Antigos Pais do passado. Novos Pais vestem seus filhos. Novos Pais trocam a fralda do bebê três vezes por noite. Novos Pais lavam louça e põem roupa para lavar. Novos Pais cozinham. Novos Pais leem livros sobre desenvolvimento infantil e fazem mais pesquisas on-line. Novos Pais aplicam óleo de coco na virilha do bebê para evitar assaduras. Novos Pais assam batata doce, depois batem no liquidificador quando o bebê atinge idade suficiente para alimentos sólidos. Novos Pais carregam a bolsa de fraldas – na verdade, uma bolsa grande e velha – sem se envergonhar. Novos Pais são emocionalmente disponíveis. Novos Pais assumem metade do trabalho doméstico (na verdade, eram mais ou menos 35%, mas que ainda é muito melhor do que nada). Novos Pais corrigem todos os erros que os Antigos Pais cometeram. Novos Pais são o futuro ou, pelo menos, planejam ser; mas, como estão fazendo essa merda toda enquanto aprendem a fazer, Novos Pais também têm um medo danado.

Cinco e meia da manhã, e os pais já estavam no Bennett Park. Havia mães apinhadas em uma ponta do playground, ao lado das balanças. Apollo procurou outros Novos Pais. Quatro deles já estavam lá, ao lado dos colchonetes. Com

Apollo eram cinco. A maioria deles com trinta e poucos anos ou no início dos quarenta. Um dos caras talvez tivesse cinquenta ou só estava bastante acabado.

Apollo cumprimentou outros pais, e eles o cumprimentaram. Não se lembrava dos nomes. Eles não se lembravam do dele. Sabiam o nome dos filhos, e isso era o que mais importava.

— Brian! — os homens falaram, um a um, enquanto Apollo desprendia o canguru.

Apollo cumprimentou as outras crianças, Meaghan e Imogen, Isaac e Shoji. As crianças não eram obrigadas a responder. Os cumprimentos eram para os pais ouvirem.

Apollo deixou Brian de bruços em seu colchonete preto emborrachado, enquanto as outras crianças corriam pelos brinquedos. Aos dois meses, Brian ainda era, de longe, o mais novo. Meaghan e Imogen ficavam agitadas de interesse ao ver o bebê. Isaac e Shoji o ignoravam por completo. Quando estava de bruços, Brian fazia bico e basicamente beijava o chão algumas vezes até que Apollo o virasse de costas. Brian estendeu a mão, e Apollo lhe entregou um molho grande de chaves de plástico. Brian segurava e puxava e olhava para as chaves. Balançava-as loucamente. O rosto praticava expressões, estreitando os olhos para as chaves, fazendo bico como se estivesse desconfiado delas.

Os outros pais aproximaram-se e perguntaram sobre o desenvolvimento de Brian, como treinadores examinando um jogador rival. Brian já rolava sozinho? Trocava os objetos de mão? Alcançava a caixa de cereais Cheerios sozinho? Os pais lançavam essas questões, meio curiosos e meio competitivos, mas Apollo não se importava. Na verdade, ele gostava daquilo tanto quanto eles. Não falou nada sobre o tremendo livro que tinha encontrado no dia anterior. Por que diria? Nenhum daqueles homens falava sobre seu trabalho, ou suas esperanças e sonhos, não quando havia filhos sobre os quais conversar. Apollo pegou o celular e tirou uma dúzia de fotografias de Brian lá no colchonete. A postagem do dia anterior – as fotos de Brian no porão em Riverdale – fora um sucesso, ao menos as primeiras fotos. Apollo entrou no Facebook e, em nome da constância, postou as fotos que tirou. Todas as doze.

22

No dia anterior, na primeira manhã de Emma de volta ao trabalho, ela acordou sozinha; os rapazes já tinham ido buscar um livro em Riverdale. Depois de mijar, ela tomou um banho. Meia hora embaixo d'água, e Apollo não entraria para cagar, Brian não choraria pedindo para ser trocado, alimentado ou embalado. Ela não queria uma vida sem aqueles dois, mas trinta minutos?

Sim, por favor.

Emma raspou as pernas no chuveiro, embora isso tivesse que ser feito devagar, porque doía ficar abaixada. Lavou o cabelo. Maquiou-se diante do espelho depois que o vapor se dissipou e ficou surpresa com o próprio rosto. Como podia se sentir tão diferente e, em grande parte, a mesma?

Primeiro dia de volta ao trabalho. Ela se surpreendeu com a ansiedade que sentia para chegar lá. Era apenas meio-período, mas ela mantinha o seguro-saúde. O que, por si só, fazia aquele emprego valer à pena. Apollo nunca teve seguro-saúde. Como fora tirada do tempo integral, ele ganhava mais que ela, mas seu seguro-saúde fazia uma grande diferença. Por exemplo, Kim seria paga pelo trabalho como parteira. Mas, infelizmente, eles estavam se recusando a pagar, porque tecnicamente não fora ela quem havia feito o parto.

Antes de se vestir, Emma foi até o freezer e encontrou seu estoque de absorventes umedecidos com hamamélis. Enfiou um na calcinha e desfrutou do frio alívio. Antes de sair, encontrou seu celular e tocou a tela, encontrando a mensagem de Apollo. Onze fotos de Brian profundamente adormecido. Ela riu com a visão, e seu rosto esquentou de amor. Ela respondeu à mensagem: **Por que meu neném está dormindo em um porão?**

Então, saiu para o trabalho.

Emma passou pela Igreja Episcopal Holyrood, na esquina da Fort Washington com a 179th Street. Talvez batizassem Brian ali. Apenas dois meses e Lillian, criada como episcopaliana em Uganda, estava dando dicas sobre essa necessidade. A família de Emma era católica, uma raridade em Boones Mill. Mas depois que seus pais morreram, Emma e Kim não frequentavam muito a igreja. As pessoas eram amáveis com elas, convidando-as a participar das missas, mas as meninas Valentine se tornaram uma congregação de duas pessoas.

Emma seguiu para o Leste, passando por uma filial dilapidada da pizzaria Papa John e pela nova farmácia que tinha substituído um açougue. A Igreja Ortodoxa de Santo Espiridião, em Wadsworth, em seguida a Dental Lab 24 horas, a N&C Brokerage, e a New Age Financial, tudo em uma estreita linha no quarteirão seguinte. A essa hora as calçadas viravam um borrão com as pessoas indo para o trabalho e enxames de adolescentes zumbindo em direção à escola. Emma anunciava-se como um problema para todas as pessoas ao redor, pois se movia devagar. Pessoas murmuravam, até rosnavam, enquanto a contornavam às pressas, mas ela não dava a mínima para eles. Pior era a dor crescente que sentia quanto mais longe ficava do apartamento. Uma espécie estranha de inchaço preenchia o peito, a garganta.

Ela sentia falta do filho.

O sentimento, quase como luto, forçou-a a parar em uma esquina e se encostar em uma caixa de correio. Chorou em silêncio enquanto o semáforo passava de verde para amarelo e vermelho. Ela sentia saudades de Brian, e agora seus seios estavam inchando, se enchendo com uma dor lancinante. Ela havia trazido a bomba tira-leite na bolsa, planejava esvaziá-los durante o almoço, mas não poderia esperar tanto tempo. Soluçou baixinho e sentiu a distância de seu filho como a dor em um membro fantasma. Transeuntes a notaram, depois a ignoraram. Ela tomou fôlego, endireitou-se e seguiu para o trabalho.

O edifício de três andares de pedra calcária, construído em 1914, fora financiado por Andrew Carnegie, e a lista de ex-moradores que ele servira incluía Marianne Moore e Maria Callas, Ralph Ellison e Lou Gehrig. Mas Emma preferia pensar em todas as crianças, anônimas e importantes, que, havia cem anos, vinham sendo atendidas naquela filial por mulheres como ela. Ela esperava ser, para cada uma delas, o que a sra. Rook tinha sido para ela, uma libertadora discreta, uma proteção e um remédio. Emma adorava ser bibliotecária.

Ela chegou ao trabalho às 8h35, entrou no prédio e descobriu que seus colegas – seus amigos – tinham estendido um cartaz no qual estava escrito "Bem-vinda de volta" em letras douradas. Sheryl comprara um bolo de cenoura da Carrot Top, o melhor bolo de cenoura da Cidade de Nova York. Carlotta já tinha preparado uma jarra de café fresco. Tinha sido Yurina, a bibliotecária mais jovem, que comprara e pendurara o cartaz.

— Que saudade — disse Emma quando abraçou cada mulher.

Carlotta, emocionada, beijou Emma na testa. Era como uma bênção de um alto sacerdote. Elas pediram para ver fotos de Brian, e Emma mostrou com prazer. Elas se derreteram com os lindos olhos grandes, a forma de suas orelhas bonitas. Carlotta e Sheryl, mães há muito tempo, deram conselhos não solicitados e fizeram Emma prometer "aproveitar cada momento porque tudo passa tão rápido". Ah, os clichês da maternidade! Ela sabia que um dia falaria aquilo para pais novatos também, e daí? Realmente, tudo aquilo era lindo, e Emma não poderia ter pedido um retorno melhor. Ela comeu bolo e tomou chá. As mais velhas alardearam elogios quando ouviram que Apollo tinha levado Brian para o trabalho consigo. Então, as bibliotecárias se prepararam para o dia.

Emma pegou os livros na caixa de devolução e, em seguida, recolheu os jornais do lado de fora. Descendo ao porão – o andar da sala de leitura dos adultos –, substituiu as edições do dia anterior pelas daquele dia. Carlotta já começara a desembalar os novos livros que haviam chegado e verificá-los pelas listas de envio. Sheryl ficaria no segundo andar hoje, na seção infantil, embora a filial fosse tão pequena que todas elas trocavam de andares, e de trabalhos, algumas vezes ao dia. Na recepção, Yurina estava ligando os dois computadores, e Emma verificou que os quatro laptops de empréstimo estavam totalmente carregados. Então já eram dez horas, e elas abriram as portas.

Nesse momento seu celular vibrou na bolsa. Quando ela o pegou, encontrou outra profusão de fotos de Apollo. Pai e filho na entrada de uma casa grande. Apollo inclinando-se na minivan que havia alugado, carregando ou descarregando sacolas. Enquanto isso, Brian estava deitado sobre um cobertor na calçada, olhando para as árvores. Antes que pudesse fazer mais que olhar, um grupo de crianças da creche entrou na filial, e Emma se viu totalmente ocupada.

Ela conseguiu chegar até meio-dia com a sensação de que tinha algo preso entre dois de seus dentes de trás, esse tipo de irritação. A sensação não a abandonou até o final do expediente, ao voltar para casa às três horas, quando percebeu o problema. Aquela segunda foto recebida de manhã. A foto de Apollo e Brian na frente da casa. Seu primeiro pensamento foi: *Por que diabos você está deixando meu filho deitado em uma calçada?* Mas, em seguida, um segundo pensamento a tomou: *Quem tirou a foto?*

Ela encontrou seu celular na bolsa e passou os dez minutos seguintes na 179th Street, tentando encontrar a foto para confirmar sua lembrança, mas tinha desaparecido. Não estava em suas mensagens, em downloads, na galeria de fotos. Simplesmente desaparecera. Como se a pessoa que a enviara a tivesse arrancado do aparelho.

23

— Fico feliz por você ter trazido o garoto.

Apollo e Brian fizeram seu encontro matutino com Patrice no centro, na Avenue B. Patrice estava esperando do lado de fora de uma pequena loja de computadores. Ao mesmo tempo, Emma estava abrindo a filial em Fort Washington em seu segundo dia de trabalho.

— Dê uma olhada neste equipamento — disse Patrice, virando a tela do celular para Apollo. Mostrou a foto de um computador com dois monitores, quatro alto-falantes e muito mais. — Vou montar um melhor que esse para mim.

Apollo estava usando o canguru de Brian ao contrário, de modo que o garoto encarava Patrice. Ele ergueu o bebê um pouco mais alto, como se para mostrar seu equipamento.

— Sabe quem você parece? — perguntou Patrice. — Master Blaster.

— Quem manda em Bartertown? — disse Apollo.

Patrice zombou:

— Master Blaster manda em Bartertown.

Apollo e Patrice abraçaram-se da melhor maneira que dois caras poderiam com um bebê de oito semanas balançando entre eles.

— Ainda que — disse Apollo — Master Blaster levasse o carinha nas costas. Eu e Brian somos mais como Kuato e seu irmão.

Patrice segurou a porta da loja de computadores aberta.

— Vai comparar seu filho com a porra do Kuato?

Apollo pousou suavemente a mão sobre a cabeça do filho.

— Os marcianos amam Kuato — respondeu. — Acham que ele é a porra do George Washington.

Patrice apontou para entrarem na loja.

— Sabe de uma coisa? Você é um cara estranho, meu velho.

Cinco clientes estavam na loja. Com Patrice, Apollo e Brian lá dentro, o lugar tinha atingido a capacidade máxima. A mulher atrás do balcão desviou os olhos da conversa, identificou os novos corpos e, em seguida, voltou à venda. Brian se contorceu no canguru e choramingou de leve. Aquilo quase causou uma reação alérgica em todo o espaço. Todos os adultos ao redor de Apollo se curvaram para a frente, como se para proteger os ouvidos com os ombros. Dois dos homens o olharam, endireitando o corpo e fazendo cara feia. A mulher atrás do balcão suspirou alto.

Apollo mal registrou as reações. Fingiu-se de ocupado tirando a mochila das costas, deixando-a no chão e, em seguida, desamarrando Brian. Se abaixou com um joelho no chão, abriu o macacão de Brian e puxou a aba da sua fralda. Brian chutou com as duas pernas e gemeu mais alto. Sujo. Apollo puxou o tapetinho de troca, o deitou no chão e puxou uma das fitas da fralda – o adesivo estalou.

Só então olhou para cima e viu sete expressões horrorizadas concentradas nele e no bebê sujo e seminu.

— Algum problema? — perguntou ele.

Um momento passou, e todos os cinco clientes saíram da loja batendo os pés. Até o cara que estava no meio da negociação se juntou ao êxodo.

Nesse momento, Patrice sorriu.

— Fico mesmo feliz que você tenha trazido o garoto — disse ele, virando-se para a mulher atrás do balcão e instantaneamente se tornando o primeiro na fila de atendimento. — Tenho uma lista longa.

Apollo deu de ombros e terminou de trocar Brian.

Patrice saiu da loja com meia dúzia de sacolas nas mãos, enquanto Apollo carregava apenas uma fralda suja enrolada.

— Você e Dana deveriam pensar em ter um filho — comentou Apollo enquanto caminhavam pelo quarteirão.

Ele se arrependeu assim que as palavras saíram de sua boca. Era babaca dizer aquilo. Ele sabia. Ele não odiava quando as pessoas nas ruas ofereciam conselhos não solicitados sobre como deveria cuidar de Brian? Mulheres mais velhas o repreendiam por não o cobrir, e outras exigiam que ficasse descoberto. Idosos tagarelavam sobre a melhor forma de fazer arrotar ou embalar ou alimentar a criança. Ele não detestava até mesmo aqueles com as melhores intenções? Por outro lado, ele tinha feito algo semelhante com Patrice. Talvez ter um filho fosse como estar bêbado. É impossível saber quando você deixa de ser charmoso para se transformar em um idiota.

— Você tem razão — disse Patrice. — Se não tivermos filhos, como conhecer a alegria de carregar um punhado de merda na mão?

Não estavam muito longe da livraria Strand, só precisavam dar uma caminhada pela cidade. Seguiram naquela direção sem nem prestar atenção. O slogan da loja era

"Quase 30 quilômetros de livros". Apollo não conseguia lembrar a última vez que havia encontrado um livro que valesse a pena lá – as pilhas eram reviradas por milhares de leitores todos os dias –, mas eles não podiam ir ao centro e deixar de visitá-la. Seria como esnobar um tio querido.

O ar de Manhattan, no início do inverno, fica fresco como uma maçã madura. Enquanto caminhavam, Apollo virou Brian para que ele não ficasse de frente para o vento frio. Ao ser virado, Brian olhou para o rosto do pai, ou talvez apenas para o céu entre os prédios. O menino fazia bico, e seu narizinho tremulou quando Apollo e Patrice caminharam em silêncio na direção da Strand.

Como uma questão de rotina, eles vasculharam as estantes móveis que se enfileiravam na frente da loja. Eram livros de bolso desgastados, exemplares do selo Signet Classics como *Frankenstein* e *Jane Eyre*, além de livros didáticos e de culinária bem usados. Patrice e Apollo não estavam procurando nada de valor – era apenas parte do ritual.

— Então, eu tive que ir embora antes de você sair do porão em Riverdale — comentou Patrice.

— Você deveria ter descido para falar tchau — provocou Apollo.

Patrice pigarreou e ignorou a provocação.

— Encontrou alguma coisa boa?

Apollo segurou a parte de trás da cabeça de Brian enquanto se inclinava para a frente para ler as lombadas dos livros de bolso. Inalou o perfume de seu filho e considerou a pergunta. Tinha encontrada alguma coisa boa? Um livro cujos lucros estaria disposto a dividir com Patrice? Brian esfregou a cabeça contra o pequeno pedaço de pele do pai que pôde alcançar. Tinha encontrado alguma coisa boa?

— Não — disse Apollo. — Nada de bom. Foi uma furada.

24

Apollo e Brian voltaram para casa no fim da tarde, mas o apartamento estava escuro como a noite. As cortinas estavam fechadas na sala de estar. Quando foi abri-las, Apollo encontrou um pino de segurança mantendo as duas partes juntas. O mesmo no quarto. As persianas da cozinha estavam abaixadas. Apollo encontrou Emma no quarto de Brian, em cima de pequena escada, com uma furadeira na mão. As cortinas estavam em uma pequena pilha no chão.

Ela continuou imersa em sua tarefa como se não tivesse sequer ouvido os dois entrarem. Apollo observou em silêncio da porta. Brian nem mesmo se debateu contra seu carregador, como se também estivesse absorvendo a visão estranha. Emma levantou a furadeira para a parte superior do caixilho da janela, puxou o gatilho e, em seguida, afundou a furadeira na madeira até a broca desaparecer. Quando a puxou para fora, a poeira caiu sobre ela e no chão.

— O que está fazendo? — perguntou Apollo.

Emma virou-se tão rápido que quase caiu da escada. Ela estendeu a furadeira como uma pistola, apontado diretamente para ele.

— Como foi no trabalho? — perguntou ele.

— Cortinas blackout — disse Emma, em seguida se virou para o caixilho da janela e fez um segundo buraco. O ruído finalmente fez Brian se agitar. Ele não estava dormindo, mas ao menos estava calmo.

— Pensei que ainda não começaríamos o treinamento do sono — disse Apollo.

Emma desceu da escada e deixou a furadeira no chão. Tirou algo de uma caixa que estava escondida sob as cortinas empilhadas. Subiu de novo na escada, puxou uma chave de fenda do bolso e instalou a cortina blackout.

— Não vamos começar ainda — respondeu enquanto trabalhava.

— Então, por que você está colocando essas cortinas? — perguntou ele. — E por que todas as janelas estão fechadas?

— Encontrei um ótimo mural de recados para mães — disse ela. — Li que essas eram as melhores cortinas blackout da região.

— Quanto custaram?

Emma não respondeu. Ela terminou e desceu da escada.

— Por que você deixou Brian na calçada?

Apollo ficou passado.

— Eu estava carregando o carro. Tentei fazer isso enquanto estava com ele no canguru, mas eu precisava me abaixar demais. Ele chorava. Então, eu o deixei na calçada. Foi só por alguns minutos. Mas como você sabia?

— Você me mandou uma foto, caramba — disse Emma.

Apollo se afastou.

— Eu?

Emma estendeu a mão.

— Deixe eu ver seu celular.

Ela rolou algumas telas, em seguida apagou a tela do celular de Apollo com um grunhido. Eles foram juntos para a cozinha. Então Apollo pediu para ver o celular dela. Ela o ergueu e disse que a imagem havia desaparecido.

— Ora, por que você apagou? — questionou ele enquanto lhe entregava Brian.

— Eu disse que apaguei? — perguntou ela. — Por que eu apagaria?

Ela se sentou à mesa da cozinha com Brian, puxou a camiseta e abriu o sutiã de amamentação. Brian pegou o peito sem erro.

Apollo abriu a geladeira e pegou ingredientes para um jantar rápido.

— Às vezes, você acha que me enviou uma mensagem, mas ela está nos rascunhos — disse ele. — É possível que você ainda esteja com ela. Me deixa olhar.

Emma quase saltou por cima da cadeira, mas se controlou. Se não estivesse amamentando o bebê, talvez tivesse pulado nas costas de Apollo.

— Estou tentando contar que recebi uma foto perturbadora, e a única coisa que você consegue fazer é me acusar de ter cometido um erro.

Apollo levou uma frigideira ao fogão, derramou uma tampa cheia de azeite, acendeu o fogo e rapidamente picou cebola e alho. Estava prestando uma atenção desmedida ao processo, num esforço para manter a boca fechada. Atrás dele, Emma brincava com Brian, sussurrando em um tom doce, de um jeito que sugeria que ela também estava tentando mudar o clima.

Durante o jantar, eles se acalmaram o suficiente para voltar a falar da foto. Emma explicou o que tinha visto e quando a mensagem chegou, e agora Apollo estava fuçando seu celular com o rigor de um detetive. Brian fora colocado em um balancinho no chão da cozinha. Enquanto

Apollo verificava o celular de Emma, ela usava um pé para balançar Brian para cima e para baixo com suavidade. O garoto estava encarando a luz do teto, mas suas pálpebras tremiam. Com seu sono potencialmente tão próximo, Apollo e Emma começaram a sussurrar. Então, suas vozes ficaram quase abafadas pelo cano de ar quente bem atrás da cadeira de Apollo. À noite, os aquecedores barulhavam como se estivessem ganhando vida, mas com sorte Brian já estaria dormindo profundamente quando acontecesse.

— Vou consertar a porta do quarto dele — disse Apollo. De sua cadeira, ele conseguia olhar diretamente para o quarto dos fundos. Na verdade, não havia porta nenhuma. Era assim desde que se mudaram. Ele precisava de algum tipo de motivação para prosseguir e fazer o trabalho. — Vou falar com o zelador para ver se ele tem uma. Dou um dinheiro para ele instalar.

Novos Pais não sabiam como fazer grandes reparos domésticos. Mas podiam pagar por eles.

Emma fez que sim com a cabeça e riu baixinho. Era bom ver o sorriso dela.

Comeram em silêncio, e Brian adormeceu. A oferta para consertar a porta do quarto de Brian não tinha nada a ver com a mensagem que Emma havia recebido, mas prestava um serviço da mesma forma que ela quando pendurou as cortinas. Fortalecimento do ninho.

Quando eles terminaram o jantar, se levantaram e calmamente deixaram os pratos na pia. Moviam-se ao redor do bebê como se fosse uma armadilha para urso. Saíram da cozinha na ponta dos pés. Apollo apagou a luz. Era errado deixar o bebê dormir em uma cadeirinha de balanço no chão da cozinha? Que mal poderia fazer? Afinal, ele nascera em um trem enguiçado. Entraram no quarto, deixando a porta aberta para ouvirem, caso Brian chorasse.

— É o mais longe de nós que ele já dormiu desde que nasceu — disse Apollo.

Eles subiram na cama, e Emma se virou para ficar de frente para o bebê. Apollo aconchegou-se nela de conchinha, colocando o braço ao redor da barriga. Beijou seu pescoço, e ela se virou e o beijou de volta. Dentro de minutos, tanto Emma como Apollo apagaram. Quando todo o clã Kagwa estava dormindo, o celular de Emma se acendeu sobre a mesa da cozinha, uma nova mensagem recebida. Era como se um olho brilhante se abrisse no apartamento escuro e, em seguida, se fechasse novamente.

25

Lillian chegou cedo. Queria estar no apartamento às sete, mas, em vez disso, chegara lá pelas seis e meia. Ela tocou o interfone e Apollo a deixou entrar, em seguida cambaleou pelo apartamento para descobrir como ele poderia fazer três meses de faxina atrasada nos três minutos que levaria para sua mãe chegar ao andar de cima. Cozinha bagunçada, sala de estar bagunçada, quarto bagunçado, banheiro também. Emma estava no banho, e Apollo tinha acabado de sair. Quase esquecera onde estava Brian até se lembrar de que estava carregando a criança. Ao menos seu braço esquerdo tinha ficado mais forte. Então, a campainha tocou, Apollo abriu a porta, e lá estava Lillian.

Enquanto Emma se vestia, Lillian mostrava a Apollo seu novo celular. Brian estava sentado em seu colo e agarrou o aparelho. Lillian deixou-o segurar o telefone – tentar segurá-lo – e, em seguida, Emma saiu do quarto, praticamente correndo e puxou o celular da mão do filho.

— Ele é muito novo para isso — disse Apollo.

Emma devolveu-o para Lillian.

— Só não queremos que ele se acostume tão cedo.

Lillian deixou o aparelho sobre o braço do sofá.

— Ele é muito jovem, e eu estou muito velha para isso. Então, vamos passar a noite toda brincando com joguinhos e se abraçando.

Emma inclinou-se, beijou a bochecha de Lillian e voltou para o quarto.

— Obrigado, mãe.

— Não me agradeça. Passar tempo com meu neto é um presente. — Lillian virou o bebê para que ele ficasse de frente para ela. Quanto Apollo amava ver a sua mãe segurando seu filho? Mais do que conseguia dizer, então, em vez disso, pegou o celular e tirou rapidamente quinze fotos.

— A cabeça dele não está mais bambeando — disse Apollo por trás do celular.

— Eu vi! Está ficando mais forte. E ainda se parece com uma tartaruga. — Lillian virou Brian de novo e beijou o bebê seis ou sete vezes, bem no queixinho. — Como está o sono?

— Está rolando um boato de que ele deveria começar dormir seis ou sete horas direto — respondeu Apollo. — Só vou acreditar quando eu dormir.

Lillian sorriu para Apollo.

— Você cortou o cabelo.

— Tenho um encontro — disse ele.

Emma voltou do quarto. Usava brincos de gota amarelos e os lábios mostravam um leve avermelhado. Lillian assentiu com a cabeça e fez um "oh" carinhoso para a nora. Apollo pegou a mão dela.

Eles foram até o centro para ver um filme no Film Forum. Talvez fosse *Árvore da vida*, de Terrence Malick, que tinha voltado ao cinema depois da estreia. Escolheram o filme porque o horário de exibição se encaixava em sua noite romântica e eles queriam jantar no centro. Assim que se sentaram, se sentiram confortavelmente, surpreendentemente, como adultos de novo. Não mãe e pai, mas marido e esposa. Aquilo durou dezoito minutos. Começaram os trailers, e os dois caíram no sono. Quando acordaram, com cerca de uma hora de filme, Brad Pitt estava sendo um pai malvado, não sabiam exatamente por quê. Parecia improvável que fosse parar. Apollo e Emma se entreolharam, os rostos iluminados pela tela, e concordaram que precisavam dar o fora dali.

Foram para o restaurante japonês na Thompson Street, local de seu primeiro encontro. Sentiam uma vaga nostalgia e já estavam a caminho do centro, então, por que não? Mas com o clima ficando temperado, a fila do lado de fora estava quase na metade do quarteirão. Em vez de pegá-la, viraram a esquina e foram até o Arturo's para uma pizza no forno a lenha. O lugar tinha um piano ao lado do bar, e um homem sentado no banco, não exatamente tocando, mas apertando umas teclas de forma que às vezes produzia uma melodia. Emma pediu uma taça de vinho tinto. Ela extrairia o leite e o jogaria fora. Apollo acabou tomando as outras três ou quatro taças que vieram daquela garrafa. Esperava parecer tão bonito para ela quanto ela aparecia para ele.

Quando saíram do restaurante, correram para chegar à estação de trem, certos de que tinham ficado na rua até meia-noite. Mas quando Emma olhou o relógio, teve que rir, pois ainda eram quinze para as dez.

— Vamos fazer mais uma coisa — disse ela.

Apollo sacudiu a cabeça na esquina da Houston com a MacDougal Street.

— Que tal uma grande fuga?

— Contanto que a gente chegue em casa à meia-noite — disse ela. — Sua mãe vai ficar cansada.

Apollo empurrou a esposa para a rua.

— Chame um táxi para nós, meu amor.

Emma conseguiu um na segunda tentativa. O carro parou, e Apollo entrou rapidamente atrás dela.

— Wall Street — pediu Apollo, inclinando-se perto demais na direção da janela divisória. — Píer 11.

Chegaram ao píer em cima da hora para tomar o último passeio de barco da noite. Um percurso de uma hora no East River, passando pela Estátua da Liberdade e pela Governors Island e por baixo da ponte do Brooklyn. Uma merda turística, mas e daí? Serem pais novos em Nova York os rebaixava ao status de turistas. Pior, na verdade. Ao menos os turistas saíam à noite.

Apesar de a primavera estar prestes a dar lugar ao verão, o clima não estava quente de verdade; por isso a maioria dos passageiros passou a boa parte da viagem encolhida dentro da cabine principal. Apollo e Emma ficaram mais tempo lá fora, apoiados no parapeito e aconchegados um no outro.

— Estou feliz por termos saído — disse Emma em voz baixa, olhando para o horizonte de Manhattan. — Um encontro à noite. — Parecia alguém treinando uma frase em uma nova língua.

26

Havia um homem à porta da frente. Da sala de estar, Apollo ouviu-o bater. Apollo foi até a porta quando a batida ficou mais alta. Ele estendeu a mão no ar e girou as três trancas da porta do apartamento. Um homem estava no corredor. Seu rosto parecia azul. Não tinha nariz ou boca, apenas os olhos. Ele abriu caminho para entrar. O homem ajoelhou-se na frente de Apollo e arrancou a pele azul. Embaixo estava o rosto de seu papai. Apollo sorriu e o abraçou. O pai de Apollo segurou-o, e ele ouviu o som de água caindo. O pai de Apollo abriu a boca, e um nevoeiro branco jorrou da garganta. Derramou-o pelos lábios, e Apollo tentou se afastar, mas seu pai o segurou com força e fez com que ele olhasse. O apartamento encheu-se de fumaça, e o som da água corrente ficou mais alto, mais violento. O pai de Apollo pegou-o no colo. O pai de Apollo levou-o para dentro do nevoeiro.

O pai disse *Você vem comigo*.

Apollo acordou com um sobressalto. Esperava estar de novo no apartamento do Queens. Um menino de novo. Mas sua esposa e seu filho estavam lá na cama com ele. Ela dava de mamar ao bebê, com os olhos semicerrados. Apollo virou as costas para eles e não conseguiu dormir de novo.

27

Seis meses sem domir muito é muito diferente de três meses sem dormir nada. A mente fica movediça. O corpo segue lento e suave, as engrenagens se engancham. Kim sabia tudo isso, mas ficava surpresa quando chegava à casa de Emma e encontrava a irmã parecendo tão acabada. Uma coisa era uma cliente, e outra a irmã. Kim precisou tocar a campainha pelo que pareceram dez minutos antes de uma morta-viva atendê-la.

— Emma? — Kim perguntou à porta. Havia deixado a mochila de médica e sua bolsa no chão. Ela se segurou e não abraçou Emma, mas sabia por quê.

— O que você está fazendo aqui? — questionou Emma em um tom tão frio que parecia alguém resmungando durante o sono.

— Faz uma semana que estou ligando e mandando mensagens — respondeu Kim. — Check-up dos seis meses seu e do Brian.

Emma olhou ao redor do apartamento. Era início da manhã, mas o interior ainda estava tão escuro.

— Brian está com Apollo — disse ela. — E eu preciso sair.

Era isso. Kim deixou de ser a parteira preocupada e, mais uma vez, tornou-se a irmã mais velha.

— Você sabe que essas são diretrizes médicas. Eu tenho trabalho a fazer.

Emma deu de ombros e nada mais.

Kim sentiu que estava prestes a brigar e a censurá-la, mas para quê? Muitas mães ignoravam suas mensagens, precisavam remarcar check-ups, inteiramente esquecidas deles, e dormiam, não importava o quanto ela tocasse a campainha. Ela fechou os olhos e se acalmou.

— Posso ir com você? — perguntou ela.

Emma finalmente olhou para Kim.

Kim queria escovar o cabelo da irmã, puxá-lo para trás e amarrá-lo. Queria lavar o rosto da irmã e lhe dar almoço e colocá-la na cama. Ela ergueu a mão, mas se segurou. Os olhos de Emma sempre foram assimétricos, o direito um pouco maior que o esquerdo, mas de alguma forma a diferença ficara mais pronunciada. Ou ao menos era essa a impressão. O olho direito de Emma parecia quase dilatado. Kim colocou sua mochila de médica para dentro e esperou Emma trancar a porta.

— Então, aonde vamos? — perguntou Kim enquanto desciam as escadas.

— Se vier comigo, vai ver — respondeu Emma.

Caminharam ao longo da Fort Washington Avenue. No meio da manhã, as multidões da hora do rush tinham desaparecido. Os idosos e pais dos muito novos estavam na rua. Emma melhorou ao ar livre. Ao menos tirou o cabelo dos olhos e, em poucos minutos, até falou.

— Parei de olhar meu celular — confessou ela. — Por isso eu não soube que você estava vindo.

— Parou quando?

— Acho que há um mês.

Emma não esperou o semáforo da 181st Street. Ela avançou direto pelo cruzamento e ergueu a mão. Carros tentando virar pararam por pouco.

Kim tentou alcançá-la. Os motoristas não buzinaram para Emma, mas fizeram uma barulheira com Kim.

Enquanto continuavam até Fort Washington, elas passaram pelo Bennett Park.

— Agora Apollo traz o bebê aqui todas as manhãs — informou Emma. — Ele não tem dormido muito.

— Brian não tem dormido?

— Apollo — respondeu Emma. — Começou a ter pesadelos.

— Se ele sai com Brian, então ao menos te dá um tempo para descansar pela manhã.

Emma acompanhou.

— Eu não durmo enquanto eles estão fora — disse ela. — Não durmo de jeito nenhum. Estamos de cabeça para baixo.

Kim sentiu sua preocupação aumentar de novo. Ela mudou para seu modo profissional, refugiando-se no trabalho.— Você poderia tentar Difenidrin, ou uma coisa chamada Tranquil Sleep — sugeriu. — São seguros durante a amamentação. Você está tomando café? A cafeína pode permanecer no seu sistema por mais tempo do que você imagina.

Emma fez que sim com a cabeça, mas a abaixou enquanto caminhava. Uma cortina parecia ter sido puxada entre elas.

Kim tentou descobrir como reabrir essa cortina.

Chegaram a um prédio na esquina da 190th Street, Emma se virou sem dar aviso prévio e entrou no saguão. No momento em que Kim entrou, a irmã já havia tocado o interfone, e o saguão barulhou quando alguém lá em cima a deixou entrar. Se Kim não tivesse se aproximado, certamente Emma teria deixado a porta se fechar sem que ela tivesse entrado.

Enquanto esperavam o elevador, Kim tentou ser sincera.

— Estou preocupada com você, Emma. Só de olhar fico preocupada.

— Vou te dizer uma coisa — falou Emma, entrando no elevador. — Estou preocupada também.

O elevador subiu devagar. Kim sentiu a garganta apertar enquanto esperava Emma falar mais, explicar, mas Emma não disse uma palavra.

Por fim, o elevador chegou ao sexto andar. Emma caminhou até a porta de um apartamento, tocou uma vez e colocou as mãos para trás para esperar.

— Este é o lugar? — perguntou Kim. — Que lugar é este?

— Porra, só tente confiar em mim uma vez na vida — respondeu Emma.

Kim sentiu o choque frio com as palavras, as bochechas formigando como se tivesse tomado um tapa. Logo o olho mágico da porta ficou escuro como se alguém lá dentro as estivesse observando. Uma voz de mulher veio do outro lado.

— Posso ajudar? — A voz tinha um sotaque.

Vi a senhora no mural de recados — disse Emma. — Avisaram que eu viria.

— Quem mandou você? — perguntou a mulher.

— Cal me mandou — respondeu Emma.

A porta abriu-se um momento depois. A mulher lá dentro parecia muito mais jovem do que Kim ou Emma, mas estava com os mesmo sinais de exaustão que as novas mães costumam ter. Sua pele estava amarelada e os olhos tinham um tom de cera vermelha. Ela passou uma sacola grande pela porta, contendo algo pesado de metal, o som de metal virando e tilintando.

— Espero que sejam úteis — disse a mulher. Ela olhou para Kim rapidamente, fechando a porta em seguida.

Emma seguiu para o elevador com Kim ao lado.

— Vamos até o Parque Fort Tryon — sugeriu Kim. A determinação com que Emma se movia fez Kim temer que a irmã fosse correr para fora, voltar ao apartamento e a trancar para fora.

— Não — falou Emma.

Kim observou a irmã, o jeito como ela segurava a sacola com as duas mãos e ainda tinha dificuldade para transportá-la.

Kim estendeu a mão para a sacola.

— Caramba, o que tem aí dentro? — Ela a arrancou das mãos de Emma. Foi surpreendente a irmã ter resistido tão pouco.

Kim olhou dentro da sacola.

— Correntes? — questionou, tão surpresa que perdeu o fôlego.

Emma se fez de desentendida com a pergunta. Tirou a sacola da irmã, bufou ao pegá-la e, em seguida, cansada de esperar o elevador, partiu para as escadas.

— Correntes — disse Kim mais uma vez, mas ninguém estava lá.

28

Kim Valentine perseguiu a irmã fora do prédio e a seguiu para norte. Não foi difícil encontrar uma mulher de 33 anos carregando uma sacola cheia de correntes. E ela ficou ainda mais visível em um parquinho. Kim viu Emma se esgueirar para dentro do Parquinho Jacob Javits e pensou em ligar para Apollo, mas o que diria para ele? Sua esposa está estranha? Ela amava seu cunhado, mas aquilo parecia traição. Desde que os pais das duas morreram, ninguém nunca ficara entre as irmãs, não de verdade, e Kim não quebraria essa tradição agora. Além disso, Emma talvez precisasse das correntes porque tinha comprado bicicletas novas. Afinal, tinha um cadeado U lock na sacola. Kim tentou acreditar, mas foi difícil se sentir convencida.

Duas mães empurravam suas filhas em balanços, e um casal ajudava o filho a subir a escada de um trepa-trepa. Uma garota mais velha, talvez com oito anos, estava sentada sozinha em um pneu pendurado em correntes e girava de um lado para o outro para ficar tonta. A avó da menina estava sentada em um banco próximo observando-a, mas quase não a via; tinha um ar distraído, profundamente cansado.

E lá estava Emma, andando pelo perímetro da área dos brinquedos. Movia-se em silêncio, como um soldado de guarda, erguendo a sacola pesada; às vezes a sacola batia no chão e as correntes faziam barulho. Parecia que o velho Jacob Marley, de *Um conto de Natal*, tinha vindo assombrar as crianças.

Kim alcançou Emma, e elas continuaram juntas, sem falar nada. O corpo de Emma emanava uma energia tão tensa que as costas de Kim se enrijeceram e seus ombros travaram, até que sua postura se equiparou à da irmã mais nova. Não seria bom perguntar diretamente sobre as correntes, sobre a mulher na porta, sobre o tipo de quadro de avisos em que rolos de correntes eram anunciados. Kim não esperava conseguir respostas fazendo perguntas diretas à irmã; em vez disso, lhe contou uma história.

— Catorze de abril de 1988. Você não se lembra do dia tão bem quanto eu.

Emma pulou um degrau, quase tropeçou.

— Eu me lembro do que você me contou — disse ela, em seguida retomou a sua marcha.

— Ah, é? Me diga o que foi.

— Você e eu estávamos voltando da escola, e os carros dos bombeiros já estavam lá. A casa estava em chamas, e nós a vimos queimar por um bom tempo. A mãe e o pai ficaram presos lá dentro. Os bombeiros tentaram nos levar para longe, para que não víssemos, mas nós brigamos com eles, e eles nos levaram para o hospital. Mas nunca entendi por que nos levaram para o hospital.

— Foi o que contei para você durante anos — disse Kim. — Mas não foi isso que aconteceu. Hoje vou contar o que aconteceu.

Uma das meninas no balanço queria continuar sendo empurrada enquanto a outra decidiu que queria ir embora. A mãe dela tentou botar panos quentes, mas a garota não iria embora sem a amiga. A que estava no balanço agarrou as correntes com força e não se movia. A mãe, presa entre as duas, deu um empurrão em uma e um abraço na outra.

— Nós estávamos em casa — contou Kim. — Naquele dia eu não fui para a escola.

— Eu não me lembro disso — falou Emma, deixando a sacola de correntes no chão.

— Você tinha cinco anos — comentou Kim. — Esqueceu tudo. A mãe nos disse que poderíamos faltar à aula e ficar em casa até o pai voltar do turno da noite. Assistimos TV e comemos cereais, comemos cereais e assistimos TV. Quando o pai chegou em casa e viu a gente lá, entrou na cozinha e gritou com a mãe, perguntando por que inferno estávamos em casa fazendo barulho quando ele precisava dormir. E talvez você se lembre disso sobre a mãe; ela retrucou aos berros para ele: *Eu quero que elas fiquem por perto!*. Uma hora depois o pai desistiu de brigar e foi para o quarto deles, direto para a cama.

"A mãe veio sentar com a gente. Ela arrumou seu cabelo enquanto assistíamos a *Card Sharks* e *The Price Is Right*. Então, ela tentou arrumar meu cabelo, mas eu tinha dezesseis anos. Nós não fomos... amigáveis. Ela quase brigou comigo por conta disso. Isso, junto com o fato de que ela nos deixou ficar em casa, deveria ter sido suficiente para me mostrar que o dia estava todo errado. Mas eu não conseguia pensar tão longe. Estávamos em casa e, depois do almoço, pensei que poderia ir encontrar minha amiga Shelby, ver se ela podia dar uma escapada à tarde. Depois de *The Price Is Right* assistimos à novela *The Young and the Restless*. A mãe fez eu me sentar no sofá e me puxou para o colo dela."

— O colo dela — repetiu Emma.

Elas pararam de andar. Emma e Kim estavam de costas para as meninas nos balanços. Um acordo de paz fora selado. A menina que queria continuar balançando recebeu a promessa de um doce se descesse. Agora, as duas meninas estavam de mãos dadas e corriam das mães em direção ao trepa-trepa.

— A mãe fez o almoço depois que a novela terminou. Sopa. Engraçado, eu não consigo me lembrar de quê. Só sei que o gosto era terrível. A mãe disse que eu precisava tomar a sopa de qualquer jeito. Comemos na sala de estar, bem no sofá, e aquela era a terceira coisa estranha do dia. Não tínhamos nem permissão nem de levar bebidas para a sala de estar, e agora estávamos tomando sopa durante a novela *Belas e intrépidas.*

— A gente claramente assistia muita televisão — comentou Emma.

— É — respondeu Kim. — Tomamos a sopa, o máximo que conseguimos, e por um tempo não sei direito o que aconteceu. Sei que depois o pai estava em pé na nossa frente no sofá, e a casa ficou quente. Cheia de fumaça. *A casa está pegando fogo.* Foi isso que o pai me disse, tão cansado que parecia calmo. *Melhor levantarem.*

— Estávamos na casa? — perguntou Emma.

As mães das meninas cumprimentaram os pais do garoto, e os adultos formaram um quarteto enquanto as crianças testavam a diplomacia. As meninas estavam interessadas em saber se o garoto queria descer com elas no escorregador. No entanto, o menino, que ainda não falava, bateu palmas e sorriu para elas. Uma menina de oito anos finalmente saiu do balanço de pneu e seguiu na direção das crianças mais novas, cambaleante e curiosa.

— Estávamos na casa — repetiu Kim. — Me lembro que a tigela de sopa estava bem no meu colo, virada, como se eu tivesse derramado e caído no sono. Em seguida, o pai estava diante de mim. *A casa está pegando fogo. Melhor levantarem.*

Me lembro dessa parte perfeitamente. Mas não conseguia me levantar. Tudo estava muito nebuloso. O pai precisou me levantar. Pequeno como era, magro como um palito de fósforo, ele pegou você e eu ao mesmo tempo, uma sobre cada ombro.

"Assim que ele me levantou, consegui ver o que ele queria dizer sobre a casa. Tudo estava queimando. Não conseguia ver nada. Comecei a sufocar com a fumaça. O pai nos levou até a cozinha. E a mãe estava lá dentro."

— Ele tentou carregá-la também?

— Foi a mãe que começou a droga do incêndio.

Kim agarrou o cotovelo de Emma e apertou com tanta força que a sacola caiu de sua mão.

Os pais ao lado do trepa-trepa deram uma segunda olhada. Até a avó no banco inclinou-se à frente para ver. Os pais deram uma olhada rápida em Kim e Emma, na sacola e, em seguida, outra olhada no parquinho. Quais eram os filhos daquelas duas mulheres? Por que estavam ali sem filhos? Kim pôde perceber como as duas perguntas ocorreram às três mães e ao pai. Duas mulheres negras em um parque infantil. Eram babás?

— O pai nos levou até a cozinha — continuou Kim. — E a mãe estava lá, à mesa. Estava com uma tigela de sopa pela metade na frente dela. Gritou para o pai quando ele avançou com a gente até a porta da cozinha. Ela agarrou você e puxou do ombro dele, para o colo dela. Agarrou com tanta força que pensei que você fosse sufocar, mas você ficou tão calma. Aquilo era louco. Comecei a gritar como uma doida, e você estava lá sentada, calminha. Entendo agora que você devia estar em choque. O pai gritou com ela. Era como se estivessem tendo a mesma briga que tiveram pela manhã, só que a casa estava em chamas, e nós todos estávamos prestes a morrer.

— Como saímos? — perguntou Emma em um sussurro.

— Bem, o pai já estava comigo. Gritou para a mãe soltar você. Comecei a implorar, mas duvido minhas palavras estavam fazendo sentido. A mãe chorava. Dizia que não queria nos deixar órfãs. Era melhor se morrêssemos com ela. Que tipo de mãe deixaria suas filhas lidarem sozinhas com este mundo cruel? Ela puxou você para perto.

— Mas eu estou aqui — disse Emma. — Nós duas estamos.

— E foi você que nos salvou. Pelo menos você ajudou.

— Eu? Eu tinha cinco anos.

— Eu, o pai e a mãe estávamos gritando e chorando, e a casa pegando fogo, e você virou para a mãe e disse duas palavras. *Me solta.* Desse jeito, nem gritou, mas todos nós ouvimos. Não consigo explicar essa parte. Foi como se pudéssemos ouvir você, não sei, dentro da cabeça. E a mãe abriu os braços, e você desceu, caminhou até nós e pegou a mão do pai. Ele nos levou para fora. A última coisa que vi foi a mãe com a cabeça abaixada e as mãos no colo. Ela parecia tão sozinha.

— Mas ele morreu — disse Emma. — No incêndio também. Não morreu?

Kim falou um pouco mais alto que um sussurro, como se fosse a mesma jovem, testemunhando de novo o antigo horror.

— Ele correu de volta para dentro. Pensei que ia pegar a mãe, mas quando chegou à porta, ele olhou para mim. Eu vi o rosto dele. Sempre sonhei que ele estava tentando me dizer algo, de sua mente para a minha. Acho que eu só quero que seja verdade. Vi o rosto dele, e ele parecia abatido. Agarrou a maçaneta da porta da cozinha. Devia estar muito quente, não entendo como ele conseguiu segurá-la. Mas ele agarrou a maçaneta e voltou lá para dentro com a mãe.

Kim e Emma sentaram-se em um dos bancos. Quando Kim olhou para cima, viu que elas estavam sozinhas no parque. Os pais deviam ter pegado os filhos e fugido. Será que as duas pareciam tão monstruosas? Talvez sim.

— Os paramédicos levaram a gente ao hospital para cuidar da inalação de fumaça — disse Kim. — Ficamos lá por cinco dias. Então, ficamos com uma família de acolhimento até eu fazer dezoito anos. Morávamos com um casal simpático, Nathan e Pauleen. Você se lembra deles?

— Pauleen fazia os melhores biscoitos de aveia — sussurrou Emma.

— Sim, fazia.

— Fiz dezoito e pedi sua guarda, e assim vivemos até você terminar o ensino médio.

— Por que não me contou isso antes?

Kim recostou-se no banco, cruzando os braços.

— Eu nunca contaria. Sei como deve parecer estranho, mas tomei uma decisão prática muito tempo atrás. Você não parecia lembrar, então por que eu lembraria você? Não estou dizendo que está certo, mas foi a decisão que tomei. Pensei que estivesse protegendo você.

Emma se inclinou para a frente, pousando os cotovelos nos joelhos.

— Então, por que mudou de ideia?

Kim pousou a mão nas costas da irmã.

— Porque você está me assustando. Está com uma expressão no rosto que é como a da mãe naquela manhã, e eu...

— Às vezes, eu olho para Brian e não acho que ele é meu filho — interrompeu Emma.

— Como assim? — perguntou Kim, acariciando levemente as costas da irmã.

— Talvez sejam os olhos dele — disse Emma. — Ou o jeito como ele faz bico. Ele parece com o Brian que eu dei à luz, mas é como se ele fosse outra pessoa. Quando eu o seguro com os olhos fechados, quase consigo sentir a diferença. — Nesse momento, ela soluçava baixinho. — Sei o que isso parece. Eu entendo.

Kim inclinou-se para perto de Emma.

— Me deixe dizer o que eu entendo, Emma. Você está exausta. Teve que voltar ao trabalho cedo demais. E quando você era criança, seu pai e sua mãe foram tirados de você. Não me surpreende, de jeito nenhum, que talvez você esteja começando a se preocupar com a perda da pessoa que mais ama no mundo todo.

Emma ergueu o corpo e se encostou no ombro da irmã. Ela apontou para a corrente.

— O quarto do Brian é o que tem a saída de incêndio. Temos um portão de segurança, mas não parece suficiente. Queria prender essas correntes ao redor do portão também. Só para eu me sentir melhor, mas tenho medo que Apollo não me deixe fazer isso. Ele vai brigar comigo.

Kim apertou Emma e olhou para a sacola.

— Vamos dizer que foram ordens médicas. Eu ajudo você a colocá-las.

Emma sorriu.

— Você é uma boa irmã — disse ela.

Logo, elas se levantaram. Kim pegou uma alça da sacola, e a Emma a outra. Juntas carregaram as correntes para casa.

29

Kim Valentine amava e apoiava sua irmã. E também sugeriu que ela tomasse um antidepressivo. Zoloft. Um dos efeitos colaterais era um rápido ganho de peso, mas, de alguma forma, o remédio teve o efeito contrário em Emma. Ela parou de comer e perdeu quase três quilos em duas semanas. Quase todo dia Apollo fazia mingau de aveia para o café – rápido, fácil e substancioso –, mas apenas ele e Brian comiam tudo. Naquela manhã, Emma se ofereceu para fazer o mingau. Um pequeno ato de gentileza. Apollo agradeceu.

Havia semanas que o livro de Harper Lee estava com o avaliador. Apollo mandou para um cara de Connecticut, porque tinha uma forte reputação entre os negociantes de livros raros, mas os elevados padrões do cara faziam com que trabalhasse devagar. *Cuidadosamente,* ele dizia sempre que Apollo ligava para verificar seu progresso. O tipo de coisa que Apollo poderia ter gostado se sua mente já não estivesse tão desgastada. Algumas noites, Apollo sentia que o cara planejava enganá-lo com a descoberta e vender o livro, fodendo com a vida de um pequeno empresário negro. Mas esse fora o motivo para procurar o cara: sua reputação de escrúpulos e honestidade. Claro, claro, mas Apollo Kagwa carregava a tensão como um avental de chumbo.

Brian conseguia se sentar agora, e quando estava de barriga para cima rolava para ficar de bruços. Fosse deitado de costas ou sentado, o garoto gostava de rir. Quase tudo o fazia sorrir, coisas realmente engraçadas e coisas que apenas eram novas para ele. Por exemplo, sapatos. Cara, ele achava sapatos hilários. Não importava se eram de Apollo ou de Emma. Se pusessem um sapato na frente dele, ele sorria. Apollo ficava tentando adivinhar o motivo exato que tornava o calçado tão agradável para Brian. Será que um bebê de seis meses podia ter fetiche em pés? Apesar de que, tecnicamente, seria um fetiche em calçados. Para deixar tudo mais estranho ainda, Brian sorria para o sapato, porém chamava da única palavra que conhecia:

— Ombus!

Como um pistoleiro, Apollo encontrou seu celular, acionou a câmera e apertou o dedo na tela para que a lente tirasse dez fotos rápidas em sequência. Apollo subiu todas elas para o Facebook imediatamente. Essa prática se transformou em uma piada frequente no perfil de Apollo. Aqueles que ainda comentavam (duas ou três pessoas) apostavam em quantas versões da mesma foto Apollo postaria da próxima vez. Doze quase sempre vencia, apesar de Lillian uma vez ter apostado que seriam 24 e acertado. Lillian lhe escrevia regularmente para pedir mais fotos. Patrice lhe escrevia regularmente para pedir menos. ("Você costumava se interessar por outras coisas, meu caro.")

Brian podia ter seis meses, mas Apollo sentia ter envelhecido cinco anos. Ele estava sentado na mesma cadeira de sempre, perto do tubo da calefação, enfiado no canto da cozinha com uma cueca desbeiçada e uma camiseta esfarrapada. Tinha tomado banho fazia pouco tempo, não tinha? Talvez o cansaço tivesse mesmo um cheiro forte. Emma estava inclinada sobre sua tigela de mingau de aveia frio e não olhava para o marido e o filho. Era o Zoloft que a deixava lenta, ou havia alguma causa mais profunda? Ela dormira com as roupas que estava usando no dia anterior, os jeans tão largos que balançaram ao redor da cintura quando ela se levantou.

Diga algo sobre esta foto... exigiu o Facebook.

Obediente, Apollo digitou: **nossa casa está cheia de sol!**

— Quero que o bebê seja batizado — comentou Emma. Nem sequer ergueu os olhos quando falou, tanto que, no início, Apollo não percebeu que ela havia falado com ele.

— Brian? — perguntou ele. — Você está falando do Brian?

Nesse momento, ela ergueu o olhar da tigela.

— Sua mãe vem pedindo desde que ele nasceu. Achei que finalmente deveríamos batizá-lo.

Apollo voltou para a cadeira. Brian estendeu a mão para o sapato diante de si, batendo nele. Apollo deu uma colherada de mingau para Brian. Brian engoliu e, em seguida, abriu a boca pedindo mais.

— Ele está com bom apetite esses dias — disse Apollo. — Acho que logo mais virá um estirão de crescimento.

— Na igreja aqui pertinho — continuou Emma. — Holyrood. Podemos batizá-lo lá. Marquei uma reunião com o padre. Padre Hagen. Ele parece legal.

— Quando? — perguntou Apollo.

Ela olhou para o relógio no micro-ondas.

— Hoje — respondeu. — Daqui a uma hora.

— Fico feliz que você tenha me avisado com antecedência.

— Você não precisa ir. Eu mesma posso levá-lo.

— Você não vai levar meu filho a lugar nenhum sem mim — disse Apollo. Ele se levantou e recolheu as tigelas só para sair da mesa, apenas para se afastar. Ele as deixou no balcão, no caso de Brian ter espaço para mais um pouco, pegou a panela para raspar o restante do mingau, levou-a até a lixeira e abriu a tampa com o pé.

— Por que seu celular está no lixo? — Apollo deixou a tampa fechar e olhou para a esposa.

Ela se virou na cadeira.

— Recebi outra mensagem ontem à noite. Uma foto de você e o bebê em um carro alugado. Ele estava no banco de trás, na cadeirinha. Parecia que vocês estavam parados em um semáforo vermelho. A foto foi tirada da janela do passageiro. Como se alguém tivesse se esgueirado para ficar bem ao lado do bebê.

— Brian! — gritou Apollo. — O nome dele é Brian!

Ele ergueu a panela no ar e não sabia o que estava prestes a fazer com ela, então a deixou cair na pia para se livrar dela. Uma batida aguda e metálica ecoou na cozinha. Brian assustou-se.

Apollo correu até ele e o pegou no colo.

— Desculpa, carinha — disse, beijando-o, segurando-o com tanta força que o menino se contorceu para se soltar. — Sei que fez um barulhão.

Emma falou por cima de Apollo.

— "Peguei ele". Era isso que estava na mensagem. Bem embaixo da foto. "Peguei ele".

Apollo foi até a lixeira mais uma vez, pisou na alavanca e enfiou a mão dentro.

— Me mostre isso no celular. Me mostre apenas uma dessas mensagens.

Emma cruzou os braços e se inclinou para a frente, parecendo prestes a vomitar.

— Elas desapareceram — disse ela. — Você sabe disso. Sempre desaparecem.

— Elas nunca estiveram aí — respondeu Apollo.

Emma olhou de novo para o relógio do micro-ondas.

— Vamos, temos que nos arrumar.

Apollo olhou para o rosto de Brian, depois de volta para ela.

— Nós não vamos à igreja com você. Provavelmente você disse para esse padre que queria um exorcismo, e não um batismo.

Emma deu um pulo na cadeira, segurando as calças com uma das mãos.

— Não é isso. Só quero falar com alguém. Você e eu não estamos nos entendendo mais. No mural de recados, sugeriram terapia ou igreja. E não temos dinheiro para pagar terapia.

— No mural de recados? Fico muito feliz porque um monte de mães malucas comovidas ofereceu sugestões sobre como consertar nossa família. Mas a resposta é simples. O que tem de errado com nossa família é você, Emma. Você. É. O. Problema. Vá tomar seu remédio.

Emma saiu da cozinha e foi para o quarto. Apollo ficou na cozinha com Brian, tentando lhe dar outra colher de mingau de aveia, embora o menino estivesse satisfeito. Estava bravo demais para entrar no quarto e falar calmamente com a esposa.

Emma reapareceu. Havia jogado um casaco sobre a roupa disforme. Ele a deixava menor e levemente arrumada. Apollo não conseguia ignorar o quanto ela havia diminuído. Sentiu-se um pouco hesitante. Pegou Brian no colo e o segurou enquanto Emma abria a porta da frente.

— Você não enxerga — disse ela. — Mas vai enxergar.

Ela saiu, batendo a porta. Apollo viu que deixara as chaves penduradas na parede. Por instinto, pensou em levá-las para Emma, mas se refreou. Em vez disso, a trancou para fora. Ele ergueu Brian e olhou nos olhos do filho.

— Não importa o que aconteça — sussurrou Apollo —, você vem comigo.

30

Alguém estava gritando no apartamento. Já estava gritando havia um tempo. Era ele? Não. Ele achava que não. Como poderia gritar embaixo d'água? Era como ele se sentia, embaixo d'água. Mergulhado. Encharcado. Afogado. Não conseguia ver. Não sentia nada. Mas conseguia ouvir. Aquele grito maldito. O lamento. E não pararia.

De certa forma, era bom. Se não conseguisse ouvir a voz estridente, ele estaria perdido naquela escuridão no fundo do mar. Mas os gritos eram como uma luz, a oscilação na superfície das águas. Ele poderia seguir na direção dela. Concentrar-se nos uivos. Ele queria isso mesmo? Era melhor do que ser deixado ali embaixo. Ele mal conseguia respirar.

Ele chutou com as duas pernas. Era um nadador forte. Tentou usar os braços, mas, por algum motivo, eles não se moviam. Estavam tão entorpecidos que ele não conseguia nem ter certeza se eles estavam presos ao corpo. Havia apenas um frio profundo nos ombros. Uma pontada glacial nos dois encaixes dos braços. Era porque os braços estavam acorrentados para trás. Já estavam assim havia horas.

Ele não abria a boca por medo de engolir água. Não estava em um rio. Nem no oceano. Mas era como se sentia. Submerso.

Ele estava em um apartamento em Nova York. No apartamento dele. Onde vivia com sua família havia dois anos. Sendo guiado de volta à claridade, à consciência, pela sonda da agonia de outra pessoa. De certa maneira, precisava agradecer por aquela dor estranha. Se não fosse pelo grito, ele apenas se debateria a esmo naquela escuridão. Perdido.

Quando finalmente abriu os olhos, piscou uma vez para afastar a água do mar de estupefação e viu que estava na cozinha. Sua cozinha. Sentado em uma das cadeiras IKEA brancas que Emma encomendara para eles seis meses antes. Apoiava-se em um canto. Saturado não pela água do mar, mas pelo suor. Havia vômito sobre o peito, sobre as calças. Ainda úmido. Da cor de crème brûlée. Não conseguia sentir o cheiro, ainda não, pois estava muito confuso.

Ele chutou com as duas pernas de novo, como quando estava nadando, e os seus pés fizeram barulho. Ele encolheu os ombros apertados e ouviu outro barulho. Tentou olhar para baixo, mas quando o fez, seu pescoço estava tão apertado que precisou abrir a boca para arfar. Estava na própria cozinha. Acorrentado a uma das cadeiras. Um cadeado U-lock de bicicleta prendia seu pescoço com firmeza ao tubo de calefação que corria do piso da cozinha ao teto. Como o inverno tinha durado tanto tempo, o tubo estava funcionando. Quando forçou para a frente e ofegou, o cadeado resistiu, e ele voltou. Assim que o fez, a nuca exposta tocou o tubo de calefação como uma costeleta de porco que se apertava contra uma frigideira quente. Ele chiou, o mesmo som de carne fritando, e avançou para a frente, mas ficou preso pelo pescoço de novo. Precisava ficar sentado em uma posição, exatamente ereto, para evitar ser sufocado ou queimado.

O cômodo inteiro tinha um clima tropical. O calor de mais de 30 graus preenchia o lugar. Sim, o tubo de calefação podia ser culpado, mas ele também podia ouvir, de outros cômodos do apartamento, o barulho e os chiados dos aquecedores. Todos estavam ligados. O apartamento podia muito bem estar derretendo. O rosto, os braços expostos, os pés descalços. Sua pele franzida por todo aquele calor.

E, então, havia o grito. Que não tinha parado ainda.

Ele conseguia virar a cabeça se fizesse isso com cuidado. Podia olhar ao redor da cozinha se dominasse o pânico natural. Varreu o cômodo com os olhos, movimentando-se como uma câmera de segurança. Havia um martelo no balcão. Uma faca de trinchar no caixilho da janela. E o chão de madeira estava repleto com centenas de pequenas pelotas verdes. Era veneno de rato. Quando se mudaram, tinham encontrado uma caixa daquilo e deixado lá. Ele queria ter se livrado do veneno, pois Brian estava engatinhando, mas havia tantas outras coisas com que lidar que esquecera. Agora, as pelotas estavam espalhadas sobre o piso da cozinha como munição de espingarda.

Virada no chão, bem perto de seus pés, estava uma tigela. Sua tigela. O café da manhã. Mingau espalhado em um estouro.

E lá estava o forno; finalmente ele encontrara a fonte de toda a gritaria.

Não era uma pessoa, mas uma chaleira.

A chama estava alta, e a água fervia. A chaleira gemia e cuspia um jorro de fumaça pelo bico. Um dragãozinho. Estava sobre o fogo havia tanto tempo, a água lá dentro se revirando, que ela se sacudia e pulava sobre a boca do fogão. A chaleira estava louca para dar o bote.

Mas ao menos era apenas uma chaleira. Não uma pessoa com dor, afinal. O único que estava em perigo era ele. Por um momento, aquilo até o aliviou. Tome um fôlego. Por outro lado, seu corpo tremia todo, as pernas e os braços sacudindo nas correntes. Tudo aquilo era para ele? Estava surpreso por estar vivo. A chaleira fervendo uivava uma ameaça molhada: sua condição atual não duraria.

Sua boca se abriu, e então gritou roucamente. Era o nome de uma mulher, mas era impossível perceber. Era apenas um som indistinto.

Ele tentou uma segunda vez.

— Em?

Se ele fosse um garoto, teria chamado a mãe. Como era um homem, chamou a esposa.

— Emma? — tentou de novo, mas quem poderia ouvi-lo com o som daquela chaleira? Ele mal ouvia a si mesmo. E, depois daquela terceira tentativa, um espasmo de dor subiu pelo pé esquerdo, atravessou a coxa e o meio da lombar. Tão forte que o fez se contorcer e apertar o cadeado de bicicleta. Em retaliação, o cadeado o enforcou e jogou para trás. Dessa vez foi a parte de trás da cabeça, não a nuca, que raspou contra o tubo de calefação. Queimou o couro cabeludo, mas ele se controlou. Não avançou muito adiante, então foi poupado de outro apertão ao redor do pescoço. Ele estava arfando na cozinha. Sem fôlego e sem ideias.

— Brian — sussurrou ele.

Emma e Brian. Sua família. Ele se esqueceu das correntes, da dor, dos instrumentos de violência espalhados por todo o cômodo. Onde estava sua família? Eles estavam seguros? Apesar dos meses de distância entre Apollo e Emma, naquele momento ele a puxou de volta ao coração, tão próxima quanto seu filho, imediatamente. Ela tinha saído naquela manhã. Deixara as chaves. Ele a trancara para fora. Ao menos ela não estava ali. Mas então restavam apenas ele e Brian. Agora o berro da chaleira parecia a voz de seu medo mais recente. Não por si, mas pelo garoto.

Só então ele ouviu o ranger do assoalho no cômodo ao lado.

De sua cadeira no canto, ele conseguia olhar a cozinha e enxergar o quarto dos fundos. A porta quase branca estava fechada. Seguindo sua palavra, pagara o zelador para instalar a porta no quarto de Brian, e nesse momento não podia se arrepender mais dessa melhoria. Se não tivessem instalado a porra da porta, ele não teria de ficar ali sentado olhando para ela, nauseado pelo medo. Se a porta não estivesse ali, pelo menos poderia ver quem estava no quarto dos fundos, em vez de esperar o monstro ser revelado. Ao contrário da dor, a pontada da expectativa fica tão profunda dentro da pessoa que não pode ser apaziguada pela adrenalina ou pelo choque. É uma tortura para o sistema nervoso. Enquanto observava a porta do quarto dos fundos, seus nervos estavam sendo atingidos, onda após onda.

A porta rangeu ao se abrir. A chaleira insistia que não deveria ser ignorada. O lado esquerdo do rosto dele quase parecia queimar pelo grito alto. Uma figura estava à porta.

Apollo sentiu um terror infantil, esmagador e imenso.

O quarto dos fundos estava completamente escuro, embora ele pudesse ver, através da janela da cozinha, que havia luz lá fora. Um dia ensolarado. Aquilo estava acontecendo sob um céu lindo. As cortinas no quarto de Brian estavam fechadas. Tinham sido feitas para manter o quarto escuro como uma caverna. E mantinham. Mas naquele momento aquela escuridão escondia a pessoa que estava saindo e tudo o que fizera lá dentro.

— Só... — gemeu ele.

Só o quê? Que frase ele estava tentando montar? *Só nos deixe em paz? Só me solte?* Não. *Só solte meu filho.* Era o que ele tentava dizer. E ainda assim se surpreendeu ao perceber que aquelas eram as palavras que ele queria falar. Surpreso porque uma pessoa nunca sabe como reagiria naqueles piores momentos, não é? Todos esperamos ser corajosos, gentis, heroicos. Porém, com que frequência temos a chance de descobrir se seremos mesmo? Mas, naquele momento, ele estava disposto a implorar pela vida de seu filho. Teria feito isso por Emma também.

O fundo da chaleira já devia estar chamuscado e preto pelo fogo alto. A água lá dentro já estava quase tão quente quanto a superfície do sol. O agressor a derramaria sobre seu escalpo, a pele borbulharia e explodiria, os olhos derreteriam e escorreriam do crânio. Tudo bem, tudo bem. Ele gritaria e morreria. Certo. Mas leve Brian para o saguão primeiro. Pelo menos, assim ele teria uma chance de ser encontrado por um vizinho, de ficar seguro. Talvez Emma estivesse lá fora, empoleirada no saguão. *Entregue Brian para ela e faça o que quiser comigo.*

As tábuas do assoalho no pequeno vestíbulo entre o quarto dos fundos e a cozinha rangeram tão alto quanto as do quarto tinham rangido. Era um apartamento velho. Cada tábua estava frágil. Agora rangiam e estalavam, aqui e ali, enquanto o vulto avançava para seu campo de visão.

Menor do que ele esperava. Baixo e magro.

Como aquele homenzinho o dominara?, Apollo se perguntou. Veio um ronco no estômago. Ele não conseguia lembrar como aquele cara entrara no apartamento. Eles tinham um portão de segurança sobre a janela do quarto de Brian. Eles estavam no quarto andar. Alto demais para alguém escalar a lateral do edifício e deslizar por uma janela sem resguardo. Baixo demais para descer do telhado do sexto andar. Talvez fosse o homem que enviara as fotos para Emma. Se ele podia enviar fotos e, em seguida, retirá-las do celular, talvez conseguisse entrar em um apartamento trancado sem nenhuma dificuldade. Ai, meu Deus, Apollo agora estava disposto a acreditar em Emma. Tarde demais. Tarde demais.

O estranho, aquela criatura, trouxe outra coisa consigo. Um ruído baixo. Mesmo de sua cadeira, Apollo conseguia divisar o som em meio ao trinado da chaleira. Resmungando. Murmurando. O monstro estava falando consigo mesmo. Ele não conseguia entender as palavras, mas a voz grave retumbava, tinha algo de sísmica. Ele a sentia embaixo dos pés.

Os cabelos do monstro eram longos e pendiam sobre o rosto. Os cachos eram maltrapilhos e secos. Ele se curvava enquanto avançava, o que apenas o deixava mais aterrorizante. Entrou na cozinha, passou por Apollo. Tão perto. Apenas centímetros. Ele saltou para a frente. A cadeira embaixo dele se ergueu, e as pernas bateram no chão. Não fossem as correntes ao redor das canelas, em torno dos pulsos, ele já teria caído sobre o homenzinho, aquele canalha, com tanta força que ele atravessaria a geladeira.

Mas o cadeado de bicicleta não estava de brincadeira.

Apollo pulou para a frente e se engasgou tanto que quase desmaiou. Não era surpresa. Momentos antes, ele sentira-se perto da inconsciência. Talvez estivesse flutuando para cima e para baixo, das profundezas à superfície, por um tempo muito maior do que havia percebido. Talvez ele e aquele monstro já tivessem se enfrentado algumas vezes. O martelo sobre o balcão, a faca de trinchar no caixilho da janela. Talvez já tivesse sido apunhalado e espancado e, daquele ângulo, não conseguia ver o corpo bem o suficiente para saber. Talvez o chão da cozinha bem embaixo dele já estivesse manchado por seu sangue. Os calafrios apunhalantes que atravessavam todo seu corpo não permitiam distinguir entre um corte, um trincamento e um ferimento fatal.

Entretanto, o invasor da casa nem mesmo parecia percebê-lo. Passou bem ao lado do homem se sufocando no canto, foi até o fogão e, enfim, desligou o fogo. A chaleira gritou por mais alguns segundos. A água borbulhava dentro do pequeno caldeirão.

Mas por que aquilo não fez a gritaria parar?

Sem a distração da chaleira fumegante, ele conseguiu ouvir distintamente, vindo do quarto dos fundos...

Não era. Não era. Ele tentou se acalmar, mas agora estava muito mais difícil. Uma criança chorava no quarto dos fundos. Filho de quem mais poderia ser?

O corpo de Apollo pareceu perder toda a forma. Sentiu-se maior, com o tamanho de uma estrela, o Sol. Um forma gasosa fervendo. Grande demais para a pequena cozinha do apartamento de dois quartos. Por que as paredes não estavam se desintegrando? Quanto tempo até o piso e o teto queimarem e viraram pó? Por que o mundo não tinha se transformado em cinzas instantaneamente? Seu terror chamejou mais quente que a estrela central de nosso sistema solar. *Eu sou o deus, Apollo! Eu sou o deus, Apollo!* Ele se ergueu na cadeira. Se o cadeado o estava enforcando, ele não sentiu.

O que tinham feito com seu filho?

Ele encontrou a voz, mas não as palavras. Rosnou para o homenzinho na cozinha. Aquele que segurava a chaleira de água escaldante. Que ameaça ele podia representar agora? Ele berrou para a invasor enquanto, no quarto, seu filho gritava. A figura na cozinha ficou parada no lugar. Carregava a chaleira não pela alça, mas sobre a palma da mão. A pele devia estar queimando, mas a mão não tremia. O invasor finalmente fitou-o. A criatura olhou-o ali, acorrentado no canto, cuspindo, berrando e se debatendo contra as correntes.

E então o homem acorrentado conseguiu ver seu agressor com clareza.

— Emma?

No quarto dos fundos, o choro de seu filho se transformara em berros soluçados. Brian tinha seis meses, mas aqueles eram os gritos de um recém-nascido. Aquele tipo de grito especialmente sem sentido. Eles se empilhavam, o próximo começava antes de o anterior ter terminado. Não era apenas dor. Era também confusão. E uma fraqueza tão pura. Os gritos que faziam pais novos sentirem pânico bem dentro dos ossos.

Emma Valentine saiu do cômodo.

— *Emma* — ele tentou chamar. — O que você fez?

Talvez nada ainda. Talvez Brian estivesse apenas aterrorizado e não gravemente ferido. As armas estavam todas ali, na cozinha, certo? Mesmo nesse momento pesadelesco, ele se feria com um espinho de esperança.

Ela o observava.

A chaleira fumegante sobre a palma de sua mão fazia com que ela parecesse uma garçonete prestes a levar uma bandeja à mesa. Como podia não sentir dor? Ele conseguia *ver* que a mão dela estava vermelha. Apesar dos gritos do filho, conseguiu até mesmo ouvir a carne da mão fritando. O ar cheirava a carvão queimado. No entanto, sua esposa não percebia nada disso. Ela estava parada no cômodo, mas não estava ali.

— Tem sido duro para você, Emma — começou ele. — Eu tenho sido duro com você.

Ele se recostou na cadeira, porque sua visão tinha ficado embaçada, e ele percebeu que o cadeado de bicicleta ainda poderia feri-lo, mesmo que ele não conseguisse senti-lo.

— Você ficou tão arrasada, e tudo parece deixar a vida com uma aparência pior.

Ela o observava. Não falava nada. Como aquela podia ser sua esposa? Ela parecia drenada, como se sua alma inteira tivesse vazado. Estava quase verde. Uma cópia de sua esposa esculpida em ardósia. Ela permaneceu ali, em silêncio. Ele achou que talvez, lá no fundo, ela quisesse ser dissuadida de fosse lá o que planejara.

— Você não é a única. Isso acontece com mães o tempo todo. Emma, não é só você. Kim disse isso antes de você começar com os remédios. Estou ouvindo Brian lá dentro. Ele ainda parece... *forte.* Não há nada que tenha acontecido aqui que não possamos resolver.

Ela saiu arrastando os pés e desviou o olhar dele. Pela primeira vez, a mão dela e a chaleira bambearam, como se ela finalmente tivesse sentido dor. Como se estivesse voltando a si.

— Só me solte. Vamos ver como Brian está.

O nome do filho pareceu funcionar para ela como uma sugestão pós-hipnótica. A cabeça inclinou-se para trás como se ela tivesse entrado em transe. Seus olhos ficaram eletrificados. Lá estava sua esposa. Ele chamara sua atenção. Foi um apelo àquela mulher. À mãe de Brian. À irmã de Kim. À amiga de Nichelle. À bibliotecária. À mulher que tinha morado no Brasil. À garota de Boones Mill. A sua esposa. Todas essas versões dela eram mulheres que nunca machucariam voluntariamente seu único filho.

Mas Apollo se enganou. Ele não chamara sua atenção.

Com a mão livre, Emma pegou o martelo do balcão. Deu um passo na direção de Apollo com um movimento fluido e deu uma martelada na lateral da cabeça dele. O osso do rosto de Apollo rachou. Ele ouviu o osso se lascar, o som alto dentro do crânio. E, de repente, o lado direito da boca não abria mais tão facilmente. Sua visão mudou, a metade inferior havia escurecido, como se seu globo ocular tivesse saído do encaixe. Pelo lado esquerdo da boca ele implorou, enquanto Emma, sua esposa havia cinco anos, deixava o martelo cair no chão.

Ela passou por ele. Ele se ergueu na cadeira de novo. Que dor poderia se comparar ao que Brian passaria? Nenhuma. Porra nenhuma. Ele se levantou na cadeira, e o cadeado de bicicleta o fez sentar num latido. Seu peso caiu com tanta força que uma perna da cadeira furou piso de madeira fina. Então, agora sua cadeira afundou em um novo ângulo, e sua garganta ficou presa no cadeado de novo. Mas, dessa vez, a postura ereta não ajudaria. Ele estava como um navio adernando para aportar. Ele estava afundando. O cadeado se tornara um nó corrediço. Ele estava caindo.

— Não machuque Brian — implorou ele.

A esposa saiu da cozinha.

No corredor, pouco antes do quarto dos fundos, ela se virou para ele. Ela ergueu a chaleira de água escaldante.

— Não machuque meu filho.

A criança chorava e se engasgava e tossia e chorava.

— Por favor, não machuque meu bebê — suplicou ele.

Enquanto ela voltava para o quarto escurecido, ele se afundava na própria escuridão.

Manchas apareceram na visão dele, e ainda assim se esforçou tanto que tossiu sangue pela boca.

Em seguida, Emma falou de forma clara e direta:

— Não é um bebê.

4

MERDA, DESGRAÇA, FILHO DA PUTA

31

Recuperação.

A palavra definida como "ato de reconquista de algo que tenha sido perdido ou retirado". Recuperação econômica. Recuperação de dados. Recuperação de ativos. Termos bem comuns nesses dias. Um termo plausível quando se refere a informações antes mantidas em um computador ou a recursos drenados de alguma conta poupança. Até mesmo o corpo humano validará o substantivo. Por exemplo, um osso do rosto fraturado, resultado de uma martelada que o quebrou, pode ser reparado com uma cirurgia. Uma fratura zigomático-orbital (efeito secundário do osso do rosto fraturado) requer um ligeiro realinhamento do olho, mas, assim que o olho é levantado e posto de volta no devido lugar, a borda zigomática pode ser reconstruída. Dentro de semanas, a recuperação será notada. Contusões nos pulsos e cotovelos e até mesmo na garganta não perdurarão. Vasos sanguíneos estourados vão se curar. Sugerem-se tratamentos tópicos que contenham vitamina K aplicados à pele. Corpos recuperam-se.

Mas e a alma?

Quanto tempo levaria para Apollo "recuperar" o que fora "perdido ou retirado"? Um filho. Uma esposa que ele pensava conhecer. Um casamento. Três vidas.

Apollo teve tempo para pensar em tudo isso durante uma espera com outros 149 homens em celas que os prisioneiros chamavam de currais, enquanto eram preparados para ser liberados da prisão de Rikers Island. Os homens estavam tão espremidos uns contra os outros que dois já haviam desmaiado. Apollo e os outros já estavam no curral fazia onze horas enquanto os guardas conduziam fossem lá quais misteriosos procedimentos que demoravam um dia e meio. De qualquer forma, Apollo fora bastante sortudo em comparação com alguns dos outros homens dali. Ficou em Rikers Island por apenas dois meses. E fora mantido no edifício Taylor, ocupado principalmente por prisioneiros temporários. Era a melhor oferta que um homem poderia esperar. Apollo passou pelo procedimento – suas roupas e pertences entregues a ele em um saco de papel marrom –, o único prisioneiro que estava de saída e não queria ser libertado.

Quatro ônibus azuis e brancos cheios, e a atmosfera borbulhava. A idade dos homens no ônibus de Apollo variava de 17 a 58 anos, mas cada um deles saltitava no banco como uma criança saindo para um acampamento. Um dos guardas no ônibus ocasionalmente rosnava para os prisioneiros. *Vocês são adultos, caceta!*, dizia ele, mas estava errado. Eram crianças de novo.

Crianças que acordavam cedo. Prisioneiros liberados de Rikers Island eram levados para a estação de metrô Queensboro Plaza antes do amanhecer. Largados com seu saco de pertences e um envelope contendo dinheiro suficiente apenas para uma viagem de metrô e um copo grande de café. Apollo sentou-se perto da janela e observou o ônibus atravessar a ponte para o Queens. Não tivera medo sequer por um momento na prisão. Seguiu as ordens, não deu nenhum telefonema, sempre usava sua identificação e mantinha a camisa para dentro das calças. Uma camisa para fora podia causar uma fúria imensurável em certos guardas. Não causava impressão nenhuma em ninguém e gostava que fosse assim. A história de Emma Valentine e do Bebê Brian, como seu filho ficou conhecido, virara notícia. O Bebê Brian morto por sua mãe, Emma Valentine, desaparecida e foragida. Sua família tinha virado elenco de um filme de terror. Era de se admirar que ele quisesse permanecer invisível na prisão?

O ato que mandou Apollo para a prisão, usar uma escopeta para manter três pessoas como reféns, essa era sua outra história. Ninguém tinha muita simpatia por ele dentro de Rikers. Nenhum prisioneiro veterano quis ajudá-lo a se animar. Todos tinham seus problemas. Afinal, estavam em Rikers. Apollo considerava isso um alívio. Ele existia em estado de animação suspensa. Um corpo obrigado a ir aqui ou ali, comer no horário, tomar banho uma vez por dia, mas para ele não havia nada além disso. Apollo convenceu-se de que seu coração havia parado, ou fora removido, durante a cirurgia do olho. Fazia sentido que ele não sentisse medo na cadeia porque, na verdade, não estava vivo. Ele morreu quando Brian morreu.

Mas quando o ônibus se aproximou de Queensboro Plaza, ele se sentiu revivido, revitalizado. Aquilo não era bom. Seu coração palpitava no peito, e ele se sentiu invadido por alguma presença alienígena. Os homens ao redor estavam fazendo piada sobre quanto tempo levaria até cometerem um assalto depois que chegassem. Antes de o lugar ser revitalizado, havia ali uma loja Twin Donut onde as prostitutas esperavam para sair com os homens recém-libertados. Elas ficavam espremidas, quatro mulheres em cada mesa, muito cientes de quanto aqueles homens estariam desesperados por seus serviços. Um ex-preso das antigas compartilhou essa informação em tons nostálgicos.

— Elas ainda ficam lá — disse outro homem. — Agora esperam em um restaurante na 27th Street. Panini Grill.

— Que porra é um panini? — perguntou o velho condenado.

Um dos mais jovens riu.

— As coisas mudam, velhote. Não dá para evitar.

O coração de Apollo batia mais forte a cada quarteirão que passava. Para a maioria dos homens que saía de Rikers, o ponto da Queensboro Plaza era um local remoto. Muitos deles eram do Brooklyn, do Bronx ou do norte da cidade, e a viagem dali até sua casa demoraria horas, fazendo a praça parecer um último "vá se foder" do Departamento Correcional. Mas Apollo conhecia bem Queensboro Plaza. Tinha uma boa ideia do tempo exato que levaria para chegar a Washington Heights.

Ele não fora para casa desde a manhã em que Brian morrera. Nem uma vez. Tinha sido descoberto pelo zelador, que chamou os paramédicos, e eles o levaram ao Hospital Presbiteriano de Nova York. Ele ficou lá até depois da cirurgia para reparar o olho. Após ter alta, foi para a casa de Lillian se recuperar. Lá se reuniu com detetives da polícia de Nova York e agentes do FBI. Brian morrera três semanas antes de ele retornar a Washington Heights.

Porém, ele não foi para casa. Em vez disso, apareceu na filial da Biblioteca de Nova York em Fort Washington empunhando uma escopeta semiautomática. Pegou três pessoas como reféns, as colegas de trabalho de Emma. Basicamente ele tinha pirado, queria que elas lhe dissessem aonde Emma tinha ido. Não acreditava que elas não soubessem. Precisaram chamar a polícia. Houve uma paralisação que durou seis horas e meia. Apesar de tudo isso, as colegas de trabalho de Emma se recusaram a prestar queixa e até testemunharam a seu favor quando ele se apresentou ao tribunal. Apollo passou dois meses na prisão de Rikers Island. E naquele momento, quando o céu começou a clarear, Apollo Kagwa estava livre de novo. Não disse a Lillian que estava chegando; não falava com Patrice desde que fora para a cadeia. Não restava mais ninguém. Incrível pensar que seu círculo mais íntimo consistia em apenas quatro seres humanos.

Os homens saíram do ônibus como soldados de licença. Talvez Rikers liberasse os homens em um local tão remoto tão cedo porque queria arriscar o mínimo possível de danos colaterais. Como quando testes atômicos são feitos no deserto ou em alguma ilha distante. Apesar de sempre haver vítimas nesses casos, não é? A terra do Atol de Bikini permanece inabitável até hoje. Apollo sentia-se como se brilhasse com a dor, envenenado pelo luto, e não pela radiação. Ele não poderia ir para casa. Não poderia ficar naquele lugar. Ainda não. Talvez por isso fosse o único homem no ônibus que não queria estar a bordo. Todo mundo queria voltar para casa, mas Apollo Kagwa não tinha mais uma casa.

32

Apollo chegou ao Bennett Park sem sequer perceber como. Eram cinco e meia da manhã quando chegou a Washington Heights. Seu corpo havia se acostumado a ir ao parque com Brian àquela hora; assim, mesmo depois de meses fora, foi aonde seu corpo o levou. Ele tinha um compromisso na cidade às onze, mas ainda tinha tempo.

Entrou no parque e viu o topo de quatro cabeças masculinas, reunidas em um semicírculo ao lado dos brinquedos, então saiu de seu estado nebuloso e quase se afastou. Seu objetivo era ir ao apartamento, não era? Mas, então, eles o viram, apenas um rápido olhar de dois dos Novos Pais, e Apollo não soube o que fazer. O quanto pareceria estranho se fugisse correndo? Então, em vez disso, ele foi na direção deles. Eram seus amigos, claro que deveria cumprimentá-los.

Ele acelerou o passo e quase caiu quando chegou ao portão do parquinho. Quando entrou na área cercada, os quatro homens se viraram e o observaram. Todos o mediram e, de repente, desviaram o olhar com embaraço. Apollo viu aquilo, mas tentou desver. As mães estavam próximas, nos balanços com seus filhos, exatamente como estavam três meses antes. Exceto que hoje as mãos dele estavam vazias. Não carregava nada. Não tinha filho. Foi na direção de outros pais e, provavelmente pela primeira vez, apertou a mão de cada um deles. Em seguida, virou-se para os brinquedos.

— Oi, Meaghan — disse ele. — Oi, Imogen. Bom dia, Shoji. Bom dia, Isaac.

Apollo sorriu para os outros pais quando as quatro crianças o ignoraram.

— Imogen está caminhando tão bem — disse Apollo.

Normalmente o pai dela já teria aproveitado a oportunidade para explicar o momento exato em que ela fez esse avanço. Era mais do que provável que ele tivesse um vídeo – dez vídeos – das primeiras tentativas. Já estaria com o celular a postos para os outros pais verem, mas naquela manhã ele não fez nada disso. Recebeu as palavras de Apollo com um aceno de cabeça, mas, em seguida, apenas piscou para sua filha, parecendo atordoado.

Todos os quatro homens pareciam, de fato, atordoados. Desorientados. Davam as mais rápidas olhadas furtivas para Apollo e, logo em seguida, desviavam o olhar para as crianças, as árvores ou a Fort Washington Avenue, para qualquer lugar, menos para ele.

Apollo compreendeu o que estava acontecendo, mas também se sentiu confuso. Não sabia por que tinha ido até o parquinho e, agora que estava ali, não sabia o que fazer com as mãos, não sabia o que dizer. Precisava continuar comentando sobre as crianças e seus avanços ou deveria explicar onde estivera? Eles queriam saber sobre os currais em Rikers Island? Sobre os turnos matinais com a equipe de jardinagem? Claro que não, claro que não, mas sobre o que deveria falar, então? Ele deveria ir embora. No parquinho, eles falavam apenas de uma coisa, e ele não queria falar sobre aquilo, não podia, mas antes que ele se virasse para partir, o assunto surgiu mesmo assim.

— Apollo — disse calmamente o pai de Isaac. — Todos sentimos muito quando vimos a notícia.

Os outros três pais assentiram com a cabeça, mas ainda se recusavam a olhar para Apollo.

— Queríamos entrar em contato de alguma forma, mas nenhum de nós tinha seu telefone.

Apollo quase derreteu de alívio. Ele pegou seu celular, mas estava desligado. Rikers não tinha o hábito de enviar os presos para casa com a bateria totalmente carregada. Foi apenas um gesto automático.

— Eu teria gostado — respondeu ele.

Nenhum dos Novos Pais falou uma palavra. Em vez disso, o pai de Isaac pousou a mão no ombro de Apollo e deu tapinhas de leve. Então, ele se moveu para ficar ao lado de Apollo. O pai de Shoji, em seguida, se juntou ao pai de Isaac, e em um instante, o semicírculo de pais formou uma barreira que bloqueou qualquer visão de seus filhos.

— Você não deveria estar aqui — disse o pai de Imogen. O homem abria e fechava as mãos, os dedos ficando tensos como garras.

— Você está bravo comigo? — perguntou Apollo. Seu coração batia mais rápido do que em sua primeira noite em Rikers. — Está bravo comigo? — repetiu.

— Ninguém está com raiva — sussurrou o pai de Isaac.

— Eu estou com raiva — disse o pai de Imogen. — Estou com raiva porque você chegou perto dos nossos filhos.

Apollo tentou falar, mas apenas gaguejou. Teve vontade de esmagar o celular na cara do sujeito.

— Eu nunca faria mal aos seus filhos — sussurrou ele.

O pai de Shoji olhou para trás, flagrando algum movimento com seu olho experiente de pai.

— Você pegou isso de Meaghan? — perguntou ele. — Devolva. Devolva.

Meaghan arrancou de volta o que quer que fosse, e Shoji se agarrou no objeto também. Os dois gritavam enquanto puxavam o negócio. Os pais das duas crianças viraram-se e correram para intervir, uma equipe de apoio tático.

O que deixou apenas dois dos pais com Apollo. Eles o observavam com nervosismo.

— Vocês estão com medo de mim — disse Apollo.

— Você entrou naquela biblioteca com uma arma! — gritou o pai de Imogen. Sua voz soou ainda mais alta, pois ainda era muito cedo.

— Eu estava tentando... — Apollo começou, mas não continuou.

— Realmente sentimos muito sobre Brian — declarou o pai de Isaac. — Nem sei dizer o quanto sentimos.

O nome de seu filho proferido em voz alta fez o estômago de Apollo se revirar. Ele não tinha falado o nome desde que fora algemado pela polícia sessenta dias antes, mas, em sua mente, em seu coração, ele era repetido mil vezes por hora. Parecia estranho na boca de outro homem. Apollo teve vontade de arrancar a língua dele.

— Estamos apenas tentando ser bons pais aqui — disse o pai de Isaac.

— Eu também estava — respondeu Apollo.

Ele se virou para sair do Bennett Park. Seis da manhã, e nenhuma opção a não ser voltar para casa.

33

— Você precisa acordar. Não pode dormir aqui.

Apollo havia adormecido? Surpreendente. Ele só havia se sentado ali, na lavanderia do porão de seu prédio, por um momento. Descobrira que poderia esperar ali embaixo até o horário de seu compromisso. Entrara no elevador e planejava subir, mas, em vez de pressionar o botão do quarto andar, ele descera.

E, ao que parecia, adormecera prontamente.

— Levante — disse o homem em pé ao lado dele. — Você me ouviu? Como entrou aqui?

Apollo não tinha apenas dormido, ele tinha se acomodado no sofá da lavanderia, se aninhando nele como um carrapato. Encolheu-se sobre as almofadas, de costas para o homem que agora o cutucava com um cabo de vassoura. Ele se virou e sentou-se.

— É você.

O zelador do edifício, o homem que havia instalado a porta no apartamento de Apollo, recuou e olhou boquiaberto para ele. Segurava uma vassoura em uma das mãos e um pedaço de mangueira verde de jardim enrolado no ombro esquerdo. Tinha o ar de um sherpa, experiente e impossível de irritar. Seu nome era Fabian. Um homem com quase sessenta anos, nascido em Porto Rico, que mantinha aquele prédio funcionando desde muito antes de Apollo e Emma terem se mudado. Ele se agachou e inclinou a cabeça enquanto observava Apollo.

— Fizeram um bom trabalho no seu olho — comentou Fabian.

Apollo ergueu a mão para tocar o osso do rosto que fora reconstruído. Teria sido melhor deixar os danos visíveis, pelo menos assim seu exterior combinaria com o interior.

— Quando encontrei você, estava tudo... não estava bom — disse ele, tocando o próprio rosto.

— Nem sei como agradecer o senhor por isso — disse Apollo, com a mão ainda no rosto.

— Sua mãe me agradeceu — respondeu ele. Então, percebeu como aquilo soou: como uma piada de garotos zoando uns com os outros. — Quer dizer, eu a vi por aqui enquanto você estava em cana. Ela me parou e me deu um abraço. Me comprou um litrão também.

— Minha mãe esteve aqui? — perguntou Apollo. — Minha mãe comprou uma cerveja para o senhor?

Fabian se ergueu e, com a mão livre, ajudou Apollo a se levantar.

— Você saiu rápido — comentou Fabian. — Rikers gosta de segurar as pessoas.

— Minha mãe conseguiu um advogado para mim — explicou Apollo.

— Boas mães são uma bênção — falou Fabian, batendo as cerdas da vassoura contra piso do porão. Então, ergueu o olhar, o rosto vermelho. — Desculpe. Eu não quis dizer... Desculpe.

— Que horas são? — perguntou Apollo, apenas para mudar de assunto.

— Dez horas — disse Fabian. — Está com a sua chave? Precisa que eu abra lá? Ainda tenho a minha.

Apollo apontou para o saco de papel marrom no chão ao lado do sofá.

— Minhas coisas estão ali. Eu consigo entrar.

Mas ele não precisaria. Tinha um compromisso às onze, no centro da cidade, com seu agente de condicional. Outra coisa estranha pela qual ficar grato, mas ainda assim era como se sentia. Deveria usar um terno para seu primeiro encontro com o agente de condicional? Seria um problema usar as roupas com que ele dormiu, roupas com as quais estava preso?

Fabian assentiu e se afastou. Seu escritório ficava no corredor, depois das lavadoras e secadoras. Tinha andado quase dois metros quando Apollo o chamou.

— Como o senhor soube? — perguntou Apollo.

— Soube do quê?

— Como soube que era para entrar no nosso apartamento?

Fabian virou-se para trás, mas não se aproximou. Ajustou o ombro para que a mangueira não escorregasse pelo braço.

— O cara do 47 me chamou — disse ele. — Sentiu um cheiro. — Ele balançou a cabeça. — Era um cheiro muito ruim. Nunca senti nada parecido.

Apollo encaixou uma das mãos no sofá para se equilibrar.

— Um cheiro — repetiu ele.

— Pensei que precisaria das minhas chaves, mas a porta não estava trancada. Estava quente de verdade lá dentro. Gritei algumas vezes antes de entrar, mas eu também estava com um mau pressentimento.

Ele abaixou a cabeça e percorreu o chão com o olhar em vez de encarar Apollo.

— Achei você primeiro. Pensei que estivesse morto. Sério. Seu olho estava pendurado para fora. — Fabian fechou a mão em punho e a balançou ao lado da bochecha. — Então, fui até os fundos e encontrei o bebê.

A caldeira do prédio, que ficava no outro canto do porão, roncou. Apollo e Fabian continuaram em silêncio. Apollo queria perguntar a Fabian o que ele tinha visto naquele quarto. Não importa o quanto poderia ter sido horrível, aquele homem ali estivera com Brian. Apollo não queria saber de nenhum detalhe e queria saber de todos eles. Dois sentimentos conflitantes de uma vez. Mas como poderia perguntar? O que perguntaria? O que o homem poderia dizer que não pareceria horrível, feio e perverso? Sentia o olhar dos Novos Pais até ali, e seu corpo queimou de vergonha.

— Fiz uma oração no lugar — disse Fabian. — Quando eu o vi. Toda semana faço uma oração por ele na igreja.

Apollo assentiu.

— Obrigado por isso.

— Faço por você também. — Fabian apontou para o escritório. — Tenho que ir — disse, mas as palavras saíram sufocadas.

34

Apollo chegou ao lado leste da 79th Street um pouco cedo. O edifício ficava no tipo de quarteirão feito para filmes sobre Manhattan. Em uma rua ampla com uma grande paisagem que corria para oeste até o rio Hudson. Prédios de apartamentos de apenas vinte ou trinta andares, pequenos e de aparência familiar para os padrões da ilha. Foi gasto um monte de dinheiro para deixar Manhattan pitoresca. E, em meio a todo esse cenário, ficava a filial de Yorkville da Biblioteca Pública de Nova Iorque, uma casa elegante e um marco da cidade.

Apollo parou no meio da calçada, olhando para o edifício como o pior tipo de turista. Velhos o acotovelavam de propósito. As mães usavam seus carrinhos de bebê como rolos compressores. Ele não conseguia acreditar que precisava estar ali, mas a vara do distrito de Manhattan determinou que sua visita era "um aspecto essencial de sua liberdade condicional".

Anunciavam que o espaço de eventos da filial de Yorkville, no porão, tinha tamanho suficiente para acomodar 72 pessoas. Mas não teria sua capacidade testada naquela tarde. Doze homens e mulheres estavam sentados em cadeiras que tinham sido colocadas em círculo. Apenas um deles notou

Apollo se aproximando, uma mulher alta que acenou para que ele se aproximasse. Tinha a autoridade casual de uma guarda de trânsito escolar, acostumada a ajudar os vulneráveis e confusos a ficar em segurança.

— Venha — chamou ela. — Já começamos.

Ele chegou ao círculo. Os outros o olharam quando ele se sentou.

— Quero dar as boas-vindas aos Sobreviventes — disse a mulher ao se sentar. — É assim que nós nos chamamos.

Apollo olhou de pessoa para pessoa. Terapia de grupo determinada pelo tribunal. Aquela fora uma cláusula de sua liberdade condicional. *Graças a nosso novo prefeito progressista*, o juiz dissera a Apollo, incapaz de disfarçar seu desprezo.

Apollo ficou quieto enquanto os outros Sobreviventes falavam. Parecia muito com uma reunião do AA, ou o que ele tinha visto de reuniões de AA na televisão e no cinema, e mais da metade daquelas pessoas parecia estar lutando contra algum tipo de droga. Mas, em vez de histórias sobre as coisas exageradas e feias que tinham feito sob a influência disso ou daquilo, essas pessoas estavam presas em um circuito de tragédias. *Algo terrível aconteceu, mas, por alguma razão, eu ainda estou aqui.* Esse poderia muito bem ter sido o subtítulo de cada conversa. Logo parecia estranho chamar o grupo de Sobreviventes. Estavam ali, mas nenhum deles sobrevivera.

— Eu ainda estou usando minha aliança de casamento — disse Apollo, parecendo surpreso. Olhou para as outras doze pessoas. Nesse momento, eles olharam para sua mão, e ele ergueu o anelar. — Desculpem. Eu não queria ter dito isso em voz alta.

Alice, a mulher alta, se inclinou para a frente.

— Tudo bem. Não se preocupe.

— Minha esposa era bibliotecária — comentou Apollo.

Por que ele estava falando? O que ele estava falando?

Um cara de barba grisalha acenou com a cabeça.

— Eu vi no jornal.

Apollo endireitou o corpo.

— O senhor soube? Por que não disse nada quando me sentei?

O velho cruzou os braços.

— Eu tinha alguns problemas meus para comentar, sabe?

Apollo riu de verdade, um som rápido, claro.

— Mas agora a palavra é sua — acrescentou o velho com suavidade, com mais gentileza.

— É minha primeira vez aqui — disse Apollo. — Fui liberado de Rikers hoje de manhã, antes de o sol nascer. Conheci meu agente de condicional hoje à tarde. Precisei esperar duas horas antes de ele me atender. E agora estou aqui.

Eles o observavam em silêncio. Ele achou que cada um era tão inescrutável quanto uma estátua de Buda. Alice disse:

— Seu agente de condicional fez você vir aqui no mesmo dia em que foi liberado?

Seu agente de condicional na verdade o incentivara a ir para casa, tomar um banho e descansar um pouco. Mas Apollo pediu ajuda para encontrar uma reunião imediatamente. Faria qualquer coisa para evitar voltar àquele apartamento. Mas como poderia explicar tudo isso?

— Sim — respondeu. — Ele é um babaca.

Alguns dos Sobreviventes desaprovaram e estalaram a língua. O cara de barba grisalha deu para Apollo um leve aceno de cabeça, que ele interpretou como *Foda-se a polícia*.

Então, uma mulher mais jovem falou, hesitante:

— Por que ela fez aquilo? Ela explicou?

Apollo se virou para ela, assustado. Todos sabiam quem ele era quando ele chegou?

Não é um bebê.

— Não — respondeu Apollo. — Ela não explicou.

— Mas por que você fez aquilo? — Alice fez essa pergunta; o jeito agradável de guarda de trânsito se dissipara.

— A senhora está falando da biblioteca? — quis saber Apollo.

— Sim, estou — disse ela, inclinando-se ligeiramente para trás e cruzando os braços.

— Eu fiquei maluco — contou Apollo. — Não tinha entendido o que Emma fez até sair da cirurgia no hospital. Eu estava deitado na minha cama vendo o jornal. Foi como eu descobri.

"O apartamento ainda era considerado cena do crime, então não me deixaram entrar. Fiquei com a minha mãe depois que o lugar foi liberado. Quando eu me senti forte o bastante, fui direto para a filial de Fort Washington da Biblioteca Pública de Nova York, onde minha esposa trabalhava. Era uma quinta-feira. Às quintas elas só abrem depois do meio-dia. Cheguei por volta das onze, quando eu sabia que as outras bibliotecárias estariam se preparando para o dia. Como vocês já devem ter ouvido no noticiário, eu estava com uma escopeta."

Ele tinha sido forçado a repassar os eventos daquela manhã com seu advogado algumas vezes e, em seguida, na frente do juiz e do procurador. Ele não foi para júri, embora se sentisse diante de um naquele momento.

— Eu tinha as chaves do trabalho dela e entrei. Encontrei duas das três bibliotecárias no primeiro andar. Tivemos de esperar a terceira sair do banheiro.

— Elas ficaram com medo? — perguntou Alice.

— Claro que sim.

Nesse momento, ela abaixou os olhos para o colo.

— Não acho que eu estivesse falando coisas com muito sentido — disse Apollo. — Demorou um tempo até eu falar com clareza. Dizer por que eu estava lá. Naquela primeira parte, eu dei um tiro por engano. Alguém de fora ouviu. E por isso a polícia foi chamada. Então, eu e as três bibliotecárias descemos para o porão. Eu as levei lá para baixo. Passamos o resto do tempo trancados na sala de leitura.

Uma mulher levantou-se da cadeira e abandonou o círculo. Ela saiu praticamente correndo do porão.

— Quando saí do hospital, as manchetes já falavam sobre a caça a Emma Valentine. O FBI e a polícia de Nova York estavam cuidando do caso. Me procuraram e pediram informações que pudessem ajudar a pegá-la. Talvez já tivessem ido à biblioteca e falado com aquelas três mulheres. Mas as mulheres, obviamente, não tinham dito nada do que sabiam, do que pensei que elas soubessem, sobre Emma. Quem mais poderia ter falado com ela? As bibliotecárias eram sua família. Os pais dela estavam mortos, e o marido e o filho não significavam nada para ela. Eu não conseguia falar com a irmã. Então, fui lá para fazer as minhas perguntas. Estava certo de que Emma tinha dito algo para elas que me ajudaria a encontrá-la.

— E tinha? — o cara de barba grisalha perguntou, inclinando-se para a frente na cadeira.

— Não — disse Apollo. — Juraram várias vezes, mas precisei de seis horas e meia para acreditar nelas. No final, dei a escopeta para Carlotta. A sra. Price. Me entreguei para a polícia. Todas as três mulheres testemunharam a meu favor. Elas se recusaram a prestar qualquer queixa contra mim. Foi por isso que saí tão rápido da prisão. Foi incrivelmente generoso da parte delas.

A mulher mais nova, que tinha falado primeiro, disse:

— Você acha que sua esposa ainda está viva?

— Espero que não. — Ele olhou para ela e, em seguida, percebeu como aquilo soou. — Quer dizer, o FBI e a polícia de Nova York ainda não a encontraram. Então, não sei.

— Mas o que você planejava fazer? — questionou a jovem. — Se as bibliotecárias tivessem informações. Se você encontrasse sua esposa.

— Ela matou meu filho — respondeu Apollo. — Se eu a tivesse encontrado, eu a teria matado. Depois, me mataria.

Apollo não conseguiu pensar em mais nada a dizer, então não disse nada. Os Sobreviventes ficaram em silêncio.

— Tudo bem — disse, por fim, Alice. — Nosso tempo acabou. Obrigada pela presença de todos.

35

Ele ficou na filial de Yorkville até fechar, às sete da noite. Passou as horas restantes no piso principal, com uma revista no colo em uma cadeira perto da mesa de empréstimos. Não fora confortável contar aos Sobreviventes o que ele tinha feito, e logo depois da sessão de grupo ele se sentiu ainda pior. Ao menos lá no porão ele estava entre outros como ele. O cara de barba grisalha estava ao celular, mandando mensagem, quando passou em um cruzamento e seu carro foi esmagado por um caminhão. Sua noiva morreu antes de o carro parar de girar. Mas depois de tudo que se compartilhou, gritou e chorou, o que restava? Era apenas quarta-feira à noite e Apollo estava por sua conta. Seis meses disso? Não, caralho, obrigado. Mas se não fizesse isso, voltaria de ônibus para Rikers, e nada garantia uma liberação rápida. Então, ele ficou sentado por horas naquela cadeira tentando se convencer a ter tolerância, ter tenacidade e se recuperar. Por fim, precisou enfrentar seu destino. Tinha que ir ao apartamento.

Ainda assim, quando chegou a seu quarteirão, quando se aproximou do prédio, quando entrou no elevador, manteve as esperanças de que alguém pularia na sua frente para impedi-lo. Ninguém pulou. Ele chegou à porta do apartamento e hesitou. Deslizou a chave na fechadura.

Apollo abriu a porta da frente.

Ele esperava algum barulho quando entrasse? Na verdade, não. Mas então por que ficou tão surpreso com o silêncio? Talvez porque estivesse tão barulhento na última vez que esteve ali. Três meses antes. Apenas três meses.

Ele entrou no apartamento e fechou a porta. Parou na escuridão e diminuiu o ritmo da respiração. Mesmo com as luzes apagadas, conseguiu perceber que o piso estava limpo. Liso e parecendo quase úmido.

Andou até a sala e ficou em silêncio. Mais espaço, mais silêncio, sem vida nenhuma ali dentro. Mas havia o sofá, onde sempre estivera, embaixo das janelas da sala de estar. A luminária no canto, a estante baixa, o aquecedor. Nem mesmo aquilo emitia nenhum ruído. Devia estar desligado. O quarto que ele compartilhava com Emma ficava à esquerda, a cozinha à direita.

Ele foi até a porta do quarto e a abriu, meio que esperando encontrar Emma, uma fugitiva escondendo-se na cara de todo mundo. Mas claro que encontrou apenas sua cama, os lençóis, e era visível que o chão fora varrido e esfregado. As cortinas estavam abertas, e ele olhou a rua lá embaixo. Viu um homem tentando estacionar o carro em um espaço que, obviamente, era muito pequeno. Quando Apollo saiu da janela, o homem ainda não tinha entendido aquilo.

Ele entrou na cozinha. Quando olhou para o chão, viu as bolotas de veneno de rato. Quando olhou para o balcão, viu o martelo. Quando olhou para o forno, viu a chaleira, o fogo embaixo dela fazendo com que o fundo brilhasse, o vapor jorrando do bico. Ele a via ali, mas não conseguia ouvi-la. Ela tremia sobre o fogão, mas não havia nenhum ruído. Ele estendeu a mão até a nuvem de vapor, mas não sentiu calor.

Ele deu as costas para a chaleira fantasma e saiu arrastando os pés para evitar as pelotas que ele achava que ainda estavam no chão. Mas quando foi até a mesa da cozinha, quando olhou para a cadeira onde ficara acorrentado, não viu nenhuma repetição fantasmagórica da cena. Nem correntes. Nem sangue. Ele puxou a cadeira do canto. O buraco no chão fora reparado. Ele ficou de joelhos para verificar.

Lillian tinha feito tudo aquilo. Quem mais se importaria?

Foi nessa posição – ainda de joelhos – que ele se virou para encarar o quarto dos fundos. A porta fora fechada. Uma etiqueta verde neon estava colada nela, mais ou menos 30 centímetros acima da maçaneta, metade na porta e metade no batente. Ele engatinhou para mais perto; suas pernas tremiam demais para se levantar.

"Estas instalações foram seladas pelo Departamento de Polícia de Nova York, de acordo com o Artigo 435 do Código Administrativo. Fica proibida a entrada, a menos que autorizada pelo departamento de polícia ou pela administração pública."

Mesmo agora, em sua mente, aquele continuava sendo o quarto de Brian. Ele pôs as mãos nas paredes para se erguer. Não queria que Brian visse seu pai rastejando. Afinal, o quarto teria que ser aberto, mas não naquela noite. Ele tinha pensado que estar ali – naquele lugar, àquela porta – poderia causar uma avalanche de emoções, mas, em vez disso, acontecia o contrário. Não sentia nada. Nem mesmo sabia se o coração estava batendo no peito.

Apollo cambaleou até o banheiro. Não havia tomado banho sozinho nos últimos sessenta dias. Abriu o chuveiro e tirou a roupa. Passou meia hora embaixo do jato d'água antes mesmo de começar a se lavar. Quando terminou, foi até o quarto. Fazia noventa dias que não dormia em um bom colchão – o do hospital lhe dava dor na lombar. Mas não conseguiu se deitar na cama que tinha compartilhado com Emma. Ele pegou a manta e o lençol de cima e voltou para a sala de estar. Pôs o celular para carregar, em seguida se deitou no sofá. Olhou para o céu através das janelas. Nenhuma estrela.

— E agora? — perguntou ele.

Adormeceu muito antes de seu celular vibrar e acender. No escuro, brilhava mais que uma estrela. Então, depois de um momento, tudo se apagou de novo.

36

Patrice estava na porta de seu apartamento, em um porão no sudeste do Queens. A proprietária de uma casa de dois andares decidira ganhar uma pequena renda extra, algo para ajudar a pagar a hipoteca. Converteu o porão em um apartamento e o alugava ilegalmente por US$1.300 ao mês. Dois quartos, cozinha e banheiro, entrada privativa na parte de trás da casa. Patrice vivia ali com Dana, a mulher que conheceu depois que de ter voltado do Iraque e de seu casamento ter acabado.

Patrice se inclinou e fungou na direção de Apollo.

— É o Homem de Alcatraz. Você está atrasado.

— Precisei pegar um trem e um ônibus para chegar aqui — retrucou Apollo. — Tinha esquecido que Queens ficava tão longe de Nova York.

Patrice acenou com sua manzorra.

— Começamos a comer sem você.

— Eu trouxe vinho — disse Apollo, levantando um saco marrom.

— Você trouxe vinho de um lugar que nem tem sacola plástica?

Apollo teve que sorrir. Era bom ver aquele cara de novo.

Atrás de Patrice, uma mulher, Dana, gritou:

— Por que você não deixa ele entrar em vez de ficar aí fora mostrando nossa casa pra rua inteira?

Patrice olhou para trás.

— Meu amor, nossa entrada fica na lateral da casa. O máximo que estamos fazendo é deixar os vizinhos darem uma olhada.

— Venham para dentro!

O teto do porão parecia baixo para Apollo, e Patrice devia ser uns quinze centímetros mais alto que ele. As paredes revestidas de madeira sugavam as luzes do teto e deixavam a sala toda mais escura. A cozinha e o fogão tinham uns dez anos. No mínimo. O melhor item da cozinha era a mesa de jantar, comprada na loja Crate & Barrel. Mobiliário cobiçado que ocupava espaço demais na cozinha apertada.

Dana tinha posto a mesa com elegância, uma toalha de mesa xadrez vermelha e jogos americanos de ratã; guardanapos azuis xadrez e pratos de porcelana brancos com borda prateada. Quando Apollo entrou na cozinha, Dana já estava pondo exatamente o mesmo arranjo para ele. Depois que Patrice fechasse a porta, um transeunte nunca saberia – ou provavelmente nem imaginaria – que dentro daquele porão--apartamento no sudeste do Queens havia uma mesa de jantar tão linda. Era como pegar um vislumbre da alma brilhante dentro de um passageiro amarfanhado em um vagão de metrô. Apollo ficou sem fôlego por um instante.

Dana pegou duas taças depois que Apollo mostrou sua garrafa. Eles tinham apenas duas taças. Ela deu a Patrice uma caneca de café para ele tomar seu vinho.

— Desculpe pelo atraso — disse Apollo.

Dana serviu o vinho.

— Ninguém quer se deslocar até essa ponta do Queens. Estamos felizes que você tenha vindo.

Dana abraçou Apollo. Ela tinha braços grandes, pernas grandes e costas largas – um corpo perfeito para abraços. Enquanto o abraço de Patrice fora cauteloso, o de Dana oferecera apenas ternura. O funeral do bebê havia acontecido enquanto Apollo estava preso em Rikers Island. Patrice e Dana participaram da cerimônia. O jeito como ela o abraçou naquele momento, o tempo lento e caloroso do abraço, transmitiu suas condolências melhor que palavras conseguiriam.

— Sentem-se — falou Patrice para os dois. — Vou servir vocês.

Dana deu um tapinha na barriga de Patrice antes de se sentar.

— Está se fazendo de galante — disse ela a Apollo. — Mas só quer ter certeza de que você saiba quem fez a comida.

Dana trabalhava na rodoviária de Port Authority como cobradora sênior na Ponte de Bayonne, em Staten Island. Ficava a uma hora de carro de sua casa no Queens. Nos dias em que Patrice saía para comprar livros em Nova Jersey, ele a levava e buscava à tarde. Ficavam bem juntos e pareciam saber disso.

Patrice tirou uma concha de uma gaveta.

— Ensopado de frango — começou ele. — Pés e peito de frango, meia tigela de azeitona picada, três colheres da salmoura da azeitona, um limão cortado em rodelas, uma colher de chá de ervas provençais, uma xícara de caldo de galinha, meia colher de café de sal, uma pitada de pimenta. — Patrice mergulhou a concha no ensopado branco no balcão da cozinha, e o cheiro saboroso de salmoura e limões fez Apollo se inclinar para a frente como se a comida já estivesse na sua frente.

— E uma folha de louro — acrescentou Patrice ao encher a primeira tigela. Com o teto baixo e as paredes tão próximas, ele parecia um urso-pardo fazendo um programa de culinária dentro da jaula.

— Não acredito que vocês estão morando em um porão — disse Apollo.

Dana chiou.

— Qual é o problema de morar em um porão? Fui eu que achei este lugar para a gente.

Apollo olhou para ela e sorriu.

— Mas Patrice tem pavor de... — E se conteve. Olhou para Patrice, que parou com a concha no ar. Apollo conseguiu ver que Patrice o observava, mesmo que estivesse brincando de ser anfitrião. Dana obviamente não fora informada que porões faziam Patrice tremer, mas, Patrice pensara de verdade que tinha escondido esse segredo de Apollo também, o que era uma grande surpresa. No passado ele teria imaginado esse fato como algo normal da vida. As pessoas contam umas mentirinhas, o que vale para casamentos e amizades também. Mas agora Apollo não conseguia ignorar essas inverdades como sendo benignas. Se nossos relacionamentos são compostos de mentirinhas, se transformam em algo maior, uma prisão de falsidades. — Patrice tem pavor de compromisso — comentou Apollo. Uma piada antiga, uma bobeira sobre os homens, uma ideia tão convencional e insípida que dizê-la era como lançar uma espécie de feitiço do sono. Não estavam mais despencando nas profundezas do problema, mas apenas deslizando por uma superfície lisa, densa. Tagarelice. Humor de sitcom.

Foi visível que Dana relaxou em sua cadeira.

— Talvez antes, mas depois ele me encontrou.

E assim, o momento passou. Patrice trouxe a tigela de Dana e beijou sua testa enquanto a deixava sobre a mesa. Ele olhou rapidamente para Apollo e, em seguida, voltou ao balcão para buscar a tigela de Apollo.

Depois de terem terminado o jantar, Dana e Patrice limparam as tigelas e os utensílios de cozinha. Apollo levantou-se da mesa.

— Quero mostrar uma coisa — disse ele.

Ele abriu sua bolsa, deixando o celular de lado. Lillian estava tentando falar com ele desde o dia anterior, ele devia ter umas quinze mensagens dela. Ela queria levá-lo até o túmulo de Brian. Ele precisava ver o lugar de descanso derradeiro do filho. Mas quando Apollo acordara no sofá naquela manhã, depois de sua primeira noite em casa, também encontrara outra mensagem de texto esperando. Logo depois de ler, ele ligou para Patrice e Dana e perguntou se podia passar na casa deles à noite.

De sua bolsa, ele tirou um saquinho de presente, comprado no mercado Duane Reade, na 181st Street. Dana e Patrice haviam retirado a mesa. Dana limpou o tampo com um pano úmido antes de Apollo pegar o presente.

— Dê uma olhada — disse Apollo.

Patrice abriu-o enquanto Dana ficou na ponta dos pés para ver.

— *O sol é para todos* — leu Patrice. Ele abriu, olhando-o como um profissional. — A sobrecapa está boa. A capa dura também. As guardas estão limpas. E... é uma primeira. Caralho! Você encontrou na venda de livros herdados em Rikers?

Dana estendeu a mão para pegar o livro, mas Patrice fechou a capa e o segurou com firmeza.

— Olhem a folha de rosto — pediu Apollo.

Os dois leram silenciosamente. Dana cutucou Patrice.

— Quem é Pip?

Patrice balançou a cabeça, mas não conseguiu se obrigar a dizer que não sabia. Bateu com o dedo no rodapé da página, ao lado da assinatura da autora.

— Mas eu sei quem é esta daqui.

— Fui de carro até Connecticut hoje para buscar — disse Apollo. — O cara me enviou uma mensagem para avisar que estava pronto. Vinha me escrevendo há semanas. Acho que ele não assiste ao noticiário. O certificado de avaliação está dobrado aí dentro.

— Esta merda vai fazer você se aposentar — disse Patrice. — Ou pelo menos tirar umas boas férias. Onde você encontrou?

Apollo hesitou um pouco, mas apoiou as mãos sobre a mesa da cozinha.

— Não importa — respondeu. — Encontrei e quero vocês que fiquem com ele. — Ele não deixou que eles o interrompessem. — Eu planejava vender e ter dinheiro suficiente para comprar um apartamento para mim, Emma e Brian. Mas agora isso tudo acabou. Acabou. Não ligo mais para dinheiro. Não usaria mesmo. Estou...

Ele parou de falar nesse momento, com um nó na garganta. Não queria terminar a frase na frente deles. Dana ergueu uma das mãos e falou:

— Nós aceitamos.

Apollo e Patrice a olharam surpresos, boquiabertos. Os olhos dela estavam arregalados, e ela parecia ter ficado desconcertada. Pegou o livro das mãos de Patrice com delicadeza.

— É generoso da sua parte — disse ela, baixinho. — E nós agradecemos.

Então, ela se virou e saiu da cozinha. Escapou para o quarto dos fundos, o quarto deles, e fechou a porta. Patrice observou Dana como se tentasse entender a equação ela já havia resolvido, mas suspirou quando falhou.

— Então, acho que é hora de dar boa noite — anunciou Apollo.

Quando eles saíram, subindo as escadas dos fundos, Patrice disse:

— Sabe por que eu sempre gostei de você? Por que nos tornamos amigos?

— Porque eu sou um livreiro melhor — respondeu Apollo. — Você queria aprender com o melhor de todos.

Patrice ergueu as sobrancelhas.

— Nem você consegue acreditar nisso. Da primeira vez que encontrei você, acho que foi no West End Bar, bem antes de fechar. Rich Chalfin chamou um monte de livreiros para tomar umas. Eu te contei que tinha acabado de voltar do Iraque, assim como contei a todo mundo na mesa em um momento ou em outro, e você lembra o que disse?

Apollo bateu devagar na lateral de alumínio da casa.

— "Tem uma liquidação de bens na Pensilvânia. Você vem?"

Patrice balançou a cabeça para a lembrança.

— Você nunca disse uma daquelas merdas, tipo "Agradeço por você ter servido o país". Nunca me perguntou se eu era contra a guerra. Nunca me perguntou quem eu matei. Basicamente agiu como se não desse a mínima. E eu gostei disso. Naquele momento, soube que você era um cara com quem eu podia ser normal. Não um veterano. Apenas Patrice.

Ele deu um tapa na perna de Apollo, para que ele o olhasse.

— Então eu vou quebrar o protocolo e mandar o papo mais reto que já tive com você.

— Tudo bem.

— Se você for embora e se matar hoje à noite, vou jogar aquela porra de livro valioso na privada. Depois vou mijar em cima. E fazer pior. Vai ser minha vingança contra você. Vou arruinar aquele livro.

— Do que está falando? — perguntou Apollo, não muito alto.

Patrice pôs a manzorra no ombro de Apollo e, em seguida, baixou a cabeça para que os dois se olhassem frente a frente.

— Eu já vi esse olhar antes.

— Que olhar?

Patrice observou Apollo.

— Esse aí. Esse que está voltado para mim agora. Já vi esse olhar, e eu sei. — Ele apertou o ombro de Apollo com firmeza. — Eu sei.

Apollo ganiu e se soltou. Não estava planejando nada daquilo. *Estava?* Nesse momento, ele deu dois passos para trás e se virou. *Estava?*

Ele deu a volta na casa e foi até o portão da frente. Ouviu Patrice atrás de si.

— Você é um homem dos livros — disse Patrice no portão. — Por isso, vou botar aquele livro na internet hoje à noite e, se você não estiver por perto, nunca vai descobrir o valor exato que alguém pagaria por ele. Nunca. Vai. Saber.

Patrice estava em pé ao lado da cerca, ele de um lado e Apollo do outro, claramente calculando se deveria atacar seu amigo e mandá-lo para uma instituição de vigilância de suicidas.

— Você é um filho da puta — disse Apollo. — Mas quero saber quanto vale o livro.

Patrice apontou para ele.

— Esse é o cara. Assim que souber eu te ligo. Esteja vivo para atender.

37

Apollo voltou ao apartamento depois da meia-noite e, ao abrir a porta, ouviu alguém na cozinha, o silvo e *tic-tic-tic* de um acendedor de forno sendo acionado, e precisou agarrar a maçaneta para não cair no chão. A luz da cozinha estava acesa, o restante do apartamento no escuro. Ouviu um pote sendo puxado de um gabinete, a água correndo da torneira. Quase se virou e correu, mas, em vez disso, fechou a porta da forma mais silenciosa que pôde. Tirou os sapatos e avançou de meias pelo assoalho. Ela estava de volta. Talvez estivesse voltando ao apartamento durante todos esses meses em que ele estivera em Rikers. Talvez tivesse sido ela que limpara o lugar, apenas para eliminar provas. Talvez tivesse se sentido tão culpada que simplesmente não conseguira evitar.

Apollo esgueirou-se até a sala de estar. Conseguiu ouvir a chama do fogão quando a leiteira – ou chaleira? – foi colocada para ferver. Havia um leve cheiro de gengibre no ar. Na escuridão da sala de estar, ele quase conseguia ver a própria respiração como uma tênue nuvem de eletricidade azul. Todos os sentidos ficaram mais aguçados quando ele se aproximou da soleira da cozinha. Emma estaria ali reencenando seu crime, e dessa vez ele a encontraria, e eles não falariam um com o outro. Eles se despedaçariam até o nível atômico, uma pequena fissão nuclear na cozinha, para que não restasse nada deles além das silhuetas de quem costumavam ser, queimadas na parede.

— Apollo? É você?

— Mãe? — perguntou ele. Caminhou até a cozinha abanando o ar, sua confusão enxameando ao seu redor como moscas.

Lillian Kagwa estava em pé diante da geladeira aberta, segurando uma caixinha de leite desnatado.

— Estou fazendo chá — anunciou ela.

Apollo olhou para o fogão e viu uma leiteira pequena com leite fervendo. As folhas do chá já estavam lá dentro, com pequenas tiras de gengibre também. Elas ferveram, o líquido subiu para o borda, e Apollo fez exatamente como havia aprendido quando criança: desligou a chama antes que a poção derramasse. Enquanto arrefecia, o chá descia, fumegando, girando, com a cor marrom forte.

— Muito bem — disse Lillian, em pé ao lado dele. Havia uma xícara de chá e uma peneira sobre o balcão. Ela peneirou o chá, devolveu a leiteira para o fogão, pegou sua xícara e deu um longo gole.

— O que você está fazendo aqui? — perguntou Apollo. — Já é tarde da noite. — Ele puxou uma cadeira e se sentou, pois se sentiu desequilibrado pela própria confusão.

— É meia-noite e vinte — disse ela, em pé ao seu lado. Sempre gostava de tomar chá em pé, o hábito de uma mulher que precisava sair às pressas para o trabalho pela manhã. — Como foi o jantar com Dana e Patrice? — perguntou.

Apollo olhou para a luz do teto.

— Dana te ligou — disse Apollo. — Ela foi para o quarto e ligou para você.

— Fiquei surpresa por você ter saído para visitá-los antes de me visitar.

Apollo balançou a cabeça e riu.

— Por favor, mãe, não me diga que você está me culpando.

Ela tomou um gole do chá.

— Que culpa? Você se sente culpado? Então, por que não me ligou para buscá-lo?

— Era cedo demais — disse Apollo. — Não quis te acordar.

Lillian pegou outra caneca e serviu chá para Apollo também.

— Quatro da manhã — retrucou ela. — Isso é criminoso. Vou fazer alguma coisa para você comer.

— Eu acabei de jantar com Patrice e Dana.

No tempo que ele levou para concluir a frase, Lillian já havia aberto a geladeira e retirado meia bandeja de ovos, uma cebola, um pedaço de queijo cheddar, sour cream e um pacote de chocolate meio amargo. Uma seleção tão estranha que Apollo quis fazer piada, mas quando ela tirou mais itens da geladeira – tangerinas e tomates-cereja – ele percebeu o quanto ela devia estar ansiosa. Tinham se visto em seu julgamento, mas não puderam se falar. Ele ligou para ela de Rikers uma vez, mas era a primeira vez que compartilhavam o mesmo cômodo desde então.

— Fico feliz por você estar aqui — disse Apollo. — Feliz em ver você.

Ele se levantou e fechou suavemente a porta da geladeira. Os dois ficaram próximos e olharam para as coisas que ela havia pegado.

— O que eu estava planejando cozinhar? — perguntou ela.

— Vamos só tomar o chá — respondeu Apollo, levando-a até a cadeira que ele havia vagado.

Ele se sentou ao lado dela, e nenhum dos dois falou enquanto bebiam o chá. Ele tinha certeza de que parecia mais velho que ela. Parecia importante confortá-la, acalmar os receios que ela pudesse ter. De certa forma, era bom ter alguém com quem se importar.

— Você precisa dormir — falou Apollo. — E eu também.

Ela levou uma das mãos ao peito e deu tapinhas suaves.

— Eu estava dormindo quando Dana me ligou. Vou para a cama cedo a maioria das noites.

— Você estava em Springfield Gardens? — perguntou ele. — Como fez para chegar aqui antes de mim?

Lillian deu um sorriso. Sua bolsa estava sobre a mesa. Ela estendeu a mão para pegá-la, abriu o zíper, puxou o celular e correu o dedo pela tela uma vez, estendendo o aparelho para ele.

— Chamei um Uber — ela disse.

—Quanto custou isso? — Ele havia assumido o tom de bronca que adultos usam com pais idosos.

O rosto de Lillian enrubesceu, e ela abaixou o celular.

— Chamei um Uber — repetiu ela. — E agora estou aqui. Deixe o resto para lá.

Eles terminaram o chá e botaram a comida de volta na geladeira. Nenhuma daquelas coisas parecia podre, então Apollo percebeu que Lillian devia ter levado tudo aquilo, abastecendo a geladeira para sua volta. *Boas mães são uma bênção,* ele pensou consigo mesmo.

— Liguei para a polícia uma vez por semana até finalmente me dizerem que era permitido entrar no apartamento — contou Lillian. — Seu zelador, Fabian, foi quem me emprestou a chave. A polícia vasculhou tudo, revirou todos os armários e gavetas. Eu não queria que você voltasse e encontrasse tudo bagunçado. Não depois de tudo que aconteceu.

Lillian lavou as xícaras e a leiteira. Apollo disse para ela ficar na cama dele. Quando ela protestou, ele explicou que não conseguia dormir lá de qualquer forma.

— Eu ia me oferecer para comprar uma cama nova — comentou ela. — Mas essa corrida de Uber levou a maior parte das minhas economias.

Apollo riu, e o som acionou uma válvula em Lillian, então ela riu também.

Eles entraram no quarto, e ele puxou os lençóis como se estivesse prestes a botar a mãe na cama para dormir, mas ela pegou sua mão e a apertou.

— Amanhã de manhã — disse ela. — Quero que você venha visitar o túmulo de Brian. Podemos levar flores.

O túmulo de Brian.

Quatro palavras e, de repente, Apollo sentiu a necessidade de ser colocado na cama para dormir.

— Nassau Knolls — disse ela. — Fica em Port Washington. É um lugar bonito.

— Mãe — sussurrou ele —, eu não estou pronto.

Lillian o puxou para se sentar ao lado dela na cama. Ela segurou a mão dele com suas duas.

— Vou te contar uma história — disse ela.

Apollo puxou a mão para longe.

— Não vai me contar de novo a história de Arthur tomando um tiro, não é? Ditadura ugandense. Você dirigiu como louca, mas ainda assim ele sangrou até a morte. Você veio para os Estados Unidos. Os imigrantes são tão incríveis. Vocês fazem dos Estados Unidos uma grande nação. Já entendi.

Lillian esfregou as coxas.

— Não era isso que eu ia dizer.

— Então, o quê?

— Outra coisa! — Lillian levantou-se, tirou os sapatos e os colocou ao lado da cama. Ela apontou para a porta, e Apollo foi dispensado. Ela fechou a porta, e Apollo ficou do outro lado até ver a luz se apagar por baixo da porta. Ele queria se desculpar? Não, não queria. Queria falar mais, coisas muito piores. Queria fazer algo pior. Não com ela, mas consigo mesmo. Patrice tinha razão. Se seu amigo não tivesse dito nada, quem saberia aonde Apollo teria ido? A Ponte George Washington ficava a um quarteirão daquele apartamento. A cada três dias e meio alguém tentava pular do parapeito na altura da cintura. Talvez naquela noite tivesse sido ele.

Apollo pensava que dar o livro a Patrice e Dana fora um gesto altruísta, mas talvez ele não fosse a melhor pessoa para entender a si próprio naquele momento. O que ele teria feito se Lillian não estivesse ali? Ele não sabia, e isso o surpreendeu. Quem ele era naquele instante? O que poderia se tornar? Sempre fora tão seguro – um homem dos livros, marido, pai –, mas nenhum daqueles papéis parecia lhe servir agora.

38

Apollo precisou serrar o adesivo verde neon que a polícia afixara na porta do quarto de Brian. Ele provavelmente cegou a lâmina da faca de pão no momento em que a passou pelo adesivo. Então, ficou no corredor tentando ouvir Lillian. Ele a havia acordado? Segurou a faca em uma das mãos e a maçaneta da porta com a outra. Estava mesmo se esforçando para ouvir a mãe, ou apenas queria evitar entrar no quarto? Ele acendeu a luz no corredor e, em seguida, empurrou a porta.

Havia pegadas no quarto. No chão inteiro. Sapatos grandes. Policiais e paramédicos; poeira cinzenta sobre o piso em madeira escura, o espaço parecendo um diagrama de dança de salão. Mesmo no escuro ele conseguiu ver tudo isso. Ali ele encontrou o quarto que Lillian não fora capaz de limpar. Uma das cortinas estava meio abaixada, o luar vinha de baixo. A outra estava completamente erguida.

Um grande pedaço de madeira fora pregado para substituir o vidro partido que levava à saída de incêndio. Quando Fabian entrou no quarto, depois de ter visto o bebê, mas antes de chamar a polícia, ele encontrou o portão de segurança e essa janela estraçalhados. O vidro estava sobre o peitoril e a saída de incêndio, e não dentro da sala. Emma tinha escapado por ali. Ninguém fora capaz de explicar como Emma Valentine – sem chaves, com a porta da frente trancada – tinha entrado naquela manhã.

O vidro fora recolhido e levado pela equipe de investigação da polícia. Esperavam encontrar sangue nos fragmentos e, de fato, sangue fora encontrado. O sangue de Emma Valentine. Nenhuma revelação aí, apenas comprovação.

Apollo entrou, mas hesitou para acender a luz. Sua mente voltou, de todos os lugares, à noite em que Emma dera à luz Brian em um trem da linha A. Não ao jantar com Nichelle, nem à negociação com os dançarinos, mas ao momento em que a cabeça do filho – ainda protegida pela bolsa amniótica – encostara nas mãos abertas de Apollo. Naquele momento, pouco antes de seu filho deslizar para fora e a bolsa estourar sobre as mãos dele e sujar o chão. Aquele tempo lento em que a criança existia em dois mundos ao mesmo tempo – realidade e eternidade –, e como Apollo e Emma estavam os dois em contato com o menino naquele instante; também eles, em certo sentido, tinham deslizado entre os dois mundos. A família toda estava Aqui e Lá. Juntos. Um momento de conto de fadas, do tipo antigo, quando tais histórias eram feitas para adultos, não para crianças. Apollo pôs-se na penumbra do quarto e sentiu-se daquele jeito. Se estendesse a mão naquele momento, achava que sentiria a fina membrana no ar como uma cortina que ele poderia abrir. Aqui e Lá.

O que encontraria do outro lado? O que o encontraria?

Então, Lillian acendeu a luz.

— Sinto muito — disse ela quando ele se virou para olhá-la. — Acordei com a sensação horrível de que você tinha desaparecido.

Com a luz acesa, o quarto retornou à realidade, voltou a ser simplesmente monstruoso. Que alívio que a polícia levara o berço, bem como os cacos de vidro. De alguma forma, fotos do berço tinham vazado na internet. Quem tinha feito isso? Alguém da polícia? Alguém do laboratório? Apollo estava no hospital quando as imagens do berço apareceram nos noticiários locais. No momento em que ele compreendeu o que estava vendo, uma enfermeira desligou a televisão.

O quarto de Brian parecia estar quase dez graus mais frio que o resto do apartamento. A tábua na janela mal segurava o frio lá fora. Havia insetos no quarto, moscas. Alguns voavam preguiçosamente, enquanto outros subiam pelas paredes. Lillian saiu e voltou com um mata-moscas amarelo.

Apollo saiu e voltou com uma vassoura e uma pá de lixo. Queria tirar do quarto aquelas pegadas, apagar todos os estranhos que pisotearam ali. Havia estantes de livros que tinham sido usadas para armazenar o estoque da Improbabilia antes de Brian nascer. Depois de Brian, os livros ficavam armazenados no porão, e nas estantes estavam todas as roupas de segunda mão, os brinquedos e os itens do bebê. Uma caixa de fraldas de dia e um pacote de fraldas noturnas – as duas de tamanho P – estavam em uma prateleira.

Emma tinha comprado gavetas de plástico para as roupas mesmo antes de o bebê ter nascido e passava horas separando-as. Ali estava a prova. Caixas rotuladas como "Macacões 0-6 meses", "Calças de moletom 0-6 meses" e "Jeans 0-6 meses". Uma outra série das mesmas roupas de 6 a 12 meses. "Suéteres", "Meias", "Chapéus e cachecóis", "Babadores", "Lenços". Uma velha lata de café amarela e laranja da Café du Monde continha umas dez chupetas que nunca tinham sido usadas, porque Brian se acalmava até dormir apenas chupando o dedão. Ao lado da lata na prateleira havia um livro sobre como e quando desmamar do dedão. Emma organizara tudo aquilo. Ela arrumara o ninho com o melhor, preparara as boas-vindas para o menino. Como aquela mesma mulher havia transformado o quarto em cena do crime?

O exemplar de *Lá fora, logo ali* também estava na prateleira, bem ao lado do livro sobre sucção de polegar. Apollo pegou-o. Planejara ler aquele livro para o menino toda noite, mas quantas vezes realmente tinha feito isso? Nenhuma. Ele recitara de cor naquela manhã, no porão de Riverdale, mas havia uma magia diferente na ideia de ler para ele. Ensinar seu filho a amar um livro. Virar as páginas até que Brian tivesse idade suficiente para fazê-lo sozinho. Ler as palavras em voz alta até que Brian não precisasse de ajuda. Sentar-se ao lado do filho, os dois absortos em suas histórias. Ele sonhou acordado com isso desde o dia em que trouxe o bebê para casa, mas por seis meses ele ficou tão cansado e desgastado que a leitura não havia acontecido nenhuma vez. Pois não fazia sentido ler para uma criança de seis meses. *Haveria tempo. Haveria tempo.* Foi o que ele sempre achou. Apollo abriu o livro e o folheou.

Atrás dele, Lillian batia o mata-moscas contra a parede, fazendo um leve estalido.

— *Você vem comigo* — disse Apollo.

Atrás dele, Lillian parou de matar insetos.

— O que você disse aí? — perguntou Lillian. O chão de madeira rangeu quando ela deu um passo na direção dele.

Ele se afastou do armário.

— Essa foi a última coisa que eu disse a Brian.

— Por que você falou isso para ele? — quis saber Lillian.

— Comecei a ter aquele sonho de novo — respondeu Apollo. — Aquele antigo, lembra? Logo depois que Brian nasceu.

— Eu não sabia. Por que não me falou nada?

— Por que eu falaria? É só um pesadelo antigo.

Sua mãe começou a chorar.

— Acho que tenho algo para te contar — disse Lillian.

39

Apollo Kagwa precisava de um esfregão e um balde. Apesar de serem quase duas da manhã, ele precisava limpar o piso de madeira do quarto de Brian imediatamente. Ele saiu do quarto antes que Lillian pudesse dizer qualquer coisa. Foi até a cozinha e encontrou o esfregão no armário e um balde embaixo da pia, até mesmo um frasco de limpa-madeira Seventh Generation meio cheio. Ele foi da cozinha ao banheiro, colocou o balde na banheira. Ele fugiu da mãe. Não sabia por que, mas percebeu que o que quer que ela tivesse para dizer era algo que ele não queria ouvir. Mas aonde ele poderia ir?

Lillian alcançou-o quando ele se sentou na borda da banheira. Ela parou no corredor, observando-o através da porta, com braços cruzados e cabeça baixa.

— Eu estava trabalhando na Lubbick and Weiss havia apenas onze meses — começou ela. Pigarreou e falou mais alto. — Eles ofereciam um bom plano odontológico. Você tinha acabado de completar quatro anos, e já era hora de começar a ir ao dentista. E eles ofereciam um excelente plano oftalmológico. A vovó teve glaucoma e só tinha quarenta anos, então fiquei preocupada que pudesse acontecer comigo. Me sentia muito feliz por estar naquele emprego. Ficava no centro da cidade, então eu podia pegar o trem direto das sete e andar seis quadras até o escritório.

Apollo ligou a torneira de água morna e deixou que ela enchesse o balde.

— Mas um dos advogados, um homem chamado Charles Blackwood, começou a ficar tempo demais na minha mesa. Eu sabia o que aquilo significava. E algumas das outras garotas me alertaram que ele era persistente. Eu diria que era implacável. Ele me lembrava de seu pai, só que sem a doçura. Nos deu ingressos para ver um show uma vez. Você lembra qual? No Shea Stadium. The Police e... quem mais? Joan Jett and the Blackhearts. Era isso.

Apollo não disse nada, apenas observou o balde se encher.

— Por que ele achou que eu gostaria daquele tipo de música? Eu não sabia quem eram aquelas pessoas. Tudo do que eu realmente me lembro é que era barulhento. Havia tanta gente branca. E todos estavam bebendo. Acho que era para eu ir com ele, mas, em vez disso, eu levei você. Naquela noite, nós dois dormimos mal.

Enquanto a água corria, Apollo agarrou o limpa-madeira e leu a lista de ingredientes. Lauril sulfato 6 e óleo de *Coco nucifera* orgânico e caprililo/decil glucosídeo. Ele continuou a leitura, embora a lista de ingredientes estivesse ficando cada vez menos pronunciável. Lillian Kagwa talvez se sentisse obrigada a lhe contar aquela história, mas não significava que ele tivesse de ouvi-la. Por que ele tinha tanta certeza de que não queria ouvir?

— Tentei ser agradável ao dizer não para Charles, mas não se pode ser gentil com alguns homens. Se você for educada, eles acham que você está indecisa. Ouvem seu tom e ignoram as palavras. Isso deixa a vida muito mais difícil para as mulheres, mas eu não acho que um homem desses perceba. Em determinado momento eu precisei dizer para ele com toda clareza que não sairia com ele. Não falei desse jeito. Disse que tinha um namorado. Queria simplesmente ter dito não, mas era difícil ser direta. Disse que tinha namorado e era por isso que não podia sair com ele. E sabe o que ele fez? Ele me obrigou a começar a ir ao escritório nas manhãs de sábado. Ele nem estava lá quando eu ia. Ele não queria me ver. Queria me punir. E o que eu podia fazer? Trabalhando lá há menos de um ano? Eu precisava do emprego.

A água chegou à borda do balde, mas Apollo não fechou a torneira. Ele se voltou para Lillian de novo e abaixou o frasco de limpa-madeira. Ela deixou cair os braços e ergueu a cabeça, encontrando os olhos de Apollo. Ela deu um passo para dentro do banheiro, mas parou ali.

— Durante três fins de semana consegui deixar você com uma das mães no prédio. Geralmente com a família de MJ e Petey. Vocês todos se gostavam, então era fácil. Mas em um fim de semana eu não consegui ninguém para olhar você. Era muito azar ao mesmo tempo. Liguei e expliquei no serviço, mas Charles Blackwood me ligou em seguida, pessoalmente, de sua casa em Connecticut. Disse que se eu não fosse, ele falaria para os sócios. Sequer disse que causaria minha demissão, mas me lembrou do quanto os sócios gostavam de disciplina na equipe. Briguei com ele. Não podia brigar por mim, mas senti que estava brigando por você, e por isso fiquei destemida. Por fim, acabei com a conversa dizendo que iria em meio-período. Das dez à uma. Ele não aceitaria menos. Desliguei o telefone e me senti completamente perdida. Tentei todo mundo que conhecia. Ou não estavam em casa para atender ao telefone, ou sei lá. Muita gente não tinha secretária eletrônica na época, então nem dava para deixar mensagem. De qualquer forma, não tive nenhuma ajuda. O que eu podia fazer? Quanto mais eu tentava pensar em algo, mais tarde ficava. Então, no fim das contas. No fim das contas. Eu deixei você em casa.

A água transbordou do balde na banheira, correndo para o ralo. Apollo mal ouvia. Nesse momento ele se levantou, encarando Lillian, os dois como pistoleiros rivais.

— Na sala, eu deixei um copinho com leite e dois com água. Deixei torradas com manteiga de amendoim, um saco de pipoca e uma tigela cheia de uvas, eu acho. Naquela época você já estava usando o peniquinho, mas eu botei em você uma fralda noturna, e você não gostou. Você rasgava toda hora, então por fim eu peguei dois baldes plásticos e deixei na ponta do sofá. Foi o que deixou você assustado. Não quando falei que eu estava saindo por um tempo, mas o fato de que você faria o número um e o número dois na sala de estar. Então, liguei a TV. Você me ignorou depois disso. Seus medos desapareceram assim que eu achei seu desenho preferido. *Os Smurfs.* Falei que você podia ver televisão até que eu voltasse. Você me deu um beijo. Eu lembro. Você me deu um beijo. Beijei sua cabeça provavelmente cinquenta vezes. Fechei a porta da sala e tranquei. Fui para o trabalho. Você tinha quatro anos.

Lillian deu mais dois passos para dentro do banheiro, os olhos voltados à torneira da banheira. Ela observava o transbordamento de água em vez de fechá-la. Apollo tinha aberto apenas a água quente, e vapor subia do balde. Lillian encarava o vapor.

— Quando cheguei em casa, você estava dormindo. A pipoca, o leite e uma das águas tinham acabado. As uvas tinham acabado. A torrada com manteiga de amendoim estava caída com a manteiga para baixo sobre o tapete. Um dos baldes tinha xixi nele, e a TV estava ligada. No programa musical *American Bandstand*. Você havia desmaiado no sofá. Estava bem. Nunca me senti tão aliviada em toda a minha vida.

"Mas então, quando o sábado seguinte se aproximou e MJ e Petey iam visitar a família em Nova Jersey, deixei as coisas do mesmo jeito, com você na sala de estar, e eu fui trabalhar em meio-período. Quando voltei, tudo estava exatamente como da primeira vez. Você se saiu tão bem! Aquilo funcionou bem, por isso tornou-se rotina. Eu trabalhava em meio-período aos sábados, e isso parecia suficiente para satisfazer Charles Blackwood. Eu até me senti orgulhosa de você por ser tão autossuficiente. Pelo menos essa era minha justificativa para mim mesma."

Lillian sentou-se na borda da banheira, olhando a água fumegante fluindo para dentro do balde. Ela estendeu a mão e fechou a torneira, viu as últimas gotas caírem. Apollo, ainda de pé, inclinou-se contra a parede, ao lado do toalheiro.

— Mas as coisas mudaram. Você começou a acordar com pesadelos. Gritava que seu pai estava na porta da frente. Dizia que ele tinha vindo buscar você, mas que, em seguida, deixava você para trás. Por que tinha que deixar você para trás? Aquilo me matava.

Apollo sentou-se na privada, assim ficou na mesma altura que a mãe.

— Você está me dizendo que meu pai realmente ia ao apartamento?

— Sim — disse ela tão baixinho que ele praticamente precisou ler seus lábios.

— Era uma lembrança, não um sonho.

— Sim — confirmou Lillian, ainda mais baixo.

Os dois ficaram em silêncio. O excesso de água gorgolejou ao passar pelo ralo da banheira.

— Então, o que aconteceu? — perguntou Apollo, no mesmo volume que o dela.

— Uma tarde, voltei para casa e o encontrei lá — respondeu Lillian. — Não consegui acreditar. Eu o mandei embora.

— Por quê?

Lillian abriu a mão esquerda e apertou o dedo anelar.

— Eu havia pedido o divórcio. Eu estava largando seu pai.

Apollo avançou para o balde de água, derramando quase metade quando o puxou da banheira. Pegou também o esfregão e saiu do banheiro. Voltou ao quarto de Brian e deixou o balde no chão. Sentia que estava fora do corpo, observando a si mesmo. Segurou o esfregão com as duas mãos, erguido a trinta centímetros do piso.

Lillian esgueirou-se para dentro do quarto trazendo cera para madeira. Estendeu o frasco para Apollo.

— Por que você quis se divorciar? — perguntou Apollo.

Ela abaixou a mão, batendo o frasco de limpa-madeira contra a coxa.

— Seu pai era um bom homem. Você viu como ele guardou tudo, ingressos de cinema, um retrato, aquele livro. Conseguia ser romântico de verdade, e isso foi divertido por um tempo. Mas eu precisei colocar você em uma creche aos dois meses para poder voltar ao trabalho. Depois de um dia longo eu buscava você, e seu pai está sentado no sofá assistindo à televisão e me perguntando quando o jantar estaria pronto. O mesmo no café da manhã. Todo santo dia. Então, ele perdeu o emprego e ficou ainda pior. Ficava em casa o dia todo, mas não ajudava. É como se eu fosse casada com duas crianças. Era para isso que eu tinha vindo à América? Para ser empregada?

— Então, foi por minha causa — disse Apollo. — Eu dificultei a relação de vocês. — Ele segurava o esfregão com as duas mãos e se balançava levemente sobre as pernas.

Lillian deixou o frasco de limpa-madeira no chão. Deu um passo para mais perto do filho. Pousou a mão em suas costas e acariciou-as de leve.

— Você é o motivo por que ficamos juntos enquanto ficamos — disse ela. — E você é o melhor produto desse amor. Foi uma escolha que precisei fazer. Deixar Brian foi o que precisei fazer para não afundar.

— E eu? — questionou Apollo. — Eu precisava de vocês dois.

— Eu sei — sussurrou Lillian.

— Tentei a vida toda descobrir como ser um bom homem, e agora você me diz que abandonou um. Quando chegou minha hora de ser pai, eu não tinha nenhum exemplo. Um modelo. Alguém com quem eu pudesse aprender, me comparar. Então, fui obrigado a descobrir tudo enquanto fazia, sentindo como se eu estivesse inventando tudo e errando feio. E olhe como acabou na merda. Por causa de uma escolha que você fez há mais de trinta anos.

Lillian saiu do cômodo. Apollo a seguiu, ainda segurando o esfregão com tanta força que o objeto parecia ter se fundido a suas mãos.

— Fiz o meu melhor — disse ela. — Foi tudo o que pude. — Ela andou pela cozinha, passou para a sala e entrou no quarto de Apollo e Emma. Pôs os sapatos. Caminhou até a sala de estar e pegou sua bolsa no sofá. Pegou o casaco no armário da entrada. Ela abriu a porta da frente e, em seguida, olhou para ele como se ela ainda pudesse receber perdão.

— Por que você não podia deixar que ele pelo menos fizesse parte da minha vida? — perguntou Apollo. — Ele poderia ter ficado comigo semana sim, semana não. Vocês dois nem precisavam se falar. Muitos dos meus amigos tinham famílias assim, e eu os invejava muito!

— Não consegui fazer isso — retrucou Lillian.

— Não estou falando de você! Eu pensava que eu fosse um monstro. Como se algo estivesse errado comigo.

— Como você pôde pensar uma coisa dessas?

— Meu pai me abandonou sem olhar para trás. Era isso que eu pensava. Por que mais ele iria embora, senão por que eu era inútil? E agora descubro que foi porque você fez uma escolha que era boa para você? Talvez ele não fosse muito útil na casa porque tinha perdido o emprego. Você não podia lhe dar um pouco de tempo para ele andar com as próprias pernas? Meu Deus.

Lillian assentiu com a cabeça suavemente e, em seguida, saiu para o corredor. Ela abriu a bolsa, encontrou um cartão e escreveu depressa no verso.

— Este é o endereço de Nassau Knolls — disse ela. — Não precisar ir lá comigo, mas você precisa visitar o túmulo de Brian.

Apollo não se mexeu, por isso ela deixou o cartão no chão. Ele fechou a porta e a trancou. Verificou duas vezes depois de ter fechado. Três vezes. Olhou pelo olho mágico para ver Lillian ao celular pedindo um carro para voltar a Springfield Gardens. Ela ficou no corredor, do outro lado da porta, e ele a observou até o celular bipar que sua carona havia chegado. Apollo foi para a janela de seu quarto e a observou entrar no carro. Eram duas e meia da manhã.

40

Holyrood. Uma igreja episcopal em estilo gótico. Inaugurada em 1914, toda campanários e planejamento acústico. Ficava à sombra do terminal de ônibus da Ponte George Washington. Era a igreja onde Emma queria batizar Brian.

As portas principais da igreja estavam abertas, mas, apesar da luz do dia, o interior permanecia escuro. Apollo entrou devagar. Três mulheres estavam sentadas no último banco, orando em silêncio. Um homem alto, esguio, estava em pé ao lado de uma mesa de folhetos e hinários empilhados. Ele segurava um pequeno celular de flip, teclando nele com raiva.

— Padre Hagen? — perguntou Apollo.

O rosto do homem tinha ficado vermelho. Ele parecia ter lá seus sessenta anos. Seus olhos eram vívidos, os cabelos ralos. Ele olhou para Apollo, exasperado. Fechou o celular com um estalo.

— Pode me chamar de Jim — disse ele. Balançou o telefone no alto. — Estava tentando ligar para você, mas não consegui encontrar seu número. Não sou bom com essas coisas.

Ele deu de ombros como se estivesse acostumado a interpretar o papel do homem um pouco confuso. Seu sorriso perspicaz sugeriu que estava apenas encenando.

— Teve algum problema para nos encontrar? — perguntou o padre Hagen. As três mulheres do banco olharam para trás, interrompendo suas orações silenciosas, e padre Hagen levantou a mão, como se pedisse desculpas. Ele acenou para Apollo segui-lo, então o levou pela nave e por uma porta que dava acesso ao porão.

— Moro aqui perto — disse Apollo. — Não foi difícil encontrar o senhor.

— Sim — disse o sacerdote, como se não estivesse surpreso. Apollo observava o senhor com cautela. Padre Hagen parou na escada e pousou a mão no ombro dele.

— Este é o momento em que eu confesso — anunciou ele. — Eu sei quem você é.

— Por causa dos noticiários.

Padre Hagen abaixou a mão.

— Por causa de sua esposa.

— Emma?

— Ela veio aqui — contou ele. — Queria planejar o batismo de seu filho. Marcou uma reunião para voltar com você. E com Brian.

Apollo recostou-se no corrimão da escada, mas se sentia como se pudesse tombar para trás e cair lá embaixo.

— Me lembro disso.

Padre Hagen observou Apollo. O padre tinha um olhar de basset hound, aquele rosto contraído e a sensação de tristeza nos olhos.

— Ela parecia estar com problemas — disse ele. — Mas eu nunca imaginaria que... Eu teria tentado ajudar se tivesse entendido.

Então foi a Apollo quem tocou no ombro do padre Hagen.

— O senhor não tem culpa.

Padre Hagen tocou sua testa levemente e sorriu.

— Queria ter podido ajudá-la. É isso.

Os dois homens ficaram parados, de braços cruzados, pairando entre a igreja e seu porão. Apollo sentiu-se engasgado com um surto de raiva. Queria tê-la ajudado? Todas as pessoas com quem simpatizar na família de Apollo, e o padre escolheu Emma? Mas tudo bem, tudo bem, bem, bem, não fazia sentido brigar com o homem. Só seguir em frente.

Apollo tirou uma folha de papel dobrada do bolso.

— O senhor precisa assinar isto aqui — disse ele. — Para minha liberdade condicional.

Padre Hagen pegou a folha e observou-a.

— Ficarei feliz em assinar, mas por que não fazemos isso depois da reunião?

Padre Hagen desceu as escadas.

— Recebemos os Sobreviventes pelo menos quatro ou cinco vezes por ano, então virei amigo de Alice. Quando estávamos planejando a próxima data, ela mencionou que você tinha estado na última reunião na biblioteca. Pedi a ela que viessem nesta semana, embora eu ache que eles tivessem planos de se reunir no centro. Queria conhecê-lo pessoalmente e dizer o quanto lamento por eu não ter podido fazer mais para ajudar sua família.

Nesse momento o padre Hagen abriu uma porta pesada e apontou para Apollo passar.

Eles entraram em uma grande sala comunitária. Ali embaixo, Holyrood servia café e petiscos depois da missa. Festas de aniversário e de comunhão aconteciam ali, e urnas eletrônicas desciam ali para eleições locais e nacionais. Na terça e na quinta-feira de manhã, eles montavam uma cozinha para fazer sopa comunitária no porão – a fila saía pela porta e percorria o quarteirão. Mas naquela tarde o lugar fora reservado para os Sobreviventes. Mais de uma dúzia de cadeiras, mais de uma dúzia de Sobreviventes dessa vez. Quinze. Dezesseis agora que Apollo tinha chegado.

Quando o padre Hagen entrou no salão, uma mulher mais velha e pequena se aproximou dele, sussurrando.

— Falaremos disso mais tarde — disse ele suavemente. — Prometo.

Alice percebeu o olhar de Apollo e acenou para uma cadeira vazia. O velho de barba grisalha estava lá. Seu nome era Julian e ele morava no Bronx. Apollo reconheceu alguns outros, mas não todos eles. Não importava. Ele era novo na semana passada, e agora era a vez deles.

— Quero dar as boas-vindas a todos os recém-chegados — disse Alice quando finalmente começou. — Estou feliz por vocês terem conseguido vir hoje. Sei que mudei o local na última hora.

Uma mulher de meia-idade – novata – sentada a dois lugares de distância de Apollo levantou um pouco a mão.

— Soube na página do Facebook — contou ela. — Minha terapeuta me falou sobre o grupo.

— Ah, ótimo — disse Alice. — Você pediu para entrar no grupo? Ou só curtiu? Quando fiz a página, acho que fiz errado. Quem quer curtir os Sobreviventes?

Julian ergueu a mão.

— Eu curti.

Alice sorriu.

— Obrigada, Julian. Também curti. — Então, ela olhou ao redor da sala. — Aliás, eu sou Alice. Esqueci de me apresentar. E... o senhor?

Outro novato, um cara pançudo de cinquenta anos, tinha tirado o celular do bolso, os olhos vidrados enquanto tocava a tela. Ele olhou para Alice.

— Sem celulares durante a reunião — disse ela com frieza.

Ele mostrou a tela.

— Desculpe! Fui curtir agora. — Ele olhou para o grupo ao redor. — Se não fizer isso agora mesmo, eu esqueço. — Ele bateu na tela uma vez mais e, em seguida, botou o celular no bolso. — Desculpe.

Alice inclinou-se na direção dele.

— Obrigada. Fico feliz que tenha curtido. Por que não fazemos uma sessão de apresentação? Vocês não precisam falar, mas gostaríamos de conhecê-los. Se você está aqui, então é um Sobrevivente também.

A mulher de meia-idade falou de novo, pouco mais que um murmúrio inaudível.

— Desde que minha filha se foi, tem sido difícil para mim.

— Meu pai costumava ler para mim quando eu era bebê — disse Apollo.

Do que ele estava falando? O que isso tinha a ver com o crime de Emma? Com sua recuperação?

— "Quando papai estava longe, em alto-mar'" — entonou Apollo. Ele continuou a partir dali, recitando as palavras até a parte em que Ida vira as costas para o bebê e os duendes, pequenas criaturas sem rosto usando mantos púrpura, se esgueiram através de uma janela aberta.

Então, ele parou por um momento, porque tinha perdido o fôlego. O celular vibrou duas vezes em seu bolso. Apollo não se importou em verificar. Olhou ao redor do grupo. Eles ficariam ali embaixo falando por cinquenta minutos.

— É um livro de Maurice Sendak — disse Apollo.

— *Onde vivem os monstros*? — perguntou Julian. — Esse cara?

— É dele. Mas esse não é tão bonitinho. Se chama *Lá fora, logo ali.*

— Por que ele lia esse? — perguntou Alice. — Mesmo esse pedacinho que você recitou parece assustador. Ninguém *está* cuidando do bebê.

Então, o salão inteiro ficou silencioso. Talvez todos estivessem considerando as implicações do que Alice tinha acabado de dizer. Apollo certamente estava.

Ninguém está cuidando do bebê.

Cada pessoa no salão habitava uma tristeza própria. O grupo caiu em um estado meditativo, em silêncio e oração.

Então, o celular de Apollo vibrou mais uma vez no bolso, e ele se empertigou, embora o som estivesse desligado. Olhou ao redor, quase desesperado, mas ninguém pareceu notar. O aparelho tremeu de novo. E de novo. Não eram ligações, mas sim uma série de mensagens de texto. Apollo olhou para Alice, cujos olhos estavam fechados, como se ela fizesse algum exercício respiratório na cadeira.

Enquanto observava, Apollo tirou o celular do bolso e o segurou na palma da mão, ao lado da coxa. Quatro mensagens apareciam na tela, uma depois do outra:

Já encontrei um comprador para o livro!

Queria falar de preços pessoalmente.

Disse para ele que você estava na igreja.

Venda.

Apollo não teve tempo para imaginar como Patrice soube que ele estava ali. Naquele momento, ele passou os olhos pelo salão tentando descobrir se uma daquelas pessoas era o comprador. Esperava que não. Imagine contar tanta história pessoal antes de tentar fazer uma venda. Ele desejou que o próprio Patrice fizesse a negociação. Mas se Dana ligou para Lillian para manter Apollo vivo, então aquele devia ser o jeito de Patrice de fazer o mesmo. A reunião já durara 45 minutos naquele momento. Mais cinco e terminariam, aí ele poderia ligar para Patrice.

— Eu vi minha filha no computador.

E por falar em tranco. A voz, e a frase, fez com que todos na sala se virassem de uma vez. Apollo ficou tão surpreso que deixou cair o telefone nesse momento. Ele caiu com a tela para baixo com um estalo. Rapidamente ele olhou para Alice, que olhou o celular, depois o encarou com raiva, em seguida olhou para ver quem falava, tudo dentro de cinco segundos.

— Liguei meu laptop, e lá estava ela. A minha menininha. Uma foto dela, saindo para o parque com os avós.

A mulher de meia-idade que tinha falado antes, aquela que tinha mencionado a página de Facebook dos Sobreviventes, era quem falava agora. Ela estava a duas cadeiras de distância de Apollo, mas ele não tinha a olhado de verdade até aquele momento. A mulher era tão magra que parecia não ter comido nada por séculos. Seu cabelo estava todo puxado para trás em um rabo de cavalo meio bagunçado, e seu rosto exibia rugas na testa, ao lado da boca e no canto dos olhos, mas talvez fosse mais nova que Apollo. Seu rosto não era de uma idosa, mas de uma pessoa sofrida. Enquanto falava, ela se virou para Apollo.

— Mas quem tirou a foto? — Ela parecia estar perguntando diretamente para ele.

Ela enfiou a mão no bolso e, por instinto, várias pessoas no grupo se curvaram nas cadeiras, como se ela estivesse prestes a puxar uma arma. Em vez disso, ela tirou uma folha de papel embolada.

Padre Hagen lançou um olhar rápido para Apollo, em seguida de volta para a mulher. Quando ele falou, pareceu completa e incrivelmente casual. Como um homem mais do que acostumado com figuras destroçadas.

— Uma vez eu abri meu Gmail — padre Hagen disse para ela — e vi um anúncio na lateral da página. O anúncio me chamava pelo nome e dizia: "Jim, achamos que você merece férias na Costa Rica". E eu me perguntei como eles sabiam que eu gostava de ser chamado de Jim, pois meu nome é Francis. James é meu nome do meio.

A mulher tirou os olhos de Apollo e os voltou ao padre Hagen. Um rápido olhar perplexo cruzou seu rosto, como se fosse o padre Hagen o maluco ali. Ela desenrolou o papel, tão amassado e dobrado que mais parecia um pedaço de pano.

— A foto foi tirada do outro lado da rua, pela janela de algum apartamento — disse a mulher baixinho. Ela não estava mostrando o papel para eles; ela mesma o olhava. — Quem estava tirando fotos da minha filha de lá? Nós nem moramos na frente daquele parque. Minha mãe e meu pai a levavam lá para brincar.

Apollo sentiu um arrepio. As outras pessoas na sala pareciam estar se movendo na metade da velocidade, o mundo todo em câmera lenta. Alice, Julian, padre Hagen, o restante deles – todos olhando para ele, ou era só impressão?

— Havia mais fotos — continuou a mulher. — Outros lugares e dias, mas sempre que tentava mostrar uma para Gary, elas sumiam. Desapareciam. Apagadas dos meus e-mails. Quem conseguia fazer isso? Tive o impulso de dar um print da tela assim que vi esta daqui. É a única prova que tenho.

Ela se inclinou para a frente agora, encarando a página como se pudesse mergulhar dentro dela.

— Mas quando olhei com cuidado, percebi outra coisa. Essa menina na foto. Não é minha filha. Essa não é Monique.

Padre Hagen aproximou-se dela. Ele pousou a mão na pessoa na cadeira ao lado dela. O sacerdote fez o homem se levantar e sair do caminho, mas não tocou na mulher. Ele se sentou ao lado dela e falou com uma voz baixa demais para Apollo ouvir.

— Eu falei tudo isso para Gary, e o senhor sabe o que ele disse? — A mulher olhou por cima do papel, de novo, para Apollo. — Ele me disse para tomar remédios. Eles levaram a minha filha, e ele me chamou de puta louca.

Apollo precisava sair. Dar no pé. Uma sensação de asfixia o ameaçou. Ele estendeu a mão para o celular, mas teve que tatear ao redor, porque a mulher havia capturado o olhar dele.

— Tive que encontrar ajuda sozinha — contou ela. — Encontrei com outras mães, claro. As sábias. Cal me disse como recuperar minha filha. Cal me disse o que fazer. — Os olhos dela se abaixaram, e ela se inclinou para a frente. — Mas não sei se consigo.

Apollo se levantou, apontando.

— Essa mulher vai matar o bebê dela.

Padre Hagen olhou para ele.

Apollo estava apontando diretamente para o padre agora.

— Se você não chamar a polícia, ela vai voltar para casa e matar o bebê. Você não vai poder dizer que não sabia desta vez.

Suas palavras tinham a força da revelação. Ele não conseguia ficar naquele salão, naquela igreja. Ele avançou para a porta do porão. Atrás dele, a mulher soluçava.

— Não é um bebê — murmurou ela.

41

— Não me obrigue a perseguir você!

Apollo debandou pelo quarteirão como um rato da cidade. Ele não olhou para trás até que chegou à Amsterdam Avenue. Ele não podia fugir mais a leste. A ilha de Manhattan estava terminando. Além do rio Harlem se via o Bronx. O céu grande e vasto da noite encolhia aquele distrito até seu horizonte de prédios populares parecer estranho. Ele imaginou se conseguiria atravessar a nado.

— Não me obrigue a perseguir você!

Apollo ouviu a voz de novo e, desta vez, percebeu que era um homem, e não aquela mulher. Ele parou na esquina da Amsterdam com a 179th Street e deixou o homem o alcançar. Ele o reconheceu. Ele estava em Holyrood também. Era o cara pançudo, aquele que fora flagrado usando seu celular.

— Você é rápido — disse ele quando finalmente o alcançou —, e eu sou velho. Meu nome é William. — O homem não estendeu a mão direita para cumprimentar, porque estava segurando o celular. A mão esquerda tremia enquanto ele a apertava contra a barriga, que subia e descia. — William Wheeler — disse mais alto. — Patrice me mandou aqui. Patrice Green? Quero comprar o livro.

Comprar o livro.

Apesar do que ele e Patrice haviam discutido na noite anterior, nenhuma frase em todo o idioma parecia mais estúpida naquele momento.

— Então compre a porra do livro — falou Apollo. — Por que você precisava vir me ver?

Aquele homem – William Wheeler – levou a mão ao peito em choque, como se usasse um colar de pérolas.

— Bem, não insisti. Quer dizer, sinto muito, mas foi Patrice que me disse para vir até aqui. Se tiver que xingar alguém, ligue para ele, mas com certeza eu não mereço. — Ele soltou a mão e enfiou o celular no bolso, levantou as calças e endireitou a postura. Ele se afastou de Apollo, que o observou ir embora. O homem deu cerca de cinco passos antes de parar e olhar para trás.

— Mas eu realmente gostaria de comprar aquele livro — falou com um sorriso acanhado.

A meio quarteirão de Holyrood, eles conseguiram ver as luzes da ambulância. Apollo parou e observou, e William Wheeler ficou em silêncio também. Apollo reconheceu alguns dos Sobreviventes em pé em um pequeno grupo na calçada, conversando um com o outro e apontando para o porão da igreja. Por fim, o padre Hagen apareceu, depois dois paramédicos e dois policiais. Escondida entre quatro uniformizados estava uma mulher magra. Estava algemada com as mãos para a frente. Todos aqueles homens a levaram para a ambulância e a ajudaram a entrar.

— Não achei que eles chamariam alguém — disse Apollo.

— A cena foi bem ruim — sussurrou William como resposta.

Wheeler se ofereceu para pagar o jantar de Apollo, mas, em vez disso, Apollo sugeriu um café. Atravessaram a rua e caminharam na direção da Broadway – havia uma Dunkin' Donuts na 178th Street. Enquanto eles caminhavam, Alice ergueu os olhos. Ela o viu? Ela deu um leve aceno, mas talvez estivesse apenas esticando o braço. Julian estava ao lado dela; ambos conversavam e olhavam ao redor. Talvez estivessem pensando nele, se perguntando aonde tinha ido. Ele escreveria para eles mais tarde, na página do Facebook. Por hora, ele falsificaria a assinatura do padre Hagen ou a de Alice – ele sabia como era a dela. Por que não tinha pensado em fazer isso desde o início? Contanto que ele aparecesse com o papel assinado, seu agente de condicional ficaria de boa. O homem tinha uma centena de outros ex-condenados para cuidar. Assim, Apollo foi com William. Para Apollo, voltar à ativa era a melhor maneira de sobreviver.

Dentro da Dunkin' Donuts, a maioria dos lugares já estavam ocupados. Gente sozinha, em grande parte. Quase todos homens. À noite, o lugar tinha uma aura de cela de detenção. Muito menos lotada que as de Rikers. Encontraram a última mesa vazia. Wheeler sentou e varreu a sala com os olhos como uma câmera de circuito fechado. Os trabalhadores atrás do balcão – todos bengaleses – conversavam entre si em voz alta, casualmente, mas seus olhos vidrados e inchados revelavam seu esgotamento. Wheeler enfim voltou para Apollo.

— Nunca estive tão a norte de Manhattan.

— O melhor frango assado de Nova York está na 175th Street — disse Apollo. — No Malecón.

Wheeler fez que sim com a cabeça e sorriu como faz uma pessoa ao saber de algo que nunca vai provar. Ele perguntou se Apollo queria café e, antes que Apollo pudesse responder, Wheeler foi até o balcão para comprar um café para cada. Conversou com a caixa, que observava os lábios dele se moverem com grande concentração enquanto ela traduzia e tentava dar o troco.

— Então, passei algum tempo no telefone com Patrice esta manhã — contou Wheeler quando retornou com os cafés. — Ele serviu no Iraque, você sabia?

— Sim — respondeu Apollo.

— Claro que eu agradeci pelos serviços prestados por ele — disse Wheeler.

— Ele ama isso — comentou Apollo, tentando não rir.

— Bem, eu falei de coração — disse Wheeler com seriedade, e a risada de Apollo murchou. O homem era franco, e Apollo não queria zombar dele por isso.

— Então, você deve mesmo adorar a Harper Lee — comentou Apollo.

Wheeler meneou a cabeça de leve, tomou dois goles do café, meneou a cabeça de novo.

— Vou ser totalmente sincero com você — falou ele. — *O sol é para todos* é um dos livros que li por prazer. E só há dois que li por prazer. — Ele se recostou na cadeira. — Deve parecer bem idiota para um homem com seu trabalho.

Apollo tocou a lateral da xícara de café distraidamente.

— Você ficaria surpreso com quantos livreiros não são leitores. Não é romântico dizer isso, mas para um monte desses caras, os livros são apenas objetos para vender. Conheci algumas pessoas que ficam doidas falando sobre o estado de um livro. Que tipo de guarda ele tem. Se é costurado ou apenas colado. Se tem um encarte ou suplemento. Mas se você perguntar sobre o que o livro é de verdade? Seis em cada dez não têm a mínima ideia e agem como se você fosse idiota por pensar que isso importa.

Wheeler levou a xícara de café ao lado de sua cabeça e a bateu contra a têmpora.

— Bum — disse ele. — Você acabou de me revelar uma bomba.

Eles conversaram assim por um tempo. Wheeler se mostrou um curioso. Achava um fascínio infinito no negócio do livro. E Apollo ficou feliz em falar sobre alguma coisa, qualquer coisa, que não girasse em torno de sua dor. Era até possível dizer que Apollo estava se divertindo com Wheeler.

— Já bebemos juntos — disse Wheeler. — É um sinal de confiança.

Apollo olhou ao redor da Dunkin' Donuts. Wheeler falava tão alto, sem nenhuma vergonha, que parecia infantil. Apollo espiou os homens solitários que ainda estavam sentados junto às janelas e flagrou dois deles olhando Wheeler de soslaio. Apollo estava sendo paranoico ao pensar que o comportamento de Wheeler de repente o fazia parecer uma vítima fácil? O tipo de pessoa que eles poderiam seguir lá fora e roubar seu celular e carteira? Provavelmente era paranoia, mas Apollo garantiu que todos os homens vissem que ele estava *de olho neles*. Dizendo a cada um deles, em silêncio, *Ele está comigo*.

— Você me contaria onde encontrou o livro, não é? — perguntou Wheeler, engolindo mais café. — Me conte como tudo aconteceu.

Eles já estavam ali fazia meia hora. Aonde mais Apollo iria? Ele lhe contou sobre a casa em Riverdale.

— Imagine se você tivesse desistido depois de seis caixas — disse Wheeler, recostando-se para trás em sua cadeira e balançando a cabeça em admiração.

— Eu não teria desistido — afirmou Apollo. — Não com uma criança para alimentar.

Nesse momento, Apollo parou de falar e endireitou o corpo. Trinta minutos haviam se passado sem um pensamento em Brian. Um novo recorde. Ele percebeu que tinha sido um alívio, mas talvez também uma traição. Por que ele ficaria sem aquela dor? O que lhe dava o direito de se divertir?

No entanto, Wheeler entendeu errado aquele momento. Ele sorriu enquanto colocava o celular sobre a mesa.

— Tenho duas filhas, sei como é.

Ele abriu o celular, encontrou o aplicativo de fotos. Um estoque ilimitado de fotos de duas crianças, sem dúvida lindas – e vivas – estava prestes a ser revelado. A ingenuidade de Wheeler, sua doçura, estavam prestes a se transformar em surdez. O homem não tinha ouvido Apollo falar na terapia de grupo? Não tinha visto a história de Apollo em todos os noticiários?

Em um instante, Apollo pensou na maneira como Wheeler vinha falando com ele esse tempo todo. Nenhuma sensação de trepidação, nenhum tom de grande preocupação ou condolências. Com um pequeno suspiro, Apollo percebeu aquele cara talvez não soubesse quem ele era. Na terapia de grupo, ele havia falado sobre o livro infantil que Brian West costumava ler para ele. Talvez Wheeler pensasse que Apollo era apenas um cara com sérios problemas com o pai. O que também era verdade. Mas isso só fez com que gostasse mais de Wheeler. Ele não sabia de nada sobre a história de Apollo, ou pelo menos não se importava muito. Só queria comprar um livro raro. Talvez fosse isso que Patrice quisera dizer quando contou que gostava de Apollo por ele não dar a mínima para o serviço militar. Cada ser humano é uma série de histórias; é bom quando alguém quer ouvir uma nova.

"Eu vi minha filha no computador." Wheeler balançou seu celular.

— Ai, caramba — disse ele. Não tinha aberto fotos de suas filhas saudáveis; em vez disso, acessara o arquivo mais recente na galeria, um vídeo. Era de apenas uma hora antes.

"Liguei meu laptop, e lá estava ela. A minha menininha. Uma foto dela, saindo para o parque com os avós."

— Me desculpe! — disse Wheeler, sacudindo o celular.

Wheeler foi para a tela inicial e desligou o celular, mas Apollo afastou a mão dele. Puxou o aparelho para baixo para que Wheeler o pousasse sobre a mesa. A imagem estava ruim, eram apenas borrões. Wheeler devia ter feito o vídeo com o celular ao lado da perna. Apollo já tinha esquecido quase tudo o que a mulher dissera. Tudo, exceto as últimas quatro palavras. *Não é um bebê.* Nesse momento, sentiu um fascínio mórbido crescendo enquanto esperava que ela as repetisse.

Outra mudança da câmera enquanto Wheeler se levantava da cadeira e recuava para um canto, e agora a câmera flagrou a cena: o padre Hagen avançando na direção da mulher. Os outros Sobreviventes olhando em choque. *Uma vez eu abri meu Gmail*, ele começou.

— Não sei por que eu gravei isso — disse Wheeler. — É um hábito ruim, eu sei. A primeira coisa que faço quando algo estranho acontece é pegar meu celular. Sinto muito. Vou apagar.

Wheeler abafou as palavras do padre Hagen contando a história do Gmail.

— Espere — disse Apollo e se inclinou para mais perto do celular. Wheeler fez o mesmo.

Tive que encontrar ajuda sozinha. Encontrei com outras mães, claro. As sábias. Cal me disse como recuperar minha filha. Cal me disse o que fazer. Mas não sei se consigo.

De repente Apollo tocou a tela para parar o vídeo. Aquele foi o momento em que ele se levantou de uma vez.

Essa mulher vai matar o bebê dela. Ele não queria ver a si mesmo dizendo as palavras. Seria como se estivesse falando de Emma.

Wheeler, vendo a dor de Apollo, virou o celular com a tela para baixo.

— É um hábito estúpido — disse ele. — Sinto muito. Sinto muito.

Apollo encolheu-se na cadeira.

Wheeler bebericou seu café calmamente.

— Quem é Cal?

— Não sei — respondeu Apollo.

Os dois ficaram em silêncio por mais um minuto. Apollo reproduziu as palavras da mulher na cabeça outra vez.

— "As sábias" — disse Apollo. — Você ouviu isso?

Wheeler pegou o celular e tocou na tela, concentrado. Alguns segundos se passaram enquanto seus olhos corriam pela tela.

— Ah — ele disse baixinho. Olhou por sobre o celular, encontrou o olhar fixo de Apollo, e abaixou os olhos de novo, quase envergonhado.

— Encontrou alguma coisa? — perguntou Apollo. — Me diga.

— "Nas aldeias eram invariavelmente uma ou duas 'sábias'." — William olhou para a frente. — É de um livro.

— Mas diz o que significa "sábias"?

Wheeler abriu a boca e a fechou, apertou os lábios e, em seguida, virou o celular para Apollo.

Apollo pegou o aparelho e leu na tela.

— Para com isso — disse ele. — É de verdade?

Wheeler desviou o olhar, como se tivesse dado de cara com a bagunça de alguém e se sentido envergonhado demais para falar dela.

Apollo olhou para a tela e leu a palavra de novo.

— Sábias.

Bruxas.

5

AS SÁBIAS

42

— Bem, isso é só bobagem. Você sabe disso, certo?

Patrice e Apollo estavam juntos em uma plataforma na estação Jamaica da Long Island Rail Road. Estavam à espera de um trem para Long Beach, em Nassau County, que chegaria em seis minutos.

— Ele queria que levássemos o livro para ele — explicou Apollo. — E quando um cara concorda em pagar setenta mil dólares por um livro, sem dúvida eu vou pegar um trem para levar o livro até ele. — Ele levantou as sobrancelhas para Patrice. — E você vai também.

Patrice balançou a cabeça. Embora fosse o maior entre eles, seu movimento fez com que ele parecesse menor, mais jovem. À distância, eles pareciam um pai e um filho repreendido.

— Sinto como se fôssemos dois traficantes indo fazer uma venda.

— Traficantes não fazem embrulho para presente — retrucou Apollo.

Ele abriu a bolsa em que estava o livro e retirou-o. O exemplar fora embrulhado à perfeição em um papel que tinha uma estampa silkscreen ornamentada com uma padronagem de medalhões dourados. Apollo tinha até feito um laço.

— Que merda afrescalhada — disse Patrice, apontando para o pacote. Em seguida, ele se inclinou mais para perto e tocou suavemente o papel de presente. — É da Kate's Paperie?

— Caraca, isso mesmo. Se chama Papel Yuzen, Medalhões de Ouro.

Patrice fez que sim com a cabeça.

— Essa merda é chique. — Nesse momento, ele olhou para os dois lados. — Mas guarde isso daí antes que vejam dois homens adultos falando sobre papel de presente.

Apollo sentiu a tentação de segurar o livro embrulhado no ar e correr de ponta a ponta na plataforma gritando o nome completo e o endereço de Patrice. Porém, com a sorte que ele estava, ele faria aquela brincadeira e tropeçaria, e o livro voaria de suas mãos e cairia nos trilhos, onde seria esmagado por um trem. Ele pôs o livro de volta na bolsa. Então, os dois voltaram a ficar em silêncio na plataforma. Apollo não tinha mencionado nada com Patrice sobre a mulher da igreja, Cal ou as Sábias. O que ele diria? Nem ele mesmo sabia o que pensar sobre isso.

A estação Jamaica fora reformada em 2006. Novas plataformas, elevadores até o nível da rua e novas escadas rolantes. Uma passarela de pedestres ligava a estação ao AirTrain recém-concluído que seguia para o Aeroporto John F. Kennedy. Uma marquise de aço e vidro erguia-se sobre as plataformas, e assim os passageiros ficavam protegido do mau tempo, mas ainda desfrutavam do ar livre. Dava uma ligeira sensação de ferrovia europeia depois da reforma, uma diferença distinta com relação à estação Jamaica da década de 1980, como Apollo lembrava. Dresden depois do bombardeio e Dresden hoje. Esse era o nível da mudança.

Mas quando olhava em volta, ele ainda conseguia ver as antigas plataformas e, lá no nível da rua, a antiga Jamaica, no Queens. Se sua mãe estivesse com ele, poderia ter visto uma terceira Jamaica, aquela que ela encontrara quando era uma jovem imigrante nos Estados Unidos? Quantas Jamaicas poderia haver? Se alguém tivesse mil anos, se lembraria de quando aquilo tudo era pântano, e a Jamaica Avenue era a Antiga Trilha de Rockaway usada pelos indígenas rockaway e canarsie. E antes disso? Nos anos de 1800, os trabalhadores urbanos que escavavam o fundo do Lago Baisley encontraram os restos de um mastodonte. Uma escultura de mastodonte fora erguida no Parquinho de Sutphin. Todas as histórias contadas ali, uma após a outra, cada uma informando aquele que veio depois. A história não é algo que se conta uma vez, é uma série de revisões.

Seria tão surpreendente que, no passado, também tivesse havido bruxas ali?

O vagão estava quase vazio. Poucos iam a Long Beach à uma da tarde em uma quarta-feira. Lá fora, o Queens passou voando.

— Estou totalmente dedicado a essa venda — comentou Patrice. — Mas pense se esperássemos até a senhora ter morrido. Poderíamos duplicar o que esse cara vai pagar.

— Estamos em 2015 — disse Apollo. — Talvez ela só morra daqui a dez anos. Mas o cara quer comprar agora. Por setenta mil dólares. Comprei esse livro por cem paus. Pense no lucro que já vai dar.

Patrice cruzou os braços, olhando pela janela.

— Se você vai jogar com argumentos racionais, vou parar de falar com você. E talvez ela morra, tipo, no ano que vem, e aí eu vou ficar bem puto porque vendemos tão rápido.

Apollo deu tapinhas no ombro do amigo.

— Isso não vai acontecer.

— Você vai ter que voltar rápido — disse Patrice casualmente. — Tem outra reunião hoje à noite, certo?

Patrice tinha razão. Apesar da fuga para o café com William Wheeler na semana anterior, Apollo planejava ir à reunião dos Sobreviventes daquele dia. Sentia falta deles. Além de seu agente de condicional ter olhado para sua folha de registro de um jeito bem engraçado. Ele não analisou e acusou Apollo de ter forjado a assinatura de Alice, mas o homem encarou a folha de um jeito torto antes de arquivá-la. Havia um aviso no gesto, e Apollo decidiu que não arriscaria novamente. Então, sim, estaria de volta aos Sobreviventes. Ele até tinha entrado na página do Facebook, avisando que iria, para o caso de o agente de condicional bisbilhotar suas atividades on-line.

Patrice olhou seu celular.

— "Clube dos Sobreviventes'" — leu ele. — Reunião no Centro da Comunidade Chinesa de Flushing. Quer o endereço?

— Você é membro? — perguntou Apollo, tão aturdido que a bolsa deslizou de seu colo direto para o chão. Ele nem sequer percebeu.

Patrice estendeu a mão e a pegou.

— Não — respondeu ele. — Mas quando você dá check-in, aparece na página do tributo.

Apollo sentiu como se sua cabeça tivesse sido enfiada debaixo d'água.

— Do que você está falando?

— A página do tributo — disse Patrice baixinho. — Para Brian. — Ele tocou na tela do celular e, em seguida, entregou a Apollo.

— "Tributo ao Bebê Brian" — leu Apollo.

Havia uma página no Facebook dedicada a Brian Kagwa.

Tinha dezesseis mil curtidas.

A página usava a mesma foto de Brian que estava em todos os noticiários. Apollo tirara aquela foto no porão da casa em Riverdale. Quem havia roubado aquela foto de sua página pessoal, para começo de conversa? Que noticiário a vazou? E agora ela estava ali também. As pontas dos dedos de Apollo ficaram mais quentes, como se o telefone o estivesse queimando.

Patrice falou com gentileza.

— Eu curti — disse ele. Depois que ele se ouviu, ergueu as mãos. — Não é que eu curti. Você sabe do que estou falando. Vou calar a boca agora.

Apollo rolou a tela para baixo, lendo muitas e muitas postagens. Ele tinha um monte de apelidos na página do Facebook "Tributo ao Bebê Brian".

O marido enforcado.

O prisioneiro do apê 43.

O pai estrangulado.

Fracasso de pai.

Sr. Meu-Filho-Está-Morto.

Havia alguns mais gentis, claro, mas outros eram ainda piores. Alguns o culpavam pelo que tinha acontecido. Homens e mulheres, membros de todas as raças e regiões dos Estados Unidos, colaboradores internacionais também... todos eles tinham opiniões. Um segmento de cada população que se pudesse imaginar o odiava. Muitos mais desprezavam Emma. Quase todos postaram ao menos uma linha condenando-a a algum tipo de inferno. "O único inocente em tudo isso era a criança." E, embora isso o machucasse, Apollo nem podia contrariar essa opinião.

Apollo rolou a página para cima de novo. Fora iniciada enquanto ele estava no hospital. Quando ele, Emma e Brian tinham virado notícia. Com toda a certeza, alguém começara a página com boas intenções, mas, em seguida, a pessoa ficou ocupada e perdeu o controle. Logo ninguém estava conduzindo aquele trem, e todo mundo estava conduzindo o trem. Algumas pessoas postavam mensagens de amor diretamente para Brian, orações de mais livros sagrados do que Apollo reconhecia. Havia imagens de anjos segurando um bebê que tinha uma vaga semelhança com Brian, e outras de anjos com o rostinho de Brian digitalizado diretamente sobre o corpo. Fotos de Emma e, às vezes, de Apollo, digitalizadas sobre monstros de filmes ou mitos; *Medeia* era uma constante. A imagem de uma lápide com o nome de Emma e a frase "Descanse sem paz".

Por um tempo, lá no início, havia pessoas discutindo o caso o tempo todo, o desaparecimento de Emma, a incapacidade das autoridades para encontrá-la; várias teorias da conspiração sobre como Apollo havia matado os dois e conseguido se safar do crime. Postagens condenando a misoginia e a misandria surgiram por toda a parte. Algumas threads se transformaram em espécies de fóruns de como criar os filhos, nos quais as pessoas discutiam os caminhos errados que Apollo e Emma haviam tomado desde o início. Não ficava claro quais provas qualquer um deles tinha acerca de como Apollo e Emma criavam seu filho, e isso obviamente não importava. Eles tinham sido superprotetores, e foi isso que deu errado. Eram uma casa com dois pais trabalhando, e aí começou toda a confusão. Alguns escreviam sobre sua empatia por Emma, dizendo com clareza que ela havia sofrido de grave depressão pós-parto. Alguns sugeriam – e talvez se pudesse dizer que falavam com alegria pela desgraça alheia – que esse tipo de coisa era incrivelmente comum em lares negros. *Essas pessoas vivem no inferno. Então, agem como demônios.*

— Não acredito nisso — sussurrou Apollo, mas não conseguia parar de ler.

Todo esse tempo – enquanto ele estava no hospital, em Rikers, e mesmo agora, lutando para ter algum tipo de recuperação – ele estava sendo discutido, dissecado e denunciado. Sentiu como lhe tivessem alertado que ele estava andando de bunda de fora, completamente exposto. Era melhor ou pior que ele não soubesse da existência daquela página?

E, então, lá estava a pessoa que tinha começado a página. O administrador. Seu nome era *Harry Cabelo Verde*. Sua página pessoal era claramente feita apenas para aquilo. A foto de perfil mostrava o Grinch sorrindo. Havia somente uma informação (Cidade Natal: Monte Crumpet).

— Por que esse cara faria isso? — perguntou Apollo, tirando os olhos do celular.

Patrice olhou para trás, boquiaberto.

— Pensei que você soubesse da página, meu velho. Eu nunca teria... recebi uma notificação de atividade na página. Quando fui lá, vi que você tinha postado nos Sobreviventes. Imaginei que você estivesse postando na página do bebê Brian, que significava que você sabia.

— Eu não fiz isso — disse Apollo. — Pelo menos não de propósito. Eu estava só tentando disfarçar para o meu agente de condicional.

Apollo precisava parar de falar. Entrar em detalhes técnicos sobre postagens e notificações fez com que ele tivesse vontade de rachar o celular de Patrice no meio da cabeça dele. Falando de Patrice, por que ele curtira uma página daquelas?

Patrice tirou o celular da mão de Apollo e pousou-o com a tela voltada para sua coxa.

Apollo afastou-se de Patrice até seu ombro tocar a janela. Lá fora, eles já tinham saído do Queens e chegado a

Long Island. Os quintais das casas eram ligeiramente maiores, os edifícios comerciais tinham no máximo dois andares.

Dezesseis mil pessoas curtiram aquela página? Para quê? Enquanto o trem passava a toda velocidade por aquelas residências, Apollo imaginava se talvez estivesse vendo lugares onde muitas daquelas pessoas moravam. Talvez o Harry Cabelo Verde vivesse naquela casa ali, estilo Tudor de tijolinhos. Ou na seguinte. Apollo sentiu a respiração sumindo, uma tontura tão séria que talvez fosse desmaiar. Com que ele estivera preocupado vinte minutos antes? Com as merdas das bruxas? Porra de bruxas? Por que se preocupar com bruxas se a internet conseguia conjurar coisas muito piores?

43

A estação de Long Beach tinha um telhado vermelho e paredes brancas com detalhes marrons nos cantos, fazendo-a parecer mais um bangalô mediterrâneo que a última parada da Long Island Rail Road. Era ainda mais incongruente no meio do inverno, quando os ventos frios do Canal Reynolds a norte e do Oceano Atlântico a sul faziam o prédio tremer.

— Aquele é o nosso cara? — perguntou Patrice.

No estacionamento, William Wheeler estava na frente de um Subaru Outback verde de 2003. Seus braços estavam cruzados, e ele observava o asfalto como se estivesse lendo folhas de chá. Por um momento, Patrice e Apollo ficaram no interior da estação, observando-o. Wheeler descruzou os braços e caminhou ao redor do Subaru. Abriu a porta do lado do motorista e tirou uma sacola plástica de supermercado. Ela estava amarrada, e William a desamarrou com urgência.

A sala de espera da estação de Long Beach tinha como trilha sonora um zumbido leve e confuso; o vendedor de bilhetes deixara o microfone ligado enquanto se afastava de sua cadeira no guichê. A sala praticamente pulsava enquanto Wheeler enfiava a mão na sacola plástica. Ele puxou uma garrafa de refrigerante de 1,5 litro.

Da marca Tab.

— Estamos em 2015 — disse Patrice baixinho. — Porra, quem ainda bebe Tab?

Um litro de cerveja teria sido problemático, um litro de gim muito preocupante, mas uma garrafa de 1,5 litro de Tab? Ridículo. A embalagem cor-de-rosa da garrafa havia se descolorado para ficar igual o isolamento de fibra de vidro. Wheeler caminhou de volta para a frente do Subaru e se recostou contra o capô. Ergueu a garrafa e tomou direto do bico.

— Sabe o que é isso? — perguntou Patrice. — Esse é o seu futuro.

Apollo ficou fascinado pela visão do pomo de adão de Wheeler subindo e descendo, subindo e descendo, sua barriga se expandindo e se contraindo enquanto se entupia de Tab. Patrice puxou Apollo pelo ombro.

— Esse é um homem que está vivendo sem uma mulher por um bom tempo — explicou Patrice. Ele passou o braço pelos ombros de Apollo e apertou para enfatizar sua visão. — Não meses, mas anos. Décadas. Um homem que vive sozinho por tanto tempo que esquece como é ser civilizado. Começa a andar pela casa só com uma cueca desbeiçada. Então, um dia, sai para pegar a correspondência com aquela cueca e nem nota. Depois, sai na varanda de casa com uma cueca boxer que deixa a bunda caída, sem camiseta, e fica surpreso quando as pessoas acham que ele parece um ogro.

Wheeler abaixou a garrafa, inspirou fundo pelo nariz e ergueu a garrafa novamente. Bebia com tamanho entusiasmo que um pouco da bebida vazou da boca e correu pelo pescoço. Sua garganta se expandia como uma cobra engolindo um rato.

— Quando o cara vive sem uma mulher na vida, se transforma naqueles caras gordos que usam barbas "interessantes" e postam vídeos raivosos sobre como todo mundo é idiota por não gostar deles. "Mulheres gostam de idiotas." Esse é o mantra de caras com quem ninguém quer mais sair, mas que não estão dispostos a assumir a culpa. Esses filhos da puta são tão retraídos sexualmente que a coisa se esgueira para dentro do cérebro e o apodrece no crânio. E é assim que alguém acaba virando um adulto que enche a cara de *Tab* em um estacionamento em Long Island.

Apollo assentiu com a cabeça, mas a única coisa que sentiu naquele momento foi dó de William Wheeler. Ele tinha convidado Apollo e Patrice para irem até ali e se oferecera para buscá-los, tudo para que ele pudesse ter o privilégio de assinar um cheque de cinco dígitos para eles. E por sua generosidade, Patrice o pagava com escárnio.

Quando ele e seu parceiro saíram da estação, Wheeler acenou para os dois com a mão livre. Deixou a garrafa sobre o capô do carro. Deu dois passos, e a garrafa tombou para a frente sobre o capô e rolou à direita até cair no chão. Espuma marrom se espalhou sobre o capô. Wheeler deu meia-volta e se abaixou, puxando o refrigerante como se fosse uma criança caída. Suas calças eram apertadas demais e seu casaco se ergueu, expondo a cintura carnuda.

— Estou começando a achar que esse cara nunca esteve com uma mulher — disse Patrice.

Apollo não se sentiu obrigado a mencionar as duas filhas de Wheeler. Para quê? Além disso, o vento que cortava o estacionamento fazia bem para Apollo. Talvez rever Wheeler também. Até mesmo um momento embaraçoso como aquele o lembrava daquela noite no Dunkin' Donuts, e Apollo entendeu – como não pôde fazer conscientemente antes – que Wheeler tinha ajudado, de alguma forma, a salvar a vida de Apollo. Ao sair daquela igreja, depois de ouvir as palavras daquela mulher, bem, talvez Apollo estivesse perto de pirar. Então, aquele cara de meia-idade quis se sentar, tomar um café e fechar negócio e, por mais estranho que pareça, aquilo fora suficiente para manter intacta a mente de Apollo.

— Sei mais uma coisa que esse cara não fez — disse Apollo, virando-se para Patrice. — Por mais que você zombe da cara dele, sei que ele nunca curtiu a porra da página de Tributo ao Bebê Brian.

Patrice realmente parou de andar, parou de piscar, parou de respirar. Era como se todo seu sistema nervoso central tivesse dado tilt. Enquanto isso, Apollo continuou andando. Acenou para Wheeler e, quando chegou perto, apertou a mão do homem.

O interior do Subaru tinha um cheiro surpreendentemente doce. O motivo logo ficou claro: dois aromatizadores de carro pendurados no retrovisor. Com cheiro de morango. Do banco de trás, Patrice se esticou e deu um toquinho em um deles com seu dedo longo.

— São das minhas filhas — falou Wheeler. Parecia mais envergonhado com os aromatizadores do que ficara com o Tab.

— Filhas — repetiu Patrice.

— E uma esposa — acrescentou Wheeler quando deu partida no carro.

Apollo não olhou para Patrice para dar um sorrisinho ou zoar. Na verdade, ele evitou olhar para o homenzarrão pelo restante da viagem de carro.

Quando saíram do estacionamento, Wheeler disse:

— Eu costumava chamar cada uma delas de moranguinho. Quando ficavam nervosas, o rosto delas ficava muito vermelho. — Ele sorriu com a lembrança enquanto entrava na East Park Avenue. — Achei que poderíamos sair e conversar navegando — comentou ele, indo para leste. — Parece uma boa para vocês?

— Em uma balsa ou algo assim, sr. Wheeler? — perguntou Patrice. Parecia um pouco deslocado. Seu jeito habitual de se encostar, se inclinar, toda a conversa havia sido esquecida. Agora estava recostado e falava suavemente, ainda censurado pelo que Apollo dissera.

— Não é uma balsa — disse Wheeler, curtindo manter o mistério.

No semáforo, ele virou à esquerda na Long Beach Boulevard, em seguida avançou por uma pequena ponte sobre o Canal de Wreck Lead. Por fim chegaram a uma pista de mão única. Wheeler estacionou na frente de uma casa colonial de dois andares com uma placa pendurada na porta da frente, na qual estava escrito Iate Clube de Island Park. Ele apontou uma série de docas onde cinco pequenos barcos estavam na água.

— "Já esteve em um cockpit antes, Joey?" — perguntou Wheeler.

Apollo conhecia aquela frase do filme *Apertem os cintos, o piloto sumiu*, mas não conseguiu rir, ou mesmo sorrir por educação. No banco de trás, Patrice tinha tirado o celular do bolso e tocado na tela.

Wheeler deu um peteleco nos dois aromatizadores de morango, fazendo-os balançar.

— Estou velho — disse ele e riu. — Só me ignorem. Mas posso pedir a vocês um favor, rapazes? Podem me chamar de William, por favor?

Ele guiou Apollo e Patrice até um barco a vela, um Hunter de 41 pés. Balançava levemente na água, chegando uns cinco centímetros mais perto da doca, depois se afastando cinco centímetros. William entrou no barco com facilidade, mas demorou um pouco mais para Apollo e Patrice. Foram aos pouquinhos.

Enquanto isso, William abriu uma porta e desceu para o interior do barco. As águas cinza-esverdeadas do Canal de Wreck Lead batiam contra o casco. O barco fora batizado de *Brincadeira de criança*.

— Venham — gritou William. — Tenho cerveja aqui.

— Vamos lá ganhar uma grana — disse Patrice a Apollo, tentando parecer alegre.

Apollo não respondeu enquanto descia primeiro do convés.

44

Quando se é convidado para o barco de alguém, o que se pode imaginar? Provavelmente depende de quanto a propriedade de um barco é comum na vida da pessoa. No caso de Apollo, ele não estava esperando que as coisas fossem tão… apertadas. Havia uma cabine de estar, mas a mesa no centro era do tamanho de um tabuleiro de xadrez. Os assentos eram estofados em couro falso vermelho, fazendo parecer um sofá alugado. Havia uma cozinha – pia, fogão, micro-ondas, cafeteira –, mas o espaço tinha mais ou menos o tamanho de um armário e era quase tão escuro quanto um. E o banheiro? Bem, ele fazia a pessoa pensar em como banheiros de avião são espaçosos e confortáveis. O barco de William era um pouco decepcionante.

E no entanto, quantos barcos Apollo Kagwa tinha? Exatamente nenhum. Então, quando se sentou à mesinha com Patrice e William, ergueu a cerveja e disse:

— Seu barco é lindo.

William tomou um gole de sua cerveja e sorriu.

— Vou confessar uma coisa para vocês, porque não sou bom em guardar segredos.

— Você roubou esse barco? — questionou Patrice. Ele já havia terminado uma cerveja, secando a garrafa em dois goles, e foi para a próxima. Dois fardos de meia dúzia estavam sobre a mesa. As garrafas estavam geladas e suadas.

William gargalhou.

— Não roubei! Mas não é meu.

Nesse momento, ele se inclinou para trás o melhor que pôde no aperto estreito do banco e pegou o celular. Pousou-o sobre a mesa. Patrice inclinou-se para olhar a tela. O barco subia e descia um pouco. Um ícone de um bote pequeno em salpicos de água brilhava na tela.

— Se chama Afloat. É como um Airbnb, só que de barcos. — Ele abriu o aplicativo, que desabrochou como uma flor. Uma imagem do *Brincadeira de criança* apareceu na tela e, embaixo dela, um temporizador. — Aluguei o barco por duas horas.

Por que se preocupar com tudo isto?, Apollo se perguntou. Fazê-los pegar um trem até ali. Levá-los para passear de barco. A encenação ia contra o estilo de papai suburbano discreto de William, mas talvez algumas pessoas apenas gostassem de fazer um showzinho.

— Você está planejando nos levar a algum lugar? — questionou Apollo. — Porque preciso estar de volta a Flushing por volta das cinco.

William pegou o celular e o pôs de volta no bolso.

— Nem sei pilotar um barco — respondeu ele.

— Então, por que alugou um? — perguntou Patrice já com sua terceira cerveja. Talvez o sentimento de culpa estivesse fazendo com que ele as secasse daquele jeito.

— O aplicativo é meu — disse William. — Eu o programei. Se eu não usar, quem vai? Além disso, não tive muita companhia nos últimos dias.

— Quantos barcos você tem inscritos? — perguntou Apollo.

William deu um tapinha na mesa.

— Um — respondeu. — Até agora.

— Você é programador — disse Patrice. Em seguida, enfiou a mão no bolso e tirou o celular. Abriu uma foto e estendeu para William. — Dê uma olhada nesse equipamento.

William murmurou.

— Você mesmo montou, não é?

— Se eu tivesse comprado pronto, me cobrariam oito vezes o preço!

— Eu montei a primeira máquina da filha mais velha — comentou William.

— Você tem fotos? — perguntou Patrice, ficando empolgado com William pela primeira vez.

Apollo não conseguia adivinhar se Patrice queria ver fotos da filha ou do laptop. William correu o dedo pela tela do celular e, em seguida, estendeu o aparelho para Patrice.

— Que beleza — disse Patrice.

— Coloquei um processador Core i5 nela — arrulhou William.

Apollo ficou feliz com os dois nerds da tecnologia, mas sabia que seria melhor mudar de assunto rapidamente ou eles passariam as duas horas seguintes assim. Apollo puxou o livro da bolsa. O que funcionou. William tirou os olhos de Patrice.

— Você embrulhou? Que gentileza. De qualquer forma, é para presente. — William pegou o pacote depois de secar as mãos nas calças. Ele puxou o livro embrulhado tão perto do rosto que Apollo pensou que o cara o cheiraria.

— Acho que eu esperava vê-lo antes de comprá-lo — disse William. Ele olhou de Apollo para Patrice. — Mas tudo bem. Sinto que posso confiar em vocês.

— Passe para cá — disse Apollo. Ele pegou o livro e o pôs sobre a mesa.

— Não, não — retrucou William. — Tudo bem.

Patrice terminou sua cerveja e estendeu a mão para pegar a quarta, mas se refreou. Não importava o quanto pudesse se sentir culpado, não arriscaria deixar uma cerveja aberta perto de um livro que estava sendo vendido por tanto dinheiro. Algumas gotas na borda da página poderiam reduzir a oferta de William em dez mil dólares.

— Você está prestes a nos pagar setenta mil dólares por isso aqui — disse Apollo. — Quero que você possa dizer que viu o livro primeiro. — Ele apoiou o livro na mesa e começou a tirar a fita com a ponta da chave de sua caixa de correio.

— Você disse que é um presente — falou Patrice meio arrastado.

— É para a minha esposa — confirmou William. Ele observou Apollo tirando a fita.

— É aniversário dela ou algo assim? — questionou Patrice. Ele pegou aquela quarta cerveja, segurando-a com firmeza.

William abaixou a cabeça.

— Estamos nos estranhando. — Ele parou e suspirou. — Minha esposa voltou para a casa dos pais em Bay Shore. Estou sozinho faz onze meses.

Apollo ergueu o livro.

— Aqui está.

William pegou o livro e segurou-o perto do rosto. Ele abriu as capas. Leu a inscrição na primeira página.

— É perfeito — sussurrou.

Uma expressão de alívio passou pelo rosto enrubescido de William. Algumas lágrimas juntaram-se no canto dos olhos. A partir daquela pequena informação – uma esposa afastada, uma família que havia se mudado –, Apollo viu se formarem os contornos de uma história comovente.

— O pai de Gretta costumava ler esse livro com ela quando ela era pequena — explicou William. — É minha esposa. Gretta Strickland. Seu pai se chamava Forrest Strickland. Eram do Alabama, assim como o livro. De uma cidade chamada Opelika. — Ele falou tão baixinho que as águas batendo contra o casco quase abafaram sua voz. Apollo precisou se inclinar mais para perto para poder ouvir.

William fechou o livro e olhou para a capa.

— É apenas uma história sobre um bom pai, certo? — continuou ele. — Na vida real, ninguém poderia chegar aos pés do cara, mas acho que o pai da Gretta lia apenas para lhe dar um modelo, algo a que aspirar, sabe? Ela nunca se esqueceu disso. E depois ela se casou comigo, mas eu não era Atticus Finch.

— Nem ele mesmo era! — falou Patrice, alto demais. William olhou para ele por um momento, mas, em seguida, voltou a Apollo. — Você sabe — murmurou Patrice. — Por causa do outro livro.

William falou diretamente para Apollo.

— Sou uns dez anos mais velho que você, eu acho. Fui uma das últimas levas de homens que pensavam que tudo o que precisavam fazer era trabalhar, trabalhar, trabalhar, e que isso tornava o cara um ótimo pai. Prover. Prover. Prover.

"Mas sabe o que acontece quando você faz isso? Depois de vinte ou vinte e cinco anos, sua esposa não o conhece. Seus filhos talvez respeitem você, talvez, mas aquela outra coisa, a felicidade, você não chega nem perto de compartilhar com eles. Você me entende? Sua esposa não conhece você, nem seus filhos.

"Então, rapazes da sua idade têm um conjunto de dados totalmente novo. Ganhar dinheiro não é suficiente e, além disso, você *não consegue* ganhar o suficiente para cobrir tudo, não sozinho. Sua esposa talvez queira trabalhar ou talvez não, mas não importa, ela precisa trabalhar. Quando eu estava começando, era possível viver com uma renda, e isso era o suficiente, mas hoje em dia só quem é pobre ou rico sobrevive com uma renda. Se quiser permanecer no meio do caminho, o casal precisa ralar das nove às cinco."

William devolveu o livro a Apollo, que o reembalou com uma nova reverência. Não era mais simplesmente uma venda cara – aquilo estava prestes a desempenhar um papel na história de uma família.

— "Novos Pais" — disse William. — Sei que as pessoas tiram sarro. Mas vejo aqueles caras empurrando os carrinhos de bebê no caminho para o trabalho, ou com os filhos no parque às seis da manhã, e sinto como se eu tivesse perdido a parte boa. Sei que dá um trabalhão, mas é bom. E eu nem sabia do que eu sentia falta. Ninguém nunca me falou o que eu deveria cobiçar. Meu pai com certeza não fez disso uma prioridade. De qualquer forma, viver à maneira antiga não me deixou rico. Trabalhei pra caramba e mal consegui ficar nesse meio-termo. Estou gastando a maior parte das minhas economias para tentar recuperar Gretta. Com isso.

William apontou para o livro e, em seguida, deu o último gole em sua cerveja. Apollo terminou a embalagem e mais uma vez correu levemente a ponta do dedo indicador ao longo das bordas.

— Se eu conseguisse trazer minha esposa de volta para casa, eu poderia melhorar. Agora eu sei o que importa. Amo demais minhas filhas, mas eu nunca disse isso. Pensei que fosse óbvio ou que devesse ser óbvio, por causa de tudo o que fiz por elas. Mas as pessoas precisam ouvir as palavras, sabe? Não me dei conta disso durante 25 anos.

William aceitou o livro que Apollo lhe entregou. Ele o abraçou sobre a barriga como se o protegesse.

— Quando vi seu anúncio do livro, pensei que talvez pudesse convencer Gretta que eu era sério. Ela leu esse livro para as meninas, exatamente como o pai fez com ela. Eu costumava chamar minha esposa de "meu sol" quando éramos jovens. Era um apelido. Não lembro quando parei. Foi depois de as meninas nascerem, disso eu sei. Alguns anos atrás, finalmente descobri o que eu estava fazendo de errado. Tentei voltar aos velhos tempos. Voltar ao jeito como as coisas costumavam ser. Mas talvez fosse tarde demais. Ou ela não quis voltar no tempo. Não comigo. Ela me deixou porque nos tornamos estranhos um para o outro. Eu nunca bati nela nem a traí. Nós mal brigávamos.

"Quer dizer, sou programador há dezenove anos. Noites e finais de semana servem para dar conta do trabalho que você não consegue terminar das nove às cinco! Aposto que gastei mais tempo programando do que com meu casamento. Sei que gastei. Virei um fantasma para ela, e ela era um fantasma para mim. Acham que isso pode funcionar? O que vocês acham, rapazes?"

Patrice ergueu uma das garrafas vazias e a colocou de volta na caixa. Fez o mesmo com as outras, as dele e as dos outros. Já não parecia embriagado. Era como se a seriedade de William, sua sinceridade, tivesse deixado o grandalhão sóbrio.

— Diga para ela tudo isso que acabou de nos dizer — sugeriu Patrice. — Aposto que ela vai considerar, pelo menos.

William meneou a cabeça de leve. Enfiou a mão no bolso e pegou o celular de novo.

— Posso fazer um cheque se vocês quiserem — disse ele. — Mas seria ainda mais rápido se eu fizesse uma transferência. Preferem assim?

Apollo deu a William seu número de agência e conta. Ele e Patrice dividiriam os lucros depois que o dinheiro caísse.

William atualizou o navegador do celular e encarou a cifra em sua conta poupança, um monte de zeros.

— Então é isso — falou baixinho. — Se isso não as trouxer de volta, vou ficar sem eira nem beira. — Ele deixou o celular na mesa e segurou o livro embrulhado. — O papel de presente é um detalhe agradável.

Então, ali mesmo no barco, William deu um suspiro soluçado e chorou. Depois que a surpresa passou, tanto Apollo como Patrice pousaram a mão nas costas de William e deram tapinhas enquanto ele derramava suas lágrimas.

45

A primeira coisa que se faz quando se ganha algum dinheiro é pagar dívidas antigas. Não se compra nada de novo até que as contas estejam quitadas. Apollo aprendeu isso cedo na carreira de livreiro, e a regra continuava a ser uma espécie de evangelho para ele.

Foi como ele acabou fazendo planos de rever Kim Valentine.

O Templo Budista Mahayana é uma das mais famosas atrações para turistas em toda Chinatown. Dois leões dourados guardam as portas vermelhas, e no interior fica a maior estátua de Buda de toda Nova York. Antes de se tornar o Templo Budista Mahayana, o edifício tinha sido o cinema Rosemary Theater, um lugar que alternava continuamente filmes de kung-fu e filmes pornô.

Em 2011, Kim pedira a Apollo e Emma que se encontrassem com ela no templo quando eles concordaram em tê-la como parteira. Nenhum deles era budista, e quando chegaram, foram tratados – adequadamente – como os milhões de turistas que passeavam ali e ficavam boquiabertos com os desenhos em vermelho e dourado do interior do templo. Eles ficaram embaixo do grande Buda dourado, com seus quatro metros de altura e sentado em posição de lótus, a cabeça rodeada por um halo azul formado com tubos de neon. Não sabiam se deveriam ficar de joelhos, abaixar a cabeça ou o quê. Apollo, seguindo um hábito antigo, até fez o sinal da cruz.

Kim finalmente precisara admitir que encontrar clientes em um templo budista parecia um ato meio "santificado", de uma maneira que prometia não ofender seus clientes, que eram todos ocidentais. Emma e Apollo haviam sido os primeiros a questionar o local do encontro. Sentindo-se bobos, todos saíram para comer em um local próximo chamado Tasty Dumpling, na Mulberry Street, o melhor wonton de Chinatown. Uma boa refeição juntos parecia muito mais sagrada que a visita ao templo.

Foi naquele espírito – na ternura dos velhos tempos – que Apollo cumprimentou Kim diante do templo. Parou ao lado de um dos leões dourados, abrindo espaço para os turistas e budistas praticantes que entravam e saíam do lugar. Quando Kim chegou, parecia exausta, exaurida.

— Estou há dois dias sem dormir — admitiu ela depois que o abraçou. Quando se afastou, ela observou o rosto dele com cautela por um instante. — É bom ver você. Me trouxe aqui para gritar comigo?

— Pensei nisso — disse Apollo, tentando parecer leve, mas não sabia ao certo se havia conseguido. — Mas escolhi este lugar porque traz uma lembrança feliz.

Kim inclinou para perto dele de novo, e dessa vez o abraço durou mais.

— Quer entrar ou prefere caminhar? — perguntou Apollo.

— Está meio escuro lá dentro — respondeu Kim. — Estou tão cansada que posso acabar dormindo.

Apollo apontou por sobre o ombro dela na direção da Ponte de Manhattan.

— Vamos caminhar, então — disse ele.

Atravessaram a rua e pararam no canteiro central quando quinhentos carros entraram no acesso à ponte. O grande aro e a fileira de colunas da Ponte de Manhattan pareciam majestosos, mesmo depois de décadas de fuligem.

Kim pareceu constrangida por um momento antes de falar.

— Trigêmeos — ela contou, então parou e olhou para Apollo. — Se importa se eu falar disso?

— Não, tudo bem.

— Trigêmeos — repetiu ela. — Nunca fiz tantos antes. O casal fez tratamentos de fertilidade. É meio incrível como esse tipo de procedimento é corriqueiro agora. Vejo isso o tempo todo e ainda fico impressionada.

— Acha uma má ideia? Voltaria para as coisas como eram?

Kim abriu as mãos como se segurasse um bebê.

— Isso significa mais vida no mundo — disse ela. — E eu sou apaixonada pela vida.

— Gostaria de pagar o que te devo. — Apollo tirou a carteira e encontrou o cheque que havia feito. — Me desculpe, está com data de sexta-feira. É quando meu dinheiro vai entrar.

Ele segurou o cheque entre dois dedos, e o papel foi sacudido pelos fortes ventos que vinham do East River. Era impossível Kim parecer mais confusa. Ela balançou a cabeça, e seus olhos cansados ficaram ainda mais vermelhos.

— No fim das contas, vocês nem precisaram de mim. Emma fez sozinha. Vocês fizeram juntos.

— Graças a você e a sua aula, estávamos bem treinados — comentou Apollo. — E esse é seu pagamento.

— Apollo — disse ela, mas depois pareceu se perder.

— Nunca descobri o terceiro desejo dela — falou Apollo, sem se dirigir de verdade a Kim.

Kim virou para ele e pôs os braços ao seu redor.

— Acho que você deveria saber — começou ela. Seu rosto estava apertado perto do pescoço dele, e o tráfego passou para lá e para cá na Ponte de Manhattan. — As coisas não deveriam ser assim — disse ela, agora chorando abertamente.

— Mas são.

Eles se soltaram. Apollo ainda estava com o cheque entre os dedos, e finalmente Kim assentiu e o pegou. Ela beijou seu rosto uma vez, e ele a observou se afastar.

— Adeus, Valentines — sussurrou Apollo.

Apollo ficou lá muito tempo depois de Kim desaparecer na multidão da Canal Street. Ele se virou de volta para a ponte. Gostou da ideia de uma caminhada, atravessando sobre a água para o Brooklyn. Ele atravessou a pista correndo e chegou até a passagem de pedestres. Seu celular vibrou no bolso depois de dois minutos. Após mais dois passos, o aparelho vibrou de novo. Ele parou e olhou para o East River lá embaixo. Por um momento, considerou jogar o celular fora mas, em seguida, sucumbiu a uma tecnologia muito mais antiga, gravada no cérebro humano: a curiosidade. Ele deslizou o dedo pela tela do celular e encontrou uma nova mensagem de texto.

Emma Valentine está viva.

Posso ajudar você a encontrá-la.

46

Por quanto tempo Apollo ficou parado na ponte? Vinte minutos, talvez mais? Ele encarou o celular como se o aparelho fosse falar sozinho. De quem seria a voz que ele ouviria? Ficou ali, segurando o celular e esperando enquanto transeuntes desviavam dele, bufando contrariados por causa do espaço que ele ocupava. Pessoas em bicicletas tocavam sinetas ou gritavam para ele sair da frente, mas Apollo apenas encarava o celular, como um homem das cavernas que acabara de descobrir o fogo. Em seguida, outra mensagem apareceu.

Siga o mapa.

Nesse momento um mapa se abriu na tela de Apollo. Surgiu um quadriculado e, em um momento, os contornos de Chinatown se desenharam. Uma renderização da Ponte de Manhattan, que imitava um plano arquitetônico, e sobre ela um pequeno ponto azul que representava Apollo. Então outro ponto, piscante e vermelho, apareceu na borda mais distante da tela.

Venha me encontrar.

No início, Apollo pensou que o ponto vermelho estava em Chinatown, mas quando seu ponto azul chegou mais perto dele, o mapa no celular rearranjou a cidade, empurrando o ponto vermelho mais a norte. Não em Chinatown, mas em Little Italy, não em Little Italy, mas em NoLita. Apollo agarrou-se ao celular, um anzol puxando-o na direção do pescador. Ele entrou na pista quatro vezes e recebeu um coro de buzinas. Bateu em inúmeras pessoas enquanto se movia nas calçadas, mas ele nem percebeu se elas o xingaram. Ele saiu de NoLita e entrou no East Village. Andou até chegar a oeste do Washington Square Park. O ponto azul e o ponto vermelho quase se sobrepunham agora.

O arco da Washington Square espelhava o arco da Ponte de Manhattan. Mas enquanto este parecera a passagem para uma fuga – a chance de atravessar as águas –, o arco da Washington Square apenas o levava para longe do interior. Assim que Apollo passou pela arcada, o mapa em seu celular se fechou. O aplicativo fechou, e ele não o havia fechado. Outra mensagem de texto.

Estou vendo você.

Apollo imaginou se aquilo se transformaria em uma tortura. Uma caça de abutre por toda Manhattan, liderada por alguma mente genial que se revelaria no final do longo jogo. Apollo não tinha paciência para esse tipo de besteira.

Apenas me diga onde você está ou vou embora, porra, ele respondeu à mensagem.

O celular vibrou.

Desculpe! Estou ao lado das fontes.

Uma mente genial que pedia desculpas. Que surpresa agradável.

47

William Wheeler estava ao lado da grande fonte antiga, sacudindo o celular como um agente de pista guiando um avião na pista de decolagem.

— William? — disse Apollo assim que chegou perto o suficiente para falar. Sinceramente esperava que fosse Kim, ou talvez Patrice. Mesmo Lillian, mas não aquele quase desconhecido que recentemente pagara uma enorme quantia por um livro. E se esse se revelasse um jeito intricado e perverso de pedir reembolso? Outro vislumbre de espetacularidade da parte de William.

— Sr. Kagwa — cumprimentou William. — Apollo. Sinto muito reencontrá-lo desse jeito.

Estava muito barulhento ali, e tinha gente demais passando. A massa dos corpos que empurrava Apollo gerava uma carga cinética dentro de seu corpo. Era estranho ser atraído até o West Village por uma mensagem críptica; mais estranho ainda encontrar a porra do William Wheeler ali, e agora todas aquelas pessoas que não paravam de trombar e empurrar, e isso fez Apollo sentir que precisava fazer algo épico e impensado. Apollo percebeu que, se não saísse daquele parque lotado, bateria em William. Ele agarrou o homem pelo cotovelo e o enfiou no meio da multidão.

Então o empurrou para a frente como se o homem fosse um arado.

— Desculpe — murmurava William para as pessoas. — Sinto muito. Desculpe!

Eles atravessaram a Washington Square North e pararam ao lado de um quarteirão de casas geminadas de tijolos vermelhos bem conservadas que existia quase em oposição direta à realidade do Washington Square Park. Enquanto o parque praticamente fervia com vitalidade e caos, a fileira de casas era tão organizada quanto os livros raros em uma biblioteca particular. O número de transeuntes ali diminuiu. O mau humor de Apollo ficou sob controle.

Ele soltou o braço de William, ergueu o celular e o balançou na direção dele.

— Que porra é essa? — perguntou.

William, por sua vez, parecia estar sem fôlego, ou talvez apenas assustado. Ele tocou o cotovelo com hesitação.

Apollo aproximou-se.

— O que são essas mensagens? — questionou, seu tom duro.

— Sei que acabou ficando bem misterioso — disse William. — Não queria fazer todo esse suspense.

— Você tem certeza de que Emma está viva?

William se recostou contra uma grade baixa de ferro fundido que ficava entre as casas e a calçada.

— Tenho. Juro.

— Por que não me disse quando conversamos na Dunkin' Donuts? Ou no barco?

William sacudiu a cabeça.

— Naquele momento eu não sabia. Descobri há pouco tempo. Há pouco tempo eu quis saber.

— Por quê?

— Depois de encontrar você — disse ele. — Falar com você. Quer dizer, você vai às reuniões do grupo para lidar com... o que te aconteceu. Isso já é bem difícil, daí uma mulher vem do nada e começa a te falar todo tipo de coisa louca? Não é certo.

William esticou os braços, mãos estendidas, como se para mostrar que não carregava arma nenhuma, malícia nenhuma.

— Pensei em fazer o que pudesse para ajudar você.

— O FBI e a polícia não conseguiram encontrá-la — retrucou Apollo. O celular em sua mão parecia tão pesado quanto um tijolo.

William desencostou da cerca. Olhou para os dois lados do quarteirão como se verificasse a presença de bisbilhoteiros.

— Houve um tempo em que a polícia era seu único recurso. Se não pudessem encontrar sua esposa, ninguém poderia. Mas não é mais assim, Apollo. Uma centena de pessoas com centenas de computadores em todo o país pode cobrir muito terreno. E se essa centena de pessoas realmente *se importar* com o que acontece? Vão trabalhar nisso dia e noite. Não vão parar. E foi isso o que fizeram quando contei que eu queria ajudar você.

— Você falou disso tudo com outras pessoas?

— Só com meus amigos — respondeu William. — Pessoas em quem eu podia confiar. Pessoas que se importavam.

Apollo se sentiu um pouco zonzo.

— Então, onde ela está? — Ele havia perguntado em voz alta? Não conseguia ter certeza.

— Está numa ilha do East River.

De repente, como por mágica, Apollo estava sentado na calçada. Na verdade não esperava que William dissesse algo tão específico. Ou que ela estivesse tão próxima. William estendeu a mão e ajudou Apollo a se levantar. Um grupo de pessoas estavam passando, mas não lhes deram atenção.

— Como chego lá? — perguntou Apollo.

— Precisa de um barco — respondeu William.

— Não tenho a porra de um barco.

William pegou o celular do bolso. Correu o dedo por uma tela e por outra. Tocou no ícone pequeno de um barquinho.

— Existe um aplicativo para isso.

48

— Vamos para a Bat Caverna.

A Bat Caverna era o quarto sobressalente no apartamento do porão de Patrice. Um instante depois de Apollo deixar William Wheeler, ligou para Patrice e pediu para passar na casa dele. Mais uma vez, levou quase duas horas para chegar lá. Dana abriu a porta para Apollo. Parecia nervosa, evitou os olhos dele.

— Fiquei feliz por você ter ligado para minha mãe — Apollo lhe disse. — Sei que estava tentando ajudar.

Assim que ele disse isso, ela relaxou e se ofereceu para esquentar o jantar para ele, mas Apollo estava sem apetite. Dana encarou o rosto de Apollo – seus olhos furiosamente vibrantes – e compreendeu que algo tinha surgido, muito maior que um livro raro. Então, Patrice levou os dois para a Bat Caverna.

O quarto extra era bem pequeno. Parecia ainda menor por conta dos painéis de madeira. As paredes opacas engoliam a luz, deixando o quarto na penumbra. O carpete marrom felpudo não ajudava. Era como estar embaixo do braço de um wookiee. E, coitado de Patrice, o teto não tinha nem dois metros de altura. Se ele ficasse na ponta dos pés, sua cabeça atravessaria o teto. Parecia que Patrice, Dana e Apollo estavam presos em um armário de vassouras.

Para não mencionar o behemoth alinhado em uma das paredes.

— Eu lhe apresento Titan — disse Patrice com a reverência de um rabino abrindo a arca da sinagoga para revelar os rolos da Torá. — Trinta e dois gigabytes de memória RAM DDR3-1866, 4,7 gigahertz de velocidade de processamento, processador Intel Core i7-3970x, capacidade de armazenamento de dois terabytes, um gravador de DVD Asus 16x, três monitores de 27 polegadas, e até consegui um mouse no formato de uma granada.

Dana foi para o canto, sob uma pequena janela, onde ficava o aquecedor. Ela girou o botão na extremidade, e o aquecedor zumbiu baixinho, em seguida, as bobinas lá dentro brilharam na cor laranja.

Quando Patrice ligou o computador, os três – três! – monitores grandes acenderam em azul brilhante por apenas um instante enquanto o sistema iniciava. Apollo sentiu como se estivesse diante de um jato militar e suas três turbinas estivessem prestes a cuspir fogo. Ele chegou a dar um passo para trás.

Dana estendeu um braço para impedi-lo de se mover mais.

— Não quer queimar as calças no calor, certo? — perguntou ela, apontando para as bobinas incandescentes do aquecedor. Então, estendeu a mão e segurou a mão esquerda de Apollo. — O que é isso? — Ela tocou seu dedo médio. Um pedaço de fita vermelha estava amarrado ao redor dele.

— Era de Emma — disse Apollo. — Tive um tempo depois que liguei para Patrice. Fui para casa e busquei isso aqui.

— E colocou no dedo? — questionou Dana.

— Amarrei e fiz um desejo — explicou Apollo para ela. — Apenas um desejo.

Dana olhou do dedo para os olhos de Apollo.

— Nem quero saber o que você desejou.

— Não — disse Apollo, soltando sua mão. — Não quer mesmo.

Patrice pigarreou teatralmente para que Apollo voltasse para ele e para seu computador.

— Você e eu temos idade suficiente para lembrar do filme *Jogos de guerra*, certo? Ferris Bueller estava nele. Este negócio aqui é mais poderoso que toda aquela porra de supercomputador. Aquela merda era tão grande que eles precisavam escondê-lo em uma montanha! O meu cabe no quarto sobressalente de um apartamento em um porão do Queens.

No centro da tela, uma janelinha pedia uma senha. Patrice inclinou-se para digitar, mas antes de fazê-lo, bloqueou a visão do teclado de Apollo e Dana.

Apollo olhou para Dana. Ela se inclinou para perto dele.

— Eu sei a senha de qualquer jeito.

— Não, não sabe — retrucou Patrice. — Eu mudo uma vez por semana.

Dana deu um tapinha leve na cabeça dele.

— Mas daí você precisa anotar a senha no celular, porque não consegue lembrar já que muda toda semana.

Patrice se endireitou na cadeira.

— Está me dizendo que anda fuçando no meu celular?

Dana deu um tapinha no braço de Apollo.

— Não vamos mudar de assunto. Apollo precisa da nossa ajuda.

Patrice suspirou e se virou para o computador. Aquele sistema incrivelmente poderoso estava em uma escrivaninha que custava US$78,89 na Lowe's.

A Dana levantou-se, segurando uma bandeja em uma das mãos. Ela foi até Patrice e tocou seu ombro delicadamente. Ele se inclinou para trás e fez um bico; ela se inclinou e o beijou.

Patrice pigarreou.

— Agora, esse cara não tinha nenhuma prova real de que Emma está viva? — Ele apontou para uma cadeira dobrável de metal recostada a uma parede.

— Ele me mandou um vídeo — respondeu Apollo, tirando o celular do bolso. — Mas meu celular não consegue reproduzir.

Patrice olhou para o aparelho com uma careta.

— Está em Flash, eu acho. Pode baixar o navegador Puffin para contornar esse problema. Ou poderia fazer um jailbreak no seu celular.

Embora Apollo soubesse que Patrice acabara de falar três frases em inglês, havia pouquíssima chance de ele ter entendido qualquer uma delas. Ele ergueu o celular mais alto e mais perto do rosto de Patrice.

— Meu celular não consegue reproduzir — repetiu.

— Encaminhe para mim.

Patrice observou Apollo fazer isso. Enquanto isso, Dana deslizou a bandeja embaixo do aquecedor, uma proteção entre a máquina e o carpete barato.

— A boa notícia é que eu fiz uma auditoria em William Wheeler antes de vendermos o livro para ele.

Apollo olhou por sobre seu celular.

— Você meio que puxou a ficha?

— Estávamos prestes a vender para ele o livro mais caro que qualquer um de nós já encontrou. Claro que eu queria saber se o cara ao menos estava usando o nome real!

Apollo apertou "Enviar" no celular.

— E...?

— William Webster Wheeler. Tem uma casa em Forest Hills, na 86th Road. Serviu na força aérea como especialista em programação por dois anos, no início da década de 1980.

Depois trabalhou em Charleston para a Universidade de Medicina da Carolina do Sul até 1996. Depois começou a trilhar seu caminho de volta para cá. Nasceu em Levittown. E vem trabalhando como desenvolvedor de aplicativos para uma empresa de serviços financeiros.

— Caraca — disse Apollo. — Você investigou mesmo.

Patrice deu tapinhas na barriga com orgulho.

— Quer saber quanto dinheiro ele tem na conta corrente?

— Você sabe isso também?

— Estou zoando. Mas se eu quisesse saber, poderia. Eu e o Titan. — Ele acariciou o teclado como se fosse a pata de um leão. — Mas pelo menos o cara é quem diz que é. Isso é importante nos dias de hoje. Você já me mandou o vídeo?

Patrice não esperou uma resposta, apenas abriu seu navegador.

— Ele vai conseguir um barco para amanhã à noite — comentou Apollo. — Prometeu atravessar o rio comigo e me deixar lá se conseguirmos encontrar a ilha certa. Tem só nove no East River, e eu acabei de passar dois meses em uma delas. Então, sobram oito.

— Mas por que esse cara está ajudando você? — perguntou Dana, inclinando-se contra o ombro de Patrice. — Qual o interesse dele?

As bobinas do aquecedor brilhavam tanto agora que pareciam quase vermelhas.

— Por isso eu quis falar com Patrice antes de ir. Talvez Wheeler seja compassivo. Talvez esteja maluco. Talvez esteja planejando me dar um tiro e jogar meu corpo na água.

— Talvez todos os três — disse Dana.

— Mas isso não importa. Se ela estiver viva, quero encontrá-la. — Ele ergueu a mão e roçou a fita vermelha com o polegar. — Quero encontrá-la.

— E você vai entregá-la para a polícia? — perguntou Dana.

— Não — disse Apollo. — Não é isso que vou fazer.

Patrice deu uma olhada para Apollo, depois se virou e clicou no e-mail.

— Parece a gravação de uma câmera de rua — falou Patrice. — Como aquelas merdas de vigilância da polícia de Nova York. Tipo CFTV. Os amigos desse cara cavoucaram a sério.

Patrice deu play no vídeo. Expandiu a imagem até preencher cerca de um quarto da tela. A mesma tela apresentada em todos os três monitores. Patrice, Dana, e Apollo se juntaram e assistiram.

49

Apollo assistiu a um fantasma na tela do computador de Patrice Green. Fazia três meses desde que ele a tinha visto viva pela última vez, e agora ela estava ali.

O fantasma de Emma Valentine caminhava livremente por alguma avenida de Manhattan. Difícil dizer o lugar exato, muito além do centro de Washington Heights, no vale de arranha-céus perto de Wall Street. Ela se movimentava em meio aos pedestres. Se as pessoas a viam, não demonstravam. Desviavam como se ela fosse uma nuvem desagradável. Apollo chegou a ver pessoas se afastarem quando ela passava. Olhavam para todos os lados, menos para ela. Pegavam o celular em vez de observá-la. Seria proposital ou apenas uma alergia natural à presença assombrada de Emma? Dessa maneira, ela seguia sem ser vista.

Ela usava um sobretudo que descia até os tornozelos. Parecia mesmo que flutuava pelas calçadas, atravessando ruas.

Era o mesmo dia em que ela havia matado Brian?

Quando uma câmera não mais a registrava, outra a encontrava, de outro ângulo, mais adiante no quarteirão. Não era uma imagem contínua, mas uma série delas, feita por William Wheeler e sua centena de amigos. Às vezes, Emma acabara de sair de cena, às vezes ainda não tinha aparecido. Dava a impressão de que Apollo a estava perseguindo. Como se ela estivesse percorrendo aquele caminho, no centro de Nova York, naquele exato instante. Só a marca temporal no canto da tela o lembrava de que aquilo era uma gravação antiga.

Os arranha-céus ficaram para trás quando Emma se aproximou da água. Agora Apollo sabia onde ela estava. South Street Seaport. Ela caminhou até o Píer 16, de onde saem os passeios de barco. O local do último encontro deles como um casal feliz. Apollo a levara ali. Por isso ela soubera onde encontrar o lugar e até que horas permanecia aberto? Ele sentiu um aperto na garganta. Foi assim que ela fugiu da ilha de Manhattan? Pelo preço de uma passagem? Trinta dólares para desaparecer.

Mas de onde ela tirara o dinheiro? Quando bateu com um martelo na cara dele, não parecia com a cabeça no lugar para se lembrar da carteira.

Emma esperou no cais. Uma horda de outros, turistas, jovens de vinte e poucos anos, encheu a fila para a partida seguinte. E, do meio da multidão, apareceu uma mulher. A mulher caminhou diretamente até Emma e a abraçou, mas Emma se manteve imóvel no abraço. Quando o barco chegou, a mulher soltou Emma e a levou para o fim da fila comprida. Esperaram pacientemente. A mulher mostrou dois bilhetes e as duas embarcaram.

Apollo observou com humilhação e receio enquanto o barco se afastava do cais.

Claro que reconhecia a mulher que ajudara Emma a fugir. Acabara de vê-la em Chinatown. Naquela manhã, havia dado a ela um cheque de dez mil dólares.

Patrice e Dana também reconheceram Kim. Nenhum deles olhou para Apollo, apenas abaixaram a cabeça.

Enquanto isso, Apollo pegou o celular. E enviou uma mensagem de texto a William.

Preciso daquele barco.

Quero sua ajuda.

50

Brian West estava na porta da frente. Apollo ouviu da sala de estar quando ele bateu. Apollo andou até a porta, e a batida ficou cada vez mais alta. Ele estendeu a mão e virou as três trancas da porta do apartamento. Havia um homem no corredor. Ainda não era Brian West. O rosto daquele homem era azul. Ele não tinha nariz nem boca, apenas olhos. Forçou a entrada. O homem se ajoelhou na frente de Apollo e arrancou a pele azul. Por baixo, era o rosto de seu pai. Apollo sorriu e abraçou Brian West. Brian West deu um abraço apertado no filho. Brian West fechou a porta e a trancou. Brian West atravessou o apartamento chamando o nome de Lillian Kagwa. Brian West entrou no banheiro e ligou o chuveiro. Começou a entrar água quente na banheira. Apollo sentou-se com o pai no sofá da sala e juntos eles assistiram TV. *Os Smurfs*.

Na televisão, um homem velho com uma capa comprida e preta gargalhava em seu laboratório; um gato ruivo empoleirado sobre um tampo de mesa riu junto. Como eles se chamavam, mesmo? Gargamel e Cruel. Eles queriam destruir os Smurfs.

A água quente no banheiro permaneceu aberta por tanto tempo que encheu o cômodo de vapor. Logo o vapor entrou pelo corredor. Uma névoa tomou a sala de estar.

Na televisão, os Smurfs cantavam juntos. Não viram Gargamel e Cruel escondidos na mata esperando para dar o bote.

Brian West levantou-se e pegou Apollo. Segurou o garoto com firmeza. Disse:

— Você vem comigo.

E caminhou em direção à névoa.

51

Brincadeira de Criança estava ancorado no Iate Clube de Locust Point no Bronx. Por que estava no Bronx, e não em Long Island? Bem, um passeio de ida e volta se transformara em um só de ida, e o cartão utilizado para faturamento no fim era um cartão que fora furtado, furto registrado, e as coisas só ficaram piores a partir daí. William não parecia muito satisfeito, mas ainda assim concordou em ajudar Apollo. William acreditava que seria melhor se eles viajassem sob o abrigo da noite, porque durante o dia a rota percorrida poderia ficar evidente demais para a Guarda Costeira ou para os barcos da polícia. William enviou um endereço, o horário da reunião e um emoji sorridente numa mensagem de texto.

Apollo passou o dia todo dentro de casa, e apenas um nível quase mítico de autocontrole o impediu de ir ao Brooklyn achar Kim Valentine e incendiar seu prédio. Mas se Kim conseguira tirar a irmã da cidade poucas horas depois de Emma matar o próprio filho, por que não a alertaria dessa vez? Ainda que ele aparecesse com muitos agentes do FBI e policiais, o que impediria Kim de enviar uma última mensagem à irmã? **FUJA**. Apollo precisava pesar a satisfação de curto prazo de confrontar a cunhada e a possibilidade de encontrar Emma naquela ilha. Não havia comparação. Sua única vingança fora ligar para o banco e sustar o cheque que fizera para ela. Pequeno consolo.

Ele tentou ver filmes, mas não conseguiu ver filmes. Tentou comer, mas não conseguiu sentir sabor nenhum. Entrou na internet para saber onde seria a próxima reunião dos Sobreviventes – seria no Centro Comunitário Judeu de Staten Island. Confirmou que participaria. Se seu agente de condicional perguntasse, ele diria que ocorrera uma confusão, mas pelo menos teria mostrado a intenção de ir. Mas por estar on-line e com horas de espera até encontrar William, Apollo acabou voltando a acessar a página "Tributo ao Bebê Brian". Assim que entrou nela, disse a si mesmo para sair da internet. Enquanto lia os comentários, disse a si mesmo para sair da internet. Ele não saiu da internet.

Foi assim que encontrou um comentário, postado no dia anterior por um usuário assíduo que usava o apelido Jardim de Infância. Outra conta claramente fake. Apenas Jardim de Infância e Harry Cabelo Verde postavam com regularidade agora. Jardim de Infância escrevia coisas horrorosas. Cruéis. O post mais recente devia ser o pior até então:

"Ideias para o jantar de hoje. Uma refeição inspirada no bebê Brian. LEGUMES COZIDOS!"

Chega. Já bastava.

Apollo saiu da internet.

O Iate Clube de Locust Point parecia bem chique, mas seus membros não eram o que alguns poderiam esperar. Mecânicos e caminhoneiros, zeladores e enfermeiros. O clube ficava atrás de um portão alto e enferrujado. As palavras IATE CLUBE DE LOCUST POINT estavam pintadas em letras vermelhas na lateral de um gradil cinza dentro de um cercado. O salão do clube mais parecia um galpão de venda de caranguejo. O mato crescia através do casco de barcos que tinham sido abandonados em terra. Vários barcos pesqueiros antigos chacoalhavam na água. William Wheeler estava no cais do *Brincadeira de Criança*. Ele balançou o celular, e, no escuro, a tela clara brilhava como uma lanterna. William ajudou Apollo a embarcar, e então ele ligou os motores.

— Tem um colete salva-vidas em cima do tanque — disse William. Apollo apenas o observou em silêncio, e ele apontou a popa. — Ali atrás.

Apollo pegou seu colete salva-vidas, e o motor do barco engasgou e estrepitou. Aparentemente, aquele era um bom som.

William voltou ao painel de controle.

— Agora, você vai soltar as amarras. Prontinho. Desamarre-as do cais. A corrente está nos afastando do cais, então não precisamos fazer mais nada.

Dito e feito. O barco navegou mesmo com o motor desligado. Quando o barco se afastou o suficiente do cais, William mudou a posição e lentamente se afastou da costa.

— Você faz tudo parecer bem fácil — disse Apollo.

William olhou para trás e deu uma risadinha.

— Você se lembra da minha dificuldade em mentir? Venha cá.

Apollo se aproximou dele diante do painel de controle e viu um iPad posicionado ao lado dos controles. William reduziu a aceleração e tocou a tela. Um vídeo começou a tocar. Uma música boba de sintetizador tocou, e então uma mulher com camisa branca e listras pretas apareceu.

— Bem-vindo e parabéns por entrar no mundo maravilhoso da navegação — disse ela. — Vou guiá-lo no passo a passo de um passeio de barco. Primeiro, observe…

William tocou a tela, e a mulher parou no meio da frase.

— Estou aqui desde o meio-dia — contou ele. — Aprendendo sozinho a pilotar um barco.

— Obrigado — disse Apollo, baixinho. — Obrigado, mesmo.

William fez um gesto com a mão, meio tímido, meio orgulhoso. Ele direcionou a chalupa no Hammond Creek. Eles teriam que passar pela Faculdade Náutica SUNY, na ponta do Bronx, e voltar passando por baixo da Ponte Throgs Neck para entrar no East River. As luzes do Bronx recuavam atrás deles, e à distância Long Island mais parecia uma sombra distante na noite. Apollo observou essa distância e pensou ter visto, por um instante, uma luz verde, mas deu as costas para ela, ignorando-a como uma ilusão. E só olhou para a frente. O som do motor se espalhou pelo céu escuro.

— Ainda poderíamos voltar — disse William. Parecia esperar que Apollo concordasse.

Apollo não falou com William. Essa era a resposta que ele teria. Enquanto seguiam em frente, Apollo ergueu a mão esquerda. Usava a fita vermelha no dedo médio e a aliança de casamento no anelar. Torceu a aliança duas vezes, e então, com um giro, ele a tirou. Jogou-a casualmente no rio. Agora a fita vermelha era seu único juramento.

52

A Ponte Throgs Neck estava iluminada como um céu estrelado, imponente como um deus. Apollo e William surpreenderam-se ao se aproximarem dela. William desligou o motor. Apollo sentiu, de um jeito visceral, por que os antigos ficavam maravilhados diante de montanhas e geleiras. Esticar o pescoço, olhar para o alto e perceber que não se via tudo. O instinto de adorar tomou conta dele, e ele abaixou a cabeça até passarem embaixo da ponte. Depois disso, William acelerou, e eles continuaram.

— Deixa eu te fazer uma pergunta — disse William. O vento afastou seus cabelos do rosto, então Apollo pôde ver seus olhos brilhantes. — Você contou a alguém que viríamos aqui?

— Contei ao Patrice que você arranjaria um barco para nós — admitiu Apollo.

— Então, tem algo que você precisa ver — disse ele.

Ainda segurando o volante com uma mão, William tocou o iPad de novo. O servidor carregou devagar. Compreensível, uma vez que não havia muita cobertura no East River. Por fim, o aplicativo do Facebook se abriu, bem na página do Bebê Brian.

Então, William sabia daquilo. Quando havia descoberto?

William rolou a página para baixo.

— Pronto — disse ele, indicando um novo post.

Cuidado no mar aberto! Desejamos que você chegue em casa são e salvo.

O post fora deixado por Harry Cabelo Verde.

— Patrice? — sussurrou Apollo.

— E ainda tem isso — disse William.

Sem palavras, apenas uma imagem. Uma foto de um barco grande afundando no mar. O *Titanic*. Aquele post fora deixado por Jardim de Infância.

— Você compartilha algumas informações com seu amigo — disse William, apontando o post de Harry Cabelo Verde. — Então, um estranho vê e perturba você. Tenho certeza de que o sr. Verde pretendia demonstrar apoio, mas todo mundo da página vai ver a postagem. — Ele clicou na imagem de Jardim de Infância, do navio afundando. — Estou com você, então tenho um motivo egoísta para te mostrar isto. Precisamos ter cuidado. Não há mais segredos. Os vampiros não entram na sua casa sem serem convidados. Postar alguma coisa on-line é como deixar a porta aberta e dizer a qualquer criatura da noite que ela pode entrar.

A Rikers Island é bonita quando anoitece. O complexo penitenciário de 167 hectares que abriga cerca de doze mil prisioneiros fica quase totalmente escuro à noite. Apenas uma construção fica aberta para quem chega tarde, e o restante da ilha parece se fechar. Apollo lembrou-se do apagar de luzes às nove. Os prisioneiros indo para a cama, mas ninguém adormecendo. Ele esperava que o lugar o visse, o sentisse, de alguma forma, um cachorro farejando sua antiga presa. Apollo observou a silhueta da ilha quando eles passaram. Poderia nem tê-la visto se aquela construção não estivesse acesa. Lançava um brilho fraco e brumoso do outro lado da ilha. Era muito estranho vê-la dali e saber que, apenas duas semanas antes, ele mesmo estivera lá dentro. Conforme se aproximavam, Apollo escutou gritos e berros dos presos. Os homens estavam longe demais para que as palavras fossem inteligíveis, então apenas um uivo fantasmagórico podia ser ouvido do outro lado do rio.

Agora, a superfície da água parecia tão maleável quanto gelo esculpido. O vento frio passava pelo rio, e não havia nada no barco para protegê-los. Já estavam navegando havia um bom tempo, mas Apollo perdera a noção da hora. Ele abaixou o chapéu e se curvou na popa do barco, onde conseguia observar William, que estava perto do painel de controle.

Patrice Green era Harry Cabelo Verde. Ele admitira ser fã da bendita página, mas não disse que a havia criado. Sem dúvida devia ter uma explicação complexa para mantê-la em segredo, mas Apollo não se importava. Todos tinham um motivo. Todos tinham um disfarce.

— Tem uma ilha lá — William gritou mais alto que o som do motor, diminuindo a potência. — Fiz umas pesquisas, mas acho que não li sobre essa daí.

Era estranho chamar aquilo de ilha, já que não tinha mais do que trinta por, talvez, sessenta metros. Era um monte de pedras com dois ou três arbustos e o que parecia uma modesta torre de transmissão de metal.

William inclinou-se para o iPad.

— Essa deve ser a U Thant. Uma ilha artificial. O que acha? Foi batizada com o nome do secretário-geral birmanês da ONU. Vou ver o que mais está escrito aqui.

Apollo não queria ouvir William lendo um registro da Wikipédia em voz alta. A única coisa que importava era que Emma não estava ali. Mesmo no escuro da noite, era fácil saber. Literalmente não havia onde se esconder além daqueles dois arbustos desalinhados.

— Vamos em frente — disse Apollo.

— O quê? — perguntou William. — Ah, sim. Certo.

Ele aumentou a potência do motor aos poucos e partiu.

— Não há tantas ilhas aqui — disse William. — Passamos pela Rikers. Pela U Thant também. A Roosevelt Island é residencial, a Randalls e a Wards são parques estaduais, as pessoas as usam o tempo todo. Não sei se ela se esconderia em uma delas. Arriscado demais.

— Lá — disse Apollo. Ele falou tão baixo que William não o escutou.

— Poderíamos tentar a Mill Rock — continuou William. — Não tem moradores, mas o Departamento de Parques às vezes a usa para eventos, então não sei. Acho que posso estar subindo e descendo por esse rio há mais tempo do que notei. Estou bem perdido, Apollo.

— Lá! — repetiu Apollo, mais alto dessa vez, de pé, apesar do vento frio.

Uma ilha, vestida com uma mortalha. Não havia névoa, mas a terra era coberta por uma sombra mais escura que o próprio céu noturno. Sem luz em lugar nenhum na rocha, era difícil ver mais que o contorno de uma árvore, mesmo estando diante dela.

— Minha nossa — disse William, já reduzindo a potência. — Eu teria passado batido. Parece que ela estava se escondendo. Ou que estava escondida. Como você viu, Apollo?

— Eu não estava com a cara no iPad.

— Vou aportar — falou William, parecendo chateado, mas tentando esconder.

Ele levou o barco a 3,5 metros da ponta da praia e desligou totalmente o motor. A popa perdeu velocidade ao se alojar na areia. Apollo e William agacharam-se para não caírem para fora. Com o barco na praia e o motor desligado, Apollo escutou o rio espirrar água no casco.

— Acho que eu deveria ter parado mais longe e empurrado o barco pelos últimos metros — disse William. Ele caminhou até a frente do barco e desceu. A água batia em sua coxa. Andou de costas até sair da água e parou na pequena praia.

Atrás dele, Apollo agora conseguia ver claramente que a ilha tinha muita flora, arbustos e árvores demais. Apollo saiu do barco e entrou na água fria.

— Está pronto? — perguntou William, mas sua voz não passava de um sussurro.

— Você não precisa vir junto — Apollo disse a ele. — Já fez mais por mim do que... qualquer pessoa.

— Sinceramente — respondeu William com uma risadinha —, tenho mais medo de esperar aqui no barco, sozinho.

— Tudo bem — disse Apollo. — Certo, então. — Ele olhou para a mão esquerda. A luz da lua iluminou a fita vermelha. Parecia latejar contra sua pele, ou talvez fosse apenas o sangue correndo. — Vamos lá.

53

— Cresci com um cara que se tornou detetive — disse William.

Era noite, Apollo e William tinham dado no máximo uns dez passos adentrando a vegetação. Apollo ainda conseguia escutar o East River batendo no casco da chalupa, apesar de os arbustos serem tão altos que ele não conseguia mais ver a embarcação.

William movimentava-se tão lentamente quanto Apollo, também sem saber onde pisar, onde apoiar as mãos. O matagal crescera tanto que parecia que estavam andando dentro da água. As árvores ficavam tão próximas que William precisava se virar de lado para passar entre elas.

Então, as árvores desapareceram, como se eles tivessem passado por uma cerca, e agora William apontava para algo que crescia a mais ou menos um metro de distância. Ao luar, mais parecia um cogumelo gigante coberto por kudzu. Nem pareceria impossível se uma lagarta estivesse deitada nele fumando narguilé. William pegou o celular, ajustou os óculos e encontrou o aplicativo de lanterna. Ele se abaixou e tocou o cogumelo com o celular. Ouviu-se um leve estampido metálico.

Apollo ajoelhou-se ao lado de William.

— Isso é um hidrante — disse ele.

— Sei onde estamos — falou William. — Deve ser a North Brother Island.

William não consultou seu dispositivo dessa vez. Ele conseguia contar a história de cor.

— A North Brother Island permaneceu inabitada até 1885, quando abriram o Hospital Riverside para tratar os doentes de varíola. Com o tempo, o hospital foi tratando vítimas de outras doenças que exigiam quarentena. Depois da Segunda Guerra Mundial, a ilha se tornou abrigo para veteranos de guerra. E nos anos 1950, virou um centro de tratamento para viciados em droga, que depois foi fechado devido à corrupção entre funcionários.

William movimentou a lanterna do celular acima do hidrante.

— Naquela época, o hospital cresceu tanto a ponto de incluir o centro de tratamento original, uma biblioteca, quartos para os funcionários, uma capela, uma fundição, um armazém e um espaço para estocar carvão, um consultório médico, um centro de recreação e um necrotério. Tinha até calçadas e ruas.

Apollo e William não se deram conta, mas já estavam caminhando em concreto, a poucos centímetros do mato. North Brother abrigava uma pequena cidade que fora reclamada pela natureza. Se fosse dia, eles já teriam visto algumas das construções abandonadas maiores, mas, por enquanto, elas estavam camufladas pela noite e pela vegetação. Por isso, eles ficaram perto do hidrante, surpresos como se tivessem desenterrado uma espaçonave.

O celular de William emitiu dois bipes baixos, e o aplicativo de lanterna se apagou para economizar energia.

— Você fez sua lição de casa — Apollo sussurrou no escuro.

— Eu te disse, eu estava no barco desde meio-dia — falou William, se esticando após ter se agachado. — Tive tempo de ler.

Eles voltaram a caminhar, usando o hidrante encoberto como ponto de referência. Dessa maneira, com um ponto fixo atrás de si, Apollo esperava evitar que se perdessem.

Os passos de Apollo pareciam mais certos agora. Ele se aproximou mais de William, acompanhando o ritmo, mas olhando para a frente.

— Por que você está aqui, afinal? — perguntou Apollo. — Não me venha com essa história de "só quero ajudar".

Eles caminharam pelo mato por mais alguns minutos. Apollo ainda se sentia abalado devido às revelações recentes. Lillian, Kim e agora, Patrice. Se William o estivesse acompanhando para poder subir um vídeo de aventuras em seu canal do YouTube, conseguir um bilhão de acessos e começar a ganhar dinheiro com visitas à página, então Apollo preferia saber disso agora, em vez de descobrir quando alguém enviasse um e-mail para ele com um link dali a algumas semanas. Naquele momento, ele se sentia tão exausto das pessoas que nem sequer se irritou. William, ao menos, o ajudara a chegar ali.

— Gretta disse que não.

Apollo parou de andar.

— Sua esposa?

William respirou profunda e longamente.

— Talvez, cinco anos atrás, ela se convencesse. Dez anos atrás. Agora, ela me disse para guardar o livro, não o quis. — William ficou calado. — Se eu não estivesse aqui com você nesta ilha, estaria em casa, no meu porão, enlouquecendo. Pelo menos isto é alguma coisa. É maluco, mas pelo menos não estou sozinho.

Apollo parou ao lado de William, em silêncio, por um minuto ou três.

— Então, posso ir com você? — perguntou William.

— Estou aqui para fazer merda. Pode fazer o que quiser.

Eles voltaram a caminhar.

Os perigos imediatos que eles enfrentavam agora eram as pequenas partes do mundo moderno que tinham sido levadas à ilha. Um poço aberto, por exemplo, poderia fazer com que despencassem sessenta metros na escuridão. Um pedaço de parede de alvenaria escondida atrás de trepadeiras poderia escolher aquele momento para cair e esmagá-los.

— Está vendo luzes ali? — perguntou Apollo.

Luz de fogo, não elétrica. Ao sul e pairando no ar.

— Fogo-fátuo — disse William, baixinho, observando-as também.

Os olhos de Apollo ajustaram-se à visão, e ele notou que estava vendo uma pequena fogueira no segundo andar de um sobrado. A parede inteira na frente de Apollo tinha caído havia muito tempo, então era como olhar dentro de um diorama. Ele não conseguia ver ninguém perto da fogueira, mas quem mais poderia tê-la acendido? Emma. Sobrevivendo sozinha naquela ilha todo esse tempo. Ele não pensou que a encontraria, de fato. Um arrepio de nervoso percorreu a parte de trás de sua cabeça. Na verdade, era a mesma descarga que sentira antes do primeiro encontro deles. Em um instante, William e Apollo não estavam mais caminhando juntos. Apollo Kagwa começara a correr.

54

Em 1981, já fazia bastante tempo que os pacientes acometidos por varíola tinham deixado a North Brother Island. Os veteranos de guerra tinham evacuado o lugar, os viciados não se tratavam mais ali. A ilha tornara-se conhecida apenas como uma colônia para as garças-cinzentas. Aves pequenas e aparentemente calmas que passam horas e horas piando umas para as outras e grasnam alto quando se irritam. As garças-cinzentas dominaram a ilha por mais de vinte anos, mas no começo do século XXI elas a abandonaram. O motivo para a partida permaneceu desconhecido; houve certa curiosidade por parte dos observadores de pássaros, mas nada digno de nota.

Naquela noite, Apollo Kagwa descobriu por que as garças-cinzentas tinham partido. Elas foram substituídas.

Mulheres e crianças tinham voltado para North Brother Island.

Não estavam no Pavilhão da Tuberculose, a maior e mais bem-estruturada construção na ilha. Estavam, na verdade, na Residência das Enfermeiras, uma construção neogótica em forma de U, grande o suficiente para abrigar 125 enfermeiras quando foi concluída em 1904. Intempéries destruíram as janelas, mas as mulheres e crianças tinham começado a fazer reparos. Apollo conseguiu ver a luz do fogo se espalhando pelo plástico transparente que fora colocado nos caixilhos das janelas. A construção que tinha visto de longe ainda estava com aquela fogueira no segundo andar, mas agora mais parecia um fogo de alerta do que uma fogueira doméstica; parecia um ponto fixo que ajudaria as pessoas a voltarem para casa. Para o acampamento-base.

Apollo estava à beira de um pátio vazio. Do outro lado, ficava a Residência das Enfermeiras, ao lado do Chalé do Médico, uma construção com fachada em ruínas. No quase breu, Apollo conseguia ver algumas pessoas. As mulheres andavam em pares ou sozinhas entre as duas construções. Aqui e ali, crianças espiavam lá fora através de janelas com placas de plástico transparente. Era como se ele tivesse chegado a um vilarejo na selva americana em 1607.

Como era possível que tudo aquilo estivesse acontecendo tão perto da cidade de Nova York? O apartamento de Apollo ficava a menos de sete quilômetros daquele ponto exato. Um trajeto curto de barco o levara às margens de uma ilha de conto de fadas. Ele observou aquelas mulheres e as crianças com uma sensação de surpresa que beirava o terror.

Apollo não se deu ao trabalho de consultar William sobre o que fazer em seguida. Não consultou nem a si mesmo. Saiu das sombras e foi para o pátio. Simplesmente se expôs.

O que não quer dizer que ele não estava com medo. Na verdade, mal conseguia respirar porque continha soluços que subiam pelo peito oprimido. Para se acalmar, falava sozinho. O mantra. Se o dissesse muitas vezes, talvez passasse a acreditar nele.

— Eu sou o deus, Apollo — sussurrou.

Falava tão baixo que mal ouvia a si mesmo.

— Eu sou o deus, Apollo — disse ele, mais alto dessa vez.

Não conseguiu evitar que o volume de sua voz aumentasse. Sentiu a loucura, uma energia maluca, recusando-se a ser contida. Outro termo para isso é *pânico*.

Chegou à Residência das Enfermeiras. A construção não tinha porta de entrada. Ele subiu os degraus da frente o mais rápido que as pernas trêmulas permitiram.

— Eu sou o deus Apollo! — gritou dessa vez. — E quero me vingar!

Apollo fora visto assim que saíra do hidrante coberto de kudzu. Quatro mulheres apareceram no pátio. Cada uma levava uma perna de mesa que fora transformada em arma, em porrete. Os porretes tinham uma faixa de couro amarrada na base e a outra ponta se enrolava no pulso delas. As mulheres usavam capas verdes cobrindo cabeça e tronco, como um xador. Isso as camuflava perfeitamente no mundo verde da North Brother Island. Enquanto andavam ao redor de Apollo, parecia que a mata o havia envolvido. Ele não escutou a aproximação delas, não notou que empunhavam os porretes erguidos.

Aquelas quatro mulheres deram uma puta surra em Apollo Kagwa.

55

Deixar uma pessoa inconsciente com uma surra é absurdamente difícil. Apollo queria que fosse mais fácil. Mas ele se viu agredido por dois minutos que mais pareceram vinte anos e não perdia a consciência. As mulheres que o atacavam eram muito boas no que faziam. Não estavam batendo na cabeça, por não quererem fazê-lo desmaiar. Batiam nos braços e nas pernas para incapacitá-lo em pouco tempo. Não queriam que ele fizesse movimentos bruscos nem que pegasse um porrete e as atacasse. Se ele estivesse com uma faca ou arma, não poderia usá-la, por estar com os braços machucados. Elas bateram com tanta força que os braços e as pernas dele pareceram congelar devido ao choque. Antes mesmo de se dar conta do ataque, ele já tinha sido derrotado. Caiu no chão como se tivesse sido eletrocutado.

Caído de costas, ele não viu nada. Seus olhos não funcionavam. Pensou que talvez tivessem batido a ponto de deixá-lo cego. Isso o confundiu ainda mais do que a dor. Ele fora muito agredido. Agora estava imprestável, e as mulheres sabiam disso. Rolou escada e pátio abaixo, onde o deixaram no chão como um tapete enrolado.

As mulheres colocaram os porretes no chão. Uniram as pernas de mesa até formarem um retângulo, quatro ângulos retos. A ponta de cada perna entrou na faixa da perna ao lado e formaram, juntas, uma maca improvisada. Elas rolaram Apollo e o deixaram deitado de barriga para baixo. Então, cada mulher pegou a ponta de uma perna de cadeira e, com um gemido de esforço, elas o ergueram. Era como se estivessem fazendo o carregamento de bombeiro, mas usando as pernas da cadeira e não seus braços.

A maca tinha o tamanho exato para comportar o torso de Apollo. Os braços e a cabeça pendiam para o lado, as pernas ficaram de fora. A equipe de quatro mulheres o levou do pátio. Tudo isso demorou um minuto e cinquenta segundos. Eram uma equipe bem-coordenada. As janelas da frente da Residência das Enfermeiras foram tomadas por rostos de crianças, e no Chalé do Médico também havia mulheres observando. Uma terceira construção dava para o pátio, um sobrado de alvenaria conhecido apenas como a Escola. Só havia uma luz acesa na Escola, e era uma luz elétrica. Alguém estava parado na janela e viu Apollo sendo carregado. Ela observou por mais tempo do que todos os outros.

O cheiro de terra molhada, o som de insetos nas árvores, os passos das quatro mulheres que o levavam pelo mato, o gosto de sangue na boca. Antes de Apollo voltar a enxergar, seus outros sentidos o ajudaram a compreender a situação.

— Estou aqui — murmurou ele.

— Ora, e nós não sabemos? — respondeu uma das mulheres. Ele não sabia qual delas.

— Ele está *aqui* — disse outra. — Acho que está esperando aplausos.

Quanto tinham se afastado do pátio, da minúscula colônia na mata? O matagal as cercava, mas as mulheres o levaram por um caminho batido. O kudzu e a baga de porcelana tinham sido pisados, não cortados.

— Estou aqui — repetiu Apollo — procurando minha esposa.

— Está aqui para se desculpar e implorar perdão? — perguntou uma terceira mulher, parecendo meio ofegante e claramente sarcástica.

— Ou pretendia matá-la? — questionou a quarta, e quando ela disse isso, todo o corpo de Apollo ficou tenso, e as mulheres riram como pessoas há muito tempo endurecidas pela guerra.

— Quero me vingar! — gritou a primeira.

— Ela pegou meu filho! — acrescentou a segunda.

— Ela me fez sofrer! — sibilou a terceira.

— Quero seu sangue! — disse a quarta.

Elas não riram, apenas estalaram a língua. Nem pareciam surpresas. Apollo ficou se perguntando quantas vezes aquelas quatro mulheres tinham feito a mesma viagem com algum homem que aparecera na ilha. Talvez fosse assim que a trilha por onde passavam ficara tão demarcada, por irem e voltarem com corpos de homens. E aonde a trilha levava?

Ele tentou se jogar para fora da maca. As pernas de madeira o incomodavam no peito e na barriga. Um novo som alcançou seus ouvidos, o bater dos pés das mulheres quando entraram na água. A água fria espirrou em seu rosto e pescoço.

— Para onde estão me levando? — gritou ele.

— Estamos aqui — uma delas disse de modo tranquilo.

— Quem foi o último? — perguntou a outra. — Eu esqueci.

— Kauffman? — disse a outra, mas não parecia ter muita certeza.

— Sim. Está no fundo do East River com o ouro do *General Slocum*.

Elas riram ao mesmo tempo, como se estivessem falando de um velho amigo.

Antes que Apollo conseguisse entender a mudança de mato para beira da água, sentiu o corpo sendo abaixado, submerso; duas mãos em sua nuca submergiram seu rosto, e o frio foi outro tipo de ataque. A água estava ainda mais escura que o céu noturno. Ele sentiu as pernas de madeira sendo retiradas, e seu corpo todo afundou. Elas o estavam afogando. Ele abriu a boca sem querer, engoliu água e, surpreendentemente, isso salvou sua vida.

Sua reação quando engoliu a água foi tão violenta que revitalizou o corpo todo. Ele não sabia o que estava fazendo, mas tinha a força de dez homens para fazê-lo. Afogar uma pessoa é ainda mais difícil do que fazê-la desmaiar. Ele se debateu sem parar e, apesar dos eesforços delas, conseguiu se libertar. A pressão em sua nuca desapareceu. Ele arfou sem parar. Gritou algo, não palavras. Respirou fundo duas vezes, e as mulheres partiram de novo para cima dele. Voltaram a empurrá-lo para dentro, mas agora ele estava de frente para elas, então agarrou duas e as puxou para dentro da água também. Elas emergiram, e ele não as soltou. Quando se salvaram, elas o salvaram. Ele não lutou com elas exatamente, mas se agarrou a elas em desespero. Apollo ficou de pé, sentiu o ar frio na cabeça e correu para a terra.

Elas o derrubaram antes que ele avançasse um metro, mas não importava. Tinha ido longe o suficiente para se agarrar às raízes retorcidas na terra e não soltou. As roupas das mulheres tinham servido como camuflagem na mata, mas agora seus trajes estavam molhados e atrapalhavam os movimentos. Por fim, elas simplesmente se amontoaram em cima dele. Cinco pessoas ofegantes e resfolegantes na areia.

— Como podem protegê-la? — perguntou Apollo quando recuperou o fôlego para falar. — Emma matou meu filho! E vocês a protegem!

A pressão contra suas pernas e costas ficou pouco a pouco mais leve, conforme cada mulher se levantou. Elas o viraram. Uma das mãos dele permaneceu agarrada a uma raiz, para o caso de elas tentarem arrastá-lo de novo para a água. Ele as olhou. Elas o observavam em silêncio. Ele não conseguia distinguir os rostos porque a luz da lua vinha por trás. Quatro figuras sem rosto pairando sobre ele no escuro.

— Você é o da Emma — disse uma delas.

Uma segunda olhou para o céu e resmungou:

— Claro que é. Ela era um saco. Era óbvio que o marido também seria.

— Quieta — disse a primeira de maneira incisiva.

Uma das outras aproximou-se e enfiou as mãos nos bolsos de Apollo. Tirou dali as chaves dele. Ela se virou e entrou na água. Os sons dos espirros de água foram ouvidos, e então ela se virou.

— A carteira dele caiu no rio. Tem um monte de cartões e coisas flutuando ao redor.

— Enterre-os — disse a primeira. — E o celular?

— Não o vi na água.

— Reviste-o de novo.

Duas das mulheres o ergueram, e uma terceira conferiu todos os bolsos e passou as mãos pelas pernas dele, por dentro da calça. Não havia celular ali. Naquele momento, as mulheres deixaram as pernas da cadeira penduradas na cintura, seguraram-nas pelo cabo e deram quatro passos para trás. Apollo ficou em pé, correndo o risco de tombar, mas elas não o ajudaram.

— Cal vai querer ver você — disse uma mulher. Ela apontou o caminho por onde tinham acabado de vir. — Você sabe chegar lá.

Apollo oscilou enquanto caminhava, mas nenhuma delas ofereceu apoio. Apenas no caminho de volta ele teve a presença de espírito, a calma de olhar ao redor e perceber que estava sozinho com aquelas mulheres. Elas o haviam pegado, mas não a William. Ele se sentiu como se tivesse mais uma carta na manga. Mais uma carta para jogar. O que William Wheeler faria?

56

Elas levaram Apollo de volta, mas demorou um tempo. Ninguém se recupera depressa de uma surra como a que ele levou. Parecia que ele fora espancado e, de fato, fora. Quando chegaram ao pátio, um profundo silêncio os recebeu. O fogo, antes aceso, tinha se apagado; apenas a luz elétrica na Escola permanecia ligada. Apollo teve a sensação de que a Residência das Enfermeiras tinha sido esvaziada. E também o Chalé do Médico. Imaginou que a população toda fora transportada dali enquanto elas tentavam assassiná-lo no rio. Talvez tivessem protocolo de abrigo em caso de ataques a bomba, procedimentos de proteção em porões em caso de tornados, lugares aonde iam quando uma força de grande destruição chegava. Imaginou todas aquelas mulheres e crianças encolhidas em um bunker escuro e mal-arejado e pensou na possibilidade de elas terem fugido por causa dele. Isso não o fez se sentir poderoso. Na verdade, deu a ele uma perspectiva diferente a respeito do que acabara de acontecer. Um desconhecido aparecera de madrugada gritando que era um deus, querendo vingar-se de sua esposa. Como aquelas mulheres e crianças poderiam não se assustar?

Duas das mulheres agarraram-no pelos braços e o levaram em direção à Escola. O quarto com a luz acesa no segundo andar parecia ainda mais iluminado agora, pois não havia outro sinal de vida. Duas das mulheres entraram na frente dele, e as outras duas acompanharam. Elas atravessaram um corredor comprido cujas paredes se inclinavam para a esquerda. As paredes e o teto tinham tinta branca descascada e, por baixo, reboco cinza. Os pisos estavam cobertos por uma camada de poeira que deixava seus passos à mostra. Havia meia dúzia de cômodos naquele andar. A maioria deles parecia pequenos escritórios abandonados fazia muito tempo. O som de seus pés na poeira ecoava até o teto. Conforme subiam a escada, o farfalhar de seus movimentos também ecoava.

Cal me disse o que fazer. Mas não sei se consigo.

Apollo escutava a mulher no porão da igreja, tão claramente quanto antes. Talvez tivesse reagido à lembrança de alguma maneira, tivesse feito um movimento brusco na escada, porque uma das mulheres atrás dele acertou seu ombro direito com o porrete. Ele teve que parar e recuperar o fôlego. A dor o fez voltar a si e se lembrar de que as guardas estavam ali.

No topo da escada, encontraram mais um corredor que levava a uma série de cômodos sem uso por muito tempo. Uma luz forte saía de um cômodo no meio do caminho. As mulheres o levaram para o cômodo, que tinha uma porta. Havia três palavras escritas nela.

SALA DA DIRETORIA

Uma mulher estava sozinha lá dentro, de costas para Apollo, quando ele entrou. Ela se inclinou sobre uma mesa comprida coberta com materiais, diversos blocos e formas que ele não conseguia distinguir. Havia outra mesa, claramente bagunçada, cheia de papéis e um processador de texto muito antigo, um bloco cinza que tomava um terço da superfície. O plugue do processador estava conectado a um gerador de 3.000 watts, o Honda Super Quiet Generator. O gerador estava preso a uma parede na qual havia um buraco grande e soltava fumaça no ar da noite. Apollo não escutara o barulho do gerador nem mesmo do corredor. Mas o barulho ali era como se alguém no pátio estivesse usando um pequeno cortador de grama.

Havia duas luminárias ladeando a mesa diante da mulher, que continuava de costas para ele. Dois cantos da sala estavam no escuro, mas, em comparação com o resto da ilha, era como se ali fosse a Torre Eiffel acesa à noite.

Apollo entrou no cômodo.

Uma das mulheres que o haviam levado ali entrou depressa, alegre, e deixou as chaves dele sobre a mesa do processador de texto. O celular dele estava sobre a mesa. Outra pessoa o havia encontrado.

— Como?

A mulher falou sem se virar.

— Caiu no pátio quando vocês o pegaram. Uma das crianças o encontrou e o trouxe para mim. Pensei ter treinado vocês para serem cuidadosas.

— Você treinou. Nos desculpe.

— Relaxada — retrucou a mulher.

A guarda assentiu e então se juntou de novo às outras na porta. Ela deixou um rastro leve de água que pingava da capa. As quatro mulheres que tinham tentado afogar Apollo viraram e saíram.

Agora, ele estava sozinho com a mulher, que deu dois passos para a direita, pegando algo da mesa. Ela usava o corte de cabelo curto, sem frescuras, de muitas mulheres mais velhas, com cabelos tão grisalhos que pareciam quase inteiramente brancos. Ela usava calças pretas um pouco folgadas com uma blusa de lã cinza que descia, com elegância, até as coxas. Parecia uma modelo da marca Eileen Fisher. Quando se virou, o efeito se tornou ainda mais esquisito. Estava com um fantoche de meia em cada mão.

— Qual é mais assustador? — perguntou.

Ela sorriu com maldade, sabia o efeito exato que causava, e isso fazia com que parecesse brincalhona e poderosa ao mesmo tempo. Estava sozinha com Apollo, o que não parecia incomodá-la nem um pouco. Ele não tinha condições de lhe fazer mal – não conseguia levantar os braços e sentia as pernas apenas por causa do latejar constante de suas coxas.

— Oi? — chamou ela, erguendo as duas mãos mais alto. — Elas não cortaram sua língua, certo? — Ela estreitou os olhos para ele. — Não, nesse caso teriam entregado a língua para mim.

O fantoche em sua mão direita era feito com uma meia verde-musgo com olhos esbugalhados colados. No lugar do nariz, tinha um chifre nas cores do arco-íris. Não fosse pelo chifre, se pareceria com o Caco, dos Muppets. A outra meia era laranja com três olhos, um longe do outro, o que fazia o fantoche parecer estrábico. Seu nariz era um adesivo de girassol.

— Nenhum deles é assustador — respondeu Apollo, por fim.

A mulher virou as mãos de modo a parecer que ela e os fantoches estavam se encarando.

— Era isso que eu temia — disse ela.

— Você é Cal.

Ela assentiu e suspirou enquanto observava os fantoches durante mais um tempo.

— Sou eu. É um apelido de Callisto. Chegue mais perto.

Apollo mancou até metade do cômodo, mas ainda assim deve ter ido um pouco mais rápido do que deveria. De canto do olho, viu um movimento. Os dois cantos escurecidos do cômodo pareceram tremer, estremecer, e então de soslaio ele viu duas mulheres vestindo trajes verdes familiares. As sombras as haviam escondido, mas agora elas queriam ser vistas. Cada uma estava armada com um porrete, assim como as mulheres no pátio, mas na ponta desses porretes havia pregos. Clavas improvisadas. Surpreso, temendo outra surra, Apollo tropeçou para trás. Ele teria caído se Cal não estivesse ali para segurá-lo.

— Tudo bem — disse Cal. Apollo não sabia se ela falava com as guardas ou com ele. Ela tinha tirado os fantoches de meia, e suas unhas arranharam a jaqueta dele. — Elas são muito protetoras comigo. Mas você não vai fazer nada de mal, vai?

— Não — respondeu Apollo.

Ele sentiu a firmeza da mão de Cal e notou que ela segurava seus braços um de cada lado do corpo. Se ele tivesse lutado para se soltar naquele momento, não teria conseguido antes de aquelas duas guardas imperiais se aproximarem e enfiarem um prego em seu cérebro.

— Vou fazer uma apresentação para as crianças amanhã à noite — disse Cal. — Por que não me ajuda a fazer um bom fantoche?

Cal voltou à mesa, e dali Apollo viu os tipos de materiais que estavam dispostos. Sacos de meias de todas as cores, bastões de cola e pistola de cola quente, pilhas e mais pilhas de feltro de diversas cores, barbante comprido preto, azul, vermelho, amarelo, verde e montes coloridos de feltros, duas tesouras de adulto e uma dúzia de tesouras menores e mais seguras, lacinhos de cabelo e presilhas pequenas, além de miniaturas de gravatas-borboletas. Também havia dois "conjuntos" pequenos na mesa. Uma caixa de papelão que fora transformada em casa, e mais uma, essa de pé, com uma única janela cortada no alto.

— Sabe qual história vou contar? — perguntou Cal, apontando as caixas de sapato.

Apollo observou as guardas, que ainda não tinham voltado para as sombras. Cada uma delas com uma clava na mão esquerda. O rosto magro e de olhos saltados fazia com que parecessem cães de faraós, elegantes mas desconfiados. Eram bem altas, do tamanho de Patrice, e magras – o que ficava evidente mesmo com as capas. Tinham a mesma postura. Eram gêmeas. Cal fez um gesto para afastá-las. Elas deram três passos, e Cal acenou para que se afastassem mais. Por fim, elas voltaram para as sombras, mas Apollo não conseguiria deixar de vê-las.

— E agora? — perguntou Cal, indicando de novo as caixas de papelão. — Consegue adivinhar?

Ela se posicionou atrás da caixa erguida, colocou um novo fantoche na mão, e a enfiou na janela do topo. Duas tranças cor de laranja, despenteadas, rolaram da cabeça, tão compridas que chegaram à mesa.

— Rapunzel — disse Apollo.

— Isso mesmo — falou ela. — Você provavelmente acha que conhece o conto de fadas, mas aposto que não se lembra de tudo. Posso praticar com você antes de me apresentar às crianças?

57

— Um senhor e uma senhora queriam ter um filho fazia muito tempo, mas não tinham sorte. Todas as noites, eles rezavam muito por uma mudança. Um dia, a mulher olhou pela janela para a horta próxima dali. Ela viu uma plantação de rabanetes e ficou com vontade. Contou ao marido que queria comê-los, e o marido queria ver a esposa feliz, por isso decidiu roubar alguns rabanetes, apesar de a horta pertencer a uma feiticeira conhecida e temida em todo o vilarejo.

"Mesmo assim, ele pulou na horta e roubou os rabanetes para preparar uma refeição para a esposa, e ela gostou. Mas como agora ela estava grávida, seu desejo não passou, e o marido foi à horta de novo. Dessa vez, quando ele arrancou os rabanetes, a feiticeira apareceu.

"'Como ousa?', gritou ela. 'Ladrão! Você vai pagar por isso!'

"O homem implorou por sua vida. Explicou que só roubara para alimentar a esposa amada, e sua resposta emocionou a feiticeira. Ela concordou em não o amaldiçoar e disse que ele poderia pegar quantos rabanetes quisesse, mas quando o bebê nascesse, deveria entregá-lo a ela. O senhor ficou com tanto medo que concordou com tudo apenas para salvar sua vida. E, no dia em que o bebê nasceu, a feiticeira apareceu, pegou a criança e deu a ela o nome de Rapunzel.

"A menina cresceu saudável e forte, mas quando completou 12 anos, a feiticeira a pegou e a escondeu dentro de uma torre que não tinha portas, somente uma janela. A feiticeira a visitava todo dia de manhã e entrava dizendo 'Rapunzel, Rapunzel, jogue-me suas tranças'. A menina soltava as longas tranças pela janela, e a feiticeira subia.

"Um dia, um príncipe passou por ali a cavalo. Escutou Rapunzel cantando na torre, e sua voz era o som mais lindo que ele já tinha escutado. Encontrou a torre, mas não conseguiu entrar. Voltou muitas outras vezes até que, um dia, ele viu a feiticeira chamar, as tranças descerem e a senhora subir por elas.

"O príncipe esperou a feiticeira ir embora à noite. Quando isso aconteceu, ele gritou: 'Rapunzel, Rapunzel, jogue-me suas tranças'. Quando as tranças desceram, ele subiu, e Rapunzel ficou assustada. Ele explicou que tinha escutado a voz dela e se apaixonado. Com o tempo, ele acalmou os medos de Rapunzel. Ele voltava para vê-la toda noite quando a feiticeira ia embora. Quando ele a pediu em casamento, Rapunzel arquitetou um plano. Ele voltaria todas as noites com um lenço. Quando houvesse lenços suficientes, ela faria uma corda e desceria com ele, e os dois fugiriam.

"Mas um dia, enquanto a feiticeira estava lá, a jovem e inocente Rapunzel perguntou por que a feiticeira tinha tanta dificuldade para escalar seus cabelos até a torre, sendo que o jovem príncipe subia com muita facilidade. 'Arrá!', a feiticeira gritou. 'Sua sem-vergonha!'. Ela agarrou as tranças de Rapunzel, juntou as duas na mão e, com uma tesoura, cortou as duas! Em seguida, tirou Rapunzel da torre e a deixou no deserto, onde nunca seria encontrada.

"Naquela noite, quando o príncipe chegou, a feiticeira soltou as tranças quando ele chamou. Mas ao subir, ele encontrou a feiticeira. 'O tesouro que você busca se foi! Agora venha aqui, vou destruir você!' O príncipe, aterrorizado, pulou da torre para salvar sua vida. Caiu em um arbusto cheio de espinhos, que perfuraram seus olhos. Cego, ele fugiu e vagou sem direção por anos.

"Certo dia, o príncipe escutou um som ao longe. Uma canção que ele não escutava fazia muito tempo. Ele a seguiu até encontrar o lugar onde Rapunzel vivia agora, no deserto, com dois filhos. Rapunzel ficou tão chocada quando o viu que o agarrou e o abraçou. Suas lágrimas caíram nos olhos dele, curando-os. Agora ele conseguia enxergar! Ele levou Rapunzel, o filho e a filha deles para seu reino, onde todos eles viveram felizes para sempre."

58

— Você vai contar essa história para crianças pequenas?

Eles ainda estavam na sala da diretoria. Apollo permaneceu em pé, e Cal atrás da mesa com o fantoche de Rapunzel na mão. Ela não o havia usado o tempo todo. Na verdade, ela se distraíra ao contar a história, assim como Apollo. Até mesmo as guardas tinham saído dos cantos, mãos para baixo ao lado do corpo e cabeça inclinada enquanto escutavam.

Cal apontou para Apollo.

— Bingo! Contos de fadas não são para crianças. Nunca foram, na verdade. Eram histórias que os camponeses contavam uns aos outros ao redor do fogo depois de um longo dia, não para seus filhos. Era assim que os adultos conversavam uns com os outros. Os contos de fadas tornaram-se histórias para crianças no século XVIII. Nessa época, um novo e estranho grupo começou a aparecer em partes da Europa. A classe dos mercadores.

"Os mercadores estavam ganhando dinheiro e queriam viver melhor que as classes inferiores. Assim, havia novas regras de comportamento, tanto para adultos como para crianças. Os contos de fadas foram alterados de acordo com elas. Mas tinham que ter uma moral, algo para treinar as crianças nessas novas regras. E foi quando começaram a virar essa merda. Um conto de fadas ruim tem uma moral extremamente simples. Um bom conto de fadas diz a verdade."

Cal pegou um saco de meias e o estendeu na direção de Apollo. Indicou os fantoches de meias que estava usando quando ele chegou.

— Era para um desses ser a feiticeira, mas não consigo deixá-la assustadora como deveria ser. Tente você.

Ele pegou uma meia cinza.

— Você vai me falar da minha esposa? Emma está aqui?

A pergunta não teve resposta. Foi como se ele não tivesse dito nada.

— Suas guardas tentaram me matar — disse ele ao colocar a meia estendida sobre a mesa.

Cal seguiu o exemplo de Apollo e pegou uma meia cinza para si.

— Anos atrás, um marido nos encontrou — disse ela. — Isso foi muito antes de nos mudamos para esta ilha. Ele veio com duas armas e muita ira. Cometi o erro de tentar conversar com ele, para que entendesse, mas não deu certo. Ele fez muito estrago. Matou três mulheres e sete crianças. Atirou duas vezes em mim, mas eu sobrevivi. Desde então, decidi que precisávamos nos proteger. Deixamos o mundo e viemos para esta ilha. Nós nos armamos da melhor maneira possível. E se os homens aparecessem, seríamos mais... proativas.

Apollo vestiu a meia na mão direita e, em seguida, uniu o polegar e as pontas dos dedos formando algo que lembrava um rosto, e as falanges eram a parte superior de um crânio com saliências.

— Exatamente quantos homens vocês mataram aqui? — perguntou Apollo.

— Somos como a polícia — disse Cal. — Não fazemos essa conta.

Ela deu a volta em Apollo e conectou a pistola de cola quente em uma extensão que atravessava a sala e chegava ao gerador. Ele já tinha se acostumado com o estrépito baixo da máquina. Quando Cal conectou a pistola de cola quente, o gerador fez um barulho ligeiramente mais alto. Ela entregou a pistola para Apollo.

— Pode me dar algumas daquelas bolas de algodão? — pediu Apollo. Ele falava com Cal, mas olhava para os cantos escuros onde as guardas estavam.

Ela pegou um bastão de cola e deu uma batidinha delicada no nariz dele.

— É essa a ideia.

Ali, em pé, Apollo pôde olhar para a mesa onde estava o grande processador de texto e, ao lado dele, uma pequena miscelânea de papéis. Eram desenhos de crianças. O desenho do papel de cima era uma montanha alta e escarpada e, na base da montanha, uma caverna profunda e escura. Dentro da caverna, dois olhos amarelos pairavam. Ele pensou ter visto o contorno fraco de uma boca aberta embaixo dos olhos. Ficou surpreso com a imagem.

— Chumaços de algodão — disse Cal, tirando-o de seu transe, colocando um punhado em sua mão. — Será que a feiticeira tem cabelos grisalhos?

Ela ergueu a pistola de cola quente e puxou o gatilho delicadamente, até uma gota de cola aparecer. Apollo olhou para as bolas de algodão. Por um momento, foi como se ele segurasse uma nuvem na mão.

— Como podemos proteger nossos filhos? — perguntou Cal, baixinho.

Apollo observou a forma suave em sua mão.

— É óbvio que não sei.

— Não — disse Cal. — É disso que a história da Rapunzel trata. É a pergunta que a história faz.

Ela aproximou a pistola de cola quente da meia em sua mão e fez duas aplicações. Então, colou dois olhos esbugalhados. Espalmou a mão dentro da meia e espremeu cola em círculos. Ela pressionou um feltro oval vermelho no local, em seguida fechou a mão de novo para que o feltro virasse uma boca.

— O senhor e a senhora estão com a criança — disse Cal. — Mas não fazem nada para protegê-la. Ficam totalmente alheios, e a bebê é arrancada deles.

Rápida e habilmente, Cal pegou uma fita verde da pilha e a colocou na parte de cima da meia, formando mechas de cabelo que pareciam musgosas. Encontrou pequenos pedaços de feltro preto já cortados e os colou acima dos olhos esbugalhados. Sobrancelhas. Dois pequenos pedaços de feltro marrom viraram orelhas.

— A feiticeira esconde a menina em uma torre. Ela não deixa a criança fazer nada sem ela. Ela é uma mãe superprotetora.

Outros dois pedaços mais compridos de feltro marrom se transformaram em dois braços.

— Mas mesmo assim o príncipe encontra uma maneira de entrar, não é? Não importa o que façamos, o mundo encontra um jeito de chegar. Então, como podemos proteger nossos filhos? Centenas de anos atrás, os camponeses alemães perguntavam isso uns aos outros. Mas, em vez de formular a pergunta, criaram uma história que envolvia essa preocupação. Como proteger nossos filhos? Estamos em 2015 e ainda tentamos encontrar uma resposta. Os novos medos são os velhos medos, e os velhos medos são ancestrais.

Ela mostrou o fantoche finalizado.

— Agora eu sei que isto não é assustador — disse Cal, sorrindo. — Mas quando eu fizer a apresentação amanhã à noite, as crianças vão falar com este fantoche como se ela fosse tão real quanto eu. Na verdade, vão pensar que esta boneca é mais real do que eu.

Ela segurou o fantoche perto do rosto de Apollo até o próprio rosto perder foco e desaparecer. Ela não movimentou a mão para fingir o boneco estava falando, e usou sua voz normal. Só deixou o fantoche ali, diante de si, e quanto mais Apollo olhava, mais o boneco ganhava vida.

— Os escoceses chamavam de *glamer* — disse Cal. — Glamour. É um tipo antigo de magia. Uma ilusão para fazer algo parecer diferente do que realmente é. Um monstro pode parecer uma bela donzela. Um castelo em ruínas parece ser um palácio dourado. Um bebê... — Sua voz desapareceu.

Apollo flagrou-se falando com o fantoche, como Cal disse que as crianças fariam.

— Não é um bebê — sussurrou ele.

— Que garoto esperto — disse o fantoche.

— Mas não estamos em um conto de fadas — respondeu Apollo.

— Tem certeza?

— A melhor maneira de resolver uma situação ruim é colocar tudo para fora! — Uma voz de homem. Do lado de fora. No pátio.

Os dedos de Cal se cerraram em punho, e o fantoche voltou a ser inanimado. A boca se fechou e os olhos balançaram – foi como ver a alma sair de um corpo. Cal abaixou a mão, e Apollo observou as guardas se moverem depressa até as duas janelas, onde olharam para baixo.

Uma delas anunciou:

— Outro homem.

Cal olhou para Apollo com tanta fúria que ele pensou que ela mandaria as guardas racharem sua cabeça naquele mesmo instante.

— Você não veio sozinho — sussurrou ela. — Por que não me contou?

Apollo queria explicar. Ele se esquecera completamente de William desde o momento em que entrara naquela sala.

— Só entendemos alguém quando passamos a ver as coisas do ponto de vista da pessoa — gritou William Wheeler no pátio. Parecia animado. Ou louco. — Só quando estamos no lugar dessa pessoa!

— Quartos de isolamento — disse Cal. — Para os dois.

59

Os quartos de isolamento ficavam na Ala dos Tuberculosos. Era o maior e o mais bem equipado edifício do complexo, uma construção de alvenaria com quatro andares, bastante espaço, em condições excelentes para trezentos pacientes. Era a única estrutura que Cal proibira para membros de sua comunidade. As mulheres até tinham feito barreiras improvisadas para manter as crianças longe, pilhas de mobília velha e escombros que dificultariam a escalada da maior parte das crianças pequenas. A única área da construção que o grupo usava eram os quartos de isolamento, uma prisão improvisada.

Cal e suas guardas levaram Apollo e William para a ala. Enquanto uma gêmea retirava as tábuas presas na porta, a outra permanecia mais atrás com os prisioneiros, com a clava em posição. Ela segurava o celular de William erguido.

— O que ele estava fazendo quando o encontraram? — perguntou Cal.

A retirada das tábuas de madeira soou como disparos de armas.

— Ele estava na praia com a luz do celular acesa. Ali parado, acenando com ele acima da cabeça, de um lado para o outro.

— Tinha sinal? — perguntou Cal, pegando o telefone. — Ele poderia fazer uma chamada?

— Não — disse a guarda. — Ele não parava de balançar o aparelho.

Apollo tentou chamar a atenção de William, mas não estava funcionando. William olhava para o céu noturno como se estivesse fazendo um passeio. Esboçava um sorriso. Se não fosse o local, daria para imaginar que ele era um homem de meia-idade observando estrelas no quintal.

Cal resmungou a pergunta seguinte.

— Por que você ainda não destruiu essa merda?

— Pensei que você devesse ver o que mais ele tem no celular.

A última das tábuas foi retirada da porta, e a outra guarda a abriu. Apollo não tinha ideia da profundidade do corredor nem de sua largura, tampouco da altura do pé direito. Estava tão escuro lá dentro que parecia não haver chão depois do batente, apenas um poço sem fundo.

— Ai, Deus — disse Cal tranquilamente enquanto mexia no celular. — É o marido da Gretta?

A guarda atrás de Apollo o empurrou para a frente, em direção ao corredor escuro. Antes que ele desse um passo, Cal bateu o celular na nuca de William. Ele foi lançado adiante, mas não caiu, então ela o acertou mais uma vez. Ele gritou, um uivo bem animalesco, mas ainda assim não caiu. Uma das gêmeas chutou a parte de trás das pernas de William. Ele gritou e caiu de quatro. Seus óculos voaram, e ele partiu atrás deles na hora, automaticamente. Cal bateu o celular mais cinco vezes nas costas de William, que ficou jogado na terra, respirando com dificuldade. Ela derrubou o celular no chão perto da cabeça de William, e a guarda que o chutara golpeou o aparelho quatro vezes com a clava. O celular se amassou e rachou. Morreu.

— Deveríamos contar a ela que ele está aqui — disse Cal. — Ela gostaria de estar presente quando nós o matarmos.

— Você tem o telefone dela? — perguntou William. — Pode me dar?

As guardas o chutaram até ele cair na terra.

Apollo foi empurrado para a frente. Entrou pela porta escura com cuidado. Apollo escutou William gemendo. Provavelmente estava tentando se levantar. Ele cuspiu e tossiu. Por fim, as gêmeas tiveram que arrastá-lo.

Os quartos de isolamento eram essencialmente jaulas de tela. Havia uma tranca para que os pacientes ficassem presos. Tudo isso fora instalado quando o local era um hospital para tratar doenças infecciosas, e assim continuara nos anos em que foi transformado em abrigo para jovens viciados. Naquele momento, Apollo e William estavam no isolamento. Duas jaulas, lado a lado. Eles conseguiam se ver, falar um com o outro, embora a tela fosse estreita demais para se alcançarem.

— Pelo menos recuperei meus óculos — disse William, sentado de costas para a porta da gaiola.

Havia caixilhos de janela em todo cômodo, mas os vidros tinham sido quebrados muito tempo antes. Uma tela de alambrado fora soldada nas estruturas, por isso era impossível escapar, mas a luz da lua entrava e dava aos dois homens um tom azulado.

— Elas sabiam quem você era — disse Apollo. — Cal falou o nome de sua esposa. Você escondeu algumas coisas de mim. — Ele estava na janela, olhando para fora.

— Bem, isso é óbvio — respondeu William. Ele virou seus óculos como se pudesse ver o próprio reflexo neles. William sorriu como se estivesse verificando se havia manchas nos dentes. Então, ele os colocou e olhou para Apollo.

— Elas acabaram comigo! — gritou Apollo. Suas coxas ainda doíam, a lombar também.

— Sinto muito por isso — disse William. — De verdade. Para ser sincero, não pensei que chegaríamos tão longe. Fiquei subindo e descendo o East River durante meses. Estive em todas as ilhas à procura de Cal, mas, por algum motivo, não encontrava este lugar. Mas você o viu logo de primeira.

Você não enxerga, mas vai enxergar.

Apollo ouviu a voz de Emma – as últimas palavras que ela lhe disse – e estremeceu. Ele puxou a fita vermelha no dedo médio. Havia um nó. Apollo olhou para a frente, um pouco confuso, assustado, tentando entender tantas coisas.

— Se você subiu e desceu o rio por meses, então não aprendeu a pilotar um barco hoje — concluiu Apollo.

— Meu pai me levava para andar de barco desde que eu era um bebê. Nossa família é norueguesa. Velejar está no sangue.

— Mas para que tudo isso? — perguntou Apollo. — Por que esconder de mim?

— Confiança leva tempo. Mas não achei seu nome do nada. Confesso, sabia quem você era.

— Pelas notícias — disse Apollo, sentindo-se muito ingênuo por ter acreditado no contrário.

— Não pelas notícias sobre o que Emma fez. Eu sabia quem você era muito antes disso. Soube que sua esposa deu à luz no trem A.

— Nunca falamos com a imprensa sobre isso — disse Apollo.

— Vocês, não — William concordou. — Mas a imprensa fez a cobertura. Emma foi levada ao Hospital do Harlem. Eles emitiram uma certidão de nascimento. Você se lembra do que eu disse antes de lhe dar aquele vídeo de Emma?

Uma pessoa que tem uma conexão à internet e que realmente se importe consegue encontrar quase qualquer coisa.

Apollo chutou a parede de tela entre as duas jaulas.

— Mas por quê? Por que fazer tudo isso? Eu estava só vivendo minha vida, e você estava na sua casa analisando os assuntos pessoais de um desconhecido?

William aproximou-se de Apollo e tocou suavemente a parede de tela.

— Gretta tinha acabado de me deixar. Elas foram embora, e minha casa estava vazia. Eu estava em queda livre. Não estava pensando direito. Li sobre o ocorrido no trem e, de repente, eu tinha muito tempo ocioso. E por mais que eu fosse bom em buscar informações, não conseguia encontrar nada sobre Gretta. Era como se ela tivesse desaparecido. E tinha. Tinha vindo para cá ficar com Cal. Mas eu não sabia. Então eu tinha tempo de sobra, li sua história do trem, e uma mistura de tédio e curiosidade e simplesmente o fato de estar enlouquecendo me mandou por este caminho.

"Encontrei o nome Emma, mas também descobri o seu. Soube do seu negócio. Encontrei você no Facebook. E vi muitas fotos de seu filho. Dez, doze fotos em um post! Metade delas estava borrada demais para eu conseguir ver com clareza, mas não importava. Você estava muito feliz. Muito orgulhoso. E eu entendi isso. Eu pensei... Esse é um cara que sabe como pode ser bom... Amar alguém pra caramba. Eu e esse cara, nós somos iguais. Ele entende por que a família é importante. Mas na verdade tudo isso surgiu porque Gretta fugiu com minha filha e destruiu minha família. Se isso não tivesse acontecido, nunca nos conheceríamos."

— Filhas — falou Apollo. — Você me disse que tinha duas. Também era mentira?

— Não — respondeu William. Pela primeira vez, sua voz se suavizou. — Eu tive duas.

Por causa do luar, Apollo podia ver seu rosto. William chorava.

Apollo ficou parado. Seu cérebro parecia ter entrado em curto-circuito. Sentiu o ímpeto de consolar aquele homem, mas ele havia mentido sobre muitos assuntos. Ainda assim, sentia que uma coisa era totalmente verdadeira: aquele homem perdera a família, o que o deixara um pouco louco. Apollo se identificava muito com isso.

William deu um tapa na parede da tela, e Apollo se sobressaltou.

— Eu chamei a cavalaria — disse William. — Sinto muito por não ter tentado ajudá-lo, mas era isso que eu estava fazendo enquanto elas estavam com você.

— O que isso significa? — perguntou Apollo. — A polícia? O FBI?

William ignorou a pergunta, oferecendo algo mais relevante.

— Agora vou puxar a última cortina, Apollo. Vou colocar todas as minhas cartas viradas sobre a mesa. Emma está viva. Sabemos disso. Você quer encontrá-la. Cal, todas essas mulheres aqui, elas não vão ajudar você a encontrá-la. Não importa o que digam, elas só protegem a si mesmas. Mas eu poderia ajudá-lo a encontrar Emma. Eu iria até o fim do mundo com você.

— Mas... — disse Apollo.

— Mas primeiro você precisa me ajudar a recuperar Gretta e Grace. Você me ajuda, e eu te ajudo, eu sou um homem de muitos recursos, como você notou.

Apollo se aproximou da janela e olhou para o céu noturno, para a lua quase cheia, como se estivesse se preparando para fazer um desejo.

— O que está me pedindo para fazer?

— Converse com Gretta por mim — disse William. — Elas não vão me deixar vê-la. Não enquanto eu ainda estiver em condições de falar. Mas ela não te conhece. Você pode explicar até onde cheguei. Pode dizer que eu sei que não foi culpa dela. Que tanto ela como eu perdemos a cabeça depois que Agnes morreu. Ela era nossa bebê. Eu não digo o nome dela em voz alta há quase um ano. Agnes. Minha filha querida.

"Mas agora entendo que não foi culpa da Gretta. Quero implorar o perdão dela por ter sido genioso e por ter acusado tão depressa. Quero oferecer a ela o meu perdão, se ela quiser. Quero que ela e Grace voltem para casa. Quero que a minha família, o que sobrou da minha família, fique inteira novamente. Estou pedindo que você diga tudo isso para ela."

— Como você sabe que vou vê-la? Elas podem vir aqui e simplesmente atirar em nós dois.

— Você ouviu o que ela disse. Ela vai chamar Gretta. Se Gretta souber que estou aqui, ela vai vir. Talvez queira mesmo me ver morto, mas não acho que seja tão simples. Nunca é simples entre as pessoas. Se elas levarem você para outro lugar e você vir Gretta, conte a ela o que eu falei. Se Gretta me perdoar, talvez elas me soltem. Eu não sei, mas é a única chance que me resta. Você é a única chance que me resta. Não quero morrer sem tentar.

Apollo deu as costas para a lua e encarou William na outra jaula.

— E se eu disser não?

William tossiu até engasgar. Por fim, se recuperou.

— De homem para homem, se você não me ajudar, todo mundo vai morrer nesta ilha. Até mesmo eu.

— Quem está vindo para cá? — perguntou Apollo.

— Não vou cancelar o chamado — disse William. — Não vou nem tentar.

Com isso, William foi para o canto mais distante de sua jaula, onde o luar não chegava. Ele se deitou no chão na escuridão, enrolou seu casaco para usar como travesseiro, e se acomodou para dormir.

Apollo não adormeceu.

60

Cal chegou logo após o amanhecer, com suas guardas gêmeas. As gêmeas pareciam tão cansadas quanto Apollo se sentia – os olhos estavam vermelhos –, mas mantinham a postura rígida como duas espingardas de caça. Cal abriu a porta do quarto de isolamento de Apollo, e William se sentou para observar. Ele colocou os óculos como se, sem eles, estivesse seminu.

Cal entrou na jaula de Apollo. Ela usava as mesmas roupas da noite anterior. Parecia ter dormido com a blusa de lã cinza que vestia. Na barra havia vestígios de terra e folhas.

— Bom dia, *Pearl* — disse William.

Pela primeira vez desde que Apollo a conhecera, ela parecia assustada.

— Pearl Walker — disse William. — Criada no litoral do Maine. Teve problemas com a lei porque costumava roubar. Bebia muito. Um filho. Você se lembra do nome do seu colégio? Porque eu poderia dizer para você.

Cal cruzou os braços sobre a blusa cinza e olhou para o chão, respirando fundo. Quando levantou a cabeça, a calma tinha voltado.

— Senti vontade de te cobrir com gasolina e tacar fogo ontem à noite. — Cal caminhou na direção de William.

— Mas então pensei que Gretta pudesse querer fazer isso. Mandei alguém buscá-la de barco ontem, logo depois de colocarmos você aqui.

William tocou a parede de tela delicadamente, como se Cal fosse o animal capturado ali dentro, e não ele.

— E a minha filha?

— Está falando daquela que você matou? — perguntou Cal. — Você não vai vê-la nem quando morrer.

O rosto de William transfigurou-se em uma máscara de puro ódio.

— Feiticeira. Bruxa. Cada palavra sua é uma mentira.

Cal gesticulou para Apollo sair de sua jaula, mas Apollo não conseguia fazer nada além de olhar para William.

— Está dizendo que *ele* matou a filha?

— Ela está mentindo para você, seu tonto. Está lançando um feitiço. É o que as bruxas fazem.

— Decidi te dar mais uma chance — disse Cal a Apollo, ignorando William.

Cal levava algo sob um dos braços, escondido nas dobras da blusa, mas Apollo notou o modo como ela mantinha o braço apertado contra o corpo. Talvez fosse uma arma. Talvez William estivesse dizendo a verdade e aquilo não passasse de um estratagema para levá-lo para fora e meter uma bala em seu crânio. E se fosse isso, o que ele poderia fazer?

— Por quê? — perguntou Apollo. — Por que me dar outra chance?

— Emma me falou sobre você, Apollo. Enquanto esteve com a gente, ela e eu conversamos um pouco. Ela me disse que você viria até aqui, mas eu não acreditei. Pensei que tínhamos nos escondido muito bem. Eu falei para ela que nenhum homem conseguiria encontrar nossa ilha, mas aqui está você. Exatamente como ela falou. Mas ela não disse que esse outro cara estaria com você, então precisei pensar bem durante a noite. É por isso que estou dando esta segunda chance. Se nos trair de novo, não haverá uma terceira. Agora, vamos.

Ela acenou para ele e ajustou o outro braço mais uma vez. O que quer que estivesse ali, quase escorregou quando ela acenou. Apollo foi para a porta da cela. Ele não olhou para William.

William gritou enquanto Cal e as guardas levavam Apollo embora, mas as palavras – se eram palavras – continuaram ininteligíveis. Ele parecia um animal que sabe que seu fim está próximo e resiste a isso tanto quanto resiste à morte.

Apollo Kagwa nunca mais veria William Wheeler.

61

Cal só falou com Apollo quando eles deixaram a Ala dos Tuberculosos. As guardas gêmeas, como antes, não falaram nada. Apollo achava que uma delas daria com a clava em sua cabeça ou que Cal mostraria um revólver, apontaria e atiraria. Ele tinha pouco a dizer enquanto esperava sua execução. Assim que saíram novamente, Cal enfiou a mão no bolso fundo de sua blusa.

— Isso é para você — disse ela. Ela o deteve e o virou em sua direção.

— Não acredito — falou Apollo. — Não acredito.

Cal lhe estendia uma cópia de um livro infantil. *Lá fora, logo ali.*

— Como você conseguiu isso? — perguntou ele. — Eu o deixei em minha casa, na minha estante.

Ela riu.

— Você sabia que existe mais de um exemplar deste livro no mundo?

Apollo tomou o livro da mão dela e o segurou com cautela. Ele quase esperava que o objeto explodisse em suas mãos.

— Eu disse a você que Emma e eu conversamos. Passamos muitas noites juntas. Ela me contou sobre seu pai, sobre este livro e sobre a importância dele.

— O que isso tem a ver com meu pai?

Apollo abriu a capa do livro como se fosse encontrar a resposta escrita ali dentro.

— Não estou falando dele. Estou falando deste livro. Desta história. Quero que compreenda onde você encontrou a si mesmo.

— Nesta ilha?

— Para começar — disse Cal.

Ela tomou o braço dele e o levou de volta para o pátio. Ela o segurou nos lugares onde a terra afundava ou se elevava, e o puxou quando ele quase trombou com uma árvore. Ele não conseguia parar de olhar para o livro. A confusão ameaçava afogá-lo como águas revoltas de uma inundação.

— Você estava em Nova York quando entrou no barco de Wheeler e, por um tempo, esteve no East River. Provavelmente passou pela Rikers Island, talvez tenha passado por baixo da Ponte Whitestone ou da Throgs Neck. Mas quando chegou perto de nós, quando se aproximou de nossa ilha, você cruzou novas águas, e quando ancorou o barco, estava em uma praia diferente. Dizem que as amazonas viviam na ilha de Themyscira, e o povo yolngu da Austrália fala sobre Bralgu, a Ilha dos Mortos. Lugares mágicos, onde as regras do mundo são diferentes. Você entrou num desses lugares, Apollo.

— Esta é a North Brother Island — disse ele. À frente, ele ouviu sons de crianças, risos e gritos.

— Era — disse Cal. — Mas então chegamos aqui e a refizemos.

Quando atravessaram os arbustos e entraram no pátio, Apollo viu mulheres e crianças lá fora, correndo em todas as direções. Crianças pequenas estavam sendo guiadas, ou carregadas, por uma trilha que Apollo não tinha visto na noite anterior. Seguiam em direção a uma pequena construção com uma série de janelas de frente para o pátio. Apollo observou as crianças entrarem. As cabecinhas desapareceram quando uma mulher dentro do prédio fez um gesto para que elas se sentassem. Atrás dessa mulher, havia um quadro na parede.

— Uma escola? — perguntou Apollo. Uma escola de uma sala só.

— É a biblioteca — disse Cal. — Mas serve também como a escola delas. Você está com fome?

— Sim — respondeu Apollo. Ele não conseguia parar de olhar para as janelas. Nem sequer enxergava as crianças, mas ele as imaginou ali, sentadas de pernas cruzadas, prestando atenção à professora. Havia muitos acontecimentos banais de que ele esperava desfrutar quando Brian nasceu. Espiar o filho durante a aula. Reuniões de pais e mestres. Ajudar com o dever de casa à noite. Ele só entendeu o luxo de tais coisas quando perdeu a chance de tê-las.

— Fazemos nossas refeições lá — disse Cal, apontando para outro prédio malconservado.

Uma das gêmeas pousou uma mão em seu ombro e o empurrou para a frente. Ele se movimentou para não cair. Apertou o livro contra a barriga com mais força.

Eles haviam chegado a uma porta. Cal entrou primeiro. Lá dentro, as mulheres estavam sentadas no chão, em pequenos grupos, com pratos ou tigelas no colo. Elas o notaram, cada uma delas. Algumas ficaram tensas, até se levantaram como se pretendessem apressá-lo, mas uma vez que ele estava sendo escoltado por Cal e pelas guardas, elas retomaram o prazer de prestar atenção umas às outras, e não a ele. Para sua surpresa, Apollo se pegou observando o rosto delas, procurando a esposa de William. Ele nem sequer sabia como ela era, mas a procurou mesmo assim. Pretendia ajudar William? Não sabia.

— Eu e você irmãs — disse Cal delicadamente enquanto andava pela sala, uma espécie de saudação, talvez. — Somos uma.

As mulheres responderam, todas juntas.

— Eu e você vindas do mesmo lugar.

— Quanto tempo ela passou aqui? — perguntou Apollo enquanto Cal o levava em direção a uma mesa onde havia várias bandejas.

— Três meses — disse Cal. — Entre idas e vindas.

— Entre idas e vindas?

— Ela voltava a Nova York pelo menos uma vez por semana. Era ela quem abastecia nossa biblioteca. Ficou chocada quando viu o pouco que tínhamos. Para ela, uma vida sem livros não era vida. Mesmo aqui, Emma queria que as crianças lessem. Não conseguia deixar de ser bibliotecária. As crianças gostavam. Algumas das outras mulheres se sentiram julgadas.

Apollo sentia muita fome, mas não tinha apetite.

Cal encheu uma tigela com mingau de aveia.

— Isto é bom para uma manhã fria — disse ela.

— Como é que ela ia e voltava? Tenho certeza de que os passeios de barco não param na sua ilha mágica.

— Temos nossa própria Marinha — contou Cal. Ela despejou uma colher de açúcar mascavo sobre a aveia. — Marinha é exagero. Temos uma traineira e uma pequena embarcação, uma canoa. Comporta uma pessoa. A remo. Emma trazia livros para cá no barco a remo.

— Ela sabia usar um barco para atravessar o East River?

— Alguns livros caíam na água — disse Cal, levando-o para um canto onde pudessem falar a sós. — Mas sua esposa nunca desiste. Não sabia disso? Ela é muito determinada.

— Sim — disse Apollo. — Disso eu sabia.

Cal agachou-se e deu tapinhas no chão para ele fazer o mesmo. Colocou o mingau de aveia no colo.

Ele pousou o livro no chão. Em vez de comer, leu a história.

— "Quando papai estava longe, em alto-mar" — Cal leu em voz alta.

Apollo folheou as páginas. Mamãe sentada no banco do jardim. Ida dentro de casa com o bebê, brincando com sua corneta. À janela, as pequenas figuras com mantos roxos, os rostos encobertos pelas sombras. Os duendes estavam entrando. Ele parou ali, afastando a mão do livro. Cal estendeu a mão e virou a página para ele.

Ida agora tocava sua corneta e olhava pela janela. Atrás dela, os duendes levavam sua irmãzinha embora. A boca da criança se abriu em um grito, os olhos assustados com medo e súplica. Mas Ida não conseguia ouvir a irmã com toda a música. No berço, as criaturas deixaram uma troca. Uma bebê, idêntica à irmãzinha de Ida, vestindo as mesmas roupas. Mas a criança trocada fora esculpida no gelo.

Na página seguinte, Ida ergueu a criança de gelo e a segurou perto de si, ninando-a. Ela sussurrou para a coisinha:

— Eu amo você.

Mas a criatura não podia retribuir o abraço de Ida porque não estava viva.

Cal fechou o livro novamente.

— Não sei por que seu pai lia este livro para você quando você era pequeno — disse ela. — Mas estou te mostrando este livro porque ele diz a verdade. Você e Emma foram parar em um conto de fadas feio. Toda mulher desta ilha já passou o que você está passando agora. Não adianta fechar os olhos nem fingir que não. Atravessaram as águas, e não puderam voltar. William tinha razão ao menos sobre uma coisa. Somos bruxas. Mas vou dizer o que mais é verdade: o homem dentro daquela jaula se associa com monstros.

Apollo levou um momento para imaginar, mais uma vez, a ameaça da cavalaria de William.

Não vou cancelar o chamado. Não vou nem tentar.

62

Apollo comeu seu mingau. Ele e Cal ficaram calados por um tempo, e os sons feitos pelas outras mulheres encheram a sala. Algumas brincavam entre si, outras discutiam manutenções e reformas na ilha, e, aqui e ali, mulheres sentadas aos pares sussurravam uma para a outra mais intimamente.

— Por acaso essas mulheres... — Apollo não conseguiu terminar.

— Se fizemos o que Emma fez? — Cal devolveu a colher à tigela. — Sim. Todas nós.

Apollo pousou a tigela na mesa.

— E as crianças que eu vi lá fora? — perguntou ele.

— Algumas dessas mulheres tiveram mais que um filho. Quando vieram a mim, trouxeram seus outros filhos também.

— O que essas crianças sabem sobre o que aconteceu?

— Na biblioteca, ensinamos todas elas a ler, escrever e fazer contas.

— Mas não ensinam história.

— Não aquela história.

— Por que elas ficam? A vida parece bem difícil por aqui.

Cal abaixou a cabeça e não desviou o olhar de Apollo, um olhar firme.

— Nem todas ficam. Não exijo que fiquem. Essas mulheres chegaram a mim desoladas e confusas. Ofereci um lugar onde as pessoas acreditariam nelas. Onde não duvidariam delas. Onde não seriam abandonadas. Aqui, a realidade delas não seria ignorada. Sabia que pouquíssimas mulheres ganham esse presente simples? Ele opera milagres. Nem todas querem ficar, mas toda mulher vai embora deste lugar mais forte que quando chegou.

Apollo levantou-se segurando a tigela, com o livro embaixo do braço, e por um momento, parou na frente de Cal. Nem sequer teve tempo de se endireitar antes de uma das guardas imperiais aparecer, com a clava improvisada na mão.

— Só estou me levantando! — gritou Apollo, agitado pela aproximação. Seu corpo doía tanto por causa da surra da noite anterior que não conseguia entender por que ainda o consideravam uma ameaça. Levantar já tinha sido bem difícil.

Cal ficou de joelhos e, em seguida, levantou-se lentamente e com esforço. À luz do dia, sua idade era mais evidente.

— Está tudo bem — disse ela, acalmando a guarda.

Apollo andou entre os grupos de mulheres que ainda comiam no chão. Havia duas bacias sobre a longa mesa, ambas cheias de água. Ele fez como as mulheres, jogando o resto do mingau de aveia em um balde quase cheio – reservado para compostagem – e, em seguida, lavou a tigela nas bacias.

Enquanto ele fazia isso, Cal falava com as mulheres ali, dizia algumas palavras a uma ou a outra. Voltou a falar com ele só para lhe mostrar onde colocar as tigelas para secar. Enquanto fazia isso, Apollo ponderou se deveria contar a Cal sobre a barganha de William, a ameaça de William. Mas quando ela se aproximou, ele não disse nada sobre o assunto.

— Posso ver as crianças? — perguntou Apollo. — Posso conhecê-las?

Cal voltou a olhar para Apollo de cima a baixo.

— Quer mesmo?

— Gostei de ouvir a risada delas — disse ele.

Ela despejou os restos do mingau de sua tigela, lavou-a e a colocou para secar.

— As surpresas nunca acabam — disse ela, mais para si do que para ele.

Cal levou Apollo de volta para o pátio, para o recreio. Algumas das crianças mais velhas brincavam de pega-pega enquanto outras chutavam ou lançavam bolas grandes de plástico para lá e para cá. O ponto alto de incongruência era uma menina, de uns três anos, andando de patinete nas lajotas desiguais do pátio. Ela segurava o guidão baixo do brinquedo, um pé na base e o outro no chão. Ainda não conseguia se equilibrar. Ela caía, se levantava, caía e se levantava. Quando uma mulher se aproximou para ajudar a levantar a patinete, a menininha afastou a mulher com um tapinha. Ela conseguiria sozinha.

Apollo ouviu as crianças. O choro frustrado da menina na patinete. Os berros de dois meninos disputando a bola amarela. Os gritos e lamentos, os consolos e os risos. Crianças. Gloriosas e meio selvagens. Ele quase desmaiou com a beleza delas.

Cal apoiou um braço em suas costas para firmá-lo.

— Quando me tornei mãe — contou ela —, ficar assim tão perto de crianças bastava para irritar meu marido.

— Vamos chegar mais perto — disse Apollo.

Agora, um pequeno grupo de mulheres saía do Chalé do Médico. Carregavam ferramentas de trabalho e equipamentos de jardinagem. Levavam grandes sacos de aniagem nos ombros.

— A melhor parte de ficar nesta ilha — disse Cal — é podermos cultivar nossos próprios alimentos. Um kibutz no meio do East River.

Apollo apontou para menina no final do pátio, para a patinete que fora derrubada novamente. A menina de três anos estava na frente da patinete caída e sussurrava para ela como se fosse um cão que precisasse levar bronca. Ela chorou de frustração e tentou levantá-la sozinha, mas era muito pesada.

Cal e Apollo caminharam em sua direção, passando em meio às crianças que brincavam ao redor. Quando chegaram à garota, ela os encarou, semicerrando os olhos e, em seguida, deu um tapa neles e se virou de modo a ficar entre eles e a patinete.

— Não! — disse ela.

Ela abaixou a mão, pegou o guidão da patinete e a levantou parcialmente, mas ela voltou a tombar.

Cal se agachou ao lado da menina.

— Você precisa de ajuda — falou ela.

A menina se afastou de Cal e trombou com Apollo. Ela se virou, olhou para ele e fez uma careta.

— Não! — gritou ela.

Cal fez um gesto pedindo que Apollo se abaixasse em frente à garota, na altura de seus olhos. O cabelo da menina estava arrumado em pequenas tranças finas, com contas transparentes nas extremidades de cada uma.

— Meu nome é Apollo.

Ela o observou com curiosidade, então se virou para Cal, que meneou a cabeça de leve. A garota olhou para trás, para Apollo, ainda cética.

— Posso te ajudar com a patinete? — perguntou ele.

Ela olhou para a patinete, e de novo para ele. Ele levantou as duas mãos vazias. Com uma, pegou o guidão da patinete e a levantou. A garota se virou de costas para ele e para Cal no mesmo instante, apoiou um pé na patinete e, com um impulso, partiu. Eles a observaram. Ela percorreu 1,5 metro, balançando.

A menina acabou perdendo o equilíbrio. Ela virou a patinete e tombou de lado. Não foi um tombo feio. Na verdade, a menina ficou ali, deitada de costas, olhando para o céu da manhã, como se tivesse acabado de brincar e decidido descansar.

— Vamos pegá-la — disse Cal.

Quando se aproximaram, uma pequena mão segurou dois dos dedos de Apollo e os puxou. Ele ajudou a menina a ficar de pé.

— Esta é Gayl — disse Cal.

A menina tinha cansado da patinete, então deu um passo em direção à biblioteca. A força com que segurou os dedos de Apollo deixou claro para ele que ela queria sua companhia.

— Acho que você ganhou uma amiga.

— Posso falar com Gretta? — perguntou Apollo.

Cal estreitou os olhos, cruzou os braços.

— Para quê?

— Você disse que William matou a filha.

— Matou.

Gayl deu mais dois passos. Apollo estava prestes a ser arrastado.

— Toda mulher aqui fez algo semelhante — considerou Apollo. — Então, por que esperar que ele fosse diferente?

— Não. Não é igual. Isso está errado. O que Wheeler fez foi cruel.

— Quero ouvir o que ela tem a dizer.

— Ah, você quer? É só dar um pouco de confiança a um homem, e de repente ele começa a dar ordens.

— É um pedido — disse Apollo quanto Gayl o puxou mais uma vez. Ele deu três passos. — Por favor, Cal.

— Não atravessamos o rio durante o dia — explicou Cal. — Gretta vai chegar à noite. Vamos apresentar o show de fantoches após o jantar. Se ela falar com você, vai ser nesse momento. Por ora, tome conta de Gayl.

Apollo e Gayl partiram. Cal os observou, tranquila, até uma mulher aparecer com assuntos urgentes.

63

Apollo entrou no ritmo da ilha. Ia de uma tarefa a outra – cuidava das crianças ou limpava a sujeira que elas faziam – e, durante todo o tempo, Gayl permaneceu com ele. Ele a estava ajudando ou era o contrário? Muitas das mulheres faziam essa pergunta, brincando, e Apollo não se importava. Ele conheceu a mãe de Gayl. Ela tinha mais um menino de cinco anos e parecia aliviada com a ajuda de Apollo. Ele serviu o almoço para Gayl, leu *Lá fora, logo ali* para ela e a levou de volta à mãe depois de ela usar o penico. Apollo sentiu a volta do ímpeto, a confiança em fazer algo que parecia natural e necessário, o medo de estar fazendo errado, colocando em risco aquela vida vulnerável. A ansiedade era ainda pior em uma ilha de mulheres que poderiam matá-lo. Juntos, Gayl e Apollo dobraram roupas; Apollo dobrava e Gayl desdobrava, e olhava para ele em seguida, para que ele corresse atrás dela. Quando ele fingia estar bravo, ela ria tanto a ponto de chorar. Algumas vezes, Apollo ouviu a risada de outra pessoa também. Era a dele.

64

Por volta das seis da tarde, o jantar foi servido. Copinhos para encher, líquido derramado para secar. As crianças comiam juntas no Chalé do Médico. Duas das mulheres tocavam música – violão e um pequeno tambor – e as crianças cantavam junto. Tinham aprendido "Diamonds and Rust" e "Umi Says", entre outras músicas. As crianças menores foram colocadas na cama antes do show de fantoches, mas quando chegou a hora de Gayl dormir, ela se recusou. Queria ficar com Apollo. Ele pediu para deixarem a menina ficar com ele por mais algum tempo. A mãe de Gayl riu, mas Apollo viu algo mais em seus olhos, a desconfiança em relação a um homem estranho querendo passar tempo com sua filha. Ele não a julgava por essa preocupação. A cautela era um sinal de que a mãe de Gayl era uma boa mãe.

Mas Cal indicara que aquele homem era confiável, e isso tranquilizava a mãe. Além disso, o filho de cinco anos decidira fazer um escândalo ali mesmo, no pátio, por isso foi um alívio deixar Gayl com Apollo mais um pouco.

Cuide dela por mim. Foi o que a mãe de Gayl disse antes de levar o filho para dentro da Residência das Enfermeiras. Cal chamou as crianças para a biblioteca a fim de verem a apresentação. Apollo guardou o livro no cós da calça e carregou Gayl nos ombros. Ela olhou para as crianças mais velhas e gritou:

— Eu sou alta!

Cal e Apollo permaneceram na parte de trás da biblioteca enquanto as crianças iam de uma parede à outra, puxando livros das prateleiras indiscriminadamente, trocando empurrões e cotoveladas, fazendo bagunça antes de se acalmarem. Apollo tentou colocar Gayl no chão entre eles, mas ela choramingou em seus braços, então a manteve no colo.

— Ela não comeu muito no jantar — disse Cal. — Aposto que está com fome.

Então Gretta Wheeler chegou, escoltada por uma guarda. Todas as mulheres da sala ficaram tensas e se viraram na direção dela, como se fossem agulhas de bússola atraídas ao norte. Apollo se virou para encará-la apenas quando percebeu que as mulheres tinham se calado. As crianças continuaram brincando. Gretta se aproximou de Cal. Ela ignorou Apollo. Deu uma risada ansiosa, ou será que sua reação era apenas pelo modo como Cal olhava para ela?

Os cabelos de Gretta Wheeler estavam puxados para trás de modo sóbrio, e ela era magra a ponto de parecer subnutrida. Apollo se lembrou da mulher no porão de Holyrood com a mesma aparência, e até mesmo Emma se enfraquecera daquela maneira. Todas tinham se tornado seres quase sem essência vital, vampirizadas.

— Me desculpe por ter precisado te chamar — disse Cal. Apesar de seu costume de tocar as pessoas, Cal manteve os braços abaixados. Até mesmo ela parecia temer Gretta, ou talvez ela apenas temesse por Gretta. — Onde está Grace?

— Ela está com meus pais. William está aqui? Ele apareceu? Do nada?

A jovem mulher que Apollo tinha visto pelas janelas antes – a professora? – bateu palmas para chamar a atenção das crianças. Fez um gesto para os meninos e meninas se reunirem para a hora da roda.

— Ele veio comigo — disse Apollo.

Assim que Gretta Wheeler se virou, ele se arrependeu por ter dito aquilo. Ela ergueu as mãos, com os dedos tensos, como se fosse capaz de arrancar os olhos dele.

— Você está com ele? — perguntou ela.

Se ele não estivesse segurando a menina, Apollo achava que Gretta o teria devorado.

— Claro que não — respondeu Cal, calmamente. — Não o deixaríamos ficar com a gente, se fosse o caso.

— Eu sou o da Emma — explicou Apollo —, o marido de Emma Valentine. — Ele se surpreendeu, tremeu ao dizer as palavras. Era a primeira vez em quatro meses que havia se aliado a Emma de alguma maneira.

Eu sou o da Emma.

Gretta observou Apollo sem esboçar reação, como se ele tivesse falado com ela em fenício antigo. Não tinha ideia de quem era Emma nem de quem era ele; estava ocupada demais vivendo sua história horrível para se preocupar com a dele.

Gretta abaixou as mãos. Gesticulou para Apollo suavemente, uma espécie de pedido de desculpas. Cal a abraçou, mas não com muita força. Gretta aceitou o toque, mas não se entregou ao abraço.

— Fico achando que não vou mais vê-lo — disse Gretta. — Mas ele sempre encontra um jeito de voltar para a minha vida.

— Eu sei — disse Cal.

— Ele não desiste. Somos dele. É o que ele pensa. Eu e a Grace. E Agnes.

Ela sussurrou a última palavra, o nome da menina.

— Ele realmente…? — A pergunta de Apollo escapou de seus lábios, mas ele os fechou com força antes de terminar. Não importou, Gretta sabia o que ele queria dizer.

Ela olhou para ele.

— Matou minha filha?

As crianças ficaram caladas e olharam para Gretta. Independentemente das circunstâncias, as crianças estão sempre ouvindo. Pode ser fácil para os adultos se esquecerem disso. Apollo ficou se perguntando se Cal tinha razão quando falou que as crianças não sabiam por que suas mães as tinham levado ali. Crianças descobrem segredos melhor do que a Agência de Segurança Nacional. A professora teve que bater palmas suavemente e pedir silêncio para chamar de volta a atenção delas.

— Mas ele disse… — Apollo começou.

Gretta se virou para ele.

— Ah, sim, por favor, me conte o que ele disse! Vim até aqui só para você poder explicar minha vida para mim!

Apollo deu um passo para trás quando Gayl se remexeu em seus braços. Ela olhava para Gretta com desconfiança. Para uma criança, poucas coisas são tão assustadoras quanto um adulto prestes a perder o controle.

— Acho que Gayl está com fome — disse Cal a Apollo se colocando entre ele e Gretta. — Por que não a leva para comer?

Duas mulheres entraram na biblioteca com os cenários prontos para o show de fantoches. A casa dos pais que queriam ter um filho, o jardim da feiticeira, a torre de Rapunzel e até o arbusto cheio de espinhos que deixaria o príncipe cego. Uma terceira mulher entrou com uma mesa dobrável bamba que serviria de palco. As crianças já tinham visto os cenários, o saco de fantoches na mão de uma guarda, e se calaram diante da promessa de glamour.

Gretta desconcentrou-se e olhou para Cal.

— Ele tem meu novo endereço. E me mandou um livro.

— Um livro? — sussurrou Apollo, mas as mulheres não o escutaram.

— Pensei que você estivesse tomando cuidado — disse Cal.

— Não é possível ser discreta o tempo todo, Pearl. Uma coisa é a ilha, mas lá fora é o mundo real. Se quiser ter um apartamento, tem que provar quem você é. Significa que precisa ter um documento de identificação. E se quiser abrir uma conta bancária, também precisa de documento.

— Por que você precisa de uma conta bancária? — sibilou Cal.

— Eu moro com uma adolescente! — gritou Gretta. As crianças olharam para trás novamente. — Não posso deixar meu dinheiro enfiado embaixo da cama. Grace o encontraria muito rápido, tem ideia? Ela é uma boa menina, mas ainda é só uma garota de dezesseis anos.

Cal assentiu, atenta. O problema do mundo real era que ele sempre perturbava as pessoas com suas preocupações mundanas.

— Um livro? — perguntou Apollo de novo, mais alto.

Gretta olhou para o chão.

— Ele o arruinou. Escreveu em todas as páginas.

Gayl emitiu um choramingo e apontou para a própria boca. Ela se remexeu nos braços de Apollo.

— Eu pensei ter dito para você alimentar essa menina — disse Cal. — Leve-a para a droga do Chalé do Médico. Gayl sabe onde fica. Não sabe, Gayl?

Séria, a garota fez que sim para Cal, de modo tão decidido que balançou os ombros junto com a cabeça.

— Você vai encontrar comida nas caixas de isopor — disse Cal.

Gretta falou mais alto do que Cal.

— Ele me deixou sem nada. Tirou cada centavo da minha conta. Ninguém mais usa armas para assaltar bancos, basta uma conexão de internet. Aquele desgraçado roubou setenta mil dólares meus.

Apollo se sentiu um pouco enjoado.

— O que ele escreveu? — perguntou Apollo. — No livro.

— O nome dela — disse Gretta, baixinho. — Agnes. Em todas as páginas.

65

Apollo caminhou até o Chalé do Médico com Gayl. *Se arrastou* descreveria melhor. Sequer percebeu que a levara até ali. Setenta mil dólares. Quando sentou naquele barco alugado e celebrou a maior venda de livro de sua vida, estava sendo cúmplice de um crime contra Gretta Wheeler. Depois, o homem estragou todas as páginas com o nome de sua filha. Agnes. Será que ele realmente a havia assassinado? Apollo se sentia tão desorientado que parecia estar morrendo.

Ele deixou Gayl no chão da sala de jantar do Chalé do Médico. A menina caminhou em direção à fileira de caixas de isopor que tomavam uma parede, raspando os sapatos na camada de terra e sujeira que cobria o chão. Ele procurou em todas as caixas até encontrar um Tupperware com sobras de macarrão com queijo. Ele fechou a geladeira e procurou dentro de uma caixa de papelão que servia como gaveta de talheres comunitária. Garfos, colheres e facas de plástico, pratos e copos de papel. Ele foi até uma das mesas de jantar e puxou uma cadeira, colocou ali o macarrão com queijo, um garfo e uma colher, então pegou Gayl. Ele a sentou em seu colo e levantou a tampa do Tupperware. Estava meio zonzo, mas ainda conseguiu cumprir uma simples tarefa: alimentar a criança. Gayl olhou para a comida e, em seguida, olhou para ele. Ela balançou a cabeça. Apollo enfiou a colher no macarrão com queijo. E ofereceu a colher, levando-a a sua boca.

— Não! — gritou ela, e bateu na mão dele. O macarrão com queijo caiu no chão.

Gayl puxou a colher. Ele soltou, e ela virou a colher com as duas mãos, segurando o cabo com a esquerda. Ela olhou para o Tupperware como se estivesse mirando. Ergueu a colher e a guiou em direção à comida. A colher bateu na borda do recipiente, de modo que Gayl a levantou de novo, tentou de novo. Na segunda tentativa, ela pousou a colher num monte de macarrão. Enfiou a ponta como uma pá. Quando levantou de novo, jogou mais comida no chão.

— Não! — gritou Gayl, a frustração evidente em seu rosto.

— Você me faz lembrar da minha esposa — disse Apollo. Ela olhou para ele, mas não pareceu interessada em ouvi-lo falar de Emma. — Minha esposa — ele repetiu para si mesmo, testando a palavra. Ela tinha matado o filho deles? Ou o filho ainda estava vivo? Cal disse que ele atravessara as águas para uma terra de bruxas e monstros. Será que ali também poderia existir esperança? Uma coisa assim parecia mais improvável do que magia. Cal tinha criado uma confusão em sua mente, mas várias vezes ao longo do dia uma voz lhe ocorria, a própria voz, fazendo com que ele se lembrasse de sua missão: *encontrar Emma*.

Quando ele chegou à ilha, o plano era claro: *matá-la*. Mas e agora? Ele estava ali para ajudá-la ou prejudicá-la? Não sabia dizer. E onde ela estava? Por que não tinha aparecido? Em um momento de quase pânico, ele olhou para a mão esquerda. Ficou assustado ao ver o dedo anelar sem aliança. Realmente a jogara na água, certo? Agora só restava a fita vermelha em volta do dedo médio.

Gayl abaixou a colher de plástico. Ela puxou a fita vermelha. A fita não se soltou, então ela a puxou para cima ao longo do dedo de Apollo, tentando tirá-la. Apollo usou a outra mão para pegar a colher de plástico com um pouco de macarrão e levá-la aos lábios de Gayl. Distraída, ela comeu. Apollo sorriu, orgulhoso de si mesmo por enganá-la para que comesse. Então, ela levantou a mão com um floreio. Tinha tirado a fita vermelha de seu dedo sem que ele notasse.

— Filhinha? — Ouviu-se a voz de uma mulher vinda da porta do Chalé do Médico.

Antes mesmo de Apollo virar a cabeça, Gayl saltou de seu colo e saiu correndo.

— Mamãe! — gritou ela. E praticamente levitou nos braços da mãe.

— Ela comeu — disse Apollo, levantando-se. — Bem, ela comeu uma colherada, pelo menos.

— Já é alguma coisa — falou a mãe da menina, de modo brincalhão. — Espero que não tenha dado trabalho.

— Gayl é ótima — disse Apollo.

— Ela é, sim — respondeu a mãe, olhando nos olhos da filha. — E está acordada muito além do que deveria.

— Não! — gritou Gayl, mas, em seguida, deu um bocejo tão grande que eles conseguiriam contar todos os seus dentes.

A mãe de Gayl se virou de frente para Apollo.

— Não conheci Emma muito bem enquanto ela esteve aqui — disse ela. — Meus pequenos me mantinham muito ocupada, sabe como é. Mas ela gostava do meu menino, Freddie. Ele é tímido. Não fala muito, mas gosta de ler. Ela tinha seus problemas para resolver, mas lia para ele antes de dormir, todas as noites em que esteve aqui. Isso me mostrou tudo o que eu precisava saber sobre ela.

A mãe e a criança saíram do Chalé do Médico, mas voltaram logo depois. A mãe de Gayl estendeu a mão. A fita vermelha estava ali.

Apollo pegou-a com um meneio de cabeça. Ele a olhou por muito tempo, e então a deslizou no dedo anelar.

66

Ele saiu do Chalé do Médico com o livro enfiado embaixo do braço como um homem que sai para caminhar com seu jornal. Viu a biblioteca a menos de dez metros de distância. Através das janelas, observou Cal. Ela havia começado o teatro de fantoches. Eles não tinham deixado aqueles bonecos assustadores, mas não importava. Apollo podia ver as cabeças das crianças maiores, todas viradas para os fantoches. Não para Cal, mas para a apresentação.

— Glamour — sussurrou Apollo.

Ele parecia ser a única pessoa do lado de fora. Cal, as guardas e as crianças estavam na biblioteca, as outras mulheres e crianças menores tinham ido dormir na Residência das Enfermeiras. Ele ficou ali, inquieto. O pátio foi tomado pelo tipo de silêncio que não acontecia em Nova York há trezentos anos. Não estavam à beira do rio, mas Apollo conseguia ouvir o som das águas batendo na costa da North Brother Island.

Tão repentina quanto um vento forte, ele sentiu uma nova corrente no ar. A princípio, ele a confundiu com um som, uma espécie de murmurinho tomando o pátio de repente, mas logo compreendeu do que se tratava, como uma descarga no corpo. Teve a sensação de que uma onda elétrica passava por sua mandíbula. Cerrou os dentes e sentiu o pescoço arder. Sentiu-se sintonizado a uma frequência mais alta. Quase conseguia sentir a direção da transmissão. Não a biblioteca nem a Residência das Enfermeiras. A Ala dos Tuberculosos.

William.

Apollo deu dois passos naquela direção, em seguida girou como um pião e caminhou de volta para a biblioteca. Foi até a porta e se inclinou para espiar lá dentro. Cal não tirava os olhos das crianças enquanto contava a história de Rapunzel.

As guardas o notaram, mas foi Gretta, de pé ao fundo, tensa e atenta, quem caminhou em direção a Apollo. Ela o empurrou para fora da biblioteca e apertou seu braço.

— Cal pode ter resolvido confiar em você — sussurrou ela. — Mas isso não significa que eu confio.

— Ouça — disse Apollo. — Por favor. Tenho que falar com Cal.

— Pode falar comigo — retrucou Gretta. — Deixe as crianças terem dez minutos de felicidade.

— É sobre William — disse Apollo. — Ele fez uma ameaça.

— Ele faz ameaças o tempo todo.

— Ele falou que tinha chamado a cavalaria — Apollo disse para ela. — Não sei quem, mas tem alguém vindo para cá.

Gretta soltou o braço de Apollo e sua expressão foi tomada pelo choque, como se ela tivesse recebido um tapa.

— Tem alguém vindo — ela repetiu. Estendeu a mão no ar, movimentando-se no escuro. Ela se recompôs, virou-se de costas para Apollo e voltou correndo para dentro.

Apollo observou sua saia enquanto ela passava rente à multidão, com todas aquelas crianças absortas. Gretta aproximou-se de Cal, interrompeu a apresentação, inclinou-se e sussurrou no ouvido da mulher. Cal abaixou os fantoches apenas alguns centímetros, deixou de sorrir por um momento, então se recompôs, pegou os fantoches e retomou a história, mas seus olhos percorreram a sala até encontrarem os olhos de uma de suas guardas. Então, Apollo saiu.

Os quartos de isolamento davam vista para um bosque no fundo de um leve declive. A lua brilhava no alto do morro, deixando as árvores nas trevas, mas o caminho era bem livre. Não havia ninguém lá fora além de Apollo.

Ele percorreu o contorno da ala, tentando encontrar a janela de onde William estava sendo mantido. Quando chegou lá, ele se agachou e encontrou na terra uma pedra do tamanho de uma bola de beisebol. Recuou cinco passos e a jogou, quebrando o vidro. Agora havia apenas a malha da jaula entre Apollo e a cela de William.

De dentro da jaula não veio nenhum som, nenhuma reação. Apollo ouviu algo vindo do compartimento. Talvez as guardas já tivessem pegado William enquanto Apollo alimentava Gayl. Talvez naquele momento seu corpo estivesse jogado, fumegando em algum lugar.

Apollo se aproximou da janela. Ele tentou ver lá dentro, mas o cômodo estava muito escuro.

— William — sibilou ele. — William! Se estiver aí, responda.

Ele ficou na ponta dos pés para ver o lado de dentro e encostou o nariz na jaula.

— William Wheeler!

Finalmente, um grunhido veio de dentro da gaiola. O som de algo se remexendo na terra.

— Esse não é meu nome, então pare de usá-lo, porra.

Alguém se aproximou da janela. Não um homem, mas uma forma, uma sombra, resmungando de modo ameaçador.

— Conheci sua esposa — contou Apollo. — Ela disse que você lhe mandou *O sol é para todos* com todas as páginas rabiscadas.

— O que você tem a ver com isso? Conseguiu seu dinheiro, não foi?

— Você roubou aquele dinheiro dela, William!

Dentro da cela, o homem grunhiu.

— Mandei você parar de me chamar assim. Não é meu nome verdadeiro. Eu também não sabia meu nome verdadeiro. Não sabia quem eu era de fato. Então, encontrei meu lugar. Encontrei pessoas que me compreendiam. Pude falar com elas como nunca pude falar com mais ninguém. Quando eu estava lá, tirei o rosto de William Wheeler e encontrei meu verdadeiro rosto embaixo dele. Quando meus amigos viram meu verdadeiro rosto, me deram meu nome verdadeiro. Na verdade, Apollo, você também sabe qual é.

— Como eu poderia saber?

O homem na jaula ergueu a voz e falou como se estivesse lendo um anúncio.

— Ideias para o jantar de hoje. Uma refeição inspirada no bebê Brian.

Apollo deu um passo para trás. O homem aproximou o rosto da barreira de alambrado.

— *Legumes cozidos!* — gritou ele.

— Você é o Jardim de Infância — disse Apollo.

— Nós! — sibilou ele. — Nós somos o Jardim de Infância. Dez mil homens com um nome.

O homem preso na jaula passou os dedos pela trama de metal. Ao luar, suas unhas pareciam tão afiadas quanto garras. Apollo sentiu-se atingido por uma onda de confusão. Sentiu-se como um navio naufragado.

— Você matou sua filha — falou Apollo. — Foi o que Gretta disse.

— Eu fiz uma escolha! — Jardim de Infância gritou em resposta. — Pela minha família, fiz a escolha mais difícil que existe.

A mandíbula de Apollo contraiu-se. Uma corrente elétrica tomou o ar mais uma vez. Mas não vinha de William. A mudança no ar vinha de algum lugar atrás de Apollo. Sua nuca ficou mais quente. Ele se virou.

Não havia nada na ladeira além daquelas árvores. A noite as envolvia em sombras. Apenas a copa delas estava clara, visível de fato. O vento que soprava do East River fazia as árvores se balançarem e dobrarem. Elas tinham quinze metros de altura. Só depois de observá-las diretamente, Apollo notou que elas não balançavam com o vento, mas contra ele. Apollo estremeceu e foi tomado pela repulsa. Sentiu a súbita convicção de que alguém, alguma coisa, se escondia entre a vegetação e o vigiava.

— Você fez o que eu pedi? — perguntou Jardim de Infância. — Vou ter minha Gretta de volta? Minha Grace? Onde está minha família? Você tinha que trazê-la para mim.

Apollo afastou-se do homem na jaula, andando ao lado da Ala dos Tuberculosos, voltando na direção da biblioteca. Na verdade, ele começou a correr. Enquanto se movimentava, lançava vários olhares em direção às árvores.

— Eu fiz uma oferta justa para você, Apollo! — gritou Jardim de Infância. — Isso está nas suas costas, não nas minhas!

Então, as explosões começaram.

67

O Chalé do Médico foi destruído. Um instante depois, mais duas explosões destruíram a Residência das Enfermeiras. Foi possível ouvir os sons da destruição em Rikers Island, onde os homens foram acordados nas unidades mais próximas do extremo norte da prisão. De manhã eles juravam – para outros prisioneiros e guardas – que tinham ouvido bombas no East River. Ninguém acreditou neles.

Apollo quase não acreditou, e ele estava ali percorrendo o caminho de volta para o pátio. Como William Wheeler tinha conseguido… não, Apollo se interrompeu, aquele não era seu nome. Como Jardim de Infância tinha chamado uma artilharia? Não era possível. Mas que dissessem isso para os edifícios destruídos, para a terra que tremeu sob os pés de Apollo.

Apollo escutou mais um estrondo, gutural como um tiro de canhão, mas dessa vez ele o descreveria menos como uma explosão e mais como um rugido. Ele se virou de uma vez, olhando para trás rapidamente, em direção às árvores. Algo passou sobre ele no céu noturno – ele mal conseguia discernir o tamanho e a forma. Um míssil? Uma bomba? Um drone militar? Depois, houve outra explosão. Na biblioteca.

Essa derrubou o telhado.

Sem gritos. Sem berros. Sem choro. Sem gritos.

Apollo Kagwa correu pela extensão do Chalé do Médico. A bomba destruíra a mesa de jantar onde ele e Gayl tinham comido macarrão com queijo vinte minutos antes. Ele correu em direção à biblioteca. Só entendeu que antes estivera ouvindo os gritos das crianças e das mulheres quando não os ouviu mais. Se os ouvisse, pelo menos, seria sinal de que alguns deles continuavam vivos.

Ele chegou à biblioteca. A explosão havia derrubado o telhado e o rachado ao meio, mas criara em uma parede lateral uma abertura grande o suficiente para ele se abaixar e entrar. Não queria fazer isso. Desejou, por apenas um momento, que um adulto estivesse presente. Sem um adulto, ele teria que se virar. Ele se abaixou e entrou na biblioteca. O vidro quebrado espalhava-se pelo chão como glitter, pó de tijolo flutuava no ar, uma névoa vermelha.

Um míssil atingira a biblioteca, mas mais da metade dos livros continuava perfeitamente disposta nas prateleiras. Suas lombadas estavam cheias de terra e vidro, mas, tirando isso, estavam normais. Os outros livros se espalhavam pelo chão. Entre eles, Apollo encontrou o primeiro dos mortos.

Duas pernas podiam ser vistas embaixo de um pedaço do teto caído. Eram magras, mas compridas, claramente pertenciam a um adulto, não a uma criança.

— Quem matou minha irmã? — perguntou uma voz, quase um sussurro.

Apollo agachou-se como se o céu fosse cair. De novo. Ele se virou e viu Cal, chocada e desgrenhada. Sua blusa de lã caía por um ombro, os cabelos estavam arrepiados como se ela estivesse assustada.

— Eu matei minha irmã — disse ela a si mesma. Estava em pé, cambaleando. Talvez mais ferida do que parecia.

— Ela não estaria morta se eu não a tivesse chamado de volta — disse Cal.

— Gretta? — perguntou Apollo.

Nesse momento, lá fora, além do pátio, um novo som. Jardim de Infância. Chamando com um grito agudo. Talvez fossem palavras; àquela distância era difícil saber. Mas o problema era a distância. Jardim de Infância não parecia longe, como se estivesse na Ala dos Tuberculosos. Parecia muito mais perto. Como se tivesse sido libertado.

Cal olhou para Apollo e levou três dedos aos lábios. Pedindo que ele se silenciasse, se acalmasse. Talvez ela percebesse que ele estava prestes a entrar em pânico.

Apollo reconheceu – entendeu – que, ao lado do corpo de Gretta, não havia outros corpos no chão. Não viu nenhuma outra vítima. Nenhuma criança morta. Nenhuma outra mulher morta. Cal deu um tapa no cotovelo dele e apontou para o buraco na parede. Esgueiraram-se por ele e saíram para o pátio. Apollo encontrou o pátio cheio.

Mulheres e crianças enchiam a Residência das Enfermeiras. Levavam mochilas nas costas, sacolas nas mãos, todas, menos as crianças mais novas, carregavam alguma coisa. As crianças menores estavam sendo carregadas. O mais surpreendente era que até as crianças pequenas estavam em silêncio. Todas tinham sobrevivido? Não era possível. A população parecia ligeiramente reduzida, apesar de Apollo não saber dizer quanto. Caminhavam em dois grupos. A postura delas indicava exaustão e medo, mas, acima de tudo, havia grande ordem. Fugiam em formação. Uma equipe das Forças Especiais admiraria tamanho nível de disciplina.

— Eu não sou mau! — gritava Jardim de Infância.

Apollo virou-se, uma reação natural, com vontade de retrucar aos berros, revidar, mas Cal deu um tapa forte no rosto dele. Ele se virou para ela, cujo rosto demonstrava disciplina e calma. Ela enfiara uma mão no bolso da blusa de lã. Será que havia uma faca ali dentro? Uma arma? Apollo acreditava – sabia – que, se tivesse falado naquele momento, revelado sua posição, Cal já teria tirado a arma do bolso e o matado. Seria preferível a sacrificar a vida de todos. Ele se afastou de Jardim de Infância e seguiu as outras mais uma vez.

— Deixem que eu me explique!

As Sábias atravessaram a floresta. Passaram pelo quarto onde armazenavam o carvão, entre a fundição e a capela. Onde Apollo tinha visto apenas uma densa vegetação rasteira e árvores de trinta metros, as Sábias lhe mostraram uma trilha através das sombras. Elas o guiaram, e ele acompanhou. Passaram pelo necrotério e chegaram ao antigo pórtico e à rampa da balsa. Quando a ilha ainda estava em operação, era ali o lugar onde a balsa ancorava para descarregar ou embarcar pacientes e funcionários.

— Não vamos nadar — sussurrou Apollo. Ninguém respondeu.

As mulheres e as crianças reuniram-se. Era a primeira vez que ele via toda a comunidade ali fora. Pareciam muito vulneráveis ali, todos expostos. Agora poderia contá-los. Dezenove mulheres e onze crianças. E só.

Apollo procurou Gayl e rapidamente a encontrou. Estava no colo da mãe, com o rosto encostado em seu pescoço, sonolenta. Seu irmão mais velho estava ao lado da mãe, mas recostado em seu quadril, dormindo de pé.

Nova destruição no pátio. Mais explosões, muitos dos edifícios antigos virando escombros. Aqueles eram sons de batalha, o trovão da guerra. De certa forma, era bom. Se Jardim de Infância ficasse ocupado lá atrás, significava que não percebera que as Sábias estavam ali, na rampa da balsa.

Apesar do treinamento, um ligeiro zumbido havia surgido no meio da multidão. Ocupadas conferindo bolsas e acalmando crianças, que estavam, compreensivelmente, perdendo a compostura. Uma criança resmunga pedindo um petisco enquanto o mundo está explodindo. Mas o que poderiam fazer? Não tinham aonde ir. Precisavam esperar ali no cais.

— Eu consigo consertar as coisas!

A voz de Wheeler fez todo mundo voltar a ficar em silêncio. Até mesmo os bebês pararam de se remexer. Ou quase. Agora, todos observavam a fileira de árvores. Compreensão súbita: a destruição das construções terminara, a tarefa fora cumprida. Isso tinha mesmo levado tão pouco tempo?

E agora?

Então, atrás deles, um sussurro foi ouvido através da água do rio.

Uma traineira Pilgrim 40 apareceu na escuridão. Uma das Sábias, uma guarda usando capa, estava ao leme. A embarcação seguiu para o cais.

68

As crianças foram as primeiras a embarcar, mas eram as mais velhas que lideravam a fila, crianças de sete e oito anos guiadas por três guardas. Os bebês vieram em seguida. As mães no cais entregavam os bebês às crianças maiores, que imediatamente levavam cada um para a cabine principal, a parte mais protegida do barco. Depois de todas as crianças terem descido, as mulheres jogaram bolsas e suprimentos, uma atrás da outra, como sacos de areia. Por último, as mulheres embarcaram. Duas guardas puxavam cada mulher, e em oito minutos, não mais do que isso, as Sábias estavam prontas para partir.

Ou quasc.

Apollo, Cal e as guardas imperiais gêmeas permaneceram no cais.

O vento intensificou-se do outro lado da água, e as árvores perto da margem estalavam e se dobravam. Apollo virou-se na direção da fileira de árvores, semicerrando os olhos para observar. Por um momento, pensou ter visto a silhueta de um homem... Mas um homem de um tamanho inimaginável. Mais provável que fosse apenas uma colina de forma estranha sob o luar, animada pelo medo de Apollo. Tinha que ser isso.

— As pessoas nos chamam de bruxas — disse Cal rapidamente. Ela pegou a mão de Apollo. — Mas talvez o que estejam dizendo, na verdade, é que fomos mulheres que fizeram coisas que pareciam impossíveis. Você se lembra daquelas velhas histórias sobre mães que conseguiram levantar carros embaixo dos quais seus filhos estavam presos? Imagino isso dessa forma. Quando precisamos salvar quem amamos, nós nos tornamos outra pessoa, outra coisa. Nós nos transformamos. A única magia verdadeira é o que fazemos por quem amamos.

"Uma noite, observei Emma na água com seu barco, remando no rio, voltando para tentar encontrar seu filho, e vou te dizer uma coisa: aquela mulher brilhava sobre a água."

Nesse momento, Cal puxou Apollo para trás, na direção da traineira. As gêmeas seguiram ao lado. Seguravam as clavas com tanta força que as costas das mãos estavam vermelhas. Apollo ergueu os braços para ser ajudado para chegar à traineira, mas as guardas não o puxaram.

— Me desculpe, Apollo — disse Cal. — Você não vem nessa viagem. Meu povo está indo para o leste. Você não vem conosco. — Ela apontou além do cais para o litoral rochoso cinquenta metros dali, onde algo pequeno estava preso. — Aquela é a nossa canoa. Vou ajudar você a chegar até ela. — Cal fez um gesto para ele seguir por uma faixa de terra; de lá, ele chegaria às rochas que se inclinavam em direção à água.

Cal virou-se para as guardas imperiais.

— Vocês duas, embarquem agora.

Nenhuma delas se moveu. Elas olharam para Cal, com expressão séria e profissional, mas os olhos mostravam o medo que sentiam.

— Nosso compromisso com você, Cal, é até o fim.

Cal tocou o rosto das duas mulheres suavemente. Em seguida, apertou o queixo delas com tanta força que as duas se retraíram.

— Aqui não é Esparta, e eu não dou a mínima para a glória. Todo dia em que nos mantivermos vivas, é um dia em que derrotamos nossos inimigos. — Ela soltou o queixo das duas. — Nunca conheci duas mulheres mais fortes e mais inteligentes do que vocês. Quem é que vai precisar dessa força, eu ou eles? — Ela apontou para a traineira onde as outras guardas se preparavam para partir.

As gêmeas abaixaram a cabeça.

Então, Cal ficou na ponta dos pés e deu um beijo no rosto de cada uma.

Quando as duas embarcaram, Cal caminhou até a beira do cais. As mulheres e as crianças mais velhas apareceram nas janelas das cabines. A lua iluminou as lágrimas de Cal e as lágrimas de todas as Sábias a bordo. Ela cobriu a boca com uma das mãos para reafirmar seu autocontrole.

O motor da traineira fazia tão pouco barulho que dificilmente seria ouvido com aqueles ventos fortes. O barco afastou-se da margem de costas, as proteções bateram contra o cais e, em um momento, a traineira se afastou. O motor fez um barulho mais alto, e a traineira partiu. Apollo leu o nome do barco pintado na popa.

Merricat.

Ele estremeceu de gratidão, aliviado até a alma por aquele grupo ter saído da ilha. No mínimo, significava que as ameaças de Jardim de Infância eram meio da boca pra fora.

Cal virou-se para Apollo e o tirou de seu transe.

— Você ainda está aí parado? — perguntou ela. — Pensei ter te mandado ir embora.

— Por que você não foi? — questionou ele. — Espero que não tenha ficado por mim.

— Ai, faça-me o favor — disse ela. — Pare de se achar. — Ela parecia mais descontraída quando falou isso.

— Então, por quê? — perguntou Apollo.

— Alguém tinha que ficar aqui e mantê-los ocupados — Cal explicou. — Até elas conseguirem se afastar um pouco. — Ela apoiou uma mão no ombro dele, incentivando-a a se mexer.

Ele ainda parecia confuso.

— Mas uma vez que você estivesse na água, que diferença faria?

Cal olhou para as árvores mais uma vez.

— O grandão sabe nadar — disse ela.

69

Eles se deslocaram rapidamente, mas com cuidado, ao longo da margem, e quando chegaram às rochas, desceram. Enquanto desciam, enxergavam cada vez menos o *Merricat*. Quanto mais a traineira se afastava, mais Cal se alegrava. Eles não estavam muito longe do barquinho, mas ainda estavam em um ponto alto o suficiente para verem as árvores. E então, de modo muito casual, Jardim de Infância saiu das sombras. Estava coberto de pó da cabeça aos pés. Havia poeira nos cabelos e roupas. Sua pele estava toda salpicada e quase vermelha. Parecia um demônio. Ele saiu da rampa da balsa e observou a água.

Cal agachou-se e Apollo também, mas ele não estava acostumado com o terreno, por isso caiu para trás, desceu as rochas inclinadas, parando à beira da água. Cal foi atrás dele.

— Apollo? — disse Jardim de Infância. — É você? Não me diga que aquelas vacas te deixaram para trás!

Eles não falaram nada. Cal empurrou Apollo em direção ao barco. A embarcação era verde-oliva, quase invisível na água escura. Cal apontou na direção do barco e levantou um remo de alumínio preto. Ele tentou pegar o remo, mas ela afastou a mão dele. Ela se abaixou e equilibrou o remo entre a beirada de rochas e o barco. Deu um tapa na bunda dele e então fez um gesto para que ele se sentasse no remo. Quando ele fez isso, Cal acenou para que ele entrasse no pequeno barco.

— Coitado de você, Apollo! — gritou Jardim de Infância. — Sempre sendo abandonado.

A julgar pela origem de sua voz, Jardim de Infância saíra na direção oposta para tentar encontrá-lo; o som dos tropeços de Apollo era difícil de seguir sob o céu que o ecoava.

Apollo entrou no barco. A pequena embarcação erguia-se dez centímetros para fora da água, suficiente para deixar Apollo com medo de tombar.

Cal levou a mão à borda do barco para estabilizá-lo. Ela se inclinou para a frente.

— Preciso confessar — sussurrou ela. — Preciso dizer isto antes de você partir.

— Venha comigo — disse Apollo, segurando-se às bordas do barco enquanto tentava se acalmar. — Isso aqui é pequeno, mas poderíamos tentar fazer com que desse para os dois.

Jardim de Infância apareceu no topo da encosta. Ele observou a água a partir das pedras. E apontou.

— Ali! — gritou ele. — Ali!

Ele parecia o dono de um cão ordenando que o animal fosse atrás de uma presa. Cal e Apollo olharam para o homem nas rochas. Mais atrás dele, veio um som estrondoso, um barulho colossal.

— Não — sussurrou Cal.

O céu foi tomado por uma coisa que parecia grande como um avião voando baixo. Grande demais para ser um míssil feito por homens. Era uma árvore, caindo e entrando na água.

A porra de uma árvore.

— Não — implorou Cal.

A escuridão escondeu o impacto, mas ouviu-se um forte espirro. O barco fora atingido? À distância, ouviram o engasgo do motor.

Jardim de Infância bateu palmas baixinho e apontou.

— De novo! Ali!

Cal virou-se e enfiou a mão no bolso da blusa de lã. Quando sua mão reapareceu, segurava uma arma, uma Ruger LCR-22. Ela a apontou para Jardim de Infância. Atirou nele. Embora estivessem ao ar livre e o calibre da arma fosse pequeno, os olhos de Apollo perderam o foco devido à terrível explosão que ela causou. Ele observou Cal, mas ela parecia estar em câmera lenta. O barco balançou na água, e Apollo sentiu o estômago revirar como se fosse vomitar. Ela disparou quatro vezes e, no terceiro tiro, acertou o alvo de raspão. Jardim de Infância não gritou. Engasgou-se, caiu para trás e desapareceu de vista. O ouvido de Apollo zuniu e latejou por mais um momento. Ele estava esperando que outra árvore voasse por cima deles, mas isso não aconteceu. O tiro de Cal tinha mudado o plano. Ela protegera seu povo mais uma vez.

— Conhece o mito de Callisto? — perguntou ela. — Ela era uma ninfa. Teve um filho de Zeus e, por isso, foi punida por Hera, a esposa dele. Callisto foi transformada em um urso. Zeus não sofreu consequências, claro. O bebê cresceu e se tornou um grande caçador, chamado Arcas. Um dia, Callisto viu Arcas na floresta e, reconhecendo o filho, quis abraçá-lo, falar com ele. Mas Arcas só viu um grande urso atacando. Ele estava prestes a atirar uma flecha nela quando Zeus salvou os dois e os transformou em constelações, Ursa Maior e Ursa Menor. Sempre vi isso como um final feliz, tão feliz quanto histórias gregas conseguem ser. Callisto pôde passar a eternidade no céu com seu filho. Ela podia vê-lo sempre. Sempre saberia que ele estava seguro.

Cal olhou para a água e, em seguida, para os olhos de Apollo.

— Estou cansada e quero ver meu filho de novo.

Ela entregou o remo a Apollo, sentou-se e, com os dois pés, o empurrou para longe das rochas.

— Você precisa visitar o túmulo do seu filho — disse Cal. — Precisa ver com seus olhos para não ter dúvidas. Do contrário, não vai conseguir ajudar Emma. Depois, precisa encontrar sua esposa. — Ela parou, enfiou a mão no outro bolso da blusa de lã, e balas de revólver brilharam ao luar.

— Como posso encontrá-la? — perguntou Apollo.

— Emma jurou que Brian estava vivo. Ela sabia, sentia. Na última vez em que a vi, ela disse que finalmente o tinha encontrado.

— O quê? — sussurrou Apollo.

Cal recarregou a pistola.

— Ela disse que Brian está na floresta. Eu fiquei pensando nisso. Só existe uma floresta em toda a cidade de Nova York.

Apollo usou o remo para tomar impulso. Quando já tinha se afastado alguns metros, ele virou o barco na água com o remo. Olhou para trás e viu Cal subindo de novo nas rochas.

— O que você vai fazer, Cal? — perguntou ele.

Ela o olhou. Parecia calma.

— Vou mostrar minhas garras — disse ela. Em pouco tempo, desapareceu atrás das rochas.

— Arma! — gritou Jardim de Infância. — Pegue a arma dela!

Rapidamente, Apollo se afastou da ilha. O som da água do East River contra seu barquinho ficou mais alto.

Apollo estava começando a entender até onde teria que remar – à noite, no frio – para chegar à costa do Bronx.

Não olhou para trás, para a ilha. Enquanto remava, tentou, da melhor maneira possível, ficar em silêncio. Por quê? Ele se lembrou das palavras de Cal.

O grandão sabe nadar.

— Eu sou o deus, Apollo — sussurrou ele, tentando se concentrar no tornado de loucura.

Ele seguiu em frente e, assim que a North Brother Island desapareceu atrás de si, a única coisa na qual se concentrar era a costa distante. Ele escolheu um aglomerado de prédios residenciais como norte. Usou os conjuntos habitacionais para levá-lo de volta à terra.

— Eu sou o deus, Apollo.

Depois de quinze minutos, ele se sentia tão cansado que poucos pensamentos permaneceram, só a prática mecânica do remo subindo e descendo. Duvidava que seria capaz de aguentar sem ajuda, mas que ajuda ele poderia esperar na água?

Mais vinte minutos, e ele se desesperou. O Bronx não parecia ficar mais próximo. Ainda assim, ele continuou.

— Eu sou...

Não conseguiu terminar a frase.

A praia finalmente tornou-se visível; ficava à beira do Barretto Point Park. *Você precisa visitar o túmulo do seu filho. Precisa ver com seus olhos para não ter dúvidas.* Apollo enfim se sentiu pronto para saber quem fora sepultado no Cemitério Nassau Knolls, em Port Washington, Nova York.

6

GRANDE ESCAVAÇÃO

70

A que velocidade um Honda Odyssey precisaria estar para derrubar portões de ferro forjado de um cemitério?

Apollo Kagwa tentou fazer as contas. Ele havia abandonado o barco à beira do Barretto Point Park e seguido para a estação de metrô mais próxima, na East 149th Street, a linha 6. Ele desceu as escadas com a calça jeans e as botas molhadas, cansado e meio enlouquecido com conhecimento sobrenatural, e até mesmo o morador de rua agachado na estação olhou para ele com desconfiança e preocupação. Quando ele chegou à catraca, procurou sua carteira para poder passar o MetroCard – um hábito tão arraigado que nem mesmo naquele momento ele conseguia esquecê-lo – e foi quando ele se lembrou de que a carteira se perdera nas águas da North Brother Island, quando ele quase se afogou. Como tinha sobrevivido, talvez tivesse sido mais como um batismo. Estava renascido agora como o quê? Apollo pulou a catraca, então esperou a linha 6 para o centro, calculando a força necessária para atravessar os portões do Cemitério Nassau Knolls. Ele pensou em ir durante a noite. Duvidava que lhe deixassem abrir uma cova durante o dia.

Mas quando chegou em casa, já era de manhã. Uma quarta-feira. Milhares de pessoas saindo para o trabalho.

Como os nova-iorquinos fazem, cuidadosamente evitaram olhar para Apollo, mesmo prestando total atenção nele. Se agisse como um louco perigoso, poderiam trocar de vagão, mas se só parecesse um louco perigoso, eles o tolerariam. Viajou o tempo todo de pé, porque desmaiaria se ficasse sentado. Chegou ao apartamento e tirou a roupa, e foi como se se despisse de um exoesqueleto ou de um gesso. Sem as roupas, seu corpo amoleceu. Assim que chegou ao quarto, apagou. E, quando acordou, já tinha anoitecido.

Não se sentia descansado, mas conseguiu se sentar, levantar e, quase desmaiando, comeu. Vestiu-se e ligou o computador para reservar um carro pela Zipcar. Quando descobriu que um Honda Odyssey estava disponível – Suave, o mesmo que ele tinha dirigido quando ele e Brian encontraram aquela primeira edição em Riverdale –, pareceu coisa do destino.

Apollo foi de Manhattan ao Queens e do Queens a Plainview, em Long Island. Ao Cemitério Nassau Knolls. Tentou se concentrar. Nunca fora bom em matemática, mas acreditava que um veículo de duas toneladas a 80 quilômetros por hora derrubaria dois portões de ferro.

71

A entrada principal do Cemitério Nassau Knolls fica na Port Washington Boulevard e, apesar de sua área ser enorme, o que rodeia essa área ainda é um bairro residencial. Mais importante, a delegacia de polícia de Port Washington fica ao lado do cemitério, e o corpo de bombeiros de Port Washington, do outro lado da rua. Ainda assim, Apollo Kagwa não notou nada disso quando desceu a Port Washington Boulevard a toda velocidade.

Ele desacelerou um pouco só quando notou que não poderia seguir em linha reta pelos portões a partir da Port Washington Boulevard. Então, entrou à direita na Revere Road em seguida e deu a volta com o Odyssey pelo estacionamento da farmácia da esquina. Seguindo a oeste na Revere, ele acelerou. Eram onze da noite de uma quinta-feira, e as ruas estavam vazias de um jeito desconcertante. Ele desceu a Revere Road, em silêncio quase meditativo. Cruzou a Port Washington Boulevard a 60 quilômetros por hora.

Então, Patrice Green pisou com tudo no freio com seu pé tamanho 46, e o Odyssey deu um cavalo de pau, e o canto dos pneus pareceu alto o bastante para despertar vivos e mortos. Apollo levitou em seu banco. O cinto de segurança o puxou de volta para baixo. Sua cabeça girou um pouco mais do que o carro. Ele mordeu a língua e soltou o volante.

— Esse era o seu plano? — perguntou Patrice a Apollo no banco do passageiro. — Simplesmente estourar os portões com a polícia ali na esquina?

Apollo tinha tirado o pé do acelerador. Ele olhou para baixo como se o pé o tivesse traído. O pé grande de Patrice permanecia firme no freio. Apollo olhou para Patrice com um ar catatônico. Ele havia escolhido o grandalhão porque precisava da ajuda de Patrice – cavar uma cova seria um trabalho exaustivo. Mas não dissera nada sobre a página de tributo. Patrice ainda achava que Apollo não sabia quem tinha começado tudo. Mas Apollo tinha dificuldade para fingir e queria socar a boca de seu ex-amigo.

— Eu sugiro que a gente volte ao estacionamento e desligue o carro — disse Patrice.

Apollo observou Patrice por muito tempo.

— Você escutou? — Patrice socou Apollo, não de leve. — Eu disse que te ajudaria — falou ele da maneira mais calma possível. — Você foi na minha casa, disse a mim e a Dana um monte de merda que não fazia qualquer sentido, mas tudo bem. Nós somos seus amigos, aconteça o que acontecer.

— Amigos — repetiu Apollo.

— Além disso, Dana ficou puta porque aquele cara nos enganou com todo aquele dinheiro — disse Patrice. — Pensamos que poderíamos dar entrada em algum lugar para a gente morar! Mas não vamos gastar dinheiro que aquele filho da puta roubou da esposa morta. — Patrice coçou suavemente o topo da cabeça. — Admito que fiquei meio impressionado com o que ele fez. Grande habilidade técnica. Sem dúvida. Um adversário digno.

Patrice colocou o carro em ponto morto, tirou o pé do freio, abriu o iPad em seu colo e ligou o aparelho.

— Mas agora você e eu somos dois homens negros sentados em uma minivan parada na rua no meio de Long Island, um bairro dos bundas-brancas, e logo, logo vamos chamar atenção de alguém. Eu disse que iria ajudá-lo, então me deixe ajudá-lo. Está bem?

— Sim — respondeu Apollo. — Afinal, você é meu amigo.

Patrice olhou para Apollo por alguns segundos, pensativo.

— É. A primeira coisa que precisamos fazer é nos afastar. Colocar o carro em marcha a ré.

Apollo assentiu. Mais parecia um robô atuando sob comandos de voz. O carro andou de ré lentamente.

— Você vai ter que esterçar — disse Patrice, olhando para trás. — Porque agora está prestes a subir na calçada.

Apollo olhou no espelho retrovisor, e então no espelho do passageiro e enfim virou o volante. Ele estacionou em uma vaga atrás da farmácia, na esquina. Quando Patrice pediu as chaves do carro, Apollo as entregou.

— Olha, se eu e a Dana tivéssemos filhos, como você sugeriu uma vez, eu não poderia estar aqui te ajudando agora. — Ele sorriu. — Agora, agradeça ao seu amigo sem filhos.

— Obrigado — disse Apollo, de forma mecânica.

— De nada.

72

Eles ficaram sentados no escuro dentro do Honda Odyssey, esperando ouvir as sirenes da polícia, o que não aconteceu. Ouviram um veículo descendo a Port Washington Boulevard, mas o ignoraram, era alguém voltando para casa, nada mais. Mas então, depois de um minuto de silêncio, o mesmo carro – pelo menos parecia ser o mesmo carro – passou na outra direção. Seu motor emitia um som grave, um forte ronco mal contido. A farmácia bloqueava a vista, de modo que não era possível ver o veículo. Era algum carro aleatório ou uma viatura da polícia? Nenhum deles sairia para conferir. Eram como dois peixes se abrigando em uma enseada, porque um tubarão podia estar no mar aberto.

O iPad de Patrice tinha se desligado, por isso ele voltou a ligá-lo. A tela de fundo mostrava Patrice e Dana no dia de seu casamento. A noiva e o noivo, de vestido e terno, em pé debaixo de uma cesta de basquete.

— Vocês se casaram no civil?

— Demos um jeito — disse Patrice, olhando para a imagem, seu rosto iluminado pela tela de LED e pela lembrança. Após um momento, ele correu o dedo para a direita, e a tela inicial apareceu, uma grade familiar de aplicativos. Ele passou de uma tela para a outra.

Apollo e Patrice ouviram o mesmo carro pela terceira vez, passando pela Port Washington Boulevard. Apollo desceu o vidro, inclinou-se para fora e, desta vez, viu o brilho fraco dos faróis do carro iluminando uma fachada de loja na outra esquina. Pararam ali, como se o motorista do carro estivesse ocioso na rua. Aquele veículo estava do outro lado da farmácia, e seu motor roncou e as luzes brincaram na escuridão. Para Apollo parecia – era quase, praticamente – o que ele tinha ouvido na ilha naquela noite. O que estava escondido entre as árvores.

Com a cabeça para fora da janela, ele olhou para o céu como se algum grande objeto pudesse estar descendo sobre o carro deles naquele momento, lançado por alguma coisa incrivelmente forte. Mas a única coisa visível no céu era a lua e algumas estrelas. E, em seguida, o carro – quem o dirigia? – voltou a se movimentar. Talvez estivesse esperando apenas o semáforo vermelho. Apollo só desceu o vidro de novo quando o barulho do motor passou.

Quando Apollo voltou com a cabeça para dentro do carro, Patrice tinha aberto o Google Maps.

— O Cemitério Nassau Knolls tem cerca de 160 hectares — disse Patrice. — Há três milhões de pessoas enterradas lá. É tão grande que deve haver uma parte da cerca pela qual seja fácil passar.

Patrice estava tão ocupado com o Google Maps que não percebeu que Apollo tinha girado a chave de novo e ligado o motor. O Odyssey rugiu mesmo estando parado.

— Podemos percorrer o perímetro — disse Apollo. — Não precisa depender de computadores para tudo.

Patrice esticou o braço e desligou o carro. Ele falou com Apollo, esforçando-se para ter paciência.

— Não podemos, nós dois, dirigir devagar em um bairro residencial à meia-noite. Alguém vai chamar a polícia por causa disso. E eu não sobrevivi ao Iraque para morrer com um tiro de um policial do Condado de Suffolk que "temia por sua vida". Beleza?

Patrice observou Apollo.

— Então, vamos sair e caminhar — falou Apollo.

Patrice assentiu.

— Dois pretos caminhando por um bairro de branco à noite. Nunca vi isso dar errado.

Apollo deu uma risada alta.

— "We can be heroes" — disse Patrice. — Mas heróis como nós não podem cometer erros.

Patrice digitou "Cemitério Nassau Knolls".

— Street view — disse Patrice, lambendo os lábios como se estivesse comendo algo salgado. — É disso que estou falando — declarou, por fim.

Ele levantou a tela para Apollo ver. A imagem capturada era de uma tarde ensolarada. Uma parte da cerca do cemitério parecia ter sido derrubada, uma abertura ampla o bastante na qual um caminhão poderia passar.

— Alguma coisa grande fez isso — disse Apollo, baixinho.

— Talvez um caminhão ou um carro? — considerou Patrice, fechando o iPad. — Acidente grande?

— Talvez.

Apollo inclinou-se para fora da janela para escutar o carro. Quanto tempo esperou? Não sabia dizer. Muito tempo, provavelmente. E foi quando percebeu que poderia haver outro motivo para ele não estar ouvindo o Honda.

Há algumas coisas que as pessoas não devem ver. Mesmo com tudo o que tinha vivido na ilha, Apollo entendia que o que estivesse enterrado naquele túmulo existia como o marco mais distante nesse novo mapa de territórios espectrais. *Última Thule* do luto. Ele enlouqueceria se abrisse aquele caixão? Explodiria em chamas? Viraria pedra? Apesar dessas dúvidas, acabou virando a chave. Tirou o Honda da vaga do estacionamento e desceu a Revere Road, sem ir muito rápido nem muito devagar, nada que causasse preocupação entre os moradores.

Naquelas velhas histórias, nos mitos e contos de fadas que Cal havia contado, os heróis faziam o que faziam, mas nunca se sabia o porquê. Nas histórias, pelo menos, eles não tinham vida pessoal. Seu trabalho era simplesmente agir. Deuses e górgonas se aliavam contra eles, e eles ainda mantinham lança e escudo. Ainda andavam nas florestas profundas e escuras. Mas aqueles heróis se sentiam como Apollo estava se sentindo agora? As pessoas reais, e não as personagens em que se transformavam. Eram seres humanos, também, no fim das contas. Eles devem ter estremecido à sombra dos grandes horrores do mundo. Eles devem ter se perguntado como cumpririam a missão. E, de alguma forma, eles perseveraram. Talvez fosse esse o propósito de contar aquelas histórias tantas vezes, de geração em geração.

Se eles conseguiam ser corajosos, então talvez nós também consigamos ser.

73

A cova moderna tem apenas 1,20 m de profundidade, e não 1,80 m. No passado, os corpos eram enterrados com quase dois metros de profundidade para compensar a decomposição e, algum tempo depois, o caixão ruía sozinho, deixando um buraco. Mas o caixão moderno é muito mais grosso e mais resistente, e muitos têm reforço de aço para não se desfazer. Como precaução adicional, os caixões são enterrados dentro de gavetas de concreto, como um caixão dentro do outro. Essa gaveta de concreto é outro motivo pelo qual ser enterrado a 1,20 m de profundidade é aceitável hoje em dia. Patrice explicou isso enquanto caminhavam pelo cemitério no escuro, depois de ter feito uma pesquisa rápida.

Patrice procurou o endereço da sepultura de Brian Kagwa. Nassau Knolls era tão grande que poderiam ter andado metade de um dia sem encontrar o local certo. Mas o site do cemitério oferecia um PDF útil.

Usaram o mausoléu da comunidade – um edifício branco que parecia um salão de festas – como uma espécie de guia. O túmulo de Brian ficava atrás do prédio. Haveria uma rua que eles poderiam percorrer do outro lado.

Não tinham avançado nem trinta metros cemitério adentro quando ouviram o carro passar novamente. Os dois pararam de se mexer e viraram para a cerca. Não havia árvores ali, mas o luar era fraco. Ouviram o carro, que parou, e logo suas luzes iluminaram os postes como uma cartas de baralho nos aros de uma bicicleta. A luz iluminou a terra no chão do cemitério. Apollo e Patrice não ousaram nem mesmo se agachar. O carro chegou à grande fenda na cerca, e então parou. Apollo viu a silhueta do carro, mas não teve certeza se havia luzes da polícia no teto. O carro parou ali, então ouviram o silvo mecânico de uma janela sendo abaixada. Poderia ser Jardim de Infância ao volante? Como ele poderia saber que estavam ali?

Mais um momento.

Mais um momento.

Então, de um jeito dolorosamente lento, o carro continuou seu percurso.

Assim que as luzes de freio desapareceram no quarteirão, Patrice abriu o iPad e observou o mapa rapidamente.

— O prédio de manutenção fica na outra ponta — disse ele, apontando em direção ao mausoléu.

O prédio de manutenção era um galpão de metal bege, pré-fabricado, com dois andares e cinquenta metros de comprimento. Grande como o mausoléu, mas fora construído atrás de uma fileira de árvores e não ficava visível à noite. Apollo só tinha certeza de sua localização por causa da retroescavadeira amarela da Caterpillar estacionada perto das árvores.

— Eu poderia dirigir a retroescavadeira — disse Patrice.

Apollo chutou um dos enormes pneus.

— Acho que nem vai fazer muito barulho à meia-noite e meia.

Patrice só piscou para ele.

— Precisamos de ferramentas antigas — disse Apollo.

Eles percorreram o perímetro do prédio. Ele tinha uma forma retangular e, em um dos lados mais compridos, havia três portões de garagem. Apollo foi caminhando e tentando levantar cada um, mas todos estavam trancados. No último portão, Apollo perdeu o controle por cerca de dez segundos e sacudiu a maçaneta da porta como se pudesse abri-la.

— Vai disparar o alarme — avisou Patrice.

Apollo soltou a maçaneta da porta e olhou para trás, para seu amigo. Patrice não o repreendera, estava apenas pensando em voz alta. Patrice percorreu a lateral do prédio, mas não estava se preocupando com as portas. Observava os cantos superiores do edifício. Apontou para um canto, onde uma caixa cinza do tamanho de um roteador fora presa à parede.

— Agora, digamos que eles tenham modernizado este lugar nos últimos anos e alguém os tenha convencido a trocar o sistema de alarme com fio por um sem fio.

Ele virou o iPad e observou a grade de aplicativos. Clicou em um ícone e clicou mais duas vezes e, em seguida, viu uma série de números aparecer em uma caixa na parte inferior da tela.

— Usam tecnologia do fim dos anos 1990. Me sinto um pouco mal por eles. Provavelmente pagaram caro para que um cara fizesse essa merda que deixou de ser eficiente há quinze anos. Ouviram "sistema de alarme sem fio", assentiram e assinaram o cheque. Nossas cédulas têm escrito "Em Deus confiamos", mas a tecnologia está quase tomando esse lugar.

Ele riu baixinho, um honrado fiel de uma fé presunçosa.

— O que vamos fazer é bastante simples. Vou usar este aplicativo para enviar ruído de rádio para o sistema de controle central. Quando abrirmos essa porta, o sinal de rádio dela vai morrer, mas meu rádio vai estar tão alto que o sistema não vai perceber que seu rádio ficou em silêncio.

Patrice tocou uma vez em sua tela, e um pequeno círculo azul no canto superior direito pulsou. Ele pousou no chão o iPad virado para cima. Então, encostou o quadril contra a porta, e depois de um grito patético, o perímetro foi violado. Como era esperado, o silêncio da noite permaneceu.

Havia de fato um sistema de alarme? Apollo não sabia. Mas, de qualquer forma, deu a volta pelo pequeno tablet no chão apenas para não correr o risco de interromper sua feitiçaria. Entrou com Patrice. O iPad ficou do lado de fora, montando guarda.

74

Patrice levou a pá de lâmina plana, o pé-de-cabra e o machado. Apollo pegou apenas uma ferramenta do prédio de manutenção, uma picareta, tão pesada quanto a pá e o machado juntos. Um cabo de madeira de 1,5 metro com uma cabeça metálica de duas pontas. Uma extremidade afiada como uma picareta, e a outra se chamava enxó. O enxó parecia uma cabeça de machado, mas, em vez de ser vertical, era horizontal, como uma arma da Idade das Trevas, algo para atravessar armaduras. Era feita para cavar terra dura, como o tipo encontrado ali no inverno. Apollo levava o iPad enfiado embaixo do braço livre.

Apollo observou as fileiras de túmulos enquanto andavam. Brian Kagwa tinha uma placa de jazigo em vez de uma lápide de pedra. Décima segunda fileira e nove placas de jazigo para dentro. Lá estava ele. Apollo se sentiu oprimido, totalmente sem fôlego, ao ver o nome. Brian.

Brian.

— Vamos mesmo fazer isso?

Apollo não entendeu que tinha sido ele a perguntar até que Patrice respondeu.

— Não temos que fazer isso, cara. Podemos dar o fora já.

Apollo fez que sim com a cabeça, distraído. Era o que deveriam fazer. Certo. Claro. Ele olhou para a frente e praticamente ouviu os nervos ressoando na noite como cordas de violoncelo.

— Você precisa me dar uma ajudinha — sussurrou ele. Não sabia ao certo o que estava pedindo.

Patrice soltou as ferramentas e pegou o iPad. Depois de alguns toques, leu a tela.

— Achei as instruções. Bom, retire a grama com terra usando uma pá chata. — Ele olhou para Apollo. — Não sei fazer essas merdas. Talvez eu consiga encontrar um vídeo.

— Militar — disse Apollo.

— Eu saberia desarmar uma bomba na estrada se você tivesse uma — respondeu ele.

Apollo soltou a picareta e puxou a pá de Patrice. Ele apoiou a borda fina da pá no chão e, em seguida, então pressionou com o pé direito até ela se afundar na terra. Depois que a cabeça da pá afundou dois terços, ele puxou o cabo para trás, provocando um som como o de um saco de papel sendo amassado. Tirou a pá, deu um passo à direita, e repetiu o movimento. Em vinte minutos tinha arrancado toda a camada superior do gramado sobre o túmulo. Foi fácil pegar os pedaços e atirá-los de lado – no escuro, pareciam sacos de chá usados. Quando terminou, seus braços ardiam muito. Estava frio demais para realmente suar, mas seu rosto estava úmido. Sua respiração fazia tanto ruído que ele parecia um cão ofegante. Quando terminou, viu Patrice assustado.

— Onde você aprendeu a fazer essa merda, garoto urbano? — perguntou Patrice.

— Eu e Emma costumávamos assistir àqueles programas de reformas de casas — Apollo explicou entre tomadas de fôlego.

Patrice assentiu.

— Eu e a Dana também assistimos.

Apollo jogou a pá longe.

— Agora, me dê aquela coisa.

Patrice deu a picareta a Apollo. Nenhum deles sabia como se chamava. Certamente nunca fora usada nos programas de reformas de casas, mas Apollo intuiu seu método. Ele girou a ponta do enxó para deixá-lo de frente para o retângulo de terra que ele havia descoberto, a terra tão escura, parecia uma poça de água preta. Quando Apollo pisou ali, Patrice pensou que ele afundaria.

Apollo levantou a picareta e a bateu com força na terra.

— Podemos nos revezar — disse Patrice.

Apollo concordou.

— Quando eu não conseguir mais levantar os braços, podemos trocar.

— Você precisa de luz? — perguntou Patrice. — Tenho um aplicativo aqui. Um dos meus. Quero dizer, eu o programei. Se chama Luz do Dia.

— Talvez você pudesse guardá-lo até começarmos a descer mais — disse Apollo. Ele não notou o orgulho na voz de Patrice. Tinha um trabalho a fazer. Patrice fez que sim com a cabeça suavemente, envergonhado por estar querendo elogios.

Apollo bateu com a picareta no chão. O enxó afundou na terra de maneira satisfatória, mas fez Apollo sentir um choque que subiu até os ombros. Terra dura. Tinha se cansado mais cedo do que esperava. Olhou para Patrice e se sentiu muito grato pela companhia do amigo. Aquele sentimento foi seguido pelo desejo – pela necessidade – de perguntar a Patrice por que ele abrira aquela página no Facebook. E por que não contara a Apollo.

Por um momento, ele teve o pior pensamento de todos: e se Patrice estivesse do lado de Jardim de Infância? E se ele fosse um dos dez mil homens? Parecia impossível – ele conhecia Patrice, não? –, mas, por ora, também sabia que não podia confiar em seu bom senso. Talvez o homem que estava dirigindo o carro tivesse feito planos com Patrice, e agora Apollo estivesse cavando a própria sepultura. Patrice, ou outra pessoa, poderia simplesmente dar um tiro em sua cabeça e deixar o corpo no buraco que ele havia cavado. Mas nada disso. Se o amigo o traísse, ele teria que lidar com isso. Naquele momento, apenas ergueu a picareta e a abaixou. A terra sujou seu rosto, cobriu sua pele, causando uma coceira ao longo do pescoço.

— É uma da manhã — disse Patrice. — É melhor que terminarmos isso até as cinco.

Apollo limpou o rosto, coçou a nuca, colocou as duas mãos no cabo da picareta e a ergueu de novo.

75

Um metro e vinte não parece muito fundo, mas levou uma hora e meia para escavarem metade dessa altura. Patrice e Apollo já tinham se revezado duas vezes. Enquanto um quebrava a terra com a picareta, o outro, do lado de fora do buraco, usava a pá para tirar a terra. Os dois pareciam ter corrido uma maratona dentro de um túnel cheio de carvão, sujeira nas roupas, nas mãos, nos cabelos e nas orelhas. Os homens revezaram-se escavando de jaqueta, até estarem tão suados a ponto de a camisa ficar colada à pele e, em seguida, tiraram a jaqueta para se secar e, em poucos minutos, estavam sentindo arrepios.

Às três da madrugada, já tinham cavado um metro. Patrice se sentou na borda do túmulo. Apollo permaneceu no buraco. Não conseguia levantar a picareta de novo, por isso a soltou. Sentiu o estômago roncar de fome, e a caixa torácica arder devido à respiração pesada.

— Eu sei — disse Apollo. — Já sei de você e a página do Bebê Brian.

Patrice se remexeu no lugar. Caiu terra de onde ele estava para dentro do buraco.

— Eu te contei que entrei quando pegamos o trem para Long Island. Não escondi isso de você, não de propósito.

— Mas não me contou o resto — disse Apollo, inclinando-se para trás na terra, com medo de cair. — Você não me contou que tinha criado a página. Por que fez isso? Se é dos meus, por que fez isso?

— Criar? Você está querendo dizer que, tipo, eu sou o administrador daquela merda? Eu não te enganaria assim, de jeito nenhum.

— No dia em que fui para a ilha, você postou um negócio na página. Harry Cabelo Verde, que é você.

Patrice abriu o iPad, balançando a cabeça ao fazer isso. Abriu o aplicativo do Facebook. Apollo observou enquanto ele dava cliques até chegar à página de tributo.

— Por que continuar fingindo? — perguntou Apollo. — Só confesse essa merda, desabafe.

Os olhos de Patrice foram da esquerda para a direita. Apollo o observou lendo e, em seguida, os olhos do outro se arregalaram quando teve uma compreensão mais profunda durante a leitura.

— Não sou eu — disse Patrice. — Não sou. Quando você saiu da nossa casa, Dana e eu simplesmente ficamos ali, em choque, por uma meia hora. Eu não conseguia acreditar que Kim enganaria você assim. Meu amigo, estou dizendo, fomos direto para a cama como se estivéssemos em uma caverna ou algo assim. Demorei horas para dormir. E eu com certeza não entrei no computador para lhe mandar mensagens.

Patrice parecia irritado e em pânico. Ele olhou para a tela de novo.

— É só ver o momento em que a postagem surgiu. Foi cerca de dez minutos depois de você sair. Eu juro a você, pelas minhas mães, que não voltei a entrar no computador naquela noite.

Apollo abaixou-se e pegou a picareta. Mal tinha forças para se levantar novamente, mas, de alguma forma, encontrou força para erguer a ferramenta.

— Quem mais poderia saber que eu iria?

— Esse cara sabia — disse Patrice, com os olhos na lâmina da picareta. — William sabia.

— Éramos você, eu e Dana naquele porão. Ele não sabia que eu chegaria, não tinha certeza, até que eu apareci no Bronx.

Apollo e Patrice permaneceram nesse impasse por trinta segundos que mais pareceram três anos.

Então, Patrice se sentou com as costas retas, como se tivesse levado uma punhalada, desligou o iPad e fechou a capa.

— E se ele estivesse lá também? — perguntou, baixinho.

— Como?

— Titan — sussurrou Patrice. — Se ele hackeasse o Titan, poderia ligar minha câmera, meu microfone, controlar tudo remotamente se quisesse. Talvez tenha nos observando o tempo todo. — Ele colocou o iPad na terra e olhou para o aparelho com desconfiança.

— Mas como poderia fazer isso? — perguntou Apollo. — Como poderia encontrar seu computador em meio a todos os computadores do mundo?

Patrice apontou o bolso de Apollo.

— Ele enviou aquele vídeo de Emma. Você enviou para mim. Eu reproduzi no meu computador. Seria fácil para ele sair do seu celular para o meu computador. Tenho que avisar Dana — disse ele, pegando o telefone. Mas, antes de teclar, ele parou e o desligou. Abriu a parte de trás do aparelho e tirou o chip. Para garantir, ele o esmagou com a ponta do machado. — Meu celular e o computador são sincronizados. Ele sabe exatamente onde estamos agora.

— Ele não é da Agência Nacional de Segurança — disse Apollo.

— Poderia ter me enganado — considerou Patrice. Ele fez um gesto para a picareta e entrou no buraco. — Eu quero voltar para a minha esposa. Vamos rápido.

Apollo saiu do buraco, quase sem força para isso. Ele puxou a picareta. Patrice pegou a pá. Tão pouca luz entrava na cova aberta que não dava para ver o fundo. Era como se estivessem escavando no submundo.

76

Às quatro e meia, Apollo assumiu novamente. Patrice estava deitado ao lado da cova aberta, tão exausto que parecia ter adormecido. Faltavam poucos centímetros. Embora Patrice tivesse se oferecido para trocar com Apollo, Apollo não respondeu. Seu corpo doía muito, estava frio. As dores em seus braços e ombros, na parte inferior das costas e joelhos… ele sofreria as consequências daquilo tudo mais tarde, mas chegara em um ponto da exaustão em que ficara invulnerável. Agora, só usava a força de vontade para cavar.

Então, para grande surpresa de Apollo, o sol se ergueu atrás dele. Mas apareceu muito rápido e no lugar errado. No oeste, uma luz ofuscante apareceu, tão forte que Apollo abaixou a pá e cobriu os olhos.

Patrice disse:

— Pensei que você podia precisar de ajuda para enxergar.

O feixe de luz vinha do iPad de Patrice. A tela brilhava como ouro derretido. Apollo não conseguia nem mesmo ver Patrice atrás do aparelho, então sua voz se tornou neutra e divina.

— Eu trago a Luz do Dia — disse Patrice.

Apollo olhou dentro do túmulo. Conseguia ver tudo agora. A pá tinha caído de lado; seus sapatos e calças estavam tão imundos que pareciam empapados. E, abaixo dele, viu claramente uma forma, um contorno. O caixão? Seria possível que o tivesse alcançado? Havia começado a temer que nunca pararia de cavar. Apollo se ajoelhou e tocou a terra.

Então, o iPad da Patrice apitou três vezes e, logo depois, a luz se apagou.

— Acaba com a bateria — disse Patrice. — Mesmo uma carga completa faz funcionar apenas por quatro minutos. Funciona em tablets e celulares.

— Ajudou — disse Apollo. Ele bateu a cabeça da pá contra a terra. Quase lá.

A pá se enfiou na terra, e um baque surdo foi ouvido na cova. Apollo abaixou a pá de novo. Mais uma vez, um baque forte.

Apollo inclinou-se para a frente e passou a mão na terra até uma superfície cinza aparecer.

Ao lado dele, acima dele, Patrice estava espiando. Apollo ficou de joelhos, passando as mãos. Mas então, um ruído horrível surgiu de dentro do buraco, um soluço assustado. Apollo levantou a mão e bateu na coisa enterrada.

— Não é o caixão — disse Apollo. Parecia abalado, quase arruinado.

— Me diga o que está vendo — disse Patrice.

— É concreto! — Apollo se apoiou de joelhos e afastou mais terra. Um bloco de concreto, como uma lajota da calçada.

— É o fundo da cova — concluiu Patrice. — Há dois tipos de concreto, sólido e em lajotas. As lajotas são mais baratas, mais fáceis de atravessar. Qual deles você acha que sua mãe comprou?

Que horas as equipes de manutenção do cemitério chegariam? Era essa a questão. Quanto tempo até que o sol se erguesse o bastante para que um vizinho abrisse as cortinas do quarto no andar de cima, espiasse o dia e visse dois negros ao lado de uma sepultura aberta?

Apollo usou a pá para ficar em pé. Quanto tempo levaria para cortar tudo aquilo? E o barulho seria alto?

— Me dê aquela coisa — disse Apollo a Patrice. — A que eu estava usando.

Uma grande silhueta se movimentou e, no momento seguinte, a picareta caiu dentro da sepultura. Caiu com a ponta mais afiada primeiro, causando um estalo alto e se enterrando no concreto como uma tachinha entrando em um quadro de avisos. Apollo puxou a picareta, mas ela estava presa. Ele se abaixou, se recostou, arrancou a ferramenta, e, ao fazer isso, um som como cubos de gelo sendo rachados em uma bandeja foi ouvido no buraco.

Apollo bateu na tampa de concreto com um pé e notou que ela vacilou. Voltou a golpear batendo mais no concreto.

Quatro golpes com a picareta, e a parte de cima virou pó. E apareceu ali um caixão de criança. Branco. As partes decorativas – cabos, tampas, cantos de metal – eram todas de latão envelhecido.

Apollo agachou-se e passou as mãos ao longo dos dois lados do caixão, procurando a ranhura entre a tampa e a base. Não suportava a ideia de quebrar a tampa do caixão. Não podia fazê-lo. Ele encontrou o espaço e enfiou a ponta da picareta. Quando o abriu, o sistema de travamento emitiu um gemido e, enfim, se soltou com um estalo, como um dente sendo arrancado da boca.

Ele puxou a pequena tampa. Ela ficou presa, e ele soltou a picareta, usou as duas mãos para puxá-la até se abrir. Ele suspirou e se curvou, como alguém que suplica. A luz do alvorecer alcançou a parte de cima da cova, apesar de estar mais escuro dentro do buraco. E, finalmente, pela primeira vez em quatro meses, Apollo viu seu filho.

O agente funerário tinha feito o melhor possível, mas o rosto de Brian Kagwa ainda tinha as marcas de queimadura. O crânio aparecia na parte superior, cinza como a tristeza. Seu corpinho fora enrolado em um cobertor azul-claro. Em meio ao caos de abrir o caixão, terra e pedras caíram sobre o travesseiro, o cobertor, sobre todo o corpo. Apollo olhou para baixo, para seu filho, que fora enterrado limpo, mas agora estava sujo.

— Veja o que eu fiz com meu menino — sussurrou Apollo.

Ele tinha se enganado ao pensar que Cal e Emma eram qualquer coisa além de duas loucas. Elas o convenceram a não seguir o bom senso. Talvez ele não quisesse ser sensato. Melhor acreditar em monstros do que acreditar que seu filho estava morto. Ele fechou a tampa do caixão e, em seguida, voltou a abri-lo. Não suportava pensar que seu bebê estava ali com o rosto sujo de terra, com pedrinhas nos cabelos. O mínimo que podia fazer – o mínimo do mínimo – era limpar o rosto do filho.

Ele tocou a testa do bebê e, com isso, quebrou o feitiço.

77

Espinhos.

Seus dedos ficaram presos em um emaranhado deles. Foi essa a sensação. Afiados o bastante para rasgar a pele. Surpreso, ele se retraiu, e só depois que os segundos de choque passaram, percebeu que seu dedo anelar estava sangrando. Um corte se abriu na ponta do dedo quando ele acariciou o filho morto.

Apollo equilibrou-se e, quando tocou o corpo de novo, fez questão de tocar somente o cobertor azul com o qual ele fora enterrado. No interior do túmulo, o mundo permanecia escuro, mas, acima dele, Apollo viu o brilho do sol nascente. Ele tirou o corpo do caixão, mais leve do que ele se lembrava e menor também. Através do tecido do cobertor, ele sentiu uma massa, como se ele segurasse um ninho de vespas, e não um bebê. Ele havia se acostumado tanto com o cheiro de terra, depois de horas cavando aquele buraco, que não sentia o cheiro de mais nada.

Acima dele, na superfície, Patrice tossiu e disse:

— Está fedendo.

Ele olhou para trás. Patrice parecia mais assustado do que ele. Pensou na cena que devia ter acabado de protagonizar. Sua pele toda suja – rosto e pescoço, costas e barriga, mãos –, tudo estava sujo de terra, completamente sujo. E ele estava carregando... o quê? Ele se levantou e ergueu o bebê. E, à luz do amanhecer, viu o que segurava.

Parecia um tufo de cabelos enrolados. O tipo de coisa que se tira do ralo de uma casa abandonada, acometida pelas intempéries, algo emboscado e úmido. O que tornava a coisa monstruosa era o tamanho, grande como um bebê de seis meses. Quilos e quilos de cabelo – pelos? – emaranhados com tanta força que mais pareciam arame farpado.

Como ele tinha conseguido confundir aquilo com uma criança?

Com seu filho?

Ele o segurou, mas sentiu o impulso cada vez maior de jogá-lo de volta na terra, lavar as mãos com água benta. Seguiu cambaleando para a frente, quase derrubando a coisa. Olhou para o pacote e sentiu ânsia mais uma vez. Apesar do cobertor, a pele coçava de repulsa.

— Mas que porra é essa?

Patrice cambaleou para trás da cova. Era demais ver aquilo. Sem querer, ele pisou em outra sepultura, de uma mulher chamada Catherine Linton.

Os escoceses chamavam de glamer.

Glamour.

Uma ilusão para fazer algo parecer diferente do que realmente é.

Era isso que ele estava alimentando, limpando, abraçando e segurando? Era para isso que ele cantava à noite, quando Emma não queria mais fazê-lo? Era isso que ele levava ao parque, com todos os outros pais, tão cedo? Ele pensou em Ida, segurando sua falsa irmã, uma criança feita inteiramente de gelo, amando-a como se fosse de verdade.

Ele descobriu que não conseguia largar a coisa, mas, ao mesmo tempo, queria – precisava – que ela ficasse longe dele. Estendeu os braços. O cobertor caiu do corpo e cobriu as mãos dele. Totalmente exposto, de cima para baixo, aquilo parecia mesmo um ninho de vespas, cinza, e os cabelos estavam tão unidos que pareciam um tecido. Havia algo mais misturado às camadas de cabelo. Ele pensou que tinha cortado o dedo em um espinho, mas estava errado. Agora, conseguia ver. Aqui e ali, havia fragmentos de dentes e lascas de ossos e de unhas.

— Emma — sussurrou ele. — Eu deveria ter acreditado.

Então, ele sentiu algo novo através do cobertor. Um tremor.

Movimento.

À luz, Apollo viu, dentro da pequena forma, algo se movendo. Ele observou o rosto, ou o lugar onde o rosto deveria estar. Havia dois sulcos côncavos, como órbitas oculares feitas em argila mole. Embaixo disso, uma linha fina, uma boca.

Uma boca.

E abaixo, onde ficaria o peito, no interior mais profundo, Apollo viu uma pequena massa, uma protuberância. Um coração? Vagamente, ele batia.

Ele observou aterrorizado, porém calado. Gostaria de não ter visto. Estremeceu e sentiu as pernas fracas. E, em seguida, para deixar tudo pior, o coração bateu mais uma vez – se *mexeu.* O amontoado se ergueu um pouco. E de novo. Estava subindo, remexendo-se como um verme. Chegou à linha fina da boca e, em seguida, a boca se abriu. Não havia outra maneira de dizer isso; a coisa se abriu, um grande exalar, como se desenterrá-la tivesse permitido que ela enfim respirasse.

Mas não tinha sido um coração o que ele vira dentro do corpo pequeno. Na verdade, aquela boca não humana cuspiu uma massa de baratas-d'água, pelo menos uma dúzia, cada uma do tamanho de uma moeda de um dólar. Elas correram por todo o cobertor e chegaram aos braços de Apollo. Subiram em direção ao seu pescoço, seu rosto.

Apollo uivou. O som de um animal, não de um homem. Ele largou o corpo. O cobertor azul flutuou até a extremidade da sepultura, de novo sobre o caixão. Ele afastou as baratas que subiam em seus braços. Uma delas chegou ao pescoço. Ele sentiu as pernas peludas atingirem sua bochecha. Quase rasgou a própria pele para afastá-las.

Enquanto isso, o corpo, o bebê, estava caído de lado. Parecia estar sentado, observando-o. Ele ainda sentia os insetos na pele. Um grande asco o tomou, com uma vontade de destruir tudo. Apollo encontrou a picareta e acertou o caixão com ela. Parecia que estava cortando madeira.

Em poucos minutos, ele havia destruído o caixão e transformado o resto da lajota em pó. Às cinco e quinze da manhã, o sol nasceu em uma manhã especialmente clara. Aves gorjeavam. A noite tinha ido embora e, na sepultura, Apollo levantou a picareta uma última vez, apontando para a criatura.

Mas algo na postura daquela coisa era perturbador demais para ele. Ou, para ser mais preciso, era familiar. Naquele ângulo, aquilo podia ser uma criança afivelada em um cadeirão diante da mesa da cozinha. Na verdade, a coisa ti nha sido essa criança, e Apollo a havia alimentado – colheradas e mais colheradas de purê de maçã, iogurte ou batata doce que ele cozinhara e amassara.

Ele voltou a soltar a picareta. Apesar da repulsa que sentia, pegou a coisa de volta. Sem o cobertor, a superfície áspera do corpo ameaçou cortá-lo mais uma vez, por isso Apollo foi forçado a segurá-la com cuidado.

Ele se concentrou no rosto, no espaço de seus olhos, na linha fina da boca que não tinha se fechado de novo de fato. Parecia a de uma criança dormindo, e Apollo não conseguiu vencer a vontade de acalentá-la. Não era uma reação consciente, mas algo primal. Ele segurou a figura com um antebraço e gentilmente apoiou sua nuca com a mão direita. Com a esquerda, ele tocou o ponto onde estariam as sobrancelhas.

Ele abaixou o dedo. Já tinha visto o rosto de seu filho ali. Tocou o lugar onde o nariz teria sido, onde tinha sido. Um nariz que ele havia amado. Quantas vezes o beijara? Mil vezes por semana. Ele levou o dedo à boca. Costumava tocar os lábios de Brian tentando prever quando os dentes apareceriam. Apoiou os dedos ali.

E o corpo voltou a se mover. A boca. A barriga. Ela se abria e fechava, abria e fechava de um jeito rígido, como a mandíbula de uma marionete. Então, ele ouviu um som estridente, como um copo de isopor vazio sendo pressionado e solto, as dobradiças da mandíbula seca estalando. Apollo temia que mais baratas saíssem dali, mas isso não aconteceu, então ele segurou o corpo. A boca se arreganhou e fechou. Não era difícil ver o que aquilo estava fazendo. Estava tentando se alimentar.

Gotas de seu sangue tremiam naqueles lábios não humanos, o sangue de seu dedo cortado.

Nada mais naquele corpo sugeria vida. Apenas a boca era animada. Não exatamente viva, mas impossível pensar nela como morta de verdade. Um autômato. Alimentado por sangue e crença.

Enquanto chupava o sangue de seu dedo, o rangido veio ritmado, apertando e soltando, apertando e soltando. Apollo puxou o dedo da boca e, em um instante, a mandíbula parou de funcionar. Ficou parada como antes.

— Algo fez você e, em seguida, te abandonou — sussurrou ele.

A voz de Patrice chegou a ele, de fora do túmulo.

— Está muito tarde, Apollo. Precisamos ir.

Apollo se agachou e encontrou o cobertor azul. Envolveu o corpo nele novamente. Ele tinha causado muito estrago no caixão, mas – da melhor maneira possível – colocou o corpo de volta em seu local de descanso. Assim que estava entre os restos espalhados do caixão, assim que foi devolvido às sombras do túmulo, seu glamour voltou. Parecia uma criança de novo. Seu filho de novo. No escuro, se tornou Brian Kagwa.

Apollo verificou para ver se a fita vermelha fora cortada pelos espinhos, mas seu nó continuava ali.

— Você merecia mais do que recebeu — disse Apollo. — Sinto muito se sentiu alguma dor.

Apollo fechou a tampa do caixão do melhor jeito que conseguiu. Jogou a picareta para fora do túmulo, depois a pá. Patrice estendeu a mão, e Apollo a segurou. Apollo saiu do túmulo. Enfiou a mão em um bolso e deu o cartão da Zipcar a Patrice. Disse para Patrice ir pegar a minivan que ele logo sairia.

Apollo usou a pá para jogar terra em cima do caixão. Não conseguiria encher a cova – não daria tempo, e seu corpo não tinha força, mas ele não deixaria a cova com o corpo exposto.

Depois disso, pegou a picareta e foi até o jazigo. Ele bateu o enxó, que se afundou na terra com o primeiro golpe. Usou o cabo como uma alavanca e puxou para trás até a placa de jazigo se soltar. Ele se movimentou quinze centímetros e fez a mesma coisa. Quando se afastou, desta vez, a metade de cima da placa de jazigo se erguia da terra.

A placa fora presa a um bloco de granito, uma prática comum. Para remover a placa, Apollo teria que tirar o bloco também. Como aquela era a sepultura de um bebê, o bloco era pequeno. Em três minutos, Apollo o soltou. O som de raízes se soltando e do chão rachando foi tão alto quanto seu grunhido de esforço. Ele largou a picareta. Tão perto de cair, parecia impossível fazer qualquer coisa além de respirar. E no entanto, com uma inclinação, ele levantou a placa do jazigo com seu bloco de granito. Devia pesar uns quinze quilos. Seu corpo não sabia como suportaria o peso, mas não havia espaço para discussão. Aquele não era o túmulo de Brian Kagwa, então por que seu pai deixaria a placa ali?

Apollo andou em direção à cerca. Enfiou a placa embaixo de um braço e arrastou a picareta com o outro. O Odyssey estava parado na rua, Patrice ao volante. Quando Apollo apareceu na cerca, Patrice se assustou como se estivesse vendo a morte à luz do dia. Apollo abriu a porta de trás do carro e colocou o bloco ali como se fosse um saco de esterco. Deixou a picareta no chão. Em seguida, entrou. Patrice olhou para a placa e para a picareta.

— Não poderemos explicar essas coisas se a polícia nos parar — disse Patrice. — Você sabe disso, certo?

— Então, não seja parado — retrucou Apollo.

Patrice partiu com o carro.

Port Washington virou Munsey Park e, em seguida, Manhasset, então Great Neck e assim por diante na viagem para fora de Long Island e de volta a Nova York. Apollo sentiu uma espécie de calma que também poderia ser chamada de certeza. A magia do mundo fora revelada. Todos os enganos tinham partido. Acreditar apenas no prático, no racional, no realista era uma espécie de glamour também. Mas ele não podia mais apreciar a ilusão de ordem. Os monstros só são reais quando os encontramos.

Bem, Apollo tinha encontrado um monstro. Ele, Emma e Brian, todos tinham encontrado. E Apollo não estava pensando sobre a coisa na cova. Nem mesmo na coisa que o gerou. Estava pensando no homem que fingira ser seu amigo, o ex-William Wheeler. Ele havia encontrado seu inimigo. Sabia seu nome verdadeiro.

7

JARDIM DE INFÂNCIA

78

Brian West estava na porta da frente.

Apollo estendeu a mão e virou todas as três trancas.

Ainda não era Brian West.

O homem ajoelhou-se e arrancou sua pele azul.

Brian West chamou o nome de Lillian Kagwa.

Gargamel e Cruel queriam destruir os Smurfs.

Água quente corria no banheiro, e o apartamento se enchia de vapor.

Gargamel e Cruel escondiam-se na floresta.

Os Smurfs não suspeitavam de nada.

Brian West pegou o filho.

Brian West carregou Apollo até o banheiro.

— Você vem comigo — disse ele.

Ele tirou a roupa de Apollo.

79

Havia dois dias e duas noites que Apollo dormia e acordava em intervalos. Talvez fosse um exagero chamar de sono. Era mais como um pequeno coma. Ele acordava em sobressaltos, mas não conseguia reunir consciência para fazer mais do que rolar e cair no sono de novo. Sentia-se tão grogue que parecia ter sido dopado. Os dois últimos dias tinham sido uma droga perfeita, uma overdose do improvável.

Patrice o levara para casa, o ajudara a subir, e ele cambaleara e tombara no colchão. Apollo não se lembrava de nada disso. Sentara-se no banco de trás da minivan embalando a placa de jazigo com o nome de seu filho e despertara em sua cama. Lá fora, viu a luz da manhã. Achou que tinha fechado os olhos apenas por dez minutos. Quando tentou se erguer, seu corpo ainda doía, com tantos machucados que já estava roxo. Cambaleou até a cozinha. Parou na frente da pia e encarou os armários com portas de vidro, mas conseguiu ter apenas uma visão difusa de si mesmo. Ele e Emma tinham trazido os armários da IKEA no trem. Duas caixas por viagem, pois era tudo que conseguiam carregar. Armários de parede Akurum em branco Lidi. Cada um custara US$115 mais impostos. Ridículo o tipo de coisa que vem à mente. Louco imaginar que brigaram sobre aquela escolha como se nada mais importasse.

Ele precisava de água; precisava de comida. Encheu um copo de água da torneira e, em seguida, bebeu mais três. Virou-se e encontrou a placa de jazigo sobre a mesa da cozinha, em cima do jogo americano. Uma picareta estava ao lado da porta da frente. E o livro? Ficou tão tenso que quase travou as costas. Varreu a cozinha com os olhos, a sala de estar, foi até a porta da frente e a abriu. Voltou ao quarto, à cama. Nenhum livro. Nenhum livro. Ele o tinha enfiado embaixo do braço, não tinha? Enfiara no cós da calça, na parte de trás, enquanto segurava Gayl.

O livro. Ele se concentrou nisso. Havia perdido o exemplar que Cal lhe dera, mas tinha outro ali. A edição de seu pai. Foi até o quarto de Brian e tirou-o da prateleira.

Lá fora, logo ali.

Voltou à cozinha e afastou a placa de jazigo, abrindo espaço para ler. Então, antes de se sentar, tateou pela despensa e encontrou uma caixa de biscoitos de água e sal. Estavam velhos, mas não importava. Ele se forçaria a comer algo.

— "Quando papai estava longe, em alto-mar" — leu Apollo.

Na página seguinte, Apollo parou para analisar a imagem da mamãe, uma jovem branca com longos cabelos castanhos. Usava um vestido vermelho desbotado com um colar de babados. Ela encarava a meia distância.

O quê?

O nada. Seu olhar era o de uma mulher perdida. Enlutada. Deprimida. Naquela história, o pai talvez tivesse partido em um navio, mas a mãe mal podia ser considerada presente. Nesse momento, Apollo levou um dedo à ilustração. Os olhos vagos; a boca com cantos curvados para baixo. Ele correu o dedo pelos ombros caídos. Ele não havia olhado para o outro lado da mesa da cozinha e encontrado em Emma aquela mesma mulher?

Na página seguinte, a cena de Ida tocando música para sua irmã, os duendes esgueirando-se pela janela. Depois, os duendes fugiam com a criança humana, deixando uma substituta. Na sequência, Ida pegava a criança e a segurava, a abraçava. A página seguinte mostrava a criança de gelo meio derretida e caída no chão. Por fim, Ida finalmente percebia a fraude.

O dedo de Apollo pousou sobre três palavras. "A criança trocada." Lá estava ela, no berço, nos braços da Ida, desintegrando-se no chão.

A criança trocada.

Apollo não conseguiu continuar a leitura porque as palavras na página ficaram borradas, o que acontecia porque suas mãos tremiam. Ele precisou deixar o livro sobre a mesa. Ouviu o som de terra sendo aberta com pá e picareta, as horas da noite em que estivera naquele buraco.

— Ninguém estava cuidando do bebê — disse ele no apartamento vazio.

Mas então se virou e olhou para a cadeira à direita. Aquela na qual Emma costumava se sentar. Ele quase conseguia divisar sua imagem, uma silhueta fantasmagórica. Tocou com o polegar a fita vermelha esgarçada, girou-a no dedo anelar.

— Uma pessoa estava olhando — falou Apollo.

Ela disse que Brian está na floresta.

Só existe uma floresta em toda a cidade de Nova York.

80

Ele fez uma mala porque não sabia quando voltaria. Nem sabia se voltaria. Encontrou a mala pequena que mantinha debaixo da cama, aquela que planejara usar se Emma entrasse em trabalho de parto e o parto em casa não funcionasse. A mala do hospital. Emma tinha desfeito grande parte dela muito tempo antes, claro, a camisola e produtos de higiene pessoal, chinelos e meias, petiscos e bebidas, todos esses itens tinham sido devolvidos às gavetas ou consumidos. A única coisa que restara era um pacote de canudos para tomar líquidos durante o trabalho de parto e um frasco de óleo de massagem. Para economizar espaço, Emma havia colocado os dois em um bolso lateral. Apollo não percebeu que estavam ali quando puxou a mala. Então, tanto os canudos como o óleo fariam essa viagem com ele.

A única floresta na cidade de Nova York fica no distrito do Queens, no bairro de Forest Hills.

Ele foi ao armário no quarto de Brian, fuçou em bolsas e caixas que ele e Emma haviam enchido e encontrou uma muda de roupa para sua esposa. Mal prestou atenção aos itens, apenas calças, camisa, suéter, calcinha, meias. Encontrou o pijama de Brian, um macacão verde e vermelho com pezinhos, uma peça com tema de festas de fim de ano que transformava o bebê em um elfo. Mas quando Apollo o ergueu, percebeu que, se Brian estivesse vivo, não caberia mais naquelas roupas. Naquele momento já estaria com dez meses. Essa ideia acometeu-o com uma tristeza fria. Tão fria que ele pegou rapidamente um pijama tamanho 1 ano, enfiou-o no fundo da bolsa e saiu daquele quarto.

Na sala de estar, pôs a picareta na mala, em seguida pôs as roupas de Emma e Brian sobre ela. Fechou a tampa e levantou a mala. Com a picareta lá dentro, a mala tinha o peso da violência.

Em um movimento instintivo, ele verificou se a carteira estava no casaco, mas ela havia se perdido. Sem cartões de débito ou crédito, sem carteira de motorista. Ele tinha deixado de existir na modernidade. Ou, mais precisamente, perdera o acesso a quase toda sua existência moderna. O único símbolo que restava era o celular.

Na cozinha havia migalhas de biscoito sobre a placa de jazigo de bronze. Ao lado da placa estava o livro de seu pai. Apollo abriu a mala mais uma vez. Enfiou ali o livro e a placa de jazigo. Por um momento tateou o conteúdo: picareta, algumas roupas, um livro infantil e uma placa de jazigo. Era a mala para uma viagem a outro mundo, não a outro distrito.

E lá se foi.

81

Nevava no Queens. Apollo saiu da estação de trem – Forest Hills-71st Avenue – e enquanto subia as escadas para a rua, sentiu os flocos batendo no rosto. A escadaria estava tão lotada – hora do rush a todo vapor – que ele quase perdeu a mala duas vezes só pelas cotoveladas. Parou no topo da escadaria, os braços cansados de carregar a mala, mas não teve nem tempo de recuperar o fôlego, porque havia mais quinhentos homens e mulheres atrás dele, e todos eles não tinham coisas a fazer? Tentar ficar no lugar seria o mesmo que virar as costas para um ciclone. Foi empurrado e quase caiu. Ele se apressou até a vitrine mais próxima, do Banco Chase. O céu noturno estava tão escuro quanto piche, e a neve caía. Os flocos espessos agarravam-se aos guarda-chuvas e chapéus, a tetos de carros e ônibus.

A neve continuou a cair, e o tráfego se avolumou na 71st Avenue. Uma família branca tinha chamado um táxi, e nesse momento a mãe estava colocando um bando de crianças no banco traseiro. O pai fechou o carrinho de bebê com perícia e foi até a parte de trás do táxi, batendo no porta-malas. A mãe e o pai pareciam cansados e irritados, e Apollo sentiu a garganta apertar de inveja.

Os biscoitos não o encheram muito. Nem os quatro copos d'água. No fim do quarteirão ele viu uma placa da Starbucks. Havia perdido sua carteira – todo o seu dinheiro –, mas talvez ainda conseguisse botar algo na barriga. Ele tinha o aplicativo da Starbucks no celular. Havia o suficiente em sua conta para uma refeição que o sustentaria até a floresta. Se tivessem sanduíches, Apollo poderia até deixar uma trilha de migalhas de pão para que ele, Emma e Brian encontrassem o caminho para sair de lá.

Era uma filial apertada da Starbucks, pequena, longa e estreita. A loja tinha a aparência de uma sala de estar rebaixada. Era entrar e, em seguida, descer três degraus. Havia duas pequenas mesas com duas cadeiras cada uma. Nove adolescentes tinham juntado as mesas e, de alguma forma, se acomodado naquelas quatro cadeiras. Eram dezenove horas, a maioria das pessoas voltava do trabalho para casa, mas ainda havia uma longa fila.

— Bem-vindo à Starbucks. Posso anotar seu pedido?

Ele ainda não conseguia ver a atendente, a fila estava comprida. Olhou para a pequena geladeira onde mantinham sanduíches e saladas, sucos, leites e águas. Ele pensou em pegar tudo, ou ao menos o máximo que conseguisse carregar. Também podia pegar e sair correndo. No fim das contas, estava com uma pressa da porra. A ideia de cometer um crime – mesmo um tão pequeno – trouxe um lampejo de lembrança. Ele estava em liberdade condicional. Abriu o celular e verificou as chamadas recentes. Havia algumas. Reconheceu o número de Lillian. Havia seis chamadas de alguém em Manhattan que poderia ser seu agente de condicional. Nenhum dos dois deixara mensagem. E se ele surrupiasse um daqueles sanduíches e fosse preso? Difícil fugir quando se está carregando uma mala. E o que estava dentro dela? Puta merda, e se fosse preso por furto de loja, violando sua condicional e levando uma ferramenta de escavação e uma placa de jazigo? Caceta, por que havia trazido aquelas coisas? Sua mente racional repreendeu seu pensamento mágico. Ele se resignou a esperar pacientemente na fila. Até chamaria a atendente de senhora, para garantir.

Então, um velho branco de olhar amalucado, em pé cinco pessoas à frente na fila, inclinou-se diante da geladeira e pegou todas as comidas que restavam. Simples assim. Aqueles péssimos sanduíches pré-embalados em um braço, as saladas pré-embaladas um pouco menos péssimas no outro. Limpou a desgraça da geladeira. O velho chegou ao caixa e despejou a comida toda sobre o balcão.

— É melhor eu pegar uma ou duas sacolinhas para o senhor — disse a atendente.

— Ah é? — respondeu o velho. — Acha mesmo, *Louise*? Pensei que eu teria que carregar tudo isso na cabeça.

A atendente ignorou as palavras, apenas revirando os olhos cansados. Quando pegou duas sacolas de papel sob o balcão, o velho homem se inclinou para a frente e puxou-as da mão dela. A mulher nem sequer reagiu, apenas passou o leitor em cada item e os entregou.

O homem inclinou-se para trás e estreitou os olhos para os outros clientes. Parecia um velho viking aposentado, mas um traço do guerreiro selvagem permanecia. Apesar da idade, o velho alto ainda tinha bastante vitalidade, magro e com a pele do rosto bem colada aos ossos. Tinha uma barba fina, e os cabelos, visíveis em filetes embaixo da boina de lã, pareciam linhas brancas de eletricidade.

— Quanto deu? — exigiu ele. — Quanto deu?

— Está escrito aí! — retrucou um homem atrás dele na fila, apontando para a telinha da caixa registradora.

O velho olhou para o outro cliente e bateu no balcão.

— Você sabia que houve uma época em que diziam a um homem o valor que ele tinha que pagar? Em vez de fazê-lo ler o valor em uma tela?

— Os dinossauros estavam vivos nessa época também? — perguntou o homem.

O velho viking bateu freneticamente na cintura como se procurasse uma arma, ou um machado de batalha, e pareceu assombrado quando não encontrou nada ali. O homem que tinha falado do dinossauro fez um aceno exausto para o velho.

O velho agarrou suas sacolas de comida da Starbucks, vencido, mas sem se deixar abater. Murmurou para si enquanto caminhava de cabeça baixa. Trombou na mesa lotada de adolescentes. Para surpresa de Apollo, eles não disseram nada. Os celulares prendiam sua atenção.

— Quando papai estava longe, em alto-mar — resmungou o homem, se arrastando pela loja, e continuou a murmurar enquanto andava.

Apollo estivera analisando o balcão. O que teria de comida agora? Tinha aquelas pequenas embalagens de castanhas ou cookies ao lado da caixa registradora. Ele achou que poderia se abastecer com aquilo. Sentiu um vago zumbindo ao longo da mandíbula, como se uma mosca se aproximasse demais de sua orelha. Coçou o queixo, mas não adiantou.

Apollo virou-se.

O velho.

O velho viking parou na porta, como se estivesse se preparando antes de sair em uma tempestade. O tempo todo ele falava as frases do livro infantil em um rosnado torturado, e Apollo ouvia tudo como uma criança.

O velho saiu pela porta noite afora. Apollo teria corrido na direção da porta e derrubado o homem se não estivesse puxando aquela mala pesada. Quando saiu, viu o velho já a dois quarteirões de distância.

Apollo o seguiu.

82

É difícil seguir um homem quando se está puxando uma mala rangente. Apollo tentou carregá-la nos braços, mas com a picareta e a lápide, ele não conseguiu mantê-la erguida por muito tempo. O velho avançou para sudoeste na 71st Avenue, e Apollo manteve distância, seguindo-o por um quarteirão na esperança de que não seria ouvido quando entrassem na parte elegante do bairro, Forest Hills Gardens.

A 71st Avenue transformou-se em Continental Avenue, e as calçadas floresceram com árvores, e casas de tijolos estilo Tudor alinharam-se pela via, que mal tinha trânsito. Inesperadamente, depois de uma caminhada de três quarteirões, Apollo entrou em um dos bairros mais ricos de Nova York. Dois quarteirões adiante, quase invisível sob a luz fraca dos postes de ferro fundido, estava o velho viking, caminhando a passos largos. Ele e Apollo eram os únicos seres humanos ali, e as casas grandiosas estilo Tudor os observavam com cautela solene.

Passaram Slocum Crescent e Olive Place, Groton Street e Harrow Road. O sol se pôs, e Apollo seguiu o homem pela noite que se avultava. Ingram Street, Juno Street, Loubet Street e Manse. O velho não olhava para trás, não olhava para os lados para atravessar a rua e nunca parecia se cansar, embora fosse trinta anos mais velho que Apollo.

Enfim atravessaram a Metropolitan Avenue. Adeus casas de tijolos Tudor e olá casas coloniais isoladas; o fim das fachadas de tijolos e a ascensão dos revestimentos de alumínio. Foi assim até Union Turnpike, e o velho ainda andava como se estivesse conduzindo uma excursão pela estrutura de classes descendente do Queens.

Para Apollo, parecia mesmo que haviam adentrado em outra região, outro mundo. Quarteirão após quarteirão de casas isoladas, calçadas com carros envelhecidos e SUVs enferrujadas enfileirados, postos de gasolina e lojas de esquina e, em seguida, chegaram à Floresta do Norte, a ponta nordeste do Forest Park, mais de quinhentos hectares de natureza, ali mesmo, naquele bairro do Queens. Se topassem com uma imponente cidade de prata e de ouro nem seria tão estranho. O velho atravessou a rua para caminhar ao longo do perímetro do parque. Apollo pensou que talvez o velho finalmente tivesse descoberto que estava sendo seguido e planejava correr para dentro da mata, despistando Apollo lá dentro, mas talvez isso não importasse. Ele estava levando Apollo aonde ele queria estar.

O velho viking chegou a uma esquina e virou nela. Apollo deu uma corridinha, puxando a mala atrás de si, que se lascassem as rodas rangentes.

Apollo virou a esquina, esperando que o velho aparecesse bem ali e o confrontasse, mas o velho estava muito à frente. Parou diante de uma escadaria que levava até o território do parque. Havia dois postes de iluminação no início da escadaria, então Apollo viu muito bem o velho subir até o topo dos degraus. Mas, em vez de desaparecer entre as árvores e a vegetação rasteira, o velho ficou de joelhos com a cabeça baixa. Deixou as sacolas de comida da Starbucks no alto da escadaria. Levantou-se e observou a fileira de árvores. Graças à luz dos postes, Apollo conseguia ver o perfil do homem. Seus lábios se moviam, mas ele estava falando com alguém ou apenas murmurando para si mesmo? Era difícil dizer.

Por fim, o velho se virou e desceu novamente as escadas. A forma como segurou o corrimão fez com que parecesse cansado ou bêbado. Apollo achou que o velho talvez fosse voltar pelo caminho que tinha vindo, então pegou a mala, atravessou a rua e se escondeu nas sombras. Apoiou a mala contra a parede de uma garagem de tijolos e se acomodou sobre a bagagem, uma cadeira improvisada. O velho observou o alto da escadaria, as margens do parque, as sacolas marrons com o logotipo da Starbucks. Por fim, ele se virou e se afastou. Apollo pensou em seguir, mas não conseguiu fazê-lo.

Um carro da polícia apareceu na esquina.

Veio de Park Lane South, tão casual quanto um puma. Quando o carro alcançou Apollo, o motorista ligou as luzes vermelhas e azuis, embora não tivesse acionado a sirene. Apollo estava tão diretamente concentrado nas sacolas de comida no topo da escadaria que, quando as luzes apareceram, ele caiu da mala e se esparramou na calçada.

O policial no banco do passageiro abaixou sua janela e se inclinou para olhar Apollo. Ele o examinou por cerca de vinte segundos antes de falar.

— Lugar ruim para tirar um cochilo, cara.

Apollo ficou de joelhos. O policial motorista o observava com atenção.

— Esse foi rápido — disse Apollo.

O policial apontou para as casas atrás de Apollo.

— Esta parte de Forest Hills ainda é conhecida como Little Norway. Difícil você se misturar.

— Mesmo à noite?

— Principalmente à noite — disse o motorista.

Patrice tinha razão. Heróis como ele não podiam cometer erros.

Apollo pôs as mãos no chão para se levantar, mas o policial na janela do passageiro falou:

— Por que não fica aí no chão mais um pouco?

— Está frio — disse Apollo.

— É inverno — respondeu o policial.

O motorista abriu a porta e deu a volta. Então, o policial do lado do passageiro saiu. Chegou mais perto de Apollo, estendeu uma das mãos e acenou para Apollo se levantar.

— Onde você mora? — perguntou o policial.

O motorista olhou para trás, na direção do parque e, em seguida, de volta para Apollo. Não pareceu notar a sacola de comida no alto da escadaria. Para ele, devia parecer apenas lixo. Seu rádio apitou e tagarelou, mas ele o ignorou. As luzes vermelhas e azuis continuavam a brilhar e emprestavam um tom vertiginoso ao momento.

— Manhattan — respondeu Apollo. Ele deixou as mãos ao lado do corpo, mas longe o suficiente para que nenhum dos policiais tivesse motivo para se incomodar. Seria pior para Apollo se ficassem com medo. Mais importante: ele percebeu que, se pesquisassem seu nome, saberiam que tinha violado sua condicional. Não fora à sessão de terapia e, pior ainda, não visitara seu agente de condicional. Qualquer impulso que pudesse ter para discutir se escondeu bem lá no fundo. Só precisava evitar ser levado de volta para a prisão. E ser baleado e morto. Era sua prioridade máxima naquele momento.

— Veio de Manhattan, de tão longe, até Forest Hills. Com uma mala. Apenas para se deitar em uma calçada de Little Norway?

— É uma viagem longa — comentou o motorista e soltou uma risada silenciosa, incrédula.

Então, atrás dos dois, no topo da escadaria, alguma coisa saiu da mata. Alguém.

Emma Valentine.

Sua esposa estava no alto da escadaria.

Mas não era ela. Não exatamente. Uma bruxa. Foi o que ele viu.

Nunca teria pensado que a figura macilenta era a mulher com quem se casara. Era o casaco que ele reconhecia, uma jaqueta *puffer* marrom até o joelho, que ela estava vestindo no vídeo da noite em que fugiu. O casaco estava esfarrapado e sujo, o que também podia se dizer sobre Emma. Parecia tão magra e dura quanto um galho de árvore. Mas além disso – e de verdade – ela brilhava.

Quando saiu da floresta, ela parecia andar dentro de uma nuvem, um halo de energia azul. Emanava uma cor quase tão brilhante quanto as luzes azuis da polícia que piscavam na viatura; era como se vestisse faíscas de eletricidade.

Emma Valentine saiu do bosque e pegou os sacos de comida da Starbucks. Então, ela se virou, voltou para a escuridão mais profunda e desapareceu.

E foi isso.

— Sério, chefe — disse o policial mais próximo de Apollo. — Se precisar de abrigo, podemos indicar o caminho certo, mas não pode ficar à espreita, rondando a casa das pessoas.

— Deixa as pessoas com medo — falou o outro policial.

— Não, senhor — murmurou Apollo. — Quer dizer, sim, senhor. Ela estava brilhando. Ela estava…

Um dos policiais precisou dar um tapinha em seu ombro para trazer Apollo de volta a si. Aquela era Emma. Ela estava morando no parque? E por que o velho trazia comida para ela?

Nesse momento, ele olhou diretamente para os policiais.

— Não preciso de abrigo nem de nada — disse ele. — Só fiquei confuso. Vou voltar para casa. Vou pegar um ônibus.

— Você tem dinheiro? — perguntou o policial, com braço ainda no ombro dele. Seria fácil para o homem fazer uma força e enfiar Apollo na parte de trás da viatura.

— Eu posso...

Mas antes de ele terminar de inventar uma mentira, o policial voltou para a viatura.

— Temos mais daqueles MetroCards? — perguntou ao parceiro.

— Dê uma olhada na pasta — disse o motorista e, enquanto o parceiro se inclinava dentro do carro, ele deu a volta pela frente, chegou mais perto de Apollo, com a mão pairando perto do quadril, do revólver no coldre.

— Achei. — Ele voltou até Apollo. — Tem vinte dólares neste aqui. Presente do Departamento de Polícia de Nova York.

O MetroCard estava dentro de um plástico transparente. O policial abriu-o e entregou o cartão para Apollo.

— Pode pegar o Q11 ou o Q21, que seguem direto pela Woodhaven Boulevard — explicou o policial.

— Obrigado — disse Apollo. Aceitou o MetroCard, mas, em seguida, continuou ali parado. Se os policiais fossem embora, ele ainda poderia correr escadaria acima naquele momento e, talvez, encontrá-la.

— Sabe de uma coisa? — falou o motorista. — Vamos lhe dar uma carona até o ponto de ônibus agora.

O outro voltou à viatura e abriu a porta de trás.

— Nem precisa agradecer — disse ele. — Mas precisa aceitar.

Ele entrou, e as luzes foram desligadas. Quando a viatura se aproximou do ponto de ônibus na Woodhaven Boulevard, o policial do lado do passageiro falou sem virar a cabeça.

— Adoramos passar pela Park Lane South. É uma de nossas ruas favoritas. Vamos percorrê-la a maior parte da noite. Esperamos não ver você por aqui de novo.

Eles chegaram ao ponto de ônibus, e um policial abriu a porta para Apollo. Apollo puxou a mala de rodinhas para a calçada.

O motorista abaixou a janela.

— Vai demorar um tempo até chegar o ônibus — disse ele. — Mas você precisa embarcar nele. Não queremos te ver por aqui de novo. Se virmos, vai ser uma noite ruim para você.

Apollo não respondeu porque aquilo não precisava de resposta. Os policiais foram embora, e ele ficou no ponto até a viatura deles desaparecer de vista. Ele não voltaria para Washington Heights, mas sem dúvida os policiais estavam falando a verdade. Patrulhariam o perímetro da floresta a noite toda. Ele precisava de abrigo até de manhã.

83

O Centro de Apoio aos Visitantes do Forest Park ficava apenas trinta metros atrás dele, já dentro do parque, e, ao lado dele, uma estrutura menor de tijolos, os banheiros públicos. Apollo esperou no ponto de ônibus por 15 minutos. Sem ônibus, sem policiais, sem ninguém por perto além dele. Por fim, correu para atravessar os portões do parque. Fechou os olhos enquanto cruzava a calçada até o caminho de concreto que leva aos banheiros, esperando que os policiais saltassem sobre ele, mas não saltaram.

Ele chegou ao banheiro. Havia duas portas, uma de cada lado da pequena construção de tijolos, a do banheiro masculino e a do feminino. Portas pretas pesadas mostravam tinta lascada e nomes ou símbolos desbotados, muitas imagens de peitos e pintos riscados na superfície. As duas portas estavam trancadas, com grandes cadeados pendurados nas maçanetas de argolas, mas Apollo trouxera consigo a ferramenta certa. Pôs a mala no chão, abriu-a e tirou a picareta. Se deslizasse a lâmina achatada entre a porta e o batente, poderia arrombá-la com rapidez. A única questão naquele momento era em qual banheiro ele queria se esconder: no masculino ou no feminino? Se tivesse que adivinhar qual lado estaria mais limpo, realmente não havia o que questionar.

Ele quebrou a fechadura da porta do feminino com dois trancos fortes. A porta de metal rangeu bem alto a cada vez. Tão alto que Apollo sentiu que os policiais chegariam ou um morador de Little Norway os chamaria. Telefonemas anônimos de "cidadãos preocupados" já haviam matado muitos negros antes dele. Mas os banheiros ficavam bem longe, dentro do parque, e eram ladeados por árvores.

Apollo empurrou a porta do banheiro. Não havia janelas, então o lugar permanecia escuro. Ele entrou e deixou os olhos se ajustarem. Duas cabines, uma pia, espaço suficiente para ele deixar sua mala deitada. Fazia tanto frio ali dentro que o banheiro nem sequer fedia, ou talvez seu nariz só estivesse amortecido. Ele voltou a sair. Por que simplesmente não procurava Emma? Ele deu quatro passos na direção da floresta, mas parou ao ver todo aquele território com sua mortalha escura. Emma o receberia bem? Ela lhe daria a chance de admitir os erros que cometera? A mulher que saíra do bosque mal parecia humana, e ele era o homem que não havia acreditado nela. O que ela faria se trombasse com ele na floresta naquele horário, mais de meia-noite?

Encontrá-la à luz do dia parecia mais seguro. Ele não tinha vergonha de admitir que estava com medo. Além disso, o parque se estendia por centenas de hectares. Vagar naquele tanto de terra, tarde da noite, no meio do inverno, era uma maneira infalível de acabar congelado e morto no labirinto de árvores. Não, obrigado, Jack. Ele voltou ao banheiro. A escuridão dentro do banheiro feminino seria total assim que Apollo fechasse a porta. Ele gostava da ideia. Seria como se acomodar dentro de um casulo.

Apollo ainda não conseguia acreditar no que tinha visto. Todos aqueles meses, e lá estava Emma. A última vez que tinham se visto eram pais esgotados de um bebê, marido e esposa distantes. O que eram agora?

Apollo precisava falar sobre tudo isso com alguém. Queria contar o que o velho tinha feito: deixado a comida no alto da escadaria como uma oferenda. E quando Emma apareceu, ela pegou o saco rapidamente, como se esperasse encontrá-lo.

Ele pegou o celular e discou um número.

— Você não deveria estar usando seu número antigo — disse Patrice logo que atendeu. Sua boca se afastou do celular. — É Apollo.

— Não tenho escolha — disse Apollo. — Não consigo ser mais esperto que aquele cara o tempo todo.

Patrice bufou no bocal.

— É. Você planeja uma coisa, e ele simplesmente muda para outra. Olha que loucura: voltei para casa e fiz uma limpeza completa no computador. Encontrei dedos dele em todos os meus arquivos. Sabia que o cara tomou de volta o dinheiro que nos pagou? Não podemos fazer nada com o dinheiro. Ele tirou da nossa conta. O filho da puta é tão bom quanto os russos.

— Então, ele sabe de tudo? — perguntou Apollo.

— Ninguém sabe de tudo — respondeu Patrice. — Mas ele sabe mais do que eu gostaria.

Apollo endireitou o corpo e colou as costas com firmeza contra a parede fria do banheiro feminino no Forest Park.

— Onde você está agora? — perguntou Patrice.

Por instinto, Apollo formou as palavras – *Forest Park* –, mas se conteve. Fizera aquela ligação para poder contar que tinha visto Emma, mas isso também lhe parecia imprudente agora. Qual era a única maneira de manter um segredo no mundo moderno? Nunca digitar o segredo em um teclado, nunca proferi-lo ao telefone.

Como Apollo não respondeu, Patrice deixou para lá.

— Você e Dana estão bem?

Nesse momento, Patrice falou baixinho, parecendo sufocado, ou magoado.

— Dana precisa bater o ponto no trabalho no início dos turnos — disse ele. — Procedimento normal. Mas ela chegou lá ontem, e falaram para ela que não havia registro dela como funcionária. Claro que sabem que ela trabalha lá, mas agora, oficialmente, de acordo com os registros da empresa, Dana Green nunca trabalhou para eles. Quer dizer, esse filho da puta apagou minha esposa completamente. E por quê? Porque ela é casada comigo? Porque estou ajudando você? Estão tratando a situação como um erro no sistema, mas quanto prejuízo esse cara vai causar? Um homem irritado com acesso a um computador, é tudo que se precisa.

Ele parecia aflito.

— 86th Road, número 124 — disse Patrice.

— O que é isso? — perguntou Apollo.

— É a única ajuda que posso te oferecer. 86th Road, número 124. Fica em Forest Hills. Consegue chegar lá hoje à noite?

Apollo inclinou-se para a frente até se agachar, como se Patrice – ou outra pessoa – pudesse, de repente, vê-lo ali. Ele decidiu fingir que não estava ali.

— Por que ir até lá? — perguntou ele. — O que tem em Forest Hills?

— Lembra quando esse filho da puta nos levou até o barco dele? Ele disse que só tinha um barco registrado naquele aplicativo idiota dele. Dei uma pesquisada e descobri de quem era o barco. Jorgen Knudsen. O endereço é 86th Road, número 124. Wheeler provavelmente roubou o acesso ao barco do mesmo jeito que roubou o dinheiro da esposa, mas ao menos, se você falar com Knudsen, talvez ele tenha alguma de pista de como encontrar William.

— Eu vi… — Apollo começou, mas hesitou.

— 1-2-4, esse é o número da casa. — A voz de Patrice parecia fraca e pequenina no ar, mas ele a trouxe de volta. — 86th Road. Forest Hills. Jorgen Knudsen. Vai encontrar esse cara. Não pense em mais nada. Vou desligar agora. Só para garantir. Amamos você. Boa sorte.

84

Manhã nublada. A neve não havia durado, portanto o parque estava desnivelado em toda parte, como se um cobertor úmido tivesse sido lançado sobre a terra. Os galhos das árvores desfolhadas pendiam baixos, e os que ainda tinham folhas pendiam ainda mais baixos. Grandes faixas de grama estavam desbotadas. A única estrada de concreto que serpenteava pelo meio do Forest Park estava tão escura pela umidade que parecia recém-pavimentada. Apollo saiu do banheiro com a mala e foi procurar Emma.

Ele tentou o Carrossel e, em seguida, o teatro de arena George Seuffert Bandshell, que pareciam lugares onde alguém poderia se esconder para se proteger das intempéries. Será que Emma precisava dessa proteção? A mulher que ele tinha visto na noite anterior parecia gerar um sistema climático próprio. Apollo caminhou até ao meio-dia, mas não havia nem sinal de Emma. Pelo que ele sabia, estavam separados por pouco mais de algumas dezenas de árvores. Nas partes mais densas da Floresta do Norte, quase dava para esquecer que se estava em uma das cidades mais densamente povoadas do planeta no século XXI. Ele podia estar no passado, cem, mil ou mais anos antes. Apollo vagava na floresta vazia, e não podia saber o que mais vagava por lá.

Por fim, teve que ceder e desistir e, ao meio-dia, havia saído da floresta e andava pelas calçadas que ladeavam o parque. Nesse momento, ele e sua mala tomaram o rumo da 86th Road.

Little Norway. Apollo tinha visto essa área apenas no escuro e soube seu nome apenas pelos policiais que o pararam. O que ele esperava ver nesse momento? O que teria sido familiar quase em qualquer lugar do bairro. Casas isoladas no meio dos terrenos com paredes laterais de alumínio; sedans minivans de preços módicos estacionados em ruas e nas entradas de garagem; pequenos gramados à frente das casas protegidos por cercas de alambrado; cortinas com painéis acetinados em cada cômodo. Little Norway poderia ser Little Ecuador ou Little Korea ou Little Ghana. As bandeiras podiam ser diferentes, mas os cenários eram os mesmos.

Apollo parou no endereço que Patrice lhe dera. Encontrou uma casa de três andares, uma das maiores e mais antigas do quarteirão. Nenhum carro na garagem. As janelas estavam todas fechadas por persianas amareladas. Apollo subiu um pequeno lance de escadas com a mala, parou bem diante da porta e, como não havia campainha, ele bateu. Não houve resposta, então continuou batendo, mas por fim desistiu. Quando se virou para a rua, viu o vizinho da frente observando-o. Homem ou mulher, jovem ou velho, não dava para dizer. As cortinas da janela escondiam os detalhes. Quanto tempo levaria até mais policiais serem chamados? Apollo desceu as escadas e puxou a mala de rodinhas pelo quarteirão. Havia passado metade do dia no parque procurando Emma; agora teria de fazer mais uma caça à pessoa que morava ali. Se não podia simplesmente sentar-se nos degraus da escada, daria uma volta no quarteirão. Quanto tempo poderia levar até que Jorgen Knudsen voltasse?

Acabou demorando horas. Quando o velho viking apareceu, o sol já estava se pondo. Os joelhos de Apollo doíam. Ele não tinha comido ou bebido nada desde o dia anterior. Como resultado, estava tão faminto que pensou estar alucinando quando o coroa de cabelos brancos apareceu no quarteirão. Trazia dois grandes sacos de plástico branco pesados com produtos de mercado. Movia-se devagar. Quando passou embaixo de um poste, Apollo conseguiu ver que o homem murmurava enquanto andava.

Apollo parou na esquina da 86th Road, bem no meio da rua. Uma mulher teve de buzinar três vezes para tirá-lo do caminho. O velho olhou para a frente quando ouviu a buzina do carro, e lá estava Apollo Kagwa, mas o cara nem pareceu notar. Em vez disso, retomou a marcha claudicante até chegar à casa de três andares, subir as escadas, destrancar a porta da frente e entrar.

Apollo contou até cem antes de avançar pelo quarteirão. Quando chegou à casa, ele arfou. O velho tinha deixado a porta aberta, a luz na entrada acesa.

Apollo quase subiu as escadas. Quase. Pôs o pé no primeiro degrau, mas se conteve antes de testar o segundo. Observou a porta aberta. Olhou para os dois lados. Muitas das outras casas no quarteirão tinham luzes acesas no primeiro andar, poucas no segundo. As pessoas estavam em casa, mas ninguém parecia estar olhando para ele naquele momento. E ainda assim ele hesitou em simplesmente entrar. Olhou para trás, mas não viu ninguém espiando por trás das cortinas.

Apollo deu a volta na casa e atravessou a garagem aberta. Casas como aquela sempre tinham mais de uma entrada. Encontrou uma segunda porta na lateral. Supôs que aquela o levaria até o porão, mas a porta não tinha maçaneta, nem fechadura. Depois de apenas um segundo parado ali, uma luz brilhou acima de sua cabeça. Ele deu um pulo para trás, deixando cair a mala, olhando em todas as direções. Ficou parado e, depois um segundo, a luz se apagou. Apollo foi de novo até a porta, e a luz, com um sensor de movimento, voltou a acender. Apollo empurrou a porta uma vez, mas estava trancada por dentro. Ele se afastou, e garagem ficou escura novamente.

Ele pegou a mala e continuou caminhando na lateral da casa até os fundos e ali encontrou uma terceira porta. Ela abriu com uma virada de maçaneta. Apollo deixou sua mala do lado de fora. Não queria se preocupar em fugir com ela se as coisas chegassem a esse ponto. Lá dentro, encontrou um curto lance de escadas que levavam até uma cozinha.

Duas sacolas de plástico estavam no balcão da cozinha. Uma panela grande fora colocada sobre uma das bocas do fogão, a chama alta, mas a água lá dentro ainda parecia fria. Apollo parou em silêncio na grande cozinha antiquada. Havia duas portas abertas na cozinha que levavam ao restante do primeiro andar. Uma aberta para uma sala de jantar, e a outra para um corredor. Ele avançou para o corredor e se inclinou para dentro dele. A partir dali havia um caminho reto até a porta da frente. A porta da rua continuava aberta. Ele ficou ali por um momento, tentando descobrir onde estava o velho, mas não ouviu nada.

Ele foi para a outra porta e entrou na sala de jantar. Havia uma mesa de jantar grande coberta de correspondência e jornais, enrolados, todos ainda envoltos em elásticos, uma montanha de coisas, algumas espalhadas pelo piso. Apollo deu a volta na mesa, tentando manter o silêncio, andando suavemente.

Enquanto andava pela lateral da mesa, encontrou o velho. Estava de costas para Apollo. Esperava escondido atrás da porta dianteira. Em sua mão esquerda segurava uma grande faca de desossa.

Apollo procurou na mesa algum tipo de arma ou, pelo menos, algo que pudesse usar para se defender. Pôs a mão sobre o jornal enrolado mais próximo e, assim que o levantou, o velho se virou.

Apollo ergueu o jornal como um taco.

O velho apontou a faca para Apollo.

— Vou lhe contar a história de um menininho — disse ele.

85

O velho falava enquanto ele e Apollo se encaravam na sala de jantar. Um homem postado com uma faca de desossa, o outro com um jornal enrolado. Um impasse sobre o carpete azul felpudo.

— Era uma vez um fazendeiro que tinha três filhos — começou o velho. — Sua fazenda ia tão mal que nenhum deles tinha o suficiente para comer. Havia uma floresta grande e boa nas proximidades, e o irmão mais velho saiu um dia para cortar lenha. Esperava conseguir madeira suficiente para pagar as dívidas do pai e, finalmente, ter algum dinheiro para si. Mas voltou nem uma hora depois e não contou o que acontecera. Chegou sem madeira nenhuma.

"O segundo filho foi enviado em seguida. Arrancou o machado da família da mão do irmão mais velho e marchou bosque adentro. Mas voltou ainda mais rápido que o irmão mais velho. Dessa vez não voltou só sem madeira, mas também sem o machado da família! O velho fazendeiro ficou perturbado. Restava apenas o filho mais novo, que ainda era uma criança.

"Mas o mais jovem, Askeladden, nem sequer esperou o sol nascer para sair à floresta. A lua iluminava o céu, e o garoto partiu sem falar ao pai e aos irmãos que estava saindo. Entrou na floresta o mais silenciosamente possível e logo encontrou o machado da família. Ainda estava tentando cortar uma faia desgrenhada, bem onde o irmão do meio o tinha deixado. E, logo abaixo, havia uma marca na faia onde o irmão mais velho batera o mesmo machado. Curioso.

"Em seguida, Askeladden ouviu algo se movendo em meio às árvores. O chão tremeu, e a copa das árvores estremecia como se algo enorme estivesse se aproximando. O menino precisava se esconder, mas a floresta não oferecia um esconderijo. Ele achou que se conseguisse alcançar os galhos superiores da faia, poderia desaparecer no meio de suas folhas. Mas os galhos eram altos demais. Então, ele se lembrou do machado. O menino ainda era bem pequeno e poderia subir no cabo e usá-lo como escada sem perdê-lo. De cima do cabo, ele pulou e alcançou o galho mais baixo.

"Ele subiu quase até o topo da faia e lá se escondeu. Os cortes que os irmãos tinham aberto fizeram seiva vazar da árvore, mas Askeladden só percebeu isso quando parou de escalar. As mãos e pés estavam úmidos com aquela coisa e cheiravam forte a madeira e resina. Ele tentou se limpar, mas logo teve que ficar parado.

"Da floresta saiu um troll enorme. Tinha seis andares de altura, com ombros largos como um touro. Era horrível e cheirava a podridão de pântano. Ele rosnava e tossia. Quando trombou na faia, o pobre Askeladden quase foi lançado à morte. O troll farejou o ar. Se a seiva não estivesse sobre as mãos e pés do menino, o troll o teria farejado imediatamente. Trolls conseguem sentir o cheiro de carne humana como um tubarão encontra rastros de sangue. Mas, ainda assim, o monstro sabia que algo estava errado. Outros dois garotos não tinham estado em sua floresta pouco tempo antes? Ele fez uma cara de raiva.

"'Quem ousa entrar em minha floresta?', uivou o troll. 'Vou comer seus ossos!'

"Askeladden teve uma ideia. Ele gritou: 'Minha cabeça está bem aí no chão! Por que não tenta rachar meu crânio?'

"O troll inclinou-se e encontrou uma pedra no chão, do tamanho de um menino. 'Peguei você!', gritou ele e deu uma bela mordida, mas uivou no mesmo instante. 'Meus dentes! Você quebrou meus dentes com seu crânio duro! Vou me dar melhor com os outros ossos.' O troll ficou tão irritado que mal conseguia pensar.

"Dessa vez, o menino gritou, 'Não tenho ossos! Sou feito de madeira, troll estúpido!'

"'Estúpido, eu?' gritou o troll. 'Então vou cortar você em pedaços!'

"'Mas onde vai encontrar um machado, seu bufão?', provocou Askeladden.

"'Tem um bem aqui!', gritou o troll. 'Vou derrubar a floresta inteira para encontrar você!'

"O troll ficara furioso e, como não era muito brilhante, começou a cortar todas as árvores nas proximidades. Aquela faia foi a última que restou em toda a floresta. Todo o resto fora picado em pedacinhos.

"'Agora eu pego você!', gritou o troll. Levantou o machado para derrubar a última árvore, mas havia cortado árvores a noite toda, e já era de manhã. Quando o troll ergueu o machado, o sol finalmente nasceu, e aquele troll foi transformado em pedra pela luz do dia.

"Askeladden desceu. Tentou tombar o troll de pedra, porque queria o machado de seu pai. Mas acabou desistindo. Era muito grande e pesado para ceder. Mas o que importava? O menino percebeu que, com toda a madeira cortada, o troll faria do pai um homem rico e muito mais do que capaz de pagar por um machado novo. E viveram felizes para sempre."

O velho pigarreou. Ele sacudiu a faca de modo que a ponta da lâmina parecia estar farejando o ar.

— Por que lhe contei essa história? — perguntou o velho. — O que eu queria que você ouvisse? — Ele parou um momento e observou Apollo.

— Porra, não faço a mínima ideia — Apollo disse por fim.

— Meu pai contou isso para mim. E o pai dele contou para ele. Várias e várias vezes, desse jeito. Viemos da Noruega e trouxemos essa história conosco. Há um monte de histórias sobre esse menino, Askeladden. Ele sempre derrota os monstros e sai com algum tesouro. São coisas boas de ouvir quando se é criança.

O velho acenou para abarcar a sala decrépita, o carpete gasto, as cortinas esfarrapadas e a mesa de jantar atulhada com espaço para apenas uma pessoa.

— Mas acho que agora odeio esses contos de fadas. — Ele ergueu as mãos em um gesto de paz, como se estivesse acostumado a ser contrariado. — Não os contos em si, mas como terminam. Três palavras que arruínam tudo. "Felizes para sempre."

Ele pôs a língua para fora, como se tivesse provado algo amago como bile.

— "Felizes para sempre" — repetiu ele. — Mesmo quando não dizem isso na história, essas três palavras estão lá. Pegue minha história apenas como exemplo. O pai de Askeladden se torna muito rico e tem dinheiro suficiente para enviar todos os três filhos para a universidade ou apenas para um ou dois? Como decidirá? O mais jovem derrota o troll, mas o mais velho ainda é primogênito e merece ser favorecido, não? E quando o pai morrer? Vai deixar um testamento? Fará uma distribuição equitativa de seus bens? Se não, os filhos todos contratarão advogados e passarão os vinte anos seguintes em barganhas judiciais sobre o espólio? — O velho riu com amargura. — "Felizes para sempre" não prepara a pessoa para nada disso!

"Pessoalmente", continuou ele, "eu sempre pensei que isso servia para calar a boca da criança. É hora de dormir, e você acabou de contar essa história incrível, e uma criança, como crianças fazem, quer saber mais. Eles fizeram uma festa para Askeladden quando ele chegou em casa? Os irmãos e o pai saíram para a floresta para ver onde o troll havia virado pedra? Askeladden se casou? Se sim, como era a noiva? E tiveram filhos? Como se chamam, todos eles?

"Isso é o que as crianças diriam se pudessem falar depois de uma história como essa, mas nesse momento já é tarde e você ficou o dia todo trabalhando, só quer ir dormir e, na verdade, a criança já está realmente começando a dar nos nervos com todas essas perguntas. Sempre mais perguntas! Então, você se aproxima e diz 'O que aconteceu em seguida? Eles viveram felizes'. 'Por quanto tempo?', seus lindos filhinhos perguntam. 'Para sempre. Agora, vá dormir!', você responde."

O velho suspirou.

— E a criança adorável e estúpida acredita em você. Então cresce e conta a mesma mentira para suas filhas. E elas contam para seus filhos. Então, por fim, a história deve ser verdadeira, ora, por que mais minha família boa e carinhosa a passaria adiante por tanto tempo? Sabe quanto mal o "felizes para sempre" causou para a humanidade? Queria que dissessem outra coisa no fim dessas histórias. "Tentaram ser felizes." Ou "A felicidade eterna é uma busca infrutífera". O que você acha?

— O senhor é definitivamente norueguês — respondeu Apollo.

O homem abaixou a faca.

— Por que não vamos até a cozinha? — perguntou ele. — A água deve estar fervendo, e eu estou cozinhando para ela.

— Sem mais Starbucks? — questionou Apollo.

O velho abaixou a cabeça.

— Eu costumo cozinhar para ela, mas ontem de manhã ela me disse exatamente aonde e quando ir. Não é engraçado? Isso nunca tinha acontecido antes, mas então, pá, simples assim, ela me manda para lá.

— Eu sei — disse Apollo. — Eu vi o senhor.

— Não seria engraçado se… — ele começou. — Quer dizer, se ela soubesse que você estaria lá?

O velho, Jorgen Knudsen, correu a mão livre sobre a os cabelos brancos e revoltos.

— Me perdoe, é o álcool — disse ele.

— Bebeu hoje?

— Todos os dias. — Seus olhos piscaram de cansaço.

Apollo olhou na direção da cozinha, onde pôde ouvir a água borbulhando.

— O que o senhor está fazendo? — perguntou.

— *Smalahove* — disse o velho. — É norueguês. Assim como a minha história. Vou te mostrar. — Ele fez um gesto com a lâmina em direção à cozinha.

Apollo acenou com o jornal.

— O senhor primeiro.

86

De fato, a água tinha fervido. O velho pôs a faca de desossa sobre o balcão e se virou para as sacolas plásticas na mesinha. Estendeu a mão para uma delas, mas continuava olhando Apollo. Puxou algo grande da sacola. Estava envolto em papel de pão. Deixou-o sobre o balcão. Era grande como uma bola de boliche, mas de formato oval. O velho dobrou com cuidado a sacola plástica vazia e abriu um armário embaixo da pia, onde havia uma pilha de sacolas plásticas exatamente iguais, também dobradas. Ele acrescentou aquela nova, em seguida fechou a porta e voltou para a mesa da cozinha. Abriu o papel de pão, que estalou ao ser esticado.

Uma cabeça de ovelha jazia sobre a mesa.

Apollo teve ânsia de vômito.

O velho riu baixinho e balançou o dedo para Apollo.

— Você não pode ficar com nojo — disse ele. — É tradição no meu país, e nunca devemos julgar as tradições de ninguém! Seja politicamente correto ou vou me desentender com você. Sem julgamentos. Apenas aceitação. Bem, aqui está. Aceite.

Nesse momento, ele bateu a mão na lateral da cabeça de ovelha, e ela soltou um ruído molhado e girou um pouco até a boca apontar para Apollo. Os dentes inferiores, uma fileira de estacas pequenas e descoloridas, projetavam-se para fora dos lábios semiabertos. A pele e os pelos tinham sido removidos, então a cabeça rosa avermelhada brilhava sob as luzes da cozinha. Ainda estava com os olhos. Cada um parecia um globo de gelatina preta enfiado na carne vermelha molenga.

O velho agarrou-a pelo focinho e, em um movimento, a ergueu, levou-a até a panela de água fervente e a soltou lá dentro. Um pouco de água escaldante voou para fora da panela, respingando no antebraço do velho, mas, se machucou, ele não deixou transparecer. Apenas se virou para Apollo e bateu uma palma como um cozinheiro orgulhoso. Procurou pelo balcão e pegou um timer de cozinha decorativo no formato de uma ovelha branca e fofa.

— Se eu não usar o timer, vou esquecer que a cabeça está fervendo — disse o velho. Ele levantou o mostrador que ficava no meio da barriga da ovelha. — Deixo por três horas e meia para que a carne não fique dura demais nem mole demais.

Apollo assentiu, porque simplesmente não conseguia acompanhar. A porta da frente aberta, o velho à espera, escondendo-se com uma faca, o conto de Askeladden e o troll, e agora uma cabeça de ovelha em uma panela fervente. E ele achara que a ilha tinha sido a coisa mais louca que ele veria?

— Minha esposa — disse Apollo, as palavras eram uma tábua de salvação. Ele ergueu a mão livre para mostrar a fita vermelha no dedo. — Não me importo com toda essa merda. Só preciso encontrar Emma.

— Você precisa abordá-la com cuidado — disse o velho enquanto punha o timer no balcão. — Há maneiras para essas coisas serem feitas. — Ele apontou para a panela. — Com uma oferenda.

O velho foi até a geladeira, abriu-a e puxou lá de dentro um saco de batatas. Voltou ao balcão e deixou que caíssem com um baque. Foi à geladeira mais uma vez e revelou uma garrafa verde sem rótulo.

— Essa é uma aliança de casamento estranha — comentou o velho, apontando para a mão esquerda de Apollo. — A dela é de arame farpado?

Ele pegou uma caneca de café da pia, abriu a garrafa verde e serviu um líquido claro. Deixou a garrafa de lado.

— Você demorou meses para finalmente aparecer — disse ele. — Pensei que chegaria aqui antes.

Aquilo atingiu Apollo com tanta força que ele largou o jornal sobre a mesa.

— O senhor sabe sobre minha esposa e meu filho, não sabe?

— Sei.

De um gabinete ao lado da pia, ele tirou um frasco de 200 ml do suplemento Ensure. Derramou a bebida branca na caneca que continha o líquido transparente. Ele balançou a caneca para misturar os dois. Tomou de um gole só. O lábio superior ficou com um bigodinho branco.

— Então, pode me ajudar.

Ele tomou um segundo gole da caneca, depois se virou de costas para Apollo. Pegou uma batata e a descascou sobre a pia.

— Se quero ajudar você? — perguntou ele.

— O senhor está ajudando minha esposa — disse Apollo.

O velho terminou a primeira batata e começou a descascar a segunda. Ele olhou pela janela sobre a pia, para o modesto quintal pavimentado atrás da casa. Por sobre a ladeira do quarteirão, ele conseguia ver as árvores de Forest Park.

— Desde que sua esposa apareceu, não tive mais nem uma noite de descanso — comentou ele. — Dormi bem minha vida toda. Mesmo quando bebê, pelo que dizia minha mãe. Mas já são 120 dias sem uma boa noite de sono. — Ele deixou cair a segunda batata descascada sobre o balcão com um baque surdo. — E tudo por causa da sua esposa.

Ele olhou para Apollo atrás de si.

— Quer preparar o repolho?

Apollo observou-o, estupefato.

— Você tem que tirar o miolo primeiro. — Ele apontou para a segunda sacola de supermercado, com a impaciência de um avô cuidando do neto durante a tarde.

Como Apollo ainda não tinha se movido, o velho tirou o repolho da sacola e o levou até a mesa, deixando-o sobre uma tábua de corte. Apollo teria discutido mais, mas sobre a tábua ele também pôs uma grande faca de lâmina serrilhada. No que dizia respeito a armas, aquilo era melhor que jornal enrolado. O velho observava Apollo calmamente. Apollo puxou a tábua para si e pegou a faca. O velho então se virou de costas para Apollo e pegou embaixo do balcão uma panelinha para cozinhar as batatas. A panela enorme com a cabeça de ovelha continuava a tremer e borbulhar.

— Jorgen Knudsen — disse Apollo, erguendo a faca.

Pela primeira vez, o velho ficou petrificado. Virou-se do armário e encarou Apollo. Mas em um momento ele recuperou seu humor aborrecido. Talvez a bebida estivesse fazendo efeito.

— Joe — falou ele. — Aqui nos Estados Unidos, todo mundo me chama de Joe. Neste país, seu nome precisa ser conveniente ou deve ser alterado.

Jorgen levantou-se devagar e encheu a panela com água.

— Então, acredito que você conheça William Wheeler — comentou Apollo.

Jorgen deu outro gole na caneca de café e, em seguida, a encheu de novo com bebida e Ensure.

— É esse o nome que ele está usando? — Ele não disse nada mais. Em vez disso, continuou bebendo.

Apollo cortou o repolho em quatro e, em seguida, usou a faca para arrancar o miolo. Jorgen pôs a panelinha em outra boca do fogão, e em seguida veio o som de *tic-tic-tic* quando o acendedor automático emitiu uma fagulha, e o halo de chama azul apareceu. Quando ele olhou para Apollo, pareceu satisfeito.

— Agora pique o repolho bem fino. — Ele estendeu as mãos para pegar os pedaços do meio do repolho, e Apollo os entregou. Em vez de ir até a lixeira, ele puxou um baldinho debaixo da pia. Deixou os pedaços de repolho caírem lá dentro. Flagrou Apollo olhando. — Você faz compostagem, não faz?

Apollo desceu com a faca no primeiro pedaço de repolho, cortando-o em tiras finas. Quando Brian nasceu, Emma não conseguia cozinhar nada, claro, e tinha sobrado para Apollo preparar alimentos a partir de seu repertório reconhecidamente limitado. Agora, ele se sentia transportado de volta àquela sensação de preparação e responsabilidade. Estava fazendo uma refeição para Emma.

Como Apollo se perdeu em pensamentos durante aquele trabalho, levou alguns momentos até perceber que Jorgen começara a falar baixinho consigo mesmo. O velho pegou uma terceira panela de um armário. Foi até a mesa da cozinha, puxou o repolho que Apollo tinha fatiado e voltou ao balcão. Pegou um saco de farinha e derramou um pouco lá dentro, estimando a quantidade adequada com experiência prática. Terminou com outro gole da caneca.

Ele recitava as frases de *Lá fora, logo ali* enquanto salgava e temperava o repolho com sementes de cominho.

Apollo juntou-se a ele. Palavra por palavra.

Aquilo interrompeu o balbuciar de Jorgen.

— Por que disse isso? — ralhou ele.

— Pensei que recitaríamos juntos.

— Você conhece? — perguntou ele. — O que é isso? Uma canção?

— Um livro — respondeu Apollo. — Um conto de fadas.

Ele bufou.

— Claro.

— Meu pai costumava ler para mim quando eu era criança.

— Exatamente esse livro? Alguma vez já se perguntou por quê?

Apollo bateu a ponta da lâmina contra a mesa.

— Já, mas não sei a resposta.

Jorgen virou de costas para o forno. Engoliu o restante da poção na caneca e, em seguida, bateu-a na têmpora.

— Eu a ouço aqui, dia e noite. Mesmo agora, enquanto estamos conversando. Sua esposa. Ela repete as palavras do livro sem parar, e eu não consigo abafar a voz, não importa o quanto eu tente. Não consigo nem cochilar direito por causa dela. Ela está me torturando. — Ele afastou a caneca do rosto e olhou lá dentro. — Não sei como ela faz isso. Você sabe?

— Ela é uma bruxa — respondeu Apollo e quase soou orgulhoso. Ele terminou de fatiar o repolho.

Jorgen estendeu a mão sobre a mesa e pegou a tábua de corte, mas Apollo continuou com a faca.

— Você tem medo de Emma — disse ele.

— Sim — confirmou Jorgen. — Tenho.

Ele olhou para a tábua de corte na mão com um tanto de surpresa. Deixou-a de novo na frente de Apollo como se houvesse mais trabalho a ser feito. Olhou de volta para o timer. Faltavam três horas para a cabeça de ovelha ficar pronta.

— Eu ouço a voz dela — disse Jorgen. — E à noite, do meu quarto, eu a vejo lá fora. Caminhando pela floresta. Vejo sua luz azul. Uma bruxa. É. Você sabia disso quando se casou?

Jorgen não deu tempo para uma resposta. Levou a mão ao colarinho da camisa. Abriu os dois botões superiores e puxou o tecido para trás. Uma cicatriz vertical vermelha brilhante, que mal estava curada, apareceu perto da base da garganta.

— Fiz isso dois meses atrás. Atingi uma veia, mas não a artéria. Sangrei muito, mas isso só me deu uma bela dor na garganta. Os médicos prescreveram Ensure porque não posso comer alimentos sólidos. Acrescento bebida para conseguir engolir. Essa é uma prescrição de família. Se chama Brennivín. Fiquei na UTI, mas voltei para casa depois de quatro dias. Não consegui dormir nem mesmo enquanto estava no Hospital Jamaica. Nem mesmo com os sedativos. Eu a ouvia o tempo todo, mesmo lá. Sei que ela nunca vai me perdoar.

Nesse momento, Jorgen se sentou na cadeira diante de Apollo.

— Você roubou nosso filho. — As palavras saíram tão baixas que mal foram ouvidas.

— Não — disse Jorgen. — Eu não. Estou velho demais. — Ele olhou para o teto. — Mas quando eu era mais jovem, aí sim, eu fiz meu serviço.

— Serviço — repetiu Apollo. A palavra queimou sua língua.

Jorgen pousou as mãos sobre a mesa. O homem fora tão mandão enquanto preparava a comida. Porém, sentado do outro lado da mesa na cozinha com piso de linóleo e armários baratos de compensado, ele se encaixou em sua idade, em sua embriaguez e em sua sensação de tortura. Parecia estar decaindo diante de Apollo.

— Quero que você veja a sala de estar — falou ele. — Não faz mais sentido tentar evitar. — Ele olhou para as panelas sobre o fogão e meneou de leve a cabeça. — Ela não vai aparecer sem uma oferenda, então não há motivo para pressa.

Ele pôs as mãos sobre a mesa e se ergueu.

Apollo saiu de sua cadeira e espiou a panela de fervura. A cabeça de ovelha havia virado e sorria para ele. Ele seguiu Jorgen para fora da cozinha. Continuava segurando a faca.

87

Jorgen levou Apollo para fora da cozinha pelo corredor. O velho abriu a porta para um quartinho e entrou. Acenou para Apollo segui-lo. O quartinho de Jorgen tinha uma forma retangular e era tão longo quanto a cozinha e a sala de jantar juntas. O chão tinha aquele mesmo carpete azul felpudo horrível e as paredes eram pintadas de um amarelo muito claro. Era uma combinação quase nauseante de cores. Além disso, o cômodo parecia muito mais quente. A sala de jantar era fria e a cozinha quente por causa do fogão, mas aquele lugar praticamente fervia. Era tão ruim que Apollo precisou abrir a jaqueta e tirar a touca de tricô. Sentia-se como aquela cabeça de ovelha dentro de uma panela.

Havia três aquecedores no chão, enfileirados ao longo de uma das paredes, todos no nível máximo. Eram do tipo que Patrice e Dana usavam em seu apartamento de porão, o tipo que Apollo reconhecia desde a infância. Pareciam enormes torradeiras. Cada um tinha uma frente com grade e bobinas que estavam laranja incandescentes. Se fossem deixados acesos por horas, tendiam a trepidar e soltar um zumbido estático. Os três aquecedores no quartinho estavam fazendo exatamente isso naquele momento – trepidando e zumbindo. Jorgen os havia ligado fazia um bom tempo.

O quartinho era dividido pela metade – longitudinalmente – com dois biombos japoneses pretos dobráveis. Do tipo sem-vergonha de verniz preto, vendido apenas no mais lúgubre dos bairros. Oito painéis, todos juntos, uma série de desenhos de flor de cerejeira. Com os dois estendidos por completo, Apollo não conseguia ver o que se escondia do outro lado do cômodo. Do lado de cá: três aquecedores no chão, Jorgen e um punhado de fotos emolduradas na parede, pairando alguns metros acima dos aquecedores. Apollo não conseguia divisar as imagens dali da porta.

Jorgen aproximou-se mais das fotos emolduradas, mas Apollo continuou parado. Sentiu uma lufada de ar fresco e olhou à direita. Ao fim do longo corredor ele viu a porta da frente da casa de Jorgen. Permanecia escancarada. O ar invernal estava livre para se esgueirar para dentro. Apollo teve vontade de ir até lá e fechá-la, mas Jorgen começou a falar.

— O primeiro imigrante a ter impacto no Queens foi o lençol de gelo Laurentide, vinte mil anos atrás — disse Jorgen. — O hemisfério norte estava na era do gelo, e uma geleira em Labrador, que hoje chamamos de Canadá, espalhava-se por uma fronteira que ainda seria traçada.

Jorgen acenou para Apollo, mas Apollo continuou não se aproximando. Ele passou os olhos pelo quarto de novo, os biombos japoneses, imaginando se alguém ou algo poderia estar escondido do outro lado. Entretanto, aquele velho queria falar de geleiras.

— O lençol de gelo chegou a Wisconsin, depois a Michigan — continuou Jorgen. — Indiana central, Illinois. Nada conseguia detê-lo. Ele movia rochas e partia a terra. Quando a geleira chegou a Nova York, o lençol de gelo tinha mil metros de espessura, quase tão alto quanto o Empire State Building. Quando finalmente parou de se mover, parou aqui, no lugar que, 2.500 anos depois, acabaria recebendo o nome de Nova York. Por fim, o mundo se aqueceu de novo, e aquela geleira derreteu.

"Mas nesse momento já tinha causado um milagre. Havia movido tanta pedra e terra que formou uma grande barreira entre a terra e o mar. Fez o Oceano Atlântico recuar. Não fosse pela geleira, o Queens e o Brooklyn inteiros ainda estariam debaixo d'água hoje. Nós estaríamos debaixo d'água agora. Tudo isso graças a um canadense."

Jorgen sorriu para Apollo e acenou mais uma vez. Apontou as fotos penduradas na parede.

Apollo finalmente se aproximou. Mas como não era bobo, espiou por trás dos biombos japoneses. Não havia ninguém ali. Apenas o mesmo carpete felpudo azul no chão. Não havia aquecedores do outro lado. A longa parede apresentava muito mais fotos emolduradas. Uma centena, talvez mais. Para Apollo, parecia um álbum de família. Em vez de estarem reunidas em um livro, estavam espalhadas em toda a parede. Ele conseguia ver que eram fotos de pessoas, mas antes que pudesse se concentrar, Jorgen se aproximou dele.

— Por favor, Apollo. — Jorgen tocou seu braço.

Apollo virou-se. Como o velho havia chegado tão perto tão depressa? Era aquele carpete felpudo maldito que abafava o som.

Apollo deu a volta nos biombos japoneses. Só quando fez isso, percebeu algo de estranho no quartinho. Não havia nenhuma janela. Como era possível, em uma casa isolada no meio do terreno? A sala de jantar tinha janelas que davam para a rua. A cozinha dava para o pequeno quintal. Mas aquele quartinho dava apenas para si mesmo.

Jorgen levou Apollo de volta às fotos emolduradas naquela parede, penduradas acima dos três aquecedores. As máquinas emitiam calor sobre as pernas de Apollo.

— Falei para você do primeiro imigrante — disse Jorgen. — Agora me permita falar de alguns mais recentes.

Ele ergueu a mão e tocou na maior foto ali, uma representação emoldurada de um navio no mar.

— Em 5 de julho de 1825, 52 noruegueses partiram da cidade de Stavanger em uma chalupa que batizaram de *Restauração*. Muitos a bordo eram quacres em busca de liberdade religiosa na América. A *Restauração* era o primeiro grupo organizado de imigrantes noruegueses a vir a essas paragens desde os tempos dos vikings. É o *Mayflower* norueguês.

"Seu barco, essa chalupa, era uma embarcação pequena demais para a viagem. Apenas 16 metros de comprimento e 5 de largura. Levaram 14 semanas para fazer a travessia. Chegaram ao porto de Nova York em 9 de outubro de 1825. Nenhum passageiro morreu. Na verdade, o jornal relatou que tinha havido um nascimento. Uma menina nascida a bordo. Sem hospitais ou analgésicos ou nada disso. À moda antiga."

Os aquecedores zumbiram nesse momento, todos os três de uma vez, como se um grande inseto metálico tivesse pousado no quartinho sem janelas. Apollo conseguia sentir as gotas de suor no pescoço e no queixo.

— A viagem virou notícia nacional. Por eles terem feito a travessia em uma chalupa, os jornais chamaram os noruegueses de Chalupeiros. A questão que mais fascinou o público foi como aquelas pessoas tinham atravessado o Atlântico naquela pequena embarcação. Parecia improvável. Impossível. Até mesmo grande parte das pessoas a bordo não sabia a verdade.

"Seu líder, Lars Larsen, falava apenas de seu desejo de liberdade religiosa. Falava da bondade singular e da liberdade dos Estados Unidos. Falou todas as coisas certas. Os Chalupeiros conseguiram acesso. Tornaram-se americanos. Logo a pergunta mais importante sobre eles não era mais feita: como tinham feito essa viagem impossível? Como tinham atravessado o Atlântico? Eu posso lhe contar. Eles tiveram ajuda."

Por um instante, Apollo se sentiu de volta à North Brother Island, e Cal estava ali com ele, como se observassem de novo a traineira singrando águas abertas.

— O grandão sabe nadar — murmurou ele.

— Sim, sabe — Jorgen disse, observando Apollo com um olhar de surpresa.

Jorgen apontou para outra imagem. De pessoas dessa vez. Muito menos que 53. Apenas três, na verdade. Duas mulheres e um homem.

— Os Chalupeiros instalaram-se ao redor daqui também, mas isso não durou muito. A maioria seguiu Lars Larsen e sua família. Mudaram-se para o norte, para o condado de Orleans, que se transformou na primeira colônia norueguesa na América desde que Leiv Eriksson chegou a esta costa no ano mil.

— Leif Eriksson? — corrigiu Apollo, um resquício de tudo que havia aprendido em algumas aulas do ensino fundamental.

— Acho que sim — respondeu Jorgen.

Jorgen olhou de novo para o desenho.

— Estes três não foram — disse ele. — Em vez disso, permaneceram aqui no Queens. Que ainda era em grande parte agrícola. Little Norway, como o bairro passou a ser chamado. Esses três o iniciaram. Este desenho foi feito cerca de oito meses depois que eles chegaram à América.

Jorgen bateu no vidro na altura do rosto do homem, sem barba e fino. O desenho à tinta era quase um esboço, mas ainda assim os olhos eram muito vívidos, grandes demais, o que fazia parecer que o homem estava encarando Apollo e Jorgen através do tempo, vendo-os mesmo agora.

— Esse é meu antepassado, Nils. Meu tataravô.

Ele deu uma batidinha na primeira das duas mulheres, também magra e mais alta que Nils. Suas mãos estavam cruzadas à frente do corpo. Os cabelos estavam escondidos sob uma echarpe.

— Essa é minha tataravó, Petra.

Por último, ele tocou na terceira mulher. Pequena, vestindo um xale sobre o vestido. A boca fora desenhada bem clarinha, tanto que parecia nem existir. Os olhos eram minúsculos, mal apareciam. Seus ombros eram redondos e caídos. Era como se a mulher tivesse sido transformada em um fantasma, desaparecendo.

— E essa é Anna Sofie. A primeira esposa de Nils.

— Ele se casou com as duas?

— Bem. — Jorgen sorriu. — Não ao mesmo tempo.

— Todos os três estavam na chalupa? — questionou Apollo.

— Ah, sim — respondeu Jorgen. — Nils e Anna Sofie estavam casados havia quatro anos quando embarcaram na *Restauração*. Não eram quakers, mas estavam dispostos a tentar a sorte em um lugar novo. É possível que Nils tivesse que fugir do país, não sei dizer. O capitão do navio ofereceu trabalho aos homens que se dispusessem a tripular o navio. Nils barganhou a passagem de Anna Sofie. Ela já estava grávida. Foi Anna Sofie quem deu à luz na viagem.

— Uma menina, você disse. Qual era o nome dela?

Jorgen abaixou a mão da moldura.

— Agnes Knudsdatter.

— Agnes? — sussurrou Apollo. Ele recuperou a compostura. — Se ela nasceu no navio, por que não está na foto?

Jorgen franziu os lábios.

— Agnes estava morta nesse momento. Anna Sofie nunca se recuperou da perda. Meu pai acabou se casando de novo, com Petra.

Apollo olhou para o rosto diáfano de Anna Sofie novamente. Agora parecia apagado pela dor.

— E Anna Sofie? — perguntou ele. — Ela ficou presa por aqui após o divórcio? — O calor no quarto estava insuportável. Apollo suava diante dos aquecedores.

— Ela fugiu para a floresta.

— Para a floresta? Para quê?

— Ela queria encontrar a filha. Sabia que Agnes estava em algum lugar lá.

— E Nils? — questionou Apollo, tirando os olhos do desenho e encarando Jorgen. — Nils ajudou a procurar? Ele tentou?

Jorgen ergueu as mãos.

— Ora, não, claro que não.

— Mas ele era o pai — retrucou Apollo.

— Para começo de conversa, foi ele quem levou Agnes para a floresta — disse Jorgen. — E foi ele quem a deixou lá. Na caverna.

88

Jorgen disse mais alguma coisa e fez um gesto para o biombo japonês, mas Apollo não conseguia ouvi-lo. Seus ouvidos estavam tampados, e as palavras de Jorgen eram pouco mais que uma vibração contra seu crânio. Ele se pegou olhando para a faca na mão esquerda. Tinha sido o tom casual das palavras. *Foi ele quem a deixou lá. Na caverna.* A faca começou a se erguer, como uma balão de hélio.

Jorgen pousou a mão sobre a de Apollo que segurava a lâmina. Empurrou a mão de novo para baixo. Por ora, ela permaneceu ao lado do corpo de Apollo.

— Já reparou que as histórias sobre os primeiros colonos na América são sempre sobre como achavam que o diabo vivia na floresta? — Jorgen espiou rapidamente a faca abaixada, pouco mais de soslaio, e como a faca não subiu de novo, ele parou de segurar o pulso de Apollo. — Estou falando dos puritanos, eu acho. Vieram para a América do Norte e juravam que monstros estavam esperando para pegá-los nesta terra selvagem. Mas talvez tenha sido ao contrário. Talvez esses puritanos tenham trazido monstros com eles. Eles os descarregaram de seus navios junto com a carga. Foi isso que meu povo fez. Meu tataravô. Trouxe um monstro consigo. O monstro emigrou para a América junto com ele.

— Os outros no navio sabiam? Os Chalupeiros?

Jorgen deu um tapinha na barriga.

— Não. Acho que não. Tinham fé na tripulação e em seu Deus, mas Nils tinha fé em algo mais antigo. Todos precisavam agradecer a ele por terem feito uma travessia segura até a América, mesmo que nenhum daqueles devotos o tivesse feito. As pessoas podem optar por serem ignorantes de alguns assuntos, certo? A vida fica mais fácil às cegas. Agora, na minha velhice, tenho tempo de pensar nessas coisas. Mesmo se a pessoa opta por ignorar a verdade, e a verdade ainda a muda.

Jorgen apontou para os biombos japoneses de novo e deu a volta neles, desaparecendo do outro lado. Apollo olhou para a faca, depois para o desenho daquelas três pessoas – Nils, Petra e Anna Sofie. Os aquecedores trepidavam e estalavam, o calor tão forte agora que parecia que os equipamentos tentavam afastá-lo.

Então, do outro lado dos painéis, Jorgen ergueu a mão e acenou para Apollo, um grande gesto idiota, como aquele de quando uma pessoa encontra um parente no aeroporto e se deseja que o parente a veja na área de desembarque. Apollo deu a volta nos biombos e se juntou a Jorgen.

O velho viking estava parado diante da longa parede onde bem mais de uma centena de fotos estavam penduradas. Aquele lado do biombo era significativamente mais frio. Nenhum aquecedor no chão. Jorgen tocou um porta-retrato quando Apollo se juntou a ele. A imagem ali era pouco mais que um esboço, na verdade. Uma criança. Seus olhos estavam fechados e a boca apertada, como se fizesse um assobio, fiapos de cabelos espalhados sobre as orelhas.

— Agnes — disse ele. — Meu pai desenhou este retrato muito mais tarde, de memória.

Jorgen afastou a mão do desenho e, em seguida, correu os dedos nas bordas da moldura.

Aquela bebê fora abandonada na floresta em uma caverna por seu pai? Era demais para imaginar. Apollo tirou os olhos do desenho e os voltou para as paredes, o mistério do quartinho sem janelas. Agora, conseguia ver que tinham existido janelas ali no passado e que as paredes tinham sido alteradas. As janelas não estavam cobertas. Foram removidas. Aquela parede fora reestruturada, mas a obra estava à mostra. Os lugares onde a nova estrutura fora colocada se destacavam um pouco do restante da parede e havia um leve desnível, como a diferença entre as teclas pretas e brancas de um piano. Essa variação na parede fazia as fotos emolduradas parecerem onduladas, algumas avançando e outras recuando, um efeito como o de ver ondas. A partir de então, ficou mais fácil para ele identificar as pessoas. As crianças. Todos eram retratos de crianças. Um mar de rostinhos.

— Por que Nils trouxe o monstro?

— Ele teve de deixar a Noruega e precisava trazer a esposa com ele. Ele a amava, assim espero, e não queria começar uma vida nova sem ela. Mas quando ele viu a embarcação em que os ingênuos quakers planejavam viajar, imediatamente teve dúvidas. A chalupa era muito pequena. Ele precisava pensar em sua família. Então, invocou a segurança. Mas isso tinha um preço. Os Chalupeiros chegaram a Nova York e fugiram para o norte. Mas Nils, Anna Sofie e Petra Mikkelsdatter permaneceram aqui, no Queens. Não havia parque aqui, era terra agrícola. Milhares de acres de floresta e campos verdejantes. Em nossa pátria, essas coisas são criaturas da natureza. Florestas e montanhas são onde elas criam seus covis. O Queens era um lugar perfeito para se assentar. Em 1898, o terreno do parque, como você o vê agora, foi comprado, e eles começaram a projetá-lo. Campos de golfe, trilhas para caminhadas e assim por diante. Mas esse é um país montanhoso, com vários bolsões. Várias cavernas. Muitos lugares para algo grande se esconder. *Jotunn. Trolde*. É como chamamos em norueguês.

Os olhos de Apollo encontraram os de Jorgen.

— Nils seria seu cuidador. Era parte do acordo que ele fechou na Noruega. Garantiria que ele ficasse em paz, e isso exigia apenas uma coisa. Uma criança. Essa era a barganha. Então, certa noite, quando não conseguiu mais postergar, Nils Knudsen levou sua filha Agnes à floresta e até a caverna da fera, onde ele a entregou.

89

As molduras corriam da esquerda para a direita como uma linha do tempo, que começava no canto superior esquerdo dessa longa parede e corria para a direita. Quando o limite da parede era atingido, uma fileira abaixo recomeçava. Rascunhos e desenhos em carvão, então o salto quase chocante para a clareza do daguerreótipo, depois fotografias em preto e branco levavam às primeiras fotografias coloridas e granuladas. Todas de bebês. Nenhum com mais de um ano. A magnitude daquela coleção de horrores fez Apollo sentir como se sua pele tivesse sido descolada do rosto.

— Todas essas crianças — disse Apollo por fim. — Você deu essas crianças de comida para ele?

— Não — respondeu Jorgen com firmeza. — Não é assim. Ele tenta criá-las. Entende? Ele tenta ser um bom…

— Pai — completou Apollo, mas a palavra soou imunda em sua boca.

Jorgen ergueu os braços e deu de ombros levemente.

— Ele tenta, mas não consegue. Quando não consegue, ele as come. Então, precisamos tentar de novo. Esse foi nosso pacto.

— Nosso — repetiu Apollo.

— Dos homens da linhagem Knudsen — disse Jorgen.

— E os filhos do próprio troll? Ele não poderia criá-los?

— Aquelas coisas? — Jorgen pigarreou como se estivesse prestes a cuspir. — São feias demais para amar.

Apollo poderia ter caído para trás, paralisado por essa imagem, essa história de horror. O que era aquilo? Um tipo de aula. Jorgen Knudsen levara Apollo Kagwa à escola.

— Nils aprendeu que era difícil pedir que uma mãe abrisse mão de seu filho, entende? Anna Sofie ficou louca. Desapareceu na mata para procurar a filha e nunca mais saiu de lá.

— Então, talvez tenha encontrado Agnes — comentou Apollo. — Encontrou Agnes e saiu correndo como louca porque não podia confiar no marido.

Jorgen abriu um sorriso insosso para Apollo.

— Não é legal pensar assim?

Apollo quase afundou nas palavras.

— Nils casou-se rapidamente com Petra e teve sete filhos com ela. Mas nunca os levou para a floresta. Ele aprendera a lição. E gosto de acreditar que foi difícil demais para ele fazer tal sacrifício de novo. Ele não era mau, não importa o que você possa pensar. Todos seus sete filhos contavam histórias sobre sua bondade.

Apollo trocou a faca da mão esquerda para a direita enquanto avançava na direção de Jorgen. Suas mãos quiseram de novo usar a lâmina. Mas ele parou e olhou mais uma vez para as fotos das vítimas. Esses outros meninos e meninas – negros retintos e mais claros, amarelos, brancos e vermelhos – eram um elenco tão variado quanto a Assembleia Geral das Nações Unidas.

— Se ele não sacrificava os próprios filhos — disse Apollo —, de quem eram os filhos que ele usava?

— O Queens tem muitos imigrantes — respondeu Jorgen. — Imigrantes têm muitos filhos. Era uma época diferente. Não podemos julgá-lo pelos padrões de hoje. Homens como ele, homens com temperamento para tomar decisões difíceis e executá-las, fizeram este país prosperar.

— Você acredita mesmo nisso? — perguntou Apollo?

— Ninguém quer saber da história deles — retrucou Jorgen com firmeza. — Nada disso. Queremos que nossos pais sejam provedores, mas não queremos saber o que precisaram sacrificar para fazê-lo. Nenhuma nação jamais foi construída com bondade.

Do outro lado do biombo japonês, os três aquecedores rangiam e tremiam. Nesse momento, soavam como risadinhas.

— Como você as encontra? — questionou Apollo. — Como escolhe?

Jorgen correu uma mão sobre o nariz e o queixo.

— Quando eu estava na ativa, conseguia procurar por horas. Dias. Na década de 1980, eu dirigia para todo canto com minha van branca. Era mesmo muito trabalho. Mas, no fim das contas, eu encontrava um candidato. Um menino ou menina desprotegido. Um bebê de quem ninguém está cuidando. Os abandonados. Eles têm um olhar próprio. Aprendi a reconhecê-lo instantaneamente.

Ele balançou a cabeça para Apollo, como se Apollo pudesse ser compassivo.

— Mas agora a gente mal precisa sair de casa — continuou Jorgen. — Hoje em dia, tudo de que um homem precisa é de uma conexão à internet.

— Do que você está falando?

— Em contos folclóricos, um vampiro não pode entrar em sua casa, a menos que o convide. Sem seu consentimento, o monstro nunca pode atravessar a soleira. Bem, o que você acha que seu computador é? E seu celular? As pessoas vivem dentro desses dispositivos, então os dispositivos são suas casas. Mas, pelo menos, uma casa, uma construção física tem portas que se podem ser fechadas, janelas que se podem trancar. Não há portas trancadas para a tecnologia.

"As pessoas compartilham tudo agora", disse Jorgen em uma sussurro maravilhado. "Compartilham a quais parquinhos vão com os filhos e a que horas. Compartilham quando contratam uma babá. Compartilham fotos da escola que seus filhos frequentam. Elas têm tanto orgulho dos filhos. Não conseguem evitar. Querem compartilhar tudo. Mas com quem estão compartilhando tudo isso? Realmente sabem o que eles estão convidando para entrar em casa? Garanto que não sabem."

Ele estendeu um dedo e o sacudiu para Apollo.

— E você, eu conheço você. Um desses novos pais especiais. Vai documentar cada momento, cada sopro da vida de seu filho. Faz vídeos dele enquanto está dormindo e joga no computador antes que o bebê acorde. Acha que está sendo tão carinhoso. Vai ser um pai melhor do que aquele que o criou! Ou aquele que nunca esteve lá para criá-lo. Mas deixe eu te contar o que eu vejo em vez disso. Uma necessidade. Uma súplica para ser aplaudido. Como se o louvor de mil estranhos pudesse compensar o fato de que você não se sentiu amado o suficiente quando criança. Ah, pobrezinho. Você estava suplicando para ser devorado. Talvez seja necessário proteger seu filho de você. Você deixa uma trilha de migalhas de pão que qualquer lobo poderia seguir e, depois, fica chocado quando ele chega à sua porta. Tão preocupado em ser o pai perfeito, nem percebeu quando seu filho foi roubado! Substituído à noite pelo filhote de um troll, um filhote trocado, cuja beleza é apenas uma projeção de sua vaidade.

Jorgen bateu uma palma.

— Vamos dar uma olhada na cabeça de ovelha?

90

Apollo praticamente perseguiu Jorgen. Uma corrida curta do quartinho para o corredor. O velho foi para a cozinha, e Apollo o seguiu.

— Por que não se recusar? — questionou Apollo. — Era a porra da filha do Nils. Por que ele não se recusou?

Antes de verificar a cabeça de ovelha, Jorgen serviu mais uma bebida para si. Secou a garrafa de Brennivín, mas não precisava se preocupar, pois ele tinha mais. Pegou uma garrafa nova no armário e outro frasco de Ensure. Depois de ter feito a mistura e bebido de uma vez, verificou o timer. Quase pronta.

— Ele tentou — respondeu Jorgen, recostando-se na pia. — Foi a primeira coisa que ele fez.

Apollo apontou a lâmina para Jorgen.

E…?

Jorgen ergueu a caneca e balançou de um lado para o outro.

— Aquela fera destruiu tudo. Mencionei que os Chalupeiros se instalaram aqui por um breve período? Bem, foi por isso que eles partiram para o condado de Orleans.

— Então, eles sabiam — deduziu Apollo. — Se o monstro destruiu suas casas.

— Você sabe o que essas pessoas disseram? — perguntou Jorgen. — Até todos morrerem, você sabe o que as pessoas diziam que tinha acontecido com sua propriedade aqui em Little Norway? — Ele fechou os olhos e ergueu bem a caneca. — Que foi uma ação divina. — Ele riu amargamente.

Jorgen bebeu devagar, mas Apollo flagrou os olhos dele dançando sobre seu ombro, para o corredor, para a porta dianteira aberta. Apollo se virou, esperando alguém atacá-lo. Mas não havia ninguém ali. Virou-se de volta para Jorgen, que terminara a bebida e segurava a caneca com força entre as mãos. O velho parecia desgastado, exaurido. Seus lábios estavam bem apertados, mas tremiam com a exaustão.

— Por que me contou tudo isso? — Apollo finalmente perguntou. — Para quê? Foi uma confissão?

As tampas dançaram sobre as panelas. Jorgen desligou o fogo das batatas e do repolho. Apenas a panela com a cabeça de ovelha continuou se sacudindo.

— Por que acha que fiz isso? — questionou Jorgen. Ele abriu outro armário, em cima da geladeira, e pegou uma bandeja de prata.

— Você se sente culpado — disse Apollo. — Pelo que fez. Pelo que os homens de sua família fizeram. E tem mesmo que se sentir assim.

Jorgen se virou de novo para o armário, para pegar a cúpula da bandeja.

— Tem razão quanto à culpa. Não posso negar. — Ele deixou a cúpula no balcão e tocou a garganta cicatrizada, prova de sua tentativa anterior de suicídio. — Do contrário, não teria feito isso. Mas vou fazer uma pergunta, e pense bem na resposta: o que você faria pelo seu filho?

— Eu faria qualquer coisa — respondeu Apollo. — Não há nada que eu não faria.

Jorgen sacudiu o dedo.

— Exatamente. Exatamente. É isso que um bom pai deve dizer. É isso que um bom pai deve fazer. O que vale para você também vale para mim.

Jorgen olhou de novo para a garrafa de Brennivín, mas mal conseguia erguer a mão. O velho devia estar mais bêbado do que parecia. Em vez estender a mão para a garrafa, apenas cambaleou na direção dela e, em seguida, desistiu do esforço.

— Meu filho viu o que restava da linhagem dos Knudsen. Apenas eu, esta casa e todas as dívidas associadas a ela. Mas ele tinha uma esposa e duas filhas. Um bom emprego, trabalhava com computadores, mas não era suficiente. Neste país, houve um tempo em que um homem como ele podia garantir que seus filhos fariam mais do que ele. No passado esse era um direito inato de todo homem branco na América. Mas não é mais assim. De repente, homens como meu filho estavam sendo passados para trás em nome de coisas como "equidade" e "equilíbrio". Onde fica a justiça?

Apollo aproximou-se de Jorgen Knudsen.

— Ele é seu filho — sussurrou Apollo.

— Ele acreditava que o troll não era nosso fardo, mas nossa bênção. Que precisávamos voltar aos antigos caminhos em vez de abandonar nossas tradições. Quando éramos grandes. Ele achou que talvez as coisas tivessem dado errado a partir do momento em que Nils se recusou a sacrificar um dos filhos de Petra. O troll nos trouxe para estas paragens e poderia nos salvar de novo. Ele acreditava nisso. Poderíamos canalizar o poder daquele monstro para nossa libertação. Era nosso direito, nossa herança. Por isso viemos para a América! Por isso trabalhamos tanto. Mas para fazer isso, tivemos de voltar de coração aberto às nossas origens.

Então, ele assumiu a missão de honrar o pacto, como devia ser. Fez exatamente como Nils havia feito 190 anos atrás. Eu admirei a coragem dele.

— Ele deixou Agnes na floresta. Em uma caverna.

Jorgen deu um tapa no balcão.

— Mas a esposa dele não conseguiu compreender sua visão. Não valorizou sua coragem, em vez disso a desprezou. Ela o abandonou. E levou Grace com ela. Ele as amava tanto, ele sacrificou a própria filha, e Gretta o abandonou! Aquilo acabou com ele. Eu vi. Meu filho ficou louco. Venho cuidando dele desde então.

Jorgen escorregou de onde estava encostado na pia. Caiu de bunda. Em vez de tentar ficar em pé de novo, esparramou-se ali no chão.

— Achou mesmo que eu tinha deixado a porta aberta para você? — perguntou Jorgen, os olhos concentrados na lâmina e não em Apollo. — Achou que estava contando essa história toda simplesmente para me aliviar?

— Se a porta da rua estiver aberta e a luz da frente estiver acesa, meu filho sabe que é para correr — disse Jorgen. — O que você achou que era uma confissão foi meu jeito de ganhar tempo para ele fugir. — Ele ergueu os olhos para Apollo. — É o que qualquer bom pai faria. Fiz tudo o que podia. Agora, dê essa faca para mim.

Apollo abaixou-se, pondo um joelho no chão.

— Pode ficar com ela.

Apollo encostou a lâmina no pescoço de Jorgen e empurrou. Por instinto, os olhos de Apollo se fecharam. Ele ouviu a tosse engasgada e surpresa do velho. Quando abriu de novo os olhos, a garganta do homem jorrava sangue. Apollo piscou furiosamente, mas estava cego. Sentia o rosto escaldado. O sangue de Jorgen coagulou no nariz de Apollo, secou na orelha esquerda, cobriu seus olhos. Apollo sentiu um nojo absoluto se espalhar na pele como uma camada de lama. Que ameaçava sufocá-lo.

Sobre o balcão, o timer apitou. Tão alto quanto uma sirene de tornado. O velho chutou com as duas pernas embaixo de Apollo e quase o derrubou. A única maneira de permanecer erguido foi se apoiar na faca, que se afundou ainda mais na garganta de Jorgen Knudsen. Apollo sentiu-a se encaixar em algo duro, talvez a gaveta de madeira atrás deles ou a espinha dorsal do velho. A panela com a cabeça de ovelha pulava e balançava, e parecia que a casa inteira estava cedendo ao último tremor do velho.

Apollo caiu para trás, longe do corpo. Ele esfregou as mangas da camisa sobre o rosto apenas para limpar o sangue dos olhos. Lá estava Jorgen Knudsen, recostado no armário de cozinha, e seus olhos haviam se revirado para trás. O corpo de Jorgen parecia uma casa sem nenhuma luz acesa.

O alarme continuou a apitar, e seus gritos fizeram Apollo voltar a si. Ele olhou para o timer, depois para a grande panela em fogo alto. Ele desligou o fogo.

— A ovelha está pronta — disse Apollo.

91

Apollo Kagwa saiu do número 124 da 86th Road abrigado pela noite. Ele carregava, nas duas mãos, uma grande bandeja coberta por uma cúpula. As batatas e a couve foram fervidas pelo mesmo tempo que a cabeça de ovelha, três horas, e ficaram arruinadas. Nas duas panelas, a água havia evaporado muito tempo antes, e o que permaneceu queimou. Apenas a cabeça de ovelha ficou inteira. De vermelho-amarelada, sua carne tinha passado a um tom cinza escuro, e seus olhos endureceram até parecerem bolinhas de gude. Apollo tirou a cabeça de ovelha da água fervente com as mãos nuas e a pôs sobre a bandeja. As mãos ficaram vermelhas brilhantes, quase roxas, mas se ele sentiu alguma dor, sua mente não conseguiu registrá-la. O corpo ainda pulsava no vácuo do assassinato que acabara de cometer. A água na grande panela havia assumido uma cor marrom turva devido ao sangue em seus dedos.

Ele pousou a cabeça na bandeja e a cobriu. Jorgen falou que levava refeições para Emma, fossem da Starbucks ou caseiras, como uma espécie de oferenda. Apollo precisava fazer o mesmo? Aquela cabeça de ovelha era suficiente? Havia tanta coisa Apollo ainda não sabia. Não deveria ter matado o velho até ter aprendido todos os passos, mas não fora capaz de se refrear depois que Jorgen explicara como tinha enganado Apollo e por quê. *É o que qualquer bom pai faria.* Jardim de Infância vivia naquela casa; talvez tivesse chegado à porta, visto o sinal do pai e escapado. E, enquanto isso acontecia, Apollo estava no quartinho sem janelas, falando sobre o passado à custa do presente.

Apollo lavou o rosto e o pescoço na pia. Mal os limpou. No segundo andar, encontrou um banheiro que tinha uma grande banheira com pés em garra. Ele tomou um banho até se limpar. Subiu as escadas e encontrou o quarto de Jorgen. Ou era o quarto de Jardim de Infância? Em uma cômoda, encontrou calças e uma camisa, meias e uma camiseta. Vestiu-se e voltou para a cozinha. Não estava usando o casaco e a touca quando matou Jorgen Knudsen, então essas peças ainda estavam limpas.

Ele cobriu a cabeça de ovelha com a cúpula. Pegou a garrafa de Brennivín e tomou. Três goles, e se sentiu mais estável. Levou-a consigo, ela se projetava do bolso do casaco, a bandeja era carregada com as duas mãos. Lá fora ele encontrou sua mala. Tinha até se esquecido dela. Pôs a bandeja sobre a mala e puxou-a pela alça.

Apollo voltou até a escada do parque, onde Jorgen deixara as sacolas de comida na noite anterior. Foi até o alto e deixou a bandeja. Pensou em atravessar a rua e tentar se esconder nas sombras, mas desistiu. Quem chamara a polícia para ele antes poderia fazê-lo novamente. Dessa vez, percebeu que era melhor entrar no parque.

Ele ergueu a mala e a levou consigo, usando-a para empurrar a parede de galhos e folhas. Apenas um metro para dentro da área arborizada e as ruas do Queens desapareceram atrás dos arbustos. A súbita calma assolou-o como uma onda traiçoeira. Não era silêncio, mas tranquilidade. O estalar ágil das árvores curvando-se ao vento forte, as folhas secas embaixo dos pés fazendo o som de biscoitos sendo mastigados; o cheiro do ar de inverno, que é vasto, vazava das narinas. Ele tocou a fita vermelha como um católico talvez acarinhasse um rosário. Girou-o várias vezes ao redor do dedo anelar.

Então, um último som, vindo em um tom abaixo dos outros, tão regular que Apollo o confundiu com água, um riacho balbuciante. Mas eram palavras. A floresta em si parecia estar sussurrando. Não na direção dele, não para ele, mas para tudo ao redor. Ele entrara na floresta de uma bruxa e fizera uma oferenda.

E agora a bruxa aparecera.

92

Apollo parecia estar em pé dentro de uma tempestade. Protegeu os olhos. Havia trombado com a visão de um cosmo azul entre as fileiras de árvores desfolhadas. Viu sua esposa – ela apareceu no centro das luzes ondulantes, as nuvens de fumaça cor de cobalto, mas a distância entre ele e ela parecia insuperável. Vento congelante puxava seu casaco. O barulho em seus ouvidos era mais alto do que quando Cal disparara tiros de sua arma. O próprio ar cheirava queimado, e o chamuscar de raios deslumbrava seus olhos. Emma Valentine usava esse clima terrível como um manto.

Então, ela foi até o patamar da escada e as árvores se abriram diante dela. Ela não ergueu os braços e moveu os ramos; eles se afastaram para ela. Apollo testemunhou aquilo. Ela deu um passo para o patamar e mal parecia se curvar. A bandeja, ainda tampada, levitou no ar e aterrissou sobre a mão estendida.

Apollo ouviu as palavras do livro infantil. Elas passaram pelos lábios dela, mas mal pareciam vir de Emma. Ele as ouviu em um eco, o som ricocheteando pela terra e até os galhos da árvore, rebatendo contra a escadaria de concreto e girando no céu noturno.

Ela deu um passo atrás entre as árvores e se virou na direção de onde viera, ficando de costas para ele. A cúpula metálica raspava de leve enquanto tremia com o movimento. Ela se afastou dele. Estava indo embora. Não o tinha sequer notado.

— Emm — chamou ele.

Sua garganta doía, ressecada. O ar queimava dentro da boca.

— Emma — tentou de novo. — Sou eu.

Ela se afastou. Sem um momento de hesitação. Um caminho levava mais fundo ao norte da floresta, e ela parecia deslizar sobre ele. Ele a seguiu, tentando pensar no que mais poderia dizer. O único motivo por que segurava a mala – arrastando-a na terra atrás de si – era que a mão direita endurecera tanto que ele não conseguia abri-la.

O caminho passava primeiro por uma ladeira de tulipas e carvalhos-vermelhos, um punhado de nogueiras-pretas. Quando o declive ficou mais íngreme, as colinas mais altas, havia carvalhos-pretos, faias-pretas e hicórias. A faia-preta deu lugar ao cheiro da gaultéria. A bruxa levou-o mais fundo em sua floresta. Ele seguia a luz azul.

O caminho ficava cada vez menos claro. Terra pisoteada dava lugar a grama, musgo e fungos. Minhocas, centopeias e bichos-de-conta viviam embaixo do assoalho florestal. Apollo quase conseguia senti-los ali embaixo, senti-los na planta do pé. A Floresta do Norte era casa de toupeiras e musaranhos, esquilos cinza e coelhos com rabos fofos, ratos e guaxinins. As toupeiras e musaranhos sobreviviam aos invernos em túneis subterrâneos que corriam por todo o parque. Ali se escondiam mundos em camadas.

Quando Emma chegou ao topo de um declive acentuado, Apollo a chamou de novo.

— Você estava certa o tempo todo, Emma.

Nenhuma resposta. Ela nem pareceu ouvi-lo.

— Não era um bebê.

Pela primeira vez ela se virou para ele, simples assim, olhando-o de cima da colina. Os olhos pareciam tão escuros, ela realmente parecia cega, cegada. Não abriu a boca, mas, em torno deles, toda a Floresta do Norte se ergueu em um grito.

— Os duendes eram reais! — gritou Apollo. — Eu não consegui vê-los.

Naquele momento, a nuvem de energia, de eletricidade que a cercava desapareceu, e ela virou uma mulher magra usando um casaco *puffer* marrom esfarrapado, segurando uma bandeja de estanho. Ao luar, ele viu seus lábios partidos e inchados, seus olhos amarelados. Ela havia se transformado em um retrato da angústia.

A floresta ficou em puro silêncio.

— Emma — disse Apollo.

Ela olhou para as mãos e se impressionou com a bandeja que carregava, como se fosse a primeira vez que a notava. Agachou-se e a deixou no chão da floresta com sua fina camada de neve. Ela tateou o chão, as mãos cavando as folhas.

— Apollo.

Emma Valentine parou. Tinha algo na mão direita. Ela inclinou o braço para trás, resmungou uma vez e lançou uma pedra do tamanho de uma bola de beisebol. Ela atingiu Apollo bem acima do joelho. Uma pontada fria e aguda correu pela coxa dele. Ele caiu como uma árvore cortada.

Ela ergueu a bandeja.

Virou as costas.

Desapareceu do outro lado da colina.

Apollo ficou caído na terra olhando para as copas das árvores. A perna latejava tanto que ele sentiu como se ela fosse inchar e explodir dentro das calças. Ficou ali, ofegante, em seguida virou de bruços. Não conseguia se erguer, não ainda, mas conseguiu engatinhar, arrastar-se através da vegetação rasteira e da neve. Deixou a mala onde ela havia caído e avançou para o topo da colina.

A colina descia acentuadamente, e a floresta ficava ainda mais densa ladeira abaixo. Apollo rastejou até conseguir andar. Quando pôde andar, se levantou de novo. Na Floresta do Norte havia duas camadas de árvores, as mais altas e mais antigas, e abaixo aquela segunda abóbada de árvores mais novas e recém-crescidas. Embora seus ramos estivessem nus, elas se apinhavam e bloqueavam o luar. Ele estava na trilha, por mais apagada que estivesse, mas não sabia ao certo se permanecia nela em meio àquela escuridão. A solução aguardava no bolso do casaco. Seu celular. Continuava com a carga completa. A telinha brilhava. Sem sinal, mas o que importava? A única pessoa que ele precisava alcançar já estava ali. Ele ergueu o aparelho diante de si como uma tocha. Encontrou as pegadas de Emma na neve.

Apollo seguiu a trilha.

93

O terreno ficou plano novamente, as árvores se espalhavam um pouco mais e a vegetação se tornou mais baixa. Apollo chegou a uma clareira, o chão da floresta tão pisoteado que ficara liso. As árvores que circundavam a clareira inclinavam-se em ângulos, como se algo tão grande quanto um caminhão ou um tanque tivesse trombado nelas.

"*Jotunn.*" Apollo lembrou-se da voz de Jorgen. "*Trolde.* É como chamamos em norueguês."

Apollo estava na clareira sob o luar. Ele podia ver bem, então desligou o celular. As pegadas de Emma continuavam floresta adentro, então ele seguiu naquele caminho também.

Continuou assim por mais quinze minutos, que pareceram duas horas por causa do frio e da dor acima do joelho. Ela o acertara com tudo e sem hesitar. O que ele esperava, abraços e beijos sinceros? Talvez. Talvez. Mas reconciliação nunca era fácil, não com assuntos importantes.

As copas das árvores ali ficaram espaçadas, e o luar fazia brilhar a neve no chão. A trilha ficou mais larga e se bifurcou. Dois caminhos curvavam-se, separando-se um do outro nas duas direções, como um enorme par de chifres de carneiro. Era fácil ver qual Emma tinha tomado. No caminho da esquerda, a cúpula de estanho da bandeja estava caída de lado. No escuro, sob o luar, parecia prata polida. Quando Apollo chegou a ela, ele a ergueu. Por instinto, a segurou diante de si como um escudo, uma proteção mínima. E avançou fazendo a curva.

O terreno alargou-se ainda mais, como se avançasse para um vale. A palavra que lhe ocorreu de imediato foi *pedreira*, embora o espaço realmente não fosse tão grande ou profundo. Ainda assim, em comparação com o resto da região de mata fechada da Floresta do Norte, esse fosso de pedras parecia tão amplo quanto o Grand Canyon. Vários anéis de pedra cinzenta e escombros levavam ao fundo do fosso. Bem no fundo ele viu a abertura escancarada de uma caverna escura. Emma Valentine estava sentada na borda do fosso, de costas para ele, espreitando a caverna lá embaixo.

Apollo parou de se mexer e observou a caverna também. Já estava gelado havia um tempo, mas um novo tipo de frio congelou seu íntimo. Uma coisa era ouvir Jorgen contar uma história, outra era ver a caverna que transformava a história em verdade.

— Agnes — sussurrou ele.

— Você deveria guardar o olho para o final — disse Emma.

Ela não olhava para Apollo, mas suas palavras chamaram a atenção dele. Apollo estava ali, esperando com a cúpula ainda à frente do corpo. O que impediria Emma de pegar outros milhares de pedras ao redor e arremessar contra ele? A mira dela era excelente. Talvez dessa vez acertasse a cabeça. Ele se moveu na direção dela com cuidado, embora nenhuma tempestade de magia azul a circundasse naquele momento. Ele se aproximou mais.

Emma observava a caverna. Ela estava sentada e curvada para a frente sobre as pedras. Ia e voltava levemente, soltando estalos. Apollo percebeu que ela estava comendo.

A bandeja com a cabeça de ovelha equilibrada sobre o colo. Ele chegou ao lado dela. Ficou em pé, e ela continuou no chão, de pernas cruzadas.

— O velho disse uma vez que o olho é como a sobremesa — sussurrou Emma. — Ou talvez eu tenha ouvido ele pensando nisso. De qualquer forma, me falou para guardar o olho para o final. Mas eu não recebo ordens dele.

Emma estendeu o polegar e dedo indicador e cravou-os na órbita do olho da ovelha com maestria. O globo ocular cedeu sem fazer barulho. Apollo estendeu a mão para impedi-la, mas, quando ele se mexeu, soltou a cúpula, e ela bateu no chão e, em seguida, rolou pela curva inclinada do fosso, estalos metálicos ecoando na escuridão. Ele cambaleou dois passos pela inclinação para pegar a cúpula, mas as pedras estavam soltas, então ele apenas escorregou e caiu de lado. A garrafa de Brennivín no bolso do casaco fez um baque surdo e, em seguida, seu formato ficou mais achatado, e ele soube que havia quebrado e vazado. O cheiro subiu e o assolou, ele mergulhou em uma nuvem que cheirava a gasolina temperada. Ficou em pé para escapar do odor, mas o álcool havia embebido seu casaco e a calça que ele usava.

Enquanto isso, casualmente, Emma jogou o primeiro olho da ovelha na boca. Parecia estar chupando um enorme comprimido. Fechou os lábios e os apertou. Não parou de encarar a boca da caverna mesmo quando Apollo causou todo aquele alvoroço. Apollo teve ânsia quando viu Emma comer o olho. E, enfim, ela apertou os lábios e cuspiu um pedacinho de pedra, como um caroço de azeitona, e ele pulou pelas pedras abaixo dela. O resto do olho descia o declive enquanto Apollo subia aos tropeços.

Emma enfiou dois dedos na carne ao redor do buraco vazio do olho e puxou um pedaço de carne, deslizando-o em seguida para a boca. Ela engoliu quase sem mastigar. Mantinha sua vigilância da caverna.

Apollo olhou para baixo no fosso. A cúpula havia parado a menos de seis metros da boca da caverna. Ele engatinhou até conseguir sentar-se ao lado de Emma. Ela não parecia incomodada com o fedor de Brennivín. Talvez nem se importasse.

— Estive procurando por você — disse Apollo.

Ela pegou outra porção de carne, engoliu-a sem expressão.

— Bem, eu estive por aqui.

— Você não esteve apenas aqui — disse Apollo. — Eu fui até a ilha. Conheci Cal.

Apollo observava o perfil de sua esposa. Os olhos estavam vidrados de exaustão. O cabelo crescera, estava longo e embaraçado.

— Quando foi a última vez que você descansou um pouco? — perguntou ele. — Onde você dorme?

Ela puxou o último pedaço de carne que ficava ao redor do olho, mas Apollo tocou as costas da mão dela, e ela deixou cair a carne e puxou a própria mão de volta para o colo. Ela olhou para o marido.

— Eu nunca durmo — falou. — O sono é primo da morte. — Ela apontou para a boca da caverna. — Eu vigio a noite toda para que Brian fique em segurança.

Ele queria pegar a mão dela. Mais do que isso, queria embalá-la em seu colo. Deixar que descansasse a cabeça pesada.

— Quando eu estava grávida de oito meses — disse Emma —, uma mulher me abordou na rua. Abriu um sorriso assim que me viu, mas eu não a conhecia. Ela me parou e me disse que, assim que o bebê nascesse, eu nunca voltaria a ter uma vida sem estresse. Falou que eu nunca teria uma boa noite de sono depois que virasse mãe. Parecia tão feliz ao me dizer isso. Como se pensasse que a ansiedade era uma medalha de honra. Eu quis arrancar os olhos dela fora.

Apollo manteve as mãos sobre as próprias coxas. Sem movimentos bruscos, com voz calma.

— Quando te vi na floresta, você estava brilhando — disse ele. — Tinha uma luz azul ao seu redor. Mas quando falei com você, a luz foi embora.

— A luz ainda está aqui? — perguntou ela.

— Não. Não consigo mais vê-la.

— "O que tem de errado com nossa família é você" — disse Emma. — "Você. É. O. Problema. Vá tomar seu remédio." Essas foram as últimas palavras que você falou para mim.

Apollo abaixou a cabeça.

— Eu…

Ela o interrompeu.

— Foi a primeira vez que você tirou minha luz.

— Você poderia descansar hoje à noite — disse Apollo. — Eu fico acordado.

Ela olhou para a caverna e, em seguida, para o marido. Enfiou dois dedos na cabeça da ovelha, mas não puxou nada. Ele percebeu que o dedo dela tremia.

— Tem certeza? — perguntou ela.

— Tenho.

— Vá lá embaixo e olhe as pedras. Quando estiver pronto, vá lá e olhe de verdade.

Com isso, o casaco de Emma pareceu desinflar, como se ela tivesse deslizado para fora dele. Era o quanto havia emagrecido. Ela juntou os braços do casaco sobre a barriga e abaixou a cabeça até o capuz cobrir seu rosto. Era como ver um tatuzinho se enrodilhar.

— Apollo — chamou ela, a voz abafada pelo tecido.

— Sim.

— Se isso for um truque. Se você estiver trabalhando com aqueles homens e tentando me trair…

— Não estou — confirmou ele. — Não vou te trair.

Porém, ela não estava pedindo uma garantia. Falava quase com indiferença.

— Se isso for um truque, vou levar você comigo para o inferno — disse Emma.

94

Apollo finalmente acreditou que Emma havia adormecido quando sua respiração ficou regular e profunda. Durante o sono ela parecia alguém tendo um prolongado ataque de asma. Se sua aparência era exausta, o som que ela emitia não era nada saudável. O fato de ela estar viva parecia uma força de vontade além da compreensão.

Por fim, o ritmo de seu resfolegar agiu sobre ele como um sonífero. Se ele ficasse ao lado dela, ouvindo-a, poderia ser levado ao mesmo sono profundo. Então, por fim, ele se levantou desceu a encosta de pedras soltas. Três metros abaixo, ele olhou para Emma. Não conseguia ver seu rosto, apenas seu formato, mas se sentia mais seguro sabendo que ela estava lá. Já se sentia um pouco mais feliz por não estar fazendo aquilo sozinho.

Quando Apollo se virou de novo para o fundo, se concentrou mais na cúpula do que nas pedras. Seis metros mais abaixo ficava a entrada da caverna. Era mesmo a caverna da história de Jorgen? Onde um bebê chamado Agnes fora abandonado pelo próprio pai? Duas vezes. E quanto a todas aquelas outras crianças cujas fotos pendiam da parede? Ele se sentiu zonzo com a ideia, uma náusea no fundo da alma. Encontrar aquele lugar no meio do Queens. Encontrá-lo em qualquer parte da Terra.

Para evitar a caverna e as pedras, Apollo avançou até a cúpula. Agachou-se, a bunda quase tocando o chão para conseguir pegá-la sem arriscar derrubá-la de novo. Quando a pegou, pareceu um feito. Tanto que ele se virou e ergueu a cúpula na direção de Emma, como uma criança tentando impressionar. Mas isso significava que ele tinha virado as costas para a caverna, e a súbita sensação de terror que o atingiu pareceu quente como o a luz sol em sua nuca. Ele olhou para a boca da caverna e, depois de um momento, percebeu que não era apenas medo que o fazia sentir aquela onda de calor, mas uma rajada de ar quente. Era como se a caverna expirasse sobre ele. Ou algo mais ao fundo dela.

Impossível se mover. Impossível fugir. O calor do vento quente derretia a neve ao redor dele em um semicírculo irregular. Mais acima do pequeno vale continuava sendo inverno, mas a estação mais quente havia começado ali embaixo. As pedras próximas, antes cobertas por uma camada de neve, agora estavam expostas.

Apollo levantou a cúpula de novo, como um escudo, e nesse momento encontrou uma vara quase reta no solo. Era o que tinha prendido a tampa. Um pedaço de um galho de árvore, o mais próximo que ele pôde encontrar para fazer de arma. Ele o puxou das pedras e segurou-o adiante, na altura de seu escudo improvisado.

— Apollo.

Era a voz de Emma vinda detrás dele. Ao menos foi o que ele pensou. Porque não conseguia ver o rosto dela, não conseguia ver seus lábios se movendo, sentiu como se ela estivesse falando com ele dentro da cabeça.

— Olhe para o que está na sua mão — disse ela.

Apollo ergueu a vara, assim pôde ver ao luar. Duro e encardido, quase cinza. A ponta tinha dois bulbos, e a parte de baixo tinha apenas um bulbo mais proeminente. Não era uma vara ou um pedaço de galho quebrado.

Era um osso.

Ele estava segurando um osso na mão. Mas era pequeno. Um osso da perna de uma criança. Um fêmur de criança. Quando Apollo percebeu, soltou-o com um susto, e ele estalou nas pedras.

As pedras.

Nesse momento, Apollo se abaixou e pôs um joelho no chão. Seus ouvidos encheram-se com um tipo de assobio, como vapor saindo de um radiador, mas era apenas o som de sua confusão e nojo. Ele soltou a cúpula e nem sequer ouviu o barulho que ela fez quando bateu no chão. Pegou com a mão direita uma grande pedra arredondada e a virou.

Era o crânio de uma criança.

Tinha um buraco do tamanho de uma moeda de um dólar logo acima da orelha esquerda. A mão de Apollo latejou com um espasmo doloroso, mas não conseguia largar o crânio, não conseguia tirar os olhos daquele buraco. Sentiu raiva, revirando como bile na garganta. Ele se virou e deu um passo na direção da caverna.

— Se entrar lá agora, você não vai sobreviver — disse Emma.

Ela saíra de seu casulo, esticando-se. Estava em pé no topo do vale de ossos e falava com a segurança de uma profetisa.

Apollo recuou, e os ossos embaixo de suas botas estalavam e batiam. Ele ainda segurava o crânio. Parecia cruel soltá-lo no chão de novo. Ele concluiu que era o crânio de Agnes. A primeira Agnes. Agnes Knudsdatter, a primeira criança abandonada no Queens.

Apollo sentou-se ao lado de Emma no frio. Pousou a cúpula sobre a bandeja, escondendo a cabeça da ovelha. O crânio de Agnes continuava em seu colo, mas quando ele o olhou, agora parecia apenas uma pedra grande e cinza. Apollo quase riu, mas se sentia muito fraco. O mundo é cheio de glamour, especialmente quando obscurece o sofrimento dos fracos.

— Então vamos ficar aqui até de manhã — disse Apollo.

— Quando o sol nasce, ele dorme.

— E você tem certeza de que Brian ainda está lá? — perguntou Apollo. Não conseguiu se obrigar a fazer a segunda pergunta: *E que ainda está vivo?*

Mas Emma entendeu. Ela levou uma das mãos à barriga.

— Uma mãe sabe — sussurrou ela.

— O que você faz durante o dia, enquanto ele está dormindo? — questionou Apollo.

— Eu ando — respondeu ela.

Pela primeira vez, Apollo arriscou aproximar a mão de Emma. Pressionou-a de leve contra a lombar da esposa.

— Quero que você venha comigo de manhã — disse Apollo. — Conheço uma casa nas proximidades onde podemos descansar. Ninguém lá vai nos incomodar agora.

Emma não respondeu. Não cedeu ao toque nem pareceu aliviada de qualquer forma, mas também não se afastou da mão dele. Apollo a manteve ali, e eles ficaram sentados, juntos até o amanhecer.

95

Emma e Apollo estavam diante do corpo de Jorgen Knudsen.

Realmente surpreendeu Apollo retornar àquela casa e encontrar o velho viking morto no chão da cozinha, com a faca ainda cravada na garganta. Havia esperado, de alguma forma que não era consciente, voltar e encontrar Jorgen em pé, preparando outro de seus coquetéis de Ensure. Não importava o quanto o velho merecesse morrer, aquilo ainda tinha um custo. Ao ver o corpo, o sangue já seco em sua roupa, no chão e até mesmo gotas no teto e na mesa onde Apollo cortara repolho, ele piscou descontroladamente, como se nunca tivesse lavado o sangue de Jorgen do rosto. Era provável que sentisse para sempre aquelas manchas, até seu último dia.

No entanto, essa realidade ainda persistia. Morto era morto. Jorgen Knudsen não estava mais vivo.

A única surpresa ali era Emma. Ela olhou para o corpo e tocou a garganta.

— Eu fiz ele fazer isso — explicou ela.

Talvez Apollo não esperasse que ela ficasse chocada – considerando tudo que ela tinha vivenciado até aquele momento –, mas Emma discutia o ferimento de Jorgen, sua morte, de forma tão casual como uma pequena reforma de casa. Uma opção de bom gosto para o revestimento sobre os balcões da cozinha.

— Eu não o deixava dormir — comentou Emma, sem paixão. — Não lhe dava nenhuma paz. Toda noite eu me esgueirava para dentro de sua cabeça e o fazia ouvir.

Eles tinham recuperado a mala no caminho de volta à casa de Jorgen. Tomaram a mesma trilha pela qual ela o levara na noite anterior, mas no sentido inverso, a mala caída ali mesmo na vegetação rasteira como a última peça de bagagem na esteira de um aeroporto. Ele a pegara e a puxara com eles, mas, naquele momento, estava pesada demais. Embora ele estivesse relutante em fazê-lo na frente de Emma, Apollo abriu a mala e tirou a placa de jazigo. Ela o observou, mas não falou nada. Ele deixou a placa lá na floresta, e aquilo pareceu adequado. A criança trocada tinha nascido nas proximidades – que lugar seria melhor para relembrar sua morte? A partir daquele dia, haveria uma placa de jazigo com o nome "Brian Kagwa" escondida em Forest Park.

Depois disso, Emma e Apollo voltaram à cozinha de Jorgen.

— Ele aparecia com comida toda noite — disse ela. — Achava que podia me apaziguar. Sabe quantas cabeças de ovelha eu comi? Na noite passada eu me enchi. Fiz ele me trazer comida da Starbucks.

— Foi por isso? — perguntou Apollo. — Você só queria uma refeição diferente?

Emma observou-o em silêncio por um momento e apertou os lábios, com um olhar que beirava a diversão.

— Por que mais eu faria isso? — perguntou ela. Em seguida, chutou uma das pernas amolecidas de Jorgen. — Você não sabe as coisas que este homem fez durante a vida — falou ela para Apollo.

— Ele me contou algumas.

Ela tocou a têmpora.

— Eu vi. Tudo.

— Vamos subir — convidou Apollo.

Emma olhou para o teto e, em seguida, de volta para ele, desconfiada mas preparada.

— O que tem lá em cima?

— Um banheiro. Com banheira.

Apollo deixou a água correr. Tentou abrir o casaco de Emma, mas o zíper estava congelado ou enferrujado no alto fazia muito tempo. Ele a deixou no banheiro, desceu à cozinha e encontrou uma tesoura na gaveta. Passou cuidadosamente sobre o corpo de Jorgen para não escorregar no sangue. No andar de cima, ele cortou o casaco velho dela. O tecido inflado caiu endurecido de seu corpo como a casca de um besouro.

Emma sempre fora uma mulher pequena, mas sem o casaco parecia talhada à finura de uma vareta. Estranhamente, aquilo não fazia com que parecesse fraca. Imagine um casaco caindo para revelar uma única haste de plutônio por baixo dele.

As roupas, por outro lado, estavam quase coladas à pele. Ele tentou puxar as mangas de seu suéter de lã, e elas se desfizeram entre os dedos. Os jeans não passavam de longas tiras de denim que se desprenderam em fitas azuis desbotadas quando ele as puxou. As meias não podiam ser tiradas dos pés. Teriam que sair quando ela entrasse da banheira, tão podres que se dissolveriam na água.

Ele desligou a torneira. Só quando se aproximou bastante da pele de Emma, seu cheiro venceu a cobertura de Brennivín da pele dele. O cheiro era tão azedo pelo suor seco e o longo período sem sabão que os olhos de Apollo arderam quando chegou perto para pegá-la no colo.

— Pronta para a água? — perguntou Apollo, mas Emma não respondeu. Ela olhou para o espelho do banheiro e, talvez pela primeira vez em quatro meses, viu seu reflexo. Não conseguia tirar os olhos dele.

— Quem é essa? — sussurrou ela.

Ele se inclinou sobre a banheira e a colocou lá dentro. A água se transformou em um lodo turvo, quase esverdeado, segundos depois que ela imergiu. Meses de imundície despregando-se de seu corpo. Apollo ergueu a tampa do ralo, deixou a água escoar e, em seguida, encheu de novo a banheira. Foi necessário enchê-la três vezes até parar de ficar suja. Então, Apollo encontrou um paninho, um sabonete, e lavou o corpo de Emma.

Eles ficaram no banheiro por duas horas.

Quando terminaram, Emma não conseguia ficar em pé. Era como se o banho também tivesse arrancado uma armadura que ela havia construído, um exoesqueleto. Ele a carregou para o quarto maior, que ele achava ser o quarto de Jorgen, embora fosse óbvio que ninguém dormira ali nos últimos tempos. Sem amassados nos lençóis ou travesseiros. Emma vinha mantendo o velho acordado havia tempo. Talvez ele tivesse parado de entrar naquele quarto. Não era o quarto onde Apollo encontrara roupas limpas. Significava que ele estava vestindo as roupas de Jardim de Infância.

Ele puxou as cobertas e deitou Emma sobre a cama. Havia dois aquecedores no quarto, nenhum dos dois ligado, então o ambiente estava frio. Ele girou o botão preto dos dois. A luz do fim da manhã rodopiava através de duas janelas na cabeceira da cama e iluminava o quanto a pele de Emma havia ficado cinza, exangue. Parecia um corpo retirado de uma escavação no gelo. Limpá-la na verdade fez Emma parecer pior. Como bruxa, fora imperiosa; caminhava em uma nuvem azul de poder, um ser para quem as árvores se abriam e a floresta sussurrava. A mulher naquele colchão quase se perdia nos lençóis. Deveria ser pendurada a um soro intravenoso e posta para descansar por seis semanas. Não tinha falado sequer uma vez desde que Apollo lhe dera banho. Emma parecia mais perdida do que estava na floresta. Teria ele feito mais mal do que bem ao trazê-la de volta?

Apollo puxou as cobertas sobre ela e voltou ao primeiro andar. Havia roupas na mala – ele trouxera uma muda para Emma e para Brian –, e ele pensou que talvez ela voltasse a se concentrar quando visse a roupa. Não sabia mais o que fazer. Na cozinha, encontrou o corpo de Jorgen mais uma vez, mas precisou se apoiar no balcão ao ficar sozinho com ele de novo. Foi quando sentiu o frio poderoso em toda a casa. Ele entrou no corredor. Aquela porta maldita ficara aberta durante a noite toda. Atravessou o corredor. Todo o primeiro andar estava frio, o lugar tão silencioso quanto um túmulo. Ele fechou a porta da frente e desligou a luz do alpendre.

Ele arrastou a mala escada acima e tirou dela quase tudo, até mesmo a picareta. Mostrou a roupa que havia escolhido para Emma, mas os olhos dela continuavam voltados ao teto, sem foco, atordoados.

Apollo olhou nos pequenos bolsos de zíper nas laterais da mala, a leve protuberância sugerindo que ele esquecera alguma coisa. Encontrou o pacote de canudinhos flexíveis e o frasco de óleo de massagem. Os remanescentes do kit parto. Apollo pegou o frasco levemente amarelo e o sacudiu, desrosqueou a tampa e o cheirou. Puro óleo de amêndoas. Emma o colocara naquela mala mais de um ano antes; portanto era como se ela tivesse incluído aquele presentinho para si mesma.

Ele puxou as cobertas de cima de Emma e derramou um pouco de óleo de amêndoas em uma das mãos. Ele foi até os pés da cama e envolveu o pé direito de Emma com as duas mãos. Ele apertou o pé e esfregou óleo de amêndoas na pele até que ela ficar encharcada. A pele não ficou parecendo nem mais úmida nem mais suave, tampouco menos cinza. Ele derramou mais óleo na mão e esfregou-a na planta do mesmo pé, pressionando o calcanhar e passando o polegar até os dedos do pé. Quando terminou o primeiro pé, foi para o outro e continuou nas pernas e nas laterais.

Quando ele terminou, ela rolou de lado, ficando de frente para ele, mas não disse nenhuma palavra. Apollo puxou o cobertor até cobrir o nariz dela. Seus cabelos tinham ficado mais encaracolados quando secaram. Os dois ficaram em um silêncio sombrio por dez minutos ou dez anos.

— Eu deveria ter acreditado em você — disse Apollo por fim.

Dois dedos apareceram acima do lençol e puxaram o tecido para baixo do queixo.

— Eu também não teria acreditado em você — respondeu ela. — Se tivesse sido ao contrário.

Apollo tocou os dedos dela suavemente.

— Estamos juntos agora — disse ele.

Ela fez que sim com a cabeça e, em seguida, fitou o olhar dele enquanto tirava os lençóis para que ele a visse. Sua pele brilhava como bronze polido. Ela segurou o lençol erguido para ele.

Ele não ficava tão nervoso desde que tinha quinze anos. Quando tirou as roupas, o cheiro de Brennivín invadiu o quarto, como se o odor tivesse se infiltrado através das roupas em sua pele. Mas, naquele momento, pouco importava. Ele deslizou ao lado de Emma, e ela deixou cair o lençol ao redor dos dois.

Tanto tempo desde a última vez que haviam se beijado. Ele esquecera como os lábios dela eram bons. O suave declive do pescoço longo e estreito. Ele se pôs sobre ela e, para sua feliz surpresa, ela lutou para tomar a posição dele. Ela riu com ele quando sua testa bateu no queixo dele. Ela se dobrou contra a coxa dele e se alçou mais sobre Apollo. Fizeram amor até começarem a foder. Foderam até ficarem esgotados.

Quando terminaram, descansaram a cabeça perto de uma janela, com a luz do sol banhando seu rosto. Permaneceram naquele silêncio confortável, naquele curto descanso.

Emma pousou a mão sobre o peito de Apollo e deu dois tapinhas. Ela ergueu o corpo com o cotovelo e beijou o ombro dele. Ele levantou o braço esquerdo e escorregou a mão até as costelas de Emma, mas, antes que pudesse tocá-las, ela agarrou seu pulso. Virou a mão para poder ver o dedo anelar.

— Fez um desejo com isso? — perguntou ela.

— Fiz. Mas tenho vergonha dele agora.

— Por que não usa até poder botar de volta a aliança de verdade?

Apollo abaixou a mão.

— Eu joguei a aliança no East River.

Ela levou a mão ao queixo dele e apertou com um pouco forte demais.

— Vai ter um trabalhinho para encontrá-la lá no fundo.

Apollo riu.

— Você me forçaria a ir lá também.

Ela encostou o nariz no tórax dele, fungando teatralmente.

— Pelo cheiro, você já esteve lá.

— Era a colônia favorita de Jorgen — respondeu Apollo.

— Vá tomar um banho — disse Emma. — Preciso dormir um pouco antes que anoiteça.

Apollo saiu da cama e puxou as cobertas sobre ela. Ele precisava de um banho, mas havia coisas mais importantes a ser feitas. Ele fuçou na sua pilha de roupas e encontrou o celular no bolso do casaco. Emma já havia adormecido.

Ele desceu as escadas com o celular. Quando Emma acordasse, voltariam à floresta, desta vez para entrar na caverna. Talvez ele lhe desse a faca que matara Jorgen, e ele poderia carregar a picareta. Mas e se eles não conseguissem sair de lá? Anna Sofie não saíra, nem nenhuma daquelas crianças. Quem saberia quantos outros corpos tinham se perdido lá embaixo? Ele não queria desaparecer sem dizer adeus à sua mãe. Ele ligou o celular e discou o número de Lillian.

96

— Mãe — disse ele quando Lillian atendeu.

— Apollo? Apollo — ela sussurrou, porque era isso ou engasgar e não dizer nada.

— Como você está?

— Feliz em ouvir sua voz — disse ela.

Emma dormia no andar de cima. Apollo foi até a porta da frente e quase a abriu casualmente, como se aquela fosse sua casa e ele estivesse ligando para a conversa semanal com sua mãe.

— As coisas ficaram muito loucas — disse Apollo, mostrando com essa frase a verdadeira arte do eufemismo.

— Eu deixei você sozinho — disse Lillian rapidamente. — Deixei você sozinho, e aí as coisas foram de mal a pior.

Apollo recostou-se na porta. Queria apenas dizer adeus, mas fechou os olhos como se Lillian estivesse prestes a lhe contar uma historinha antes de dormir.

— Da última vez que nos falamos, você estava com tanta raiva de mim. Eu entendi por quê, mas fiquei pensando, pensando em tudo que você disse, em tudo que eu disse. Tem tanta coisa que não foi explicada. Acho que eu esperava nunca ter que explicar.

— Como assim?

— Você era tão novo — disse Lillian, baixinho. — Orei para que você simplesmente esquecesse.

— Então, eu comecei a ter pesadelos.

Ela suspirou ao celular.

— Isso. E ainda assim fingi que não passavam de pesadelos.

— Mas por quê? Não estou acusando você de nada, só estou perguntando. Por que você fingia que meu pai não vinha me ver?

Um longo silêncio então, tão longo que Apollo pensou que ela havia desligado. Ele afastou o celular da orelha para olhar, mas a bateria ainda tinha muita carga, e a linha não havia caído.

— Acabei conhecendo aquele advogado, o sr. Blackwood, pois fiquei naquele trabalho por alguns anos. Não viramos amigos, mas quando a gente trabalha com as pessoas por um tempo, a gente acaba conversando um pouco. Em algum momento, ele me contou por que tinha sido tão duro comigo no início, me forçando a trabalhar aos sábados.

"E sabe que ele tinha toda uma história sobre estar tentando me ajudar? A empresa estava mandando um pessoal embora, e como a mais nova contratada, eu seria a primeira a ser demitida. Mas se eu tivesse aprendido o suficiente sobre como a empresa funcionava, se me mostrasse uma trabalhadora esforçada por ir aos fins de semana, eles poderiam me considerar valiosa o bastante para ficar. Foi o que ele disse. Talvez fosse verdade, mas certamente não foi o único motivo por que o homem me obrigou a ir trabalhar aos sábados. Eu sabia disso, e achei que ele soubesse também.

"Mas lá pela terceira ou quarta vez que ele me contou essa história, percebi que ele acreditava nessa versão. Se você perguntasse para ele se já havia me pressionado para sair com ele, ele juraria que isso nunca aconteceu. Esse fato desapareceu da mente dele. Ele tinha me feito um favor, e, cinco anos depois, eu ainda trabalhava na empresa e tinha recebido duas promoções. Ele tentava me explicar como eu deveria ser grata! Não estou dizendo que ele mentiu. Não exatamente. Mas essa história o favorecia, então, com algum tempo e distância, foi a história em que ele escolheu acreditar. Estou percebendo que, ao não contar nada sobre o seu pai, talvez eu tenha feito o mesmo. Não apenas por mim, mas por ele."

— Só me conte o que aconteceu — disse Apollo. Ele havia endireitado o corpo e começado a andar de um lado para o outro, mas a cozinha de Jorgen Knudsen ficava bem na frente dele, e naquela cozinha jazia um homem que ele havia matado. Não queria ouvir aquela história enquanto olhava para um defunto. Parou de se mover e se apoiou na porta do quartinho.

— Voltei do trabalho para casa à uma — começou Lillian. — Tinha trazido McDonald's para nós dois. Eu me sentia culpada, e você gostava das batatas fritas. Mas quando cheguei em casa, a porta não estava trancada. O que já era muito estranho. Ouvi a torneira da banheira ligada. Entrei em pânico. Soltei todas as minhas coisas. Pensei que você tinha entrado sozinho lá. E se você tivesse se afogado ou algo assim? Corri para o banheiro, abri a porta e nunca vi nada mais feio na vida.

Ela parou de falar. Parecia até que tinha parado de respirar.

— Brian tinha... não consigo falar, Apollo.

— Eu quero saber — Apollo afirmou para ela, mas não tinha certeza.

— Ele tinha tirado suas roupas e colocado você na banheira.

— Pensei que você tinha dito que a água estava quente. Fumegando.

— Estava — disse ela. — Ele estava com as mãos sobre seu peito, mantendo você embaixo da água, e você estava esperneando e gritando enquanto a água queimava sua pele.

A mão de Apollo escorregou e ele deslizou para o chão.

— O quê?

— Seu pai tentou matar você — respondeu Lillian. — E quando eu chegasse em casa, ele planejava me matar. Depois, se matar.

— Por quê? — sussurrou Apollo.

— Eu te disse. Eu queria o divórcio. Eu me separei dele e levei você comigo. Seu pai teve uma infância terrível. A mãe e o pai dele eram pessoas horríveis. Ele queria muito uma família. Queria compensar tudo o que tinha perdido. Contava para si mesmo histórias sobre como seria essa família, desde que tinha doze anos. Mas um menino de doze anos não entende a vida adulta. Mesmo depois de adulto ele ainda pensava como criança. Não conseguia mudar, não conseguia se adaptar. Eu mandei para ele os papéis do divórcio, mas ele tinha outros planos.

Apollo sentou-se com as costas apoiadas na porta.

— Mas eu sempre pensei que... — ele disse. — Os objetos na caixa. O livro.

— Seu pai vivia aterrorizado com a ideia de perder você. É disso que trata o livro. Quando ele era jovem, não teve uma Ida que pudesse salvá-lo. Sempre se sentiu como se os duendes o tivessem roubado e criado, e ninguém o procurou e trouxe de volta. Por isso ele tinha o livro, por isso queria ler para você. Ele sempre visitava você. Ele amou você de todo coração e tentou tirar sua vida. Sinto muito, Apollo, mas esses dois fatos são verdade.

Ela pigarreou. Sua voz ficou mais firme que durante toda a ligação.

— Você tem o direito de pensar o que quiser sobre ele e sobre mim, mas ao menos vai saber de tudo. É o único jeito de entender qualquer coisa.

Apollo apertou a mão livre sobre os olhos.

— Estou surpreso que alguém ainda sobrevive à infância — falou ele.

— Apollo, está me ouvindo? Quero que você saiba que não importa o que seu pai virou, você não é ele. Tenho orgulho do homem que você se tornou.

Ele olhou para o teto, recostou a cabeça na porta do quartinho.

— Passei a vida toda perseguindo meu pai — disse ele. — Mas foi você quem sempre esteve ao meu lado.

— Eu fiquei onde eu quis ficar — sussurrou ela.

— O que aconteceu com ele? — perguntou Apollo. — Quer dizer, depois que você encontrou a gente. Tenho certeza de que ele não pediria desculpas simplesmente e daria no pé.

— Você acha que se um homem machucar meu filho, eu vou ficar olhando da porta?

— Você chamou a polícia? — quis saber Apollo.

— Não — respondeu ela. — Não foi necessário. Eu entrei no banheiro, vi meu filho em perigo e... virei outra coisa. — Ela ficou em silêncio.

— Onde está ele agora? Você tem alguma ideia?

— Sei exatamente onde Brian West está — afirmou Lillian. — Está onde eu o deixei.

Apollo segurou o celular ao seu ouvido, esperando que ela revelasse mais, mas, em vez disso, ela disse:

— Você parece cansado. Está comendo? Quer vir até aqui e eu faço um jantar para você?

Ele riu, rouco.

— Vou comer daqui a pouco — disse ele. — Mas logo eu passo aí.

Apollo começou a formar as palavras – *Emma está aqui comigo* –, mas antes que pudesse dizê-las, percebeu como o primeiro andar estava frio, mesmo ali, ao lado da porta do quartinho. Ele falou para a mãe que precisava ir, desligou e abriu a porta. O quarto parecia exatamente como na véspera, mas não significava que estivesse inalterado. Ele entrou, tremendo.

Os aquecedores não estavam ligados.

Nenhum calor. Nenhuma faísca, estalo, trepidação barulhenta.

Ele se inclinou diante deles. Todos os três estavam frios. Talvez um fusível tivesse estourado. Mas quando ele virou o botão, todos se acenderam e zumbiram. Os fusíveis estavam excelentes. Significava que, na noite anterior, alguém tinha entrado na casa e desligado os aquecedores.

97

Apollo ajoelhou-se na frente dos aquecedores, e Emma estava atrás dele. Ela puxara o lençol de cima da cama ao descer as escadas atrás dele e, naquele momento, o havia passado por um ombro e deixado cair sobre o outro de modo que parecia estar usando sári creme.

— Se alguém desligou isso aqui, então também devem ter visto Jorgen, certo?

Parecia impossível que alguém não visse um senhor de setenta anos com uma faca cravada na garganta.

— Ele está na cozinha — disse Emma. — Depois do corredor. Então, talvez não.

— Mas o sangue — disse Apollo.

Ela pousou a mão na nuca de Apollo, e o toque o acalmou.

— Se não entraram pelos fundos, talvez nem soubessem que ele estava lá.

— Mas isso significaria que Jardim de Infância veio aqui apenas para desligar os aquecedores — comentou Apollo. — Por que faria isso?

— O quê?

Apollo fez um gesto com o braço.

— Quer dizer, William Wheeler.

— E quem é William Wheeler? — perguntou Emma.

Apollo riu de verdade quando ela falou isso, como se talvez ela estivesse tirando sarro da cara dele. Mas, claro, como ela poderia saber? Deus do céu, o homem no centro de toda a desgraça deles era como um fantasma para ela. Um avatar em uma tela e nada mais.

— É o homem que enviava as mensagens para o seu celular e depois as fazia desaparecer.

— Ah — disse ela. — Eu nem imaginava.

Apollo explicou o máximo que conseguiu, tão rapidamente quanto possível, lá no quartinho. Como Jardim de Infância tinha até se infiltrado na máquina de Patrice, se escondido dentro do disco rígido, à espreita.

— Ele é um troll também — disse Emma.

Seu rosto se contorceu com a raiva, e ela estendeu um braço. Precisava bater em alguma coisa naquele instante, e os únicos alvos oportunos eram os biombos japoneses no meio do quarto. Ela acertou um e, quando esse caiu, o outro biombo caiu também. Eles aterrissaram com dois baques surdos por causa do carpete felpudo, mas rasparam a parede ao fundo e derrubaram vinte ou trinta retratos de crianças que estavam pendurados ali.

Emma apontou.

— O que é tudo isso? — perguntou ela. Embora ela assombrasse a cabeça de Jorgen, nunca estivera em sua casa.

Apollo não sabia por onde começar, então caminhou até o outro lado do cômodo e apontou para o pequeno desenho a tinta.

— Esta é Agnes Knudsdatter — começou ele. — Foi a primeira. Não sei o nome da maioria dessas outras crianças, mas a filha de Jardim de Infância deve estar por aqui. O nome dela também era Agnes.

Emma se aproximou da parede. Levou a mão à boca e olhou para cada rosto. Então, olhou para baixo e viu os porta-

-retratos que tinham caído. Curvou-se e pegou dois, pendurando-os de volta na parede, e depois deixou cair as mãos.

— Todas aquelas mães — sussurrou ela. — Esta casa é maligna.

Emma foi até os aquecedores e religou os três. Assim que as bobinas ficaram laranja incandescentes, ela tombou cada um sobre o carpete felpudo.

— Isso vai causar um incêndio — disse Apollo.

— Espero que sim — falou ela.

A casa de Jorgen ficava isolada no terreno, havia corredores entre ela e as casas de cada lado. Ele esperava que fosse espaço suficiente para evitar o alastramento do incêndio até o corpo de bombeiros chegar. Avançaram rapidamente pelo restante do primeiro andar, fechando todas as janelas. Usaram os meses – anos – de jornais velhos enrolados sobre a mesa de jantar como combustível, aglomerando papéis em torno do aquecedores e, em seguida, colocando mais ao redor dos dois quartos para que o fogo se espalhasse. Em seguida, voltaram para o quartinho.

Emma apontou para a mala.

— Me mostre a roupa que você trouxe para mim — pediu ela.

Apollo pôs as roupas sobre o carpete enquanto Emma tirava o lençol que usava. Depois de se vestir, ela entrou em um armário no corredor e encontrou uma parca pesada com capuz forrado de pele. Teve que dobrar cada manga duas vezes, e a parte inferior da parca passava um pouco dos joelhos. Agora, ela estava usando as roupas de Jorgen, e Apollo usava as de William. Haviam se tornado os Knudsen, incendiando o lar ancestral.

O carpete embaixo deles já cheirava queimado. Os primeiros vestígios de fumaça podiam ser vistos no quartinho.

Agora a mala estava quase vazia. As únicas coisas que restavam eram a picareta e as roupinhas de Brian. Apollo pegou a primeira, Emma as últimas. Deixaram o quartinho e cruzaram a cozinha. O corpo de Jorgen continuava colado ao gabinete como uma borboleta exposta.

— Quando a casa se incendiar, ele vai ter um funeral viking — disse Apollo.

— É mais do que ele merece — comentou Emma.

Apollo deixou a picareta no chão e aproximou-se do corpo uma última vez, mas não porque planejasse dar um adeus sentimental. Suas impressões digitais estavam no cabo da faca. A casa podia queimar, mas quem sabia o que ficaria intacto? Ele deveria, no mínimo, levar a arma usada no homicídio. Ele a agarrou e puxou, mas a ponta havia se alojado bem fundo. Apollo precisou plantar um pé contra o peito do defunto para arrancá-la. O corpo de Jorgen caiu de lado, fazendo um baque surdo. Emma já saíra pela porta dos fundos.

Apollo e Emma caminharam pela lateral da casa. Da rua ninguém poderia adivinhar que havia um incêndio criminoso lá dentro. Ainda não. Enquanto isso, o interior da casa de Jorgen Knudsen já estava cheio de fumaça. Fechar as janelas e encaixar alguns jornais no vão debaixo da porta da frente ajudou a transformar o local em uma caixa defumadora. A falta de janelas no quartinho significava que mesmo um vizinho intrometido não veria as chamas até que se espalhassem. Aí seria tarde demais para salvar o lugar.

Estavam a meio caminho da rua quando foram banhados por uma luz, clara como uma ideia brilhante. O sensor de movimento fizera seu trabalho novamente, capturando-os. Mas, dessa vez, Apollo não fugiu ou congelou. No meio do dia, seria impossível perceber a luz do outro lado da rua, ou mesmo do outro lado do corredor. Ele e Emma pararam naquela porta curiosa. Sem maçaneta. Sem fechadura.

— Olha isso — disse Emma.

Na altura da cintura, marcas de mão esmaecidas.

— Isso é sangue — disse Apollo.

Emma empurrou a porta, mas ela não se moveu.

— O que tem lá embaixo? — perguntou ela.

— Não entrei aí — respondeu Apollo.

— Se o velho mantinha as fotos naquele covil, o que acha que pode estar escondido no porão?

Ela não falou mais nada, mas apontou para a picareta na mão esquerda dele. Ele a levantou e deslizou a ponta entre a porta e o batente. Olhou para a rua e para trás. Os vizinhos não estavam vendo. Ele puxou a ferramenta para trás, e a madeira rangeu alto. Sem hesitar, ele correu a ponta para baixo no batente e puxou de novo. Uma terceira vez, mais embaixo, e a porta se soltou das dobradiças e se deslocou para trás. Apollo empurrou um pouco mais para que pudessem entrar.

Uma longa escadaria os levava até o porão lá embaixo. Permaneceram na soleira, em silêncio, e ouviram um leve som de estalos repetidos. Em seguida, eles ouviram de novo.

— Vou ativar o alvo doze. Vocês vão gostar dela.

Uma voz de homem.

Apollo a reconheceu.

Ele apontou para baixo com a picareta. Enquanto desciam, sentiram o calor vindo do assoalho sobre suas cabeças.

98

Uma caldeira, uma máquina de lavar e uma secadora, seis latas de tinta tão antigas que as tampas tinham oxidado, um colchão inflável com um edredom empilhado sobre ele, um travesseiro fino e dois sacos de lixo contendo um emaranhado de roupas para um homem atarracado de meia idade, uma cadeira de escritório ergonômica preta, uma escrivaninha e um computador idêntico, exatamente igual àquele que Patrice montara em seu porão e um iPad escorado ao lado de um dos monitores. O iPad tinha a foto de um bebê nas mãos de um homem.

E Jardim de Infância estava ali embaixo também.

Ele estava sentado na cadeira de escritório, olhando no meio da tela de seu equipamento, com fones de ouvido gigantes nas orelhas. Gotas de sangue manchavam o chão embaixo da cadeira.

— Esse é o lugar em Charleston — falou William, como se estivesse respondendo à pergunta de alguém. Ele riu baixinho. — Não, não vou dar o endereço. Só assinantes pagos têm acesso platinum.

Apollo e Emma observaram aquele homem em um silêncio engasgado.

Jardim de Infância tinha instalado uma câmera na casa de uma família em Charleston, na Carolina do Sul. Cinco pessoas – pai, dois avós e dois adolescentes – zanzavam por uma cozinha grande, preparando o café da manhã. E ele os observava ali do Queens.

Não só Jardim de Infância encontrara uma maneira de entrar naquela casa, mas parecia que a câmera nem estava bem escondida. A perspectiva sugeria algo no nível do balcão. O tipo de coisa que ao menos uma das pessoas naquela cozinha deveria enxergar, mas todos os cinco pareciam ignorar. Pior foi o momento em que o avô chegou até a câmara, inclinou-se perto dela e olhou para as lentes sem preocupação aparente. Ergueu um dedo e digitou lentamente, olhando de vez em quando para a câmera.

Foi quando Apollo e Emma perceberam o que estava acontecendo.

— É o laptop — disse Apollo. — Ele ligou a câmera do laptop deles.

Os dois ficaram tensos naquele momento, esperando que Jardim de Infância fosse ouvi-los, mas, com os fones, o homem não tinha ideia de que estavam ali. Ele transformara seu computador em uma espécie de tanque de isolamento sensorial.

Com uma pontada dolorida, Apollo percebeu que Jardim de Infância devia ter feito a mesma coisa com o computador de Patrice. Apollo, Dana e Patrice ficaram no porão assistindo à reprodução do vídeo da fuga de Emma enquanto Jardim de Infância, em silêncio, os observava. Ele sentiu o cansaço pesar em suas pálpebras. Era impossível ser mais esperto que esses caras.

Nesse momento, Apollo notou as outras telas, aquelas que não estavam espiando dentro de uma cozinha de classe média. Em cada uma havia quatro janelas menores, e em cada janela menor um homem sentado a uma mesa. Cada rosto era capturado à luz esverdeada refletida de sua tela de computador. Cada homem usava fones de ouvido como os de Jardim de Infância. Cada um tinha um pequeno microfone no fone direito. Podiam ser uma equipe de amigos virtuais jogando videogame, mas, em vez de pilhar uma masmorra ou combater em alguma guerra simulada, estavam invadindo casas de famílias em conjunto, uma diversão inofensiva.

— Não acho que vou conseguir permanecer tanto tempo — falou Jardim de Infância. — Fala sério, cara, estamos nisso aqui, tipo, há oito horas! Estou arriando.

Apollo e Emma ficaram imobilizados.

— Não — disse Jardim de Infância. — A mãe está em Chicago. No Hotel Renaissance Blackstone. Fica mais duas noites.

Ficou em silêncio por um momento, depois se inclinou para a frente enquanto um dos homens em uma das janelinhas falava. Apollo viu os lábios se movendo.

— Isso — respondeu Jardim de Infância. — O pai é o típico corno consciente. A mãe é feia pra cacete, mas a garota ainda é bacana. Mas se a mãe é desse jeito, dá para saber que as filhas vão ficar tão gordas quanto ela quando crescerem.

Emma arrancou a picareta da mão de Apollo.

— Já chega — disse ela.

Ela atacou Jardim de Infância com a picareta de lado, mais como um bastão, então as pontas afiadas não cravaram na carne. Ela não estava se segurando, a picareta apenas girou, por ser mais pesada do que ela esperava. Ela bateu no ombro do homem, derrubando Jardim de Infância. Ele caiu de lado, e a cadeira despencou com ele.

Uma poça espalhou-se no chão do porão quando ele caiu. A cadeira estava juntando o sangue derramado. Era como se um pote de geleia de framboesa tivesse sido despedaçado. Os fones voaram longe. O homem deu gritinhos como um filhote de cachorro. Olhou para cima e viu Emma ali parada, e Apollo logo atrás dela.

— Caralho — disse ele, mas não se moveu. Não conseguia. O lado direito da blusa tinha uma mancha escura de sangue seco.

Emma, percebendo seu erro da primeira batida, virou a picareta para que a ponta se voltasse para Jardim de Infância. Ela se inclinou para trás e ergueu a arma.

— Não, não, não — gritou ele. — Eu posso ajudar.

Emma bateu com a picareta. A ponta entrou na altura do colarinho de Jardim de Infância, e nesse momento o homem gritou, fino e estridente como um morcego. A ponta se cravou bem acima da clavícula. As pernas dele se debateram. Apollo se encolheu, lembrando os últimos momentos de Jorgen na cozinha, no andar de cima. Emma pisou no peito de Jardim de Infância e arrancou a picareta.

Os olhos de Jardim de Infância se desviaram e encontraram Apollo.

— Por favor — implorou ele. — Controle a sua esposa.

Emma ergueu a picareta de novo e a deixou cair. Dessa vez, ela se cravou no peito, a ponta afiada afundou alguns centímetros na musculatura.

— Não implore para ele — disse ela. — Implore para mim.

Jardim de Infância fez que sim com a cabeça. Tentou erguer os braços e juntar as mãos em súplica, mas estavam tremendo demais. Além disso, ainda havia a questão de ter uma picareta cravada nele.

— Por favor — disse Jardim de Infância. — Eu sei que errei com vocês, mas, por favor, não me mate. — Ele ofegou antes de conseguir falar de novo. — Eu tenho uma filha. E ela acabou de perder a mãe.

Emma encaixou um pé no ombro e apertou com força, e ele cuspiu, engasgou-se e uivou enquanto ela voltava a arrancar a picareta. O sangue vazou daquele ferimento.

Apollo tocou o braço dela.

— Não sabia que você ia fazer isso.

— Eu também não sabia.

Apollo estendeu a mão para pegar a picareta, mas ela não soltava. Ele não disputou para pegá-la, apenas se inclinou mais para perto de Jardim de Infância.

— Seu pai está morto — disse ele. Quis falar para magoá-lo.

— Eu sei — disse Jardim de Infância. — Eu o vi.

— E deixou ele lá? — perguntou Apollo.

Jardim de Infância levou a mão até a camisa, apertando a segunda picaretada, a maior.

— Ele estava tentando se matar há meses. Subi para pegar alguma coisa para comer e ele estava lá, caído no chão da cozinha. Imaginei que ele tinha conseguido o que queria. — Ele exalou. — Sinceramente, foi um alívio.

Apollo quase tombou para trás.

Mesmo Emma parecia chocada.

— Caramba — disse ela.

— Quer dizer, eu ia chamar a polícia, mas estava no meio de uma coisa aqui embaixo. Então, voltei para cá. Ele não ia a lugar nenhum, certo?

— Mas por que você deixou a porta aberta? — perguntou Emma.

Nesse momento, Jardim de Infância se moveu, tentando se levantar.

— Entrei pelos fundos. A porta da frente estava aberta? Mas ele só faria isso se... estivesse tentando me avisar que você estava aqui — Jardim de Infância falou baixinho. — Vocês mataram meu pai?

Apollo olhou para Emma e, em seguida, de volta para Jardim de Infância.

— Matamos — disse ele.

Jardim de Infância meneou a cabeça.

— Bem... obrigado.

Apollo, para sua própria surpresa, enfiou o dedo diretamente no buraco do peito de Jardim de Infância. Isso fez o homem erguer o corpo de uma vez. A dor teria feito com que ele ficasse em pé se Emma não estivesse pisando nos tornozelos dele.

— Ele tentou proteger você — disse Apollo.

Jardim de Infância suspirou.

— Sabe o que é pior do que ser abandonado? É ser criado por um homem como ele.

— Ele fez o que qualquer bom pai faria.

— Você fala como ele! — gritou Jardim de Infância. — Um bom pai protege seus filhos. Se aquele idiota tivesse poupado algum dinheiro, se tivesse se planejado para o futuro de algum jeito em vez achar que sua fortuna nunca acabaria, eu não teria que fazer o que foi necessário fazer. — Ele perdeu a respiração por um momento. — Não precisaria ter feito um sacrifício tão grande.

Atrás deles, na mesa do computador, o iPad rolava algumas fotos, todas elas da mesma criancinha, em vários momentos dos primeiros seis meses de vida.

— Por que nenhum de vocês matou aquela coisa? — perguntou Emma. — É isso que não entendo.

— Não dá para matá-lo — disse Jardim de Infância. — Fala sério.

— Por quê? — perguntou Emma, gritando.

Jardim de Infância balançou a cabeça.

— Vocês não entendem. Não os culpo. Quer dizer, vocês não foram criados... como nós. Não se pode mudar a história. A gente faz o melhor que pode com o que herda. Foi o que eu fiz.

— Sequestrando meu filho? — perguntou Emma. Ela jogou o peso nos tornozelos dele.

Jardim de Infância ergueu a mão, implorando.

— Ele está vivo — disse ele. — Você entende que ele está vivo, certo?

— Como você sabe? — perguntou Apollo.

Ele apontou com o queixo.

— Me leve até o computador, e eu vou mostrar para vocês.

Emma tirou o pé do tornozelo dele, e Apollo agarrou Jardim de Infância pelo braço para erguê-lo. Nem Apollo nem Emma pareciam preocupados se doía ser levantado daquela forma.

— Por que está tão quente? — perguntou Jardim de Infância, olhando para cima. As vigas acima da cabeça começavam a cuspir fumaça.

— Botamos fogo na sua casa — Emma lhe disse.

Jardim de Infância ajustou a cadeira, mesmo com dificuldade. Parecia que seu braço direito estava perdendo os movimentos. Pendia soltou do ombro. O ferimento no peito estava vazando mais sangue. Ele tocou as costelas – o trecho grande de sangue seco, onde havia um ferimento mais antigo.

Quando Jardim de Infância voltou ao computador, a família no meio da tela estava à mesa da cozinha, tomando café da manhã, a rotina matinal básica em Charleston. Não tinham nenhuma ciência do abutre na sala.

Jardim de Infância desligou a câmera remota da família na Carolina do Sul. Enquanto isso, os homens nas outras telas, que também assistiam à refeição no feed remoto de seus locais, agora estavam abertamente espantados com a cena no porão de Jorgen Knudsen. Oito homens inclinaram-se para a frente, boquiabertos. Conseguiam ver que Jardim de Infância tinha companhia, que fora ferido. Estavam preocupados com o amigo ou concluíram que aquele poderia ser um show ainda melhor?

— Vou ativar o alvo zero — disse Jardim de Infância, como se falasse com os homens na tela e não com o casal no porão. Talvez fosse mais fácil fazer tudo aquilo se continuasse a pensar na criança pela sua designação em vez de seu nome.

— Brian — disse Apollo.

Jardim de Infância assentiu devagar. A tela do meio ficou preta, mas um pequeno contador numérico apareceu no canto inferior direito.

— Não tem nada aí — falou Emma.

— Vou mover a câmera — afirmou Jardim de Infância.

Ele bateu em duas teclas, e a imagem na tela girou de um lado para o outro. Agora, Apollo compreendeu que estavam vendo uma cena subterrânea com terra batida e pedra.

— É a caverna — disse Apollo. — Você pôs uma câmera naquela caverna.

— Eu te disse — retrucou Jardim de Infância. — A gente faz o melhor que pode com o que herda.

— Então, o que você fez? — questionou Emma, inclinando-se para a frente, estreitando os olhos para a tela nebulosa.

— Eu monetizei — respondeu Jardim de Infância, claramente orgulhoso. — Meu pai fazia seu serviço de graça, mas nunca funcionou como deveria. O pacto era que nós, os homens da linhagem dos Knudsen, faríamos o sacrifício final. Mas, em contrapartida, prosperaríamos. Meu pai não conseguiu fazer o sacrifício adequado e não recebeu nenhuma bênção. Impediu que o troll enlouquecesse, mas isso não paga a merda da minha hipoteca.

"Então espalhei o rumor em certos fóruns especializados. Por uma assinatura mensal, a pessoa teria acesso à câmera sempre que quisesse e assistiria aos procedimentos. Aqueles homens assistem às pessoas o tempo todo. Nenhuma ação é escondida deles. Se as pessoas pusessem um pedacinho de fita isolante sobre a câmera de seus laptops, não poderíamos ver. Uma coisinha dessas bastaria, mas a maioria de vocês não pensa muito nisso. Deus no céu, Apple na terra. Para caras assim, é preciso oferecer um tratamento especial, um mistério, algo que nunca viram. Vale muito mais. A única coisa que vale a pena. Não tenho uma carteira de clientes grande, mas acho que o rumor vai se espalhar. O alvo zero tem sido nosso teste beta. Espero configurar as coisas para poder receber em bitcoins. Mais difíceis de rastrear."

Jardim de Infância se jogou no encosto da cadeira.

— Sinceramente, as coisas poderiam ser melhores. Só consegui uma câmera lá embaixo. Não arrisquei ficar lá dentro tempo suficiente para colocar mais que uma. O que quero é levar um sensor de câmera CMOS de 35 milímetros full-frame para captura de vídeo em full HD. Então poderíamos ver tudo. Claro, o que estão esperando é o gran finale. Quer dizer, foi isso que eu anunciei.

Ele olhou para Apollo, em seguida para Emma, sorrindo, a empolgação por uma start-up promissora agindo como analgésico.

— Você prometeu que eles veriam o troll comer nosso filho — concluiu Apollo.

Então, ele abaixou a cabeça.

— Sinto muito — disse Jardim de Infância. — Mas antes não levava tanto tempo. Ele tenta criar as crianças, mas é muito ruim nisso. O que ele quer é alimentá-las, nem sempre elas conseguem comer. Ou ele esquece da própria força. Mas tem sido diferente com Brian. Não sei exatamente por quê.

— É como se ele fosse protegido — comentou Apollo, olhando para Emma. Ela não tirava os olhos da tela.

Jardim de Infância olhou para o teto. Impossível ignorar a fumaça se infiltrando entre os vãos das tábuas de assoalho. Uma nuvem preta se formava sobre sua cabeça.

Nesse momento, Jardim de Infância levantou o braço bom.

— Mas vou mostrar para vocês! — disse ele. — Preciso provar que ele está bem. Tirei fotos dele.

Ele pegou o iPad, digitou sua senha e continuou.

— Vocês vão ver — murmurou ele.

Ele abriu a galeria de fotos e correu o dedo de um arquivo para o seguinte.

— Vocês vão ver.

Mas antes que ele pudesse encontrar a imagem, Emma se afastou e ergueu a picareta. Ela bateu de lado, com uma mira melhor dessa vez. A picareta bateu na lateral da cabeça de Jardim de Infância, logo acima da orelha esquerda.

O força do baque tombou Jardim de Infância como tinha feito antes, mas dessa vez, quando ele aterrissou, a força da queda arrancou a picareta de sua cabeça. Quando ela se soltou, arrancou consigo um pedaço do crânio. Jardim de Infância se debateu no chão, a lateral da cabeça sangrado sem controle.

Apollo e Emma observaram à distância. Conseguiam ver seu cérebro. Parecia carne de caça não cozida. Pulsava no ritmo dos batimentos cardíacos. Ele parecia perdido no choque, mas em seguida seus olhos se viraram para Apollo.

Jardim de Infância sangrou, engasgou-se e chorou, e embora a casa acima deles estivesse em chamas, embora o barulho de um carro de bombeiros fosse ouvido à distância, mesmo que precisassem subir as escadas e escapar, não conseguiam sair ainda.

Não conseguiram se mover enquanto o sangue de Jardim de Infância formava uma poça no chão. O sangue chegou ao iPad, com a tela virada para cima em sua capa. Alcançou os sapatos deles e encharcou as solas. Os olhos dele rolaram para trás até que apenas a parte branca do globo podia ser vista.

A mão dele tocou o chão mais três vezes e parou.

99

Apollo se abaixou e pegou o iPad, observando o corpo. Os olhos do cadáver encaravam o teto. A capa protetora estava encharcada de sangue, mas quando ele tirou o aparelho da capa, ele estava intacto. Quando olhou os outros monitores, cinco dos oito homens ainda estavam em seus lugares, observando com uma expressão quase catatônica. O que aquele show ofereceria em seguida? Apollo empurrou os monitores para fora da mesa, e eles caíram para trás e racharam no chão.

A curiosidade venceu Apollo. Tinha uma coisa que ele precisava ver, uma pergunta que precisava ser respondida. Eles puxaram a blusa de Jardim de Infância, erguendo o lado direito.

— Acho que Cal deve ter acertado o cara pelo menos uma vez — disse Apollo.

Mas quando ergueu a blusa, a ferida não parecia ter sido feita por bala. Em vez disso, a carne pendia solta, e a pele parecia ter três rasgos paralelos.

— Que ótimo, Cal — disse Emma.

O calor lá em cima já tinha ficado forte demais e fazia os dois suarem. Mais fumaça descia em volutas ao porão através do assoalho. Logo preencheria o espaço. O som da madeira estalando, trincando, vazava para o porão.

O calor era opressivo, e a fumaça agora obscurecia a vigas expostas do teto. Apollo e Emma cobriram a boca. Lá fora, eles ouviram as sirenes. Sem dúvida, os vizinhos estavam todos ali. Apollo e Emma não escapariam mais pela lateral da casa.

Olharam ao redor do porão. Uma máquina de lavar azul e uma secadora velhas estavam lado a lado. Havia um armário com uma vassoura esfarrapada e dois ancinhos quase banguelas, uma pá com a alça lascada e luvas de trabalho gastas.

Como era um porão inacabado, o teto mostrava a estrutura de madeira e as tábuas do assoalho do primeiro andar, e mesmo a tubulação era visível, correndo das conexões da cozinha e dos banheiros, levando a uma caldeira escondida no canto mais distante do porão. O grande cilindro vertical parecia um míssil. Os tubos corriam da parte de cima e seguiam até o teto.

— Por que tinham tantos aquecedores se tinham também esta caldeira grande no porão? — perguntou Apollo, olhando para a máquina.

— Os tubos estão cortados — disse Emma, apontando para o teto. — Todos eles.

O sangue de Jardim de Infância apareceu em sua visão periférica. A poça tinha escorrido no nível do chão, levemente distorcida, e começado a se espalhar. Transformou-se em um riacho, buscando sua confluência. Correu na direção de Apollo e Emma e, por apenas um momento, Apollo imaginou o sangue do homem procurando a saída do porão. Em vez disso, seguiu na direção da caldeira, rolando por baixo dela. Ouviram um som fraco abaixo da caldeira, um gotejar, quando se aproximaram.

Apollo deixou o iPad no chão. Ele e Emma foram até a lateral da caldeira e espalmaram as mãos sobre ela. Juntos empurraram, e a caldeira balançou um pouco. Era como tentar tombar uma geladeira ou um relógio carrilhão. Empurraram de novo, e a caldeira tombou. Quando caiu no chão, ela fez um estrondo e rachou.

E abaixo dela encontraram um grande furo recortado no concreto. O sangue de Jardim de Infância pingava na escuridão. Pelo buraco, que não era regular ou bem-feito, parecia que alguém passara muitas noites ali, cavando e talhando. O trabalho não parecia recente.

Olharam para o portal. Era difícil até mesmo adivinhar a altura dele. Bombeiros urravam do outro lado da rua. As tábuas acima de Apollo e Emma já estavam queimadas e pretas.

Ela se sentou e entrou no buraco, mas, antes de ela se jogar, Apollo a impediu.

— Espere — disse ele. — Precisamos de mais uma coisa. — Ele pegou seu celular e o ligou.

— Porra, você está fazendo uma ligação? — questionou Emma.

Ele estendeu a mão para o iPad e abriu-o de novo. Ele correu o dedo por ele, e uma série de aplicativos apareceu.

Patrice atendeu.

— Então, você ainda está vivo — disse ele, parecendo aliviado. — Sua mãe veio aqui de manhã, procurando você. Ela está preocupada de verdade. Você ligou para ela? Ela falou que você parecia meio estranho.

— Patrice, cala a boca. Não vou conseguir te ligar de novo.

— Fale — disse ele.

— Você subiu o Luz do Dia na loja de aplicativos?

— Você mesmo viu — respondeu Patrice. — O maior bug é que só dá para usar uma vez. Suga muita bateria.

Emma sentou-se na borda do buraco, parecendo estar sentada em um píer, balançando as pernas.

— Preciso dele — disse Apollo.

Patrice suspirou no telefone.

— Bem, está lá — disse ele. — Custa US$3,99. Posso alterar o preço para ficar grátis, então é só baixá-lo.

Quando Patrice disse isso, uma ideia nova ocorreu a Apollo. Uma tão boa que realmente o fez rir, mesmo no meio de tudo aquilo.

— Quero que você altere o preço. Existe um máximo que você possa definir?

— Até US$999,99, mas tem um jeito de contornar isso.

— Pode fazer isso agora?

— Está falando com Patrice — disse ele. — Claro que consigo. Para quanto?

— Setenta mil dólares — respondeu Apollo.

A risada do outro lado da linha veio tão alto que até Emma ouviu antes de Apollo desligar.

Quando ele encontrou o aplicativo na loja, o preço fora alterado. Ele clicou para comprar. Ele se agachou ao lado de Emma e, juntos, observaram a barra de progresso do download.

— Para que isso, se só vamos conseguir usar uma vez? — perguntou Emma. — O parque fica a oitocentos metros daqui.

— O velho me contou uma história — disse Apollo. — Sabe o que mata trolls?

— Luz do dia — respondeu ela.

A casa acima retumbou, uma ruído estrondoso, tão alto que parecia que uma parede havia caído. Logo o segundo andar viria abaixo sobre o primeiro e, em seguida, o primeiro despencaria dentro do porão.

Emma olhou de volta para onde ficavam as escadas. Difícil dizer se ainda estavam lá em meio à fumaça preta.

Emma apertou a mão de Apollo e ele a abaixou para o buraco. Não era tão fundo quanto temiam. Em seguida, ele entregou o iPad. A linhagem dos Knudsen, e seus séculos de serviço, tinha terminado. À noite, não haveria ali nada além de madeira e ossos queimados.

8

A NATUREZA SELVAGEM

100

Apollo esperava que Emma fizesse uma magia. Ele desceu para a escuridão ao lado dela, as paredes do corredor de terra batida apertavam-se ao redor deles, mal tinham largura para uma pessoa, muito menos para duas, o caminho adiante era uma garganta longa e escura, e acima deles a casa queimava.

Embora estivessem frente a frente, estava tão escuro que não conseguiam ver o rosto um do outro. Os olhos dele ainda não haviam se acostumado. Queria estender a mão e tocar o rosto de Emma ou seu nariz para garantir que ela estava ali.

— O que está esperando? — perguntou Emma.

— Estou esperando você — disse Apollo. — Sua luz.

— Você disse que poderíamos usar esse negócio só uma vez — falou ela, tocando-o com o iPad.

— Não é isso. Eu estou falando, você sabe, daquela luz que vi na floresta. Ela flutuava ao seu redor. Como uma nuvem.

Emma ficou em silêncio. Ele não conseguia ver o rosto dela para entender sua expressão.

— Você controlava os sonhos de Jorgen — disse Apollo com um tom irritado e desesperado. — As árvores abriam caminho para você. Não me diga que não sabe do que estou falando!

Emma finalmente falou.

— Não estou dizendo isso. Estou dizendo que eu estava sozinha, mantendo Brian vivo, me mantendo viva, trabalhando na cabeça de Jorgen dia e noite, e isso estava me matando, Apollo. Você me viu, não viu? Eu não conseguia fazer aquilo por ser poderosa, fazia porque não tinha escolha. Eu precisava fazer aquilo sozinha, então fiz. Mas agora não preciso fazer nada sozinha. Ao menos espero que não. Podemos ser mais fortes juntos, mas isso significa que você precisa me ajudar. Consegue fazer isso? Quer fazer isso?

Apollo assentiu. Eles foram adiante.

O corredor ficou ainda mais apertado, o teto descendo em ângulo de modo que eles tiveram que abaixar a cabeça. Parecia um funil, uma rampa daquelas usadas para vacas e porcos em um matadouro.

— Não fique zangado com minha irmã — sussurrou Emma. — Por favor.

— Está pensando nisso agora?

Os dois falavam em voz baixa, mas parecia mais alto ali embaixo.

— Por favor, Apollo. Parece ridículo, mas é importante para mim.

— Kim mentiu para mim — disse ele. — Botei um cheque na mão dela, e ela nem piscou.

Nesse momento, Apollo parou de andar. Seus olhos tinham se ajustado o suficiente para que ele pudesse divisar o contorno atrás de si.

— Por que ela acreditou em você? — perguntou. — O que você falou que a convenceu?

— Ela não acreditou em mim — respondeu Emma. — Mas ela é minha irmã. Ela não estava traindo você, Apollo. Estava me protegendo.

Eles continuaram aos tropeços no escuro.

O corredor finalmente abriu-se para um grande espaço, um anfiteatro subterrâneo, uma série de degraus circulares que terminavam em um espaço amplo de terra batida. Jardim de Infância tinha mostrado isso na câmera. Os outros homens estavam vendo Apollo e Emma naquele momento?

Desceram os rasos degraus circulares. Quando se aproximaram do piso do anfiteatro, Apollo sentiu o olhar de Emma de um jeito tão seguro quanto um toque. Sentiu um arrepio com o desejo de lhe contar sobre Brian West. O sonho que não era sonho, mas uma lembrança. Jardim de Infância tinha se agarrado à crença de que cuidara de sua família, que seus feitos tão terríveis foram um ato de amor. Será que Brian West sentira o mesmo ao mergulhar seu úni co filho em água quente fumegando, ao segurá-lo embaixo daquela água? Talvez, contrariando todo o bom senso, talvez. Quando Apollo ficou impaciente com Emma, quando se tornou cruel, como ele justificou a atitude para si mesmo? Estava tentando se concentrar em Brian, ser o tipo de pai que ele nunca tivera. Até que ponto as pessoas vão para acreditar que ainda são boas?

Apollo vasculhou os degraus mais elevados da arena. A escuridão escondia tudo além de dois metros de distância, um efeito mais desconcertante naquele espaço aberto. Logo seus olhos se acostumariam com a escuridão, mas, naquele momento, ele se sentia quase cego. No túnel eles estavam apertados, mas ali fora um tanque de guerra poderia estar logo adiante, e eles só perceberiam quando seu canhão apontado para eles fosse disparado. Mãos estendidas, deslizando em pequenos avanços, as pernas levemente dobradas, como se esperassem um golpe. Seguiram até chegar à extremidade da parede de pedra da arena e, em seguida, tatearam ao longo dela para atravessar o espaço. Por causa das sombras, pelo ritmo quase hipnotizante de seus pés na terra solta, sentiam-se zonzos enquanto se moviam.

Então, Apollo esbarrou em algo. Quando bateu com o pé no objeto, ouviu um baque oco, baixo. Emma se abaixou no chão, apoiando-se sobre um joelho.

Uma grande caixa de polietileno cinza.

Ainda com tampa.

Apollo e Emma tiraram a tampa, tentando manter o silêncio, ambos respirando com tanta força que pareciam cães esbaforidos.

Um corpinho jazia em ali, de lado. Nu.

Ajoelharam-se ali, esperando, à espreita, e então ouviram, leve mas regular: a respiração de uma criança. Sem a tampa, o som ecoava na câmara.

Emma se engasgou com choque – parecia estar com ânsia. Ela deixou cair o iPad e enfiou a mão na caixa. O fundo da caixa tinha camadas de folhas mortas e terra, um colchão improvisado. Ela ergueu o corpinho e lá estava ele. O belo adormecido.

Brian.

Parecia grande para seis meses, mas era porque estava com dez meses.

Ser levantado, ser abraçado, fez com que a respiração do menino mudasse; um gorgolejo longo e baixo escapou de seus lábios. Sua pele parecia fria ao toque. As pálpebras piscaram, abrindo-se. Emma inclinou-se mais perto para vê-las. O bebê bocejou e estreitou os olhos.

Mas, mesmo depois que a criança acordou, o eco da respiração constante na câmara não mudou.

Ele continuou, rítmico e profundo, e Apollo percebeu que não era um eco, mas um padrão; além da criança, outra coisa estava respirando em sincronia. Porém, nesse momento, até mesmo aquele som parou e, ao redor deles, começou um rumorejar baixo, como uma bola de boliche rolando sobre a madeira.

Eles pensaram que a caixa estava ao lado de uma parte da parede do anfiteatro, mas então a parede se mexeu. A parede rolou como um jacaré girando sua presa na água. Apollo e Emma ainda estavam de joelhos. Ali, no escuro, um olho tão grande quanto uma tampa de bueiro se abriu.

Jotunn.

Trolde.

Troll.

101

Um vento úmido e quente soprou do buraco na parede, um gás que fedia a sujeira. No frio da caverna, a exalação da criatura se tornou uma nuvem de neblina que encheu o lugar. Apollo e Emma caíram de bunda. Emma segurou Brian com força enquanto caía. Brian contorcia-se em seus braços, mas dificilmente poderia se debater nas mãos dela. Ela não se afastaria dele de novo.

Uma forma surgiu do buraco, mas, na escuridão e coberto pela nuvem, era difícil ver suas feições. Porém, suas dimensões eram claras. Um braço tão grosso quanto um tronco de árvore se moveu no alto. Emma fugiu, tropeçando desajeitadamente. Apollo olhou para cima e sentiu como se estivesse preso diante de uma grande porta escancarada e tivesse deixado aquela coisa entrar.

Outro suspiro, outra nuvem preencheu o anfiteatro escuro. O braço pendeu no ar por um momento e, em seguida, sua ponta tremeu e se estendeu, um punho enorme se abrindo. Difícil chamar aquelas pontas de dedos, eram muitos ou poucos demais. Apollo não conseguia se orientar no nevoeiro. Mas, em um instante, ele sentiu o cheiro daquele corpo, um fedor parecido com leite podre, e quase vomitou ali mesmo. Olhou para a esquerda e viu que Emma e Brian não estavam ali. Isso, ao menos, o aliviou.

Os dedos da mão deformada exibiam grandes unhas nas pontas. O troll bateu os dedos na terra. O polegar direito aterrissou no meio da caixa aberta. Se Brian ainda estivesse lá dentro, teria sido empalado. Emma berrou ali perto. Brian, ouvindo-a, estendeu a mao e encontrou o queixo dela.

Com as unhas cravadas na terra, o troll puxou o corpo para fora do buraco onde estava dormindo. Levantou-se por completo, o corpo se erguendo até ficar tão alto quanto a vela de uma chalupa. A boca escancarou-se, e ele exalou uma terceira vez, mais profundamente que as outras. Mais uma vez Apollo se viu nadando naquela névoa. O bicho fungou com força pelas narinas, duas vezes. Apollo sentiu a umidade respingar como orvalho no couro cabeludo e na testa. Não podia se mover e, pior ainda, sentiu uma onda doentia parecida com nostalgia. Para seu horror, quase gritou o nome de Brian West.

O troll arrancou as unhas grossas da terra. Bateu na caixa, um toque rápido, e o recipiente virou de boca para baixo, caindo a trinta centímetros de distância. O ar encheu-se de folhas mortas e terra. Apollo ergueu o braço para proteger os olhos. Quando a caixa aterrissou, o baque ecoou, e o troll se moveu rapidamente, uma figura enorme saltando para a frente sobre pernas curtas e grossas que tinha algo de simiesco, ainda mais quando se curvava na direção do chão, farejando cada vez mais perto da caixa.

Apollo se virou para tentar enxergar Emma, mas seus sapatos arrastaram-se na terra mais alto do que ele esperava. Ou talvez não houvesse nenhum outro som para competir.

Antes que Apollo pudesse se mexer, os olhos da criatura estavam sobre ele. Não havia nada a fazer. Não havia tempo para correr, nem lugar onde se esconder. Dois passos e o monstro se aproximou. O troll inclinou-se para muito perto agora, Apollo conseguiria estender a mão e tocá-lo. De onde estava, viu a pele esverdeada com as folhas mortas e pedaços de terra coletados; ossinhos – de esquilos e pássaros – estavam cravados na carne como alfinetes em uma almofada. Ele bufou e suspirou de novo, e desta vez o rosto todo de Apollo ficou molhado, mas ele reprimiu o impulso de vomitar. Os olhos enormes do troll viraram-se para Apollo, e eram discos planos, de um branco encardido. O troll não conseguia vê-lo, porque era quase cego. Não era à toa que confiava no faro. Suas narinas eram recuadas como as de um morcego.

Ele farejou o ar ao redor de Apollo. Fungou de novo e, finalmente, um grande rasgo surgiu em seu rosto. Os dentes eram tão grandes e irregulares quanto as unhas. Mas a criatura não atacou Apollo; em vez disso, bocejou e soltou outra exalação fétida. Os dois estavam perdidos na nuvem. Quando Apollo piscou, quase conseguiu ouvir água correndo por perto. O monstro fungou perto dele mais uma vez e, em seguida, se afastou.

O que me salvou?, o homem se perguntou.

Agora que o troll se afastara, Apollo conseguiu ver que o lugar onde ele havia dormido não era um nicho, mas a boca de um túnel. Um tipo diferente de escuridão pairava no final da passagem. O luar. Ele viu o luar lá fora. E as pedrinhas espalhadas ladeira acima. O parque, o mundo exterior – sua fuga estava quinze metros adiante.

O troll agarrou a caixa com força, esmagando-a. Passou os olhos pelo anfiteatro, e sua boca se abriu, a barriga se expandiu, enchendo-se de ar. Ele soltou um uivo como um pesadelo de alguma era distante. Ali perto, Emma tentava voltar pelo caminho que tinham vindo. A casa de Jorgen podia estar em chamas, mas não era uma porra de um monstro. Ela não estava pensando com clareza, mas foi a melhor ideia que pôde ter. Ainda assim, quando ouviu aquele uivo – como se estivesse com o ouvido em uma buzina de neblina – ela caiu agachada, assim como Apollo. Ela viu o iPad jogado a meio metro de onde estava caída.

O único não afetado pelo berro, de fato, era o bebê. Os braços de Emma não puderam segurá-lo porque estavam estendidos para agarrar o iPad. Não podia segurar os dois, não com a criança se debatendo para se soltar. Brian rolou na terra, em seguida fez a coisa mais chocante que Apollo e Emma já tinham visto.

Ele andou.

E para onde estava andando?

De volta para o troll.

Apenas três passos, os braços estendidos no escuro, mas foi suficiente para Emma se sentir magoada, quase mortalmente. Ela deveria correr atrás de Brian ou havia uma estratégia melhor? Ela acionou o iPad e, quando a tela se iluminou, ela foi banhada pela luz da área de trabalho.

O troll percebeu a mudança na penumbra. Virou na direção dela. Brian também se virou e, em seguida, pôs o braço sobre os olhos, desacostumado com o brilho. Ele guinchou, um grito de angústia. Tanto Emma como Apollo tentaram não notar o quanto o tom daquele grito se aproximava do berro do troll. Emma não ergueu os olhos. Precisava trabalhar. Encontrou o aplicativo e virou a tela na direção dos outros. Ela se levantou e segurou o dispositivo mais alto, esperando poupar os olhos do filho. Ela tocou o ícone uma vez, e a câmara se iluminou com um lampejo.

Brian gritou como um pequeno primata e caiu de frente, debatendo-se com uma surpresa que parecia dor. O troll tombou também, caindo para trás e soltando aquele som de buzina de neblina.

Mas não se transformou em pedra.

A porra do aplicativo não fez sua parte. Em um instante aquela coisa retomaria o equilíbrio e avançaria com tudo sobre eles. Precisavam de um novo plano.

Emma levantou-se e correu para o centro da câmara.

— O sol está nascendo! — gritou ela.

Apollo compreendeu imediatamente a ideia, por instinto. Se o troll temia a luz do sol, então talvez fugisse dela. Se ele pudesse levá-lo para fora, Emma e Brian poderiam se esgueirar para fora também. Ele correu na direção do túnel. Olhou para trás e gritou:

— O sol está nascendo!

O troll estremeceu com a confusão. Primeiro sua cabeça se virou na direção da voz de Apollo, mas, em seguida, ele olhou para cima, lançando um braço como se pudesse afastar a ameaça.

— O sol está nascendo! — gritou Apollo de novo, sua voz desaparecendo na longa garganta do túnel.

O troll girou para a esquerda, depois para a direita, inseguro, confuso. A bateria do iPad estava quase esgotada, mas, por ora, Emma empunhava uma estrela brilhante. Apollo escapou pela passagem para a noite aberta.

O troll virou-se, determinado a segui-lo, mas, em seguida, farejou o ar mais uma vez e recuou com a mão enorme. Seus dedos encontraram a criança, a ergueram e, com uma bocada, o troll engoliu Brian Kagwa.

102

Apollo subiu o morro dos ossos aos tropeços e agora que estava fora da caverna, livre do ar enclausurado lá embaixo, conseguiu sentir o próprio cheiro. Carregava com ele uma nuvem de gasolina forte. O banho que tinha tomado com o Brennivín do velho continuava impregnado. Talvez tenha sido isso que o salvou na escuridão. O troll não fora capaz de sentir o cheiro de sua carne. Mas aquele seria o único momento de felicidade – em segundos aquele troll estaria naquela colina, e aí?

Por que lhe contei essa história? O que eu queria que você ouvisse?

A voz de Jorgen ressoou tão alto na cabeça que Apollo achou que ecoaria pela floresta. Palavras tão surpreendentes, tão inesperadas que ele mal conseguia entender o que significavam. E não havia tempo para analisar o significado, porque um som veio do túnel, um grunhido longo e grave, e um momento depois um braço emergiu da boca da caverna, as pontas da mão enorme revelando as unhas irregulares. As unhas bateram nas pedras – nos ossos das crianças – e as fizeram voar em todas as direções. A fera arrastou-se para fora da passagem, para o ar livre. Em pé, tinha mais de três andares de altura.

Apollo ficou tenso no topo da colina. Como poderia derrotar uma coisa daquelas?

Por que lhe contei essa história? O que eu queria que você ouvisse?

O troll arrastou-se colina acima. Movia-se com tamanho desajeito que Apollo imaginou se ele poderia estar machucado. Emma o ferira antes de ele sair? Enquanto ele escalava a colina na direção de Apollo, tossia, cuspindo, como se tivesse algo preso na garganta.

Apollo deu três passos para trás, mas aonde poderia ir? A Floresta do Norte o cercava. Embora o mundo moderno estivesse a menos de oitocentos metros dali, ele parecia estar em uma floresta alemã de mil anos antes.

Algo prateado reluziu ao luar e chamou a atenção de Apollo. A cúpula ainda estava lá, exatamente onde ele e Emma tinham deixado. E se ainda estava lá, então a cabeça da ovelha também estaria.

Por que eu lhe contei essa história? O que eu queria que você ouvisse?

Apollo levantou-se e ergueu a cúpula da bandeja. O olho que restava na cabeça da ovelha o observava. Apollo pegou a cabeça e segurou-a diante do corpo, equilibrada na palma da mão. Com a outra mão ele segurou a cúpula. O troll talvez não conseguisse sentir seu cheiro por conta do Brennivín, mas aquela carne cozida poderia atraí-lo.

A cabeça do troll avançou como a de um cão de caça. Um momento de silêncio, então a coisa farejou o ar, bufando. Engasgou-se de novo, mas a ânsia logo passou. Apollo estendeu a mão com a cabeça da ovelha e observou enquanto o troll fungava uma segunda vez. Ele estreitou os olhos enormes e inclinou sua cabeça, tentando ouvir o som.

— Estou bem aqui, troll maldito! — gritou Apollo. — Mas você é estúpido demais para me pegar!

Com isso, Apollo se virou e correu, segurando a cabeça de ovelha no alto e a cúpula na outra mão. Como Askeladden, correu para mais fundo da Floresta do Norte, e o troll saiu em disparada atrás dele em meio às árvores.

Apollo corria como um coelho selvagem, ziguezagueando através dos bosques mais densos, lugares que o troll não conseguiria adentrar. Escondeu-se lá enquanto a criatura andava em círculos, urrando e batendo nos galhos, parando às vezes para se inclinar adiante e tatear a garganta, estapeando uma irritação, em seguida se endireitando.

Apollo usava esses momentos para sair de novo a toda velocidade, mirando o próximo bosque de árvores grandes, perseguido novamente pelo predador e, em seguida, se escondendo lá dentro e tremendo com adrenalina e medo. Eles avançavam assim enquanto a noite passava, e Apollo mal sentia o frio, mal percebia a fadiga. Houve momentos, quando não estava correndo, em que jurou ouvir a voz de Emma ao vento chamando por ele. Mas ele sabia que, se o troll estava ali com ele, então Emma e Brian haviam escapado. Essa ideia lhe dava combustível, atiçava sua coragem.

Apollo permaneceu escondido em um agrupamento circular de hicórias. O troll logo apareceu. Ofegava alto agora, e sua boca pingava uma gosma tão verde quanto sua pele. O troll cuspia aquilo e tossia alto, parecia um motor de carro engasgado. Farejava as árvores, batendo a lateral da cabeça contra as hicórias, testando-as. Era quase alvorada agora. Quando o sol se erguesse, ele viraria pedra, e seria o fim.

A vinte metros dali Apollo viu a grande clareira pela qual seguira Emma no dia anterior. Apollo levantou-se e saiu em disparada. Quando chegou ao espaço aberto, deixou no chão a cabeça da ovelha e a cúpula. Pousou a cabeça dentro da cúpula, exposta com a cara para cima, exalando facilmente seu odor. Apollo correu dali em linha reta, de volta para dentro das árvores do outro lado da clareira. Encontrou um carvalho-vermelho com galhos baixos o suficiente para escalá-los. A árvore não havia perdido todas as folhas, por isso ele desapareceu entre elas quando subiu.

— Minha cabeça está bem aí no chão! — gritou Apollo. — Por que não tenta rachar meu crânio?

As árvores na borda mais distante da clareira não se afastaram – se despedaçaram. O troll varreu-as para o lado com fúria renovada. Ele entrou na clareira tão rapidamente que parecia voar. Enquanto se movia, abaixou a cabeça, as mandíbulas se estendendo, os dentes arando a terra e a neve, engolindo tudo, apenas para encontrar a cabeça da ovelha. Fechou os dentes e, em um momento, ressoou um estalo metálico que fez até os dentes de Apollo se apertarem. O troll jogou a cabeça para trás, levando a mão à boca em choque, cuspindo o que não conseguia engolir. A cúpula rachada e amassada bateu em um tronco de árvore e o barulho de metal ecoou.

Nesse momento, o troll se debateu na clareira. Caiu em frenesi. Estendeu os braços, enterrando as unhas nos troncos das árvores e tirando-os da terra, as raízes arrancadas penduradas como veias. Ele jogava as árvores para o ar e, em seguida, arrancava mais. O troll perdeu-se em sua ferocidade, maquinal, imprudente. Apollo observou-o de seu poleiro na árvore. Não podia gritar provocações, não poderia fazer piadas ou soltar tiradas, porque se sentia pequeno e aterrorizado. O troll criou tamanho caos que lançou uma árvore para cima e ela tombou de volta sobre sua cabeça. A fera caiu de costas, presa embaixo de uma grande hicória. Ele suspirou ali, caído, arfando e arruinado. O céu tinha passado do preto ao violeta. O troll chutava e tentava escapar, mas quase não lhe restavam forças.

— Apollo! Apollo!

Ele desceu de seu esconderijo. Era a voz de Emma. Bem próxima.

Ela foi até a clareira através do espaço que o troll havia aberto entre as árvores. As mãos dela estavam erguidas, acenando para a frente e para trás.

— Onde está Brian? — gritou Apollo.

Emma não hesitou – subiu sobre a barriga do troll.

— Ele comeu Brian! Fiquei esse tempo todo tentando alcançá-lo. Ele comeu Brian.

Ela pisou forte sobre a barriga que subia e descia. Ele abriu a boca, mas conseguiu apenas jogar a cabeça para trás. Estava derrotado ou se gabava? A ameaça da luz do sol já pairava perto do horizonte.

Apollo correu até Emma. No bolso do casaco estava a faca que ele havia puxado da garganta de Jorgen. Ele a tirou agora e enterrou na carne do troll, perto do topo da barriga. Ele a afundou até o cabo desaparecer. A criatura se debateu, e a árvore sobre o peito entortou. Apollo puxou a lâmina para baixo, rasgando a pele da criatura.

Ele a puxou para baixo até os ombros queimarem. Ele cortou, e o ventre se abriu ainda mais diante deles. Um líquido verde-escuro com consistência de lama se derramou. Um cheiro de esgoto preencheu as narinas deles, mas nenhum dos dois notou ou se importou.

As pernas do troll chutaram mais freneticamente. O tom do berro de buzina de neblina ficou mais alto, e os braços estapearam o tronco da árvore até a hicória se erguer em ângulo, como uma gangorra, e tombar.

Apollo encontrou o estômago, mas não ousou enterrar a faca nele por medo de atingir seu filho. Ele o cavou com as mãos, e Emma fez o mesmo. Eles rasgaram o estômago, cuja textura era de um balão de água quente.

O estômago se partiu, e um líquido amarelado mais fino espirrou e encharcou o rosto, as roupas deles. Eles nem ligaram. Mal notaram.

E ali dentro encontraram seu filho, todo encolhido e ainda se contorcendo. Engolido por inteiro e, portanto, ainda vivo. Eles o puxaram para o mundo.

Brian Kagwa, a única criança que nasceu duas vezes.

Eles desceram com tudo do corpo do troll, rastejando tão rapidamente quanto seus corpos cansados conseguiram. O sol se levantou, e a luz do dia – a verdadeira luz do dia – incidiu sobre todos eles. O troll estremeceu, seu corpo enrijeceu e sua cor esverdeada e enfermiça foi drenada. Ele soltou um último som, um gemido que quase pareceu de alívio, e escureceu enquanto virava pedra. Um momento depois, a forma imensa se quebrou. Ficou parecendo um monte de pedras, nada mais. A qualquer transeunte, pareceria uma pequena colina da Floresta do Norte.

Emma não esperou. Ela se levantou sobre pernas instáveis, embalando Brian perto do peito, e partiu para a floresta, pelo caminho que haviam tomado na noite anterior.

Apollo demorou-se. Ele se aproximou das pedras, contornando até encontrar a maior delas, que tinha sido a cabeça do troll. Ainda conseguia divisar a depressão suave daqueles grandes olhos cegos. Ele roçou cada um com o dedo. Ele se inclinou para perto da pedra e pressionou a testa nele. Ele sentiu como se finalmente estivesse enterrando o que o assombrava desde que era criança. Um funeral não para seu pai, mas para sua falta de pai. Deixou o monstro descansar.

103

Apollo encontrou a trilha até o caminho onde viu pegadas. O caminho de Emma, mas mais profundo do que quando ele a seguiu antes, pelo peso extra do filho em seus braços. Ele acompanhou as pegadas e os encontrou. Emma estava curvada e avançava devagar. Estava com o casaco aberto e o menino ali dentro, o corpo dele contra o dela. Era a parca que tinham pegado na casa de Jorgen, tão grande que tinha espaço suficiente para os dois. Ela fizera o melhor para limpar o rosto dele, mas os cabelos do filho continuavam com a cor de lama verde. Apollo e Emma estavam ainda piores.

Brian Kagwa, dez meses de idade, olhou para o céu, para as copas nuas das árvores. Não parecia assustado ou ferido, nem mesmo chocado. Em vez disso, parecia como se estivesse descongelando à luz do dia. Nem Apollo nem Emma falaram com ele ou entre si. Brian não mexia muito a cabeça, mas seus olhos rolavam da esquerda para a direita, de uma árvore para a outra. Quando um pássaro em uma árvore piava ou grasnava, Brian encarava e franzia os lábios como se fosse responder.

Enfim saíram da floresta e chegaram às partes pavimentadas do parque. Passaram pelo Carrossel e pelo teatro de arena George Seuffert Bandshell. Estranho ver esses lugares de novo. Apollo não esperava voltar por aquele caminho, realmente não acreditava que sairia dessa vivo. Logo chegaram ao banheiro onde ele passara a noite. A porta para o banheiro feminino não fora consertada, apenas fechada, com algumas tiras de fita amarela e preta que eles contornaram com facilidade.

As pias estavam funcionando, e eles lavaram os cabelos de Brian, limparam seu rosto. Cada um se limpou um pouco, ao menos para tirar a sujeira de orelhas e sobrancelhas, lavar a boca. Apollo percebeu que a fita vermelha havia caído de seu dedo. Quem poderia dizer quando? Talvez quando as mãos estavam dentro da barriga do troll, libertando Brian. Talvez estivesse no meio de uma pedra na Floresta do Norte. Parecia improvável o suficiente para ser verdade.

— Temos de levar Brian a um hospital — disse Apollo enfim, quando saíram do banheiro. Ainda pareciam embrutecidos, uma família selvagem, mas ao menos não tinham pedaços de tripas de troll presos nos dentes.

Emma não respondeu. Ainda não tirara os olhos de Brian.

— Queria ligar para Kim — disse ela, hesitante. — Ela ainda é a médica dele. E vai ser bem estranho se simplesmente aparecermos em um hospital. Kim seria discreta.

Apollo a observou enquanto davam alguns passos, mas por fim ele deu uma risadinha.

— Bem, sei que ela consegue guardar segredo.

Apollo ainda não sabia, mas Kim não descontara o cheque que ele lhe dera. Em vez disso, ela o enfiara sob a porta do apartamento dele dias antes, com duas palavras escritas na frente: "Me desculpe".

— Talvez alguém nos dê uma carona — disse ela, apontando adiante para a Woodhaven Boulevard.

Não era surpresa que fossem as únicas pessoas a pé àquela hora. No início da manhã o tráfego rodava em velocidades de até 80 quilômetros por hora. A única coisa que poderia refrear esses motoristas era um semáforo vermelho, e mesmo isso só reduzia a velocidade para 60 quilômetros por hora. Ninguém levaria uma família caroneira aleatória. Especialmente do jeito que eles estavam.

Apollo não podia chamar a polícia. Não tinha bateria no celular e não havia telefones públicos funcionando na rua. Nem táxis amarelos nem os verdes passavam por ali, e mesmo os táxis especiais eram raros. Poderia haver a sugestão de ir à rua tentar parar um carro passando, mas ela nunca seria feita por uma pessoa familiarizada com os motoristas do Queens. Imagine matar um troll e, em seguida, morrer por atropelamento.

— Temos de esperar o Q11 — disse Apollo.

O ponto de ônibus tinha um banco. Emma meneou a cabeça e se sentou, aninhando Brian sobre a barriga. Ela ergueu a mão livre e estendeu um dedo, levando-o para perto do rosto de Brian. O movimento parecia muito hesitante. Brian Kagwa era a única coisa viva que fazia Emma Valentine tremer. Por fim, ela levou o dedo ao queixo do garoto. Ela o tocou gentilmente e esfregou a pele. Pôs os dedos nos lábios dele.

Ela apontou para a boca entreaberta.

— Ele tem dentes — disse ela, baixinho.

Os dois estremeceram com o prazer de vê-los. E depois sentiram uma tristeza latejante no peito. Aqueles dentes nasceram enquanto eles não estavam por perto. Ele havia chorado quando a dentição começou? Tivera alguém para acalmá-lo?

Apollo deslizou a mão para dentro da parca e segurou um dos pés de Brian. Ele apertou, e os dedos se mexeram. Apollo fechou os olhos e sorriu.

Apollo viu os dias, meses e anos passarem por trás das pálpebras. Ele viu Apollo e Emma brigando com Brian para ele aprender a usar o penico, acordando muitas vezes toda noite, durante muitas noites, quando fosse o momento de ele se livrar das fraldas, enfiando vegetais na dieta do garoto e o persuadindo a ir ao jardim de infância, aguentando o tédio de fazer o dever de casa com ele, sentindo a intimidação quando a lição de casa ficasse complicada demais para eles compreenderem, limpando-o depois de sua primeira briga de verdade, enfrentando a primeira vez que ele roubasse dinheiro deles, a primeira vez que eles notassem, as falhas que o garoto encontraria em cada um deles, a idade em que ele aprendesse a pensar no pai como um fracassado, a idade em que diria isso ao pai; tudo isso – e coisas piores – aconteceria nos anos vindouros, graças a Deus, graças a Deus, graças a Deus.

Apollo ficou tonto com esses pensamentos. Ele se inclinou para Emma enquanto apertava o outro pé de Brian. Os dois choraram de soluçar no ponto de ônibus.

Brian avistou um avião e o observou atravessar o céu.

— Tem algo que eu sempre quis te perguntar — disse Apollo. — Qual era o terceiro desejo?

Pela primeira vez desde que tinham saído da caverna, Emma olhou para Apollo e não para Brian.

— Meu primeiro desejo era conhecer um bom homem. O segundo era ter um filho saudável.

— Sim.

— E meu terceiro desejo era ter uma vida cheia de aventura.

Algum tempo se passou, mas nenhum deles contou quanto. Ainda era muito cedo. Então, Emma se inclinou um pouco para a frente e apontou com o queixo. À distância, na

Woodhaven Boulevard, puderam ver um ônibus, ainda a alguns minutos de distância.

Ocorreu a Apollo que o condutor poderia dificultar as coisas se eles não tivessem o dinheiro da passagem. Parecia impossível, mas quem poderia dizer? Eram uma família tentando chegar em casa, mas quem sabia o que o condutor poderia enxergar? Talvez não fosse caridoso com um trio como aquele.

Brian e Emma tinham sido expostos a intempéries por meses – precisavam entrar naquele ônibus e conseguir cuidados de um profissional. Aquele ônibus Q11 que estava para chegar assumiu as feições de um bote salva-vidas. Apollo se imaginou inventando todo tipo de discurso para tentar explicar por que não tinha dinheiro para a passagem, mas então se lembrou de como havia parado naquele ponto de ônibus na noite anterior. O MetroCard ainda estava no bolso. Ele puxou o cartão e mostrou a Emma.

— Um presente do Departamento de Polícia de Nova York — disse ele.

O Q11 aproximou-se, as luzes no interior flamejantes. Àquela hora, era a coisa mais brilhante do mundo. Podia muito bem ser uma carruagem puxando o sol pelo céu. Seria o mínimo para Emma, Brian e Apollo. Eles se levantaram quando o ônibus reduziu a velocidade.

— E eles viveram felizes para sempre — sussurrou Apollo.

Emma se inclinou para perto ele.

— Hoje — disse ela. — E eles viveram felizes hoje.

— É suficiente? — perguntou Apollo, olhando para Brian, olhando para ela.

— É tudo que importa, meu amor.

Esta obra foi composta em Caslon pro e Nobel e
impressa em papel Pólen Soft 70g com capa em
Triplex Imune 250g pela Gráfica Santa Marta
para Editora Morro Branco em setembro de 2019